没道理的爱情

李荷西 著

CNS PUBLISHING & MEDIA 中南出版传媒
湖南文艺出版社
HUNAN LITERATURE AND ART PUBLISHING HOUSE

—

毕竟，

遇见你时，

清风霁月，

天地悠阔，

我，

就是全部的我。

No reason

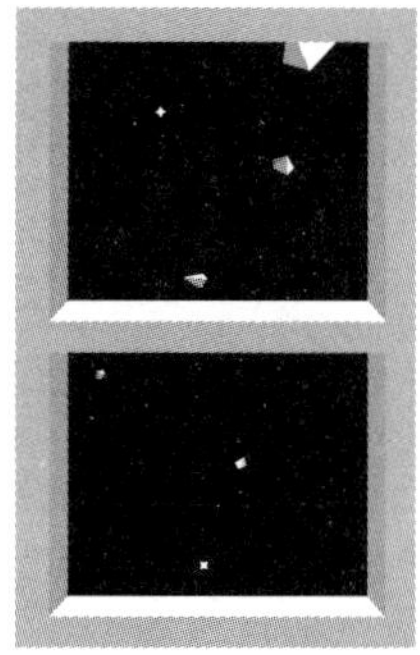

目录 CONTENTS

No reason

>>

没道理的爱情

对于她来说，唯一重要的是此时此刻。
照她的说法，永恒不是时间的延续，
而是根本就没有时间。
——格雷厄姆·格林

楔子 /

电梯灯灭了，万籁俱寂的这个当下，我捂着头蹲了下去。

黑暗像没有边际，时间也停止了流动。我大口地吸气，在喘息中，不安和恐惧像二氧化碳，慢慢地被呼出了身体。

倚靠在电梯壁上，我颤抖着手指，开始编辑短信。

一条又一条。只是，无法发给那个已经怀念了太久太久的收件人。

那些年堆积如山潜匿的情愫，开始越来越清晰。脑海里不断重复上演的，是我们初遇的那一年。

那是1999年，我十五岁。我可以在十分钟内背完一整篇的《卖油翁》，可以在半个小时内写完八百字作文，可以画出生物的有丝分裂图谱，可以计算太阳直射时间，可以默写化学元素周期表。

可现在，我全忘了。

没忘掉的，大概只有内心曾有的焦灼、激烈、喜悦、悲伤。

没忘掉的，是选择性记住的。

没忘掉的，是想忘也忘不掉的。

仿佛重新回到了那个平平常常有些燥热的午后，我浅睡初醒，从厚厚的习题册后面站起来，走出教室。走廊上，熙攘热闹。头发花白的老师夹着三角板面容严肃又脚步匆匆。刚一起从洗手间回来的少女闺密，手上的水珠甩向对方笑闹追逐。坐在窗边的学霸，揉着眼睛擦向太阳穴，再站起身来，做几个幅度较大的伸展运动。一个男生趴在栏杆上和一个女生对话，他们笑起来的样子，像是一滴墨融入了水里，漾出了分明的层次。

广播站开始播放一首老歌。

不远处的操场上，矫健的男孩子在踢球。他们抓住一切时间去挥洒年轻的汗水。奔跑，辗转，奔跑……

我走过走廊，穿过建筑物、银杏树的光影和木芙蓉的落叶上。再回头，才发现那些花草和桌椅，那篮球场和洗脸池，所有的面孔和声音正被时光一一染旧。

他闪耀在那群踢球的男孩子中间，夺目得像一道会移动的彩虹。

有人说，大脑的每个神经元以每秒钟一比特的速度在遗忘。但他在我的脑海里，从未褪去夺人的颜色，也从未淡出我记忆的牢笼。

有一个夜晚，我烧毁了所有的记忆，从此我的梦就透明了；
有一个早晨，我扔掉了所有的昨天，从此我的脚步就轻盈了。
—— 泰戈尔

第一章 /
假如有一天，我们回去了

“周志清！杨婷！你们两个把试卷发下去。”教物理的班主任陈老师一脸严肃，“这次的成绩，我很不满意，100分以上的只有十名同学，还有几个竟然不及格。特别是，许佳慧，你站起来。”

原本正在本子上画五角星的我，立刻站了起来，暗叫：“完了完了。”

“你觉得你这次能考多少分？”陈老师脸上带着戏谑的笑容。每当他怒极的时候，都是这副模样。

“……”我沉默不语。

“18分！”陈老师从讲义夹里拿出一份物理试卷，“惊天地，泣鬼神啊！同学们，我教书教了二十年，第一次教出这样差的成绩。我昨晚几乎一夜没睡，仔细想了又想，到底是哪里出了问题啊，同学们？”

我一边低着头，一边瞪向右后排同样低着头的女生。

“这个吴晓春，怎么给我传的答案。”我心里的痛楚不比陈老师少多少，更何况已经开始有人窃笑了。

“连最基础的题目都做错。填空题写了三个，60分的选择题，瞎选也能选对20分吧。到底是哪里出的问题啊……”

我有点想哭。

“这是你们上高中后的第一次摸底考试，同学们，基础差不可怕，只要功夫深，铁杵磨成针，我们慢慢补，还是有希望的。你们的进步空间都很大。特别是许佳慧同学，你有信心把成绩提上去吗？”

“有！”我立刻挺直了腰板，真诚地望向了陈老师。

“好，从今天起，我们进行一对一辅导。我就不信，你的成绩提不起来。”

陈老师的目光在班上扫了一圈，杨婷发试卷经过我，偷偷地捏了捏我的胳膊，我抬头，看到她鼓励的笑容。

“周志清，从今天开始，你和许佳慧坐一桌，监督她学习。”看来陈老师锁定了目标，为我配好了对儿。刚发完试卷的周志清，大概不满这个安排，沉默着一声没吭。

那一节课真是如坐针毡，好几次我都想钻进桌底下，或者直接来一个气势如虹的飞天。再不行，一口鲜血喷出，死在课桌上也好。真是我人生最灰暗的时刻。下课了，周志清和我原本的同桌换了座位，坐在了我的旁边。我跟他打招呼：“嗨！”

他有一张棱角分明的脸，感觉特别正直，嘴角总是抿着带点隐忍和坚毅。他扬了扬眉毛，算是回复了我的招呼。

右后排的吴晓春对我不停道歉：“对不起对不起，选择题我抄差行了，你看我也才考58。”

“58！58比18多了40分好吧。”我恨不得掐死她。

杨婷也走过来安慰我：“佳慧，别难受了，我也考得不好，刚过100。”

这种安慰在我看来，简直就是赤裸裸的炫耀，我没搭理她。倒是原本一直沉默的周志清接了话问她：“你有哪些题不会吗？”

杨婷说：“最后一题我还是不大明白，老师刚才讲的，我记了笔记，但还没想清楚。”

周志清立刻答她：“那等会儿自习课上，我给你讲吧。”

我和吴晓春面无表情地看着我们面前的这对男女学霸，深刻感觉到了“学霸的世界我无法进入”的痛苦。

杨婷回座位了，周志清才跟我说话：“真不知道你是怎么进七中的。”

我语塞，看来他果然对跟我坐同桌很不满。

七中是市重点中学，每年高考百分之四十的一本升学率。吴晓春接了话：

“你不知道啊，佳慧的中考成绩，语文和英语都接近满分。”

周志清难以置信地看了我一眼，我洋洋得意地不回应。

周志清又问吴晓春：“那你呢？你怎么进来的？”

“我妈有钱！”晓春昂了昂头。

我笑了，晓春就这点招我喜欢，简单粗暴有力。我赞许地拍了拍她的肩：“嗯，有‘钱’途！”

周志清脸上浮起轻蔑的笑容，扭头翻开课本，不再看我们一眼。

“哼！”

我和晓春对视一眼一起对着学霸发出有声的抗议。

物理考18分这件事，很快就传到了我爸妈的耳朵里。陈老师果然给家长打了电话。那天晚自习放学后回到家，书包还没放下，就被拉去开全家会议。我很老实地交代，我物理学不会，并且也不准备学多好，但保证下次会及格（如果周志清给我抄的话）。反正高二就会分文理科，我到时候肯定要选文科的。

我爸的意见是不要给孩子太多压力，由她去吧。

我妈却觉得太丢人了，老师都打电话给她。无论如何都得争口气。

两人开始吵。

茶几下还放着中秋节剩下的月饼，我抓起一个塞进嘴里。吃到一半，我跟我爸喊：“爸，我要喝水。”争吵立刻停止，我爸赶紧去倒水，走半路又给我妈拦下：“我觉得噎死她比较好。”

“最毒不过妇人心，你亲闺女，你噎死她！”我爸开始反击。

“你考虑考虑我的感受好吧，我今天在办公室里接完那个电话，一整个下午头都是蒙的。你看看你们俩这是什么态度，许佳慧，你就像你爸，没心没肺。我怎么会有你这样的孩子啊。”

我被月饼噎得不知道怎么说话，不停地捶着胸口。真想就那么噎死啊。

周志清是个不好的同桌。

我和他之间，三八线之类的小儿科矛盾不会出现。但他会一个绝招，就是我假装听课，其实是在托着腮睡觉的时候，猛地推我一下。

第一次，我被他推得从梦中惊醒，唰地站了起来：“啊，下课了？”于是，所有人都上课，我一个人被老师请去外面下课了。

后来的几次，我都一下巴磕在课桌上，疼得龇牙咧嘴，却不敢发出任何声音。扭头瞪周志清，他却一副“上课要注意听讲，我都是为你好”的表情。我发誓一定要报仇雪恨。被我抓到你上课睡觉，我会对你更好的。只是，这个机会一直没有到来。

我的闺密吴晓春，为了帮我报仇雪恨，在一次周志清站起来回答问题时，悄悄地把他的凳子钩远了。

周志清摔了个屁股蹲儿。全班哄堂大笑，笑得最欢的就是吴晓春。我强忍着笑，把他扶了起来。以为下课后他会找晓春理论，但他没有。他笔直地坐着，像是什么都没有发生过，认真地写着笔记，周身笼罩着一团学霸的光辉。

不过后来有一次，课间时，我和吴晓春聊天聊得起劲，笑得忘乎所以，周志清忽然扭头瞪着我们。霎时周围的空气似乎都变冷了，只听见他说：“你们能不这么大声吗？十分影响我思考。”语气特别高冷带感，我和晓春沉默了几秒钟后，她终于没能憋住，笑得很大声。

周志清捂上了耳朵。

真奇怪，他竟然没要求调座位。

杨婷坐在我座位的斜前两排。从我的位置看过去，正好看到她姣好的侧脸。她的鼻子十分秀挺，嘴巴总是红润，睫毛又长又卷，两颗眼珠那样黑，像一渊深潭，手臂如藕段，还有两条模特腿。言情小说里描述的女主角，就是她的样子。

吴晓春也好看，大眼睛大嘴巴，小麦色皮肤，一笑特有味儿，是那种咋咋呼呼的好看。完全符合言情小说里的千年女二形象。

偶尔我揽镜自怜，发现言情小说从来都是给长成我这样的人物统一定位：跑龙套。

而其实，在某人的故事里，我们确实是被这样定位的。

晓春曾经给我画过一幅肖像，送给我的时候，我掐死她的心都有。

“我这么难看？”我问她。

“不啊。你美得很有特点。”

“什么特点？”

“特点就是不明显。”

我伸手就打了过去。

“好吧。你的五官呢，是有点淡，远山细水懂吗？朦胧内秀，没啥看头。但你一笑不得了了，那就是群山回唱，万水奔腾。”晓春躲开了说。

“真的吗？”我龇牙笑了起来。

“我瞎编的。”

杨婷是美女学霸，吴晓春是美女学渣，我不知道是怎么和她们玩到一起的。作为美得没有什么视觉冲击力的那一个，我与她们走在一起就是各种刺激。

如果有人对着吴晓春吹口哨，她绝对是回吹回去的那种型。

曾经有个吴晓春不喜欢的小混混，每天骑着摩托车来学校门口堵她。她烦不胜烦，直接一脚踹翻了他的摩托车。小混混恼羞成怒，上前发难，她先发制人：“你知道我哥是谁吗？下次再敢来，我让你死都不知道自己怎么死的！”

后来我问晓春：“你那霸气的哥是谁啊？”

“陈浩南。”晓春说，“我床头贴着他的大海报呢，每天早上起来看到，我都喊他哥。”

追求杨婷的男生也很多。她上初中的时候，甚至有人尾随她回家。当然，她并不知道，知道的话，她妈妈早就打到人家家里去了。

后来知道了被尾随，是因为那男生给她写了一封信，讲述了自己从初二开始每天跟着她回家的事。她在哪家文具店逗留过，喜欢喝谁家的奶茶，哪天穿的衣服最好看。那封信，把晓春都感动哭了，但杨婷撕碎了，只说了俩字：恶心。

杨婷十分看重学习和成绩。当然，她的妈妈彭兰阿姨也是。高中三年，对很多人来说都是人生最重要的阶段。为了杨婷能好好地利用这三年，有一个好的高考成绩，彭兰阿姨在学校附近买了一个两居室的小房子。出校门，右拐走三分钟，就到了杨婷家的小区。

记忆中，晚自习之后，很少有彭兰阿姨不接杨婷的时候。

记得有天下了晚自习，我和杨婷一起朝校外走去。那晚她学习效率很高，一直在拉着我说怎样和周志清一起找出了一道物理题的三种解法。而我看了一整晚的言情小说，脑子里都是狗血爱情片段。

我们各自兴奋着走出了学校大门，因为专注，根本没有注意到身后有人正在靠近。是在大门右侧的奶茶摊子旁，那人喊住了杨婷，并从口袋里拿出了一封信。是个外班的男生，面熟，但是叫不出名字。

又是情书。我有些嫉妒，转过身去，跟摊主要了一杯巧克力奶茶。

那是从军训结束以来送情书的第四个男生，也将是被拒绝的又一个炮灰。

一分钟后，我再转身，发现男生并没有消失，身边还多了一个人。彭兰阿姨不知道什么时候已经站在了那里，并且已经打开了那封信，借着奶茶摊的灯光，看了起来。

男生想跑，却被彭兰阿姨厉声喝住：“你先别动！”

我也想跑，却被杨婷拽住了胳膊，她的眼神里写满了“求救”。

彭兰阿姨在一所中专学校教政治，教书育人是强项，讲大道理也头头是道。

不消两分钟，男生已经被她教育得要潸然泪下了。

“阿姨，我错了，我再也不追杨婷了。”他非常沮丧地说。

“杨婷你当然不能打扰，再让我抓到，我会找你家长谈谈的。你也不能追别的女生，现在是你们人生中最关键的时刻你知不知道？不好好学习，谈恋爱？你懂得什么是爱情吗？”

男生沉默不语。

“杨婷，你知道他信里说的什么吗？‘你穿白色的风衣真好看’，你看你看，当初我就很不赞成你买这件白色的风衣，根本不是学生该穿的衣服。你现在就给我脱下来，给我脱下来，以后不许乱穿衣服！”彭兰阿姨已经开始动手拉杨婷的袖子了。

我赶紧拦：“阿姨，你看今天有风，小心别让她感冒了。”

彭兰阿姨不再拽袖子，狠狠地瞪了杨婷一眼，对我说：“佳慧，你帮我看着点杨婷。再有这种恶心人的事儿，一定要告诉我。还有，你们不要再跟吴晓春玩了，她学习那么差，会把你们带坏的。”

我低下了头。旁边不断有学生经过，我觉得自己已经变成一条蚯蚓，各种地缝都想钻。彭兰阿姨终于拽着杨婷回了家，男生灰头土脸地看了我一眼，长长地舒了一口气，转身走了。远远地，我看到杨婷被她的妈妈拽着，走得很快。彭兰阿姨似乎还在说教，而杨婷始终低着头，路灯把她们的影子拉长又缩短。

我啜着奶茶往家走，周志清骑自行车从我身边经过，又折回，摁响了车铃跟我打招呼：“许佳慧，刚刚怎么了？”

“杨婷收到一封情书，被她妈妈发现了，在教育我们。”我说话有气无力。

“嗯，教育得好！”周志清很快发表完结论，骑着自行车在晚秋的风里一路奔远。

我气得跺脚：“什么人哪。果然是一道物理题想出三种解法的超级闷蛋！”

我家离学校也不远，我走路上下学，七八分钟的路程。上高中之前，从来没有上过早自习。七中简直太要命，早自习五点半到七点，一整天的课后，晚自习七点到九点半。

还记得刚开始早自习我总迟到，被班主任罚跑圈，跑得脸都麻掉了，眼睛被风吹得直流泪。回家跟我妈发脾气："麻烦你们早上喊我一下。"

我妈说："好好好。"结果那天，我妈把这艰巨的任务交给了我爸，我爸可怜我睡得少，没舍得叫我。于是，又跑圈跑得脸麻掉了。

爹妈不靠谱，只能自做主，于是我开始定闹钟。三个闹钟，每隔五分钟开始响。效果很好。

结果有一天，闹钟没响，我自己醒了，只觉得似乎听见了闹钟响，迷迷糊糊地就穿衣服去学校。走到楼下，觉得怎么今天这天这么黑啊，并且安静得匪夷所思。

刚走了几步，就听见我妈在楼上喊："许佳慧，大半夜的你抽什么风？"

上了楼看时间，有没有搞错，一点半？！哭死的心都有。

杨婷就从来没有迟到过。

吴晓春是个二愣子，就算住在学校宿舍，也照样可以蒙着头睡。我只能解释为她很喜欢跑圈。我猜我们的"革命友谊"完全就是一起跑圈时建立起来的。

七中走读生和住校生各占一半，晓春有双重身份。有时我爸妈下班晚，我们就会一起在学校门口的小吃店解决晚饭。彭兰阿姨每天四菜一汤地照顾杨婷，虽然杨婷很想加入到我们当中来，但我们都觉得她有些不识好歹，自讨没趣儿。

有一次，杨婷硬气地没回家，跟我们去吃麻辣烫。吃完往回走，果然就看到彭兰阿姨站在学校门口等她。为了让女儿学会尊重别人的劳动果实，彭兰阿姨拉着杨婷回家又吃了一次。

一起往教室走的路上，吴晓春说："杨婷她妈怎么那样啊，我以后都不敢和她一起玩了。"

我心想：人家妈妈还不让她和你玩呢。

晓春说："你叹什么气啊。"

"好忧愁啊，社交关系好复杂。"我十分为难地说。

"忧愁你个大头鬼，快看快看，有帅哥！"

"帅哥"二字让我立刻满血复活："哪里哪里？"

顺着晓春手指的方向，我看到一个刘海飘逸的男生，瘦、高、白衬衫、眉眼狭长、鼻梁高挺、薄唇、长颈、长腿……满足了我对初恋的所有遐想。

“流川枫！”只听见我嘴里喃喃的呓语声。

“花痴！”晓春笑着推了一下我的头。

第二天早自习后在外面的早点摊买卤鸡蛋吃时，我又遇见了“流川枫”。作为一个分外拧巴的少女，为了表现我的与众不同，别人都说鸡蛋，我说的是蛋。我对卖卤鸡蛋的大妈说：“给我拿两个蛋！”

大妈没听清楚，问了一遍：“啥？”

“两个蛋蛋。”天知道我为什么要说“蛋蛋”，现在想起来都有要掘地三尺埋葬自己的冲动。大妈平静地给我拿了卤鸡蛋，而正在等着买卤鸡蛋的“流川枫”，已经笑得把持不住！

与众不同的少女就这样变成了谐星。我再也没有给自己机会去认识“流川枫”。

早上上课前的那一会儿，我沉痛地把这件事情告诉了晓春和杨婷。晓春也立刻笑得把持不住。杨婷开始不停地问：“他叫流川枫吗？哪个班的？”从来没有看过《灌篮高手》的杨婷，并不知道“流川枫”只是个代号，所以我跟她解释了好长时间。

周志清吃完早餐坐在座位上，若有所思地看了一眼杨婷，然后说：“我有整套的漫画，你看吗？”还没等杨婷回答，晓春率先点头：“我看，我看。”

后来有好长时间，三十一本《灌篮高手》在整个班开始流传，甚至还“远赴重洋”地到了外班。但杨婷只拿走了第一本，并且没有再还回来。

“对不起啊，”杨婷很抱歉地跟周志清说，“我才看完一半，就被我妈发现收走了。”

周志清挠挠头：“没事儿，我再补一本就行了。”

我在旁边起哄：“你别不好意思，周志清对你很大方。”

周志清瞟了我一眼，照例一副不愿意搭理我的样子。再后来，周志清的桌上多了一套崭新的《灌篮高手》，问了一圈也不知道是谁送的。

“有人暗恋你哟。”我笑眯眯地对周志清说。

“别瞎说。”他脸唰地红了，一直红到耳根，像一片火烧云。

> 不知昨夜做了什么梦，醒来我的欲望就渴得不行，
> 睡梦中他们似乎穿越了沙漠。
> 在欲念和烦恼之间，总徘徊着我们的不安。
> ——纪德

第二章 /

斯人若彩虹，遇上方知有

有一段时间，一般是在晚自习之前，或者早自习之前，打开我的文具盒，偶尔会跳出来一张小字条，上面写着一句简单的话：

“你的声音很好听。”

“我喜欢你写的作文。”

“你的笑容是我生命中有颜色的光。”

说实话，我很高兴。于是托着腮左思右想，前前后后地观察，甚至悄悄对比过几个人的字迹，很想抓住这个放小字条的元凶。遗憾的是，这位写小字条的无名氏，我还没有找到是谁他就停了下来，结束了暧昧的讯息，然后不了了之。

班上确实有一对情侣。虽然并没有公开，但大家都能看出来。他们学习成绩一般，自习课时，总会坐在一块儿。他们一起做题目，男孩似乎愿意把所有时间都交给女孩来管理。每次考试完，他们都会一起对答案。有一次，考完数学，两人对着答案，大概是考得不好，女孩哭了。男孩特别无措，想用手帮她擦眼泪，又不敢，只不停地问：“你怎么了？”

后来有一天，我去教室去得特别早，看到那男孩正坐在女孩的座位上，帮她削考试要涂卡的铅笔。女孩不在，男孩用那种小小的裁纸刀，一点一点地削去木头，露出铅头，专注又细致。好像，那是天底下他能做的最好的事儿。

那场景特别动人。后来他们一起考入了同一所大学。再后来，他们分手，没有走进婚姻。

对于高中生来说，爱情其实就是镜中花、水中月，是动人到不忍触摸的东西。但是，如果能遇到生命中最重要的那个人，也许，是幸运。

吴晓春谈过一次“恋爱”。是她暑假学画画时，喜欢上了一个叫乐乐的男生。喜欢的理由太简单：“他的明暗处理太棒了，简直让人不敢相信！”

他们一起度过了在画室学画的整个暑期时光。恋爱的方式就是，出门的时候给对方带一瓶饮料，或者一根棒冰。下了课，他送她回去，帮她背着画板。根本没有什么“有料”的情节。暑假结束后，男孩去外地读书，他们断了联系。

有一段时间，吴晓春最常用来形容男生的话就是：“不如我们家乐乐。”“嗯，跟乐乐差不多帅。”“哎呀，比乐乐还帅。”

杨婷很喜欢听吴晓春说起与乐乐恋爱的细节。

“他握铅笔的食指上有薄薄的一层茧。

“他喜欢用指甲去修改细节。

“每次喝饮料，他都会先帮我打开瓶盖。

“他走之前，送了我一幅画。不，不是我的肖像，是一组静物，一盘樱桃。落款写着：送给樱桃一样的女孩。”

“还有吗，还有吗？”杨婷追着问。周志清还没来，杨婷坐在他的座位上，眼波流转。

晓春打趣她：“你今天有点不一样哦，你也想谈恋爱？”

杨婷脸一红，没回答。

晓春追问：“不是吧，你喜欢谁啊，不会是闷蛋吧。”

“闷蛋”是我和晓春给周志清起的外号，只在我们三人中间小范围流传。

杨婷说：“不是他，是另一个人。”

自习课上，晓春给我传字条：“完了完了，我有一种不祥的预感。”

我回她：“嗯，你激发了一个少女的春心，小心杨婷妈妈来找你算账。”

“好可怕。”晓春揉起眼睛做出哭相。

七中一个月才会有一次周六周日连休，其他的时间都是只有周日下午才没课，但晚上还有晚自习。每个周日下午，学校都是喧闹的。特别是操场上，角落里有畅谈理想的男生女生，球场上是一群奋力奔跑挥洒青春激情的追球少年。

踢年级赛的时候，杨婷拉我来看过几次。我不太懂足球，前锋后卫什么的完全傻傻分不清楚。整个球场，只认得一个守门员。就算她解说给我听，我也如进云山，一头雾水。对于彭兰阿姨让她看球赛这件事，我有些吃惊。这十分不符合彭兰阿姨对她“两耳不闻窗外事，一心只读圣贤书”的要求。

“我爸爸休假回来的时候，最爱看球赛。我陪着看过几次，就喜欢上了。我妈觉得这是一项考验耐力和拼劲儿的运动，所以不反对我看。”

杨婷的爸爸是海员，常年不在家。从小到大，基本都是彭兰阿姨一个人照顾她。杨婷并不常说起她爸爸，但偶尔说起，眼神里都是暖的。

一个周日的下午，杨婷去我家，要我陪她去学校看球赛。我当时正在等凤凰卫视的日剧推送，实在懒得动，无情地拒绝了她。直到她放出撒手锏：“你去，我指给你看我喜欢的人。”

我立刻从床上跳了下来，扯着她就出了门。

球场里，比赛已经开始。看台上，学生三三两两地坐在一起。这是一场自发的娱乐型比赛。从坐下开始，我就不停地问：“哪个是，哪个是？”

“喏，红色9号球衣的就是他。”

我站起来努力搜索，终于看到了他。怎么形容第一次见到袁毅的感觉呢？整个世界都尽失颜色并开始慢下来，只有他变得鲜活炫目，他奔跑着，争抢着，谁都不是他的对手。他一路前进，左攻右破，所向披靡。

球进了！有人在身边鼓掌，杨婷站了起来。午后的阳光让她看起来如沐金光，眼神里是一个少女初次心动时的专注和甜蜜。

“怎么样？”坐下后，她问我。

“很好。”我说。球场上，那个进球的人已经脱下球衣在快乐地绕着操场奔跑。

“我给他写了一封信。”杨婷轻轻地说。

“啊？你？怎么会？你不怕你妈知道……”我不敢相信自己的耳朵。

“我妈知道。”

“你妈知道？”我站了起来，觉得匪夷所思。

“快坐下。”杨婷拽我坐下。我看了一眼她，不像是开玩笑。事实上，她甚至不会开玩笑。

“到底什么情况？你妈没骂你？”我满肚子狐疑。杨婷会喜欢上谁，这没有什么奇怪的。青春年少，情窦初开，这是再正常不过的事情。只是彭兰阿姨对她一向严厉，几次情书“事故”，都让“肇事者”很难下台。

“我妈前段时间看了一本书。大概就是青春期子女教育的书吧，上面说，要留意孩子的早恋倾向。要让孩子打开心扉，和自己交流，一起解决问题。我妈就问我了，我就说了。”

“那，怎么解决问题？”

“哎呀，他摔倒了。”杨婷又站了起来。我顺着她的目光望去，那个人正坐在地上捂着腿，身边围了一圈人。

高三年级在第二排教学楼里。高三（1）班，在教学楼一楼的最东侧。

从未踏入过这个地界的我，穿过走廊时，有一种走红地毯的感觉，各种别扭、紧张、不敢抬头，虽然也许并没有人在看我。

杨婷由于自己不好意思去送情书，所以，这个艰巨的任务就落在了我的头上。

“为什么？”

“因为吴晓春会咋咋呼呼地让全世界都知道。我也不能去，如果他当时就拒绝我了，我会很难过。所以，只有你了啊，佳慧。你就帮我这一次，我会回报你的。”

最后，我要了这样的回报：杨婷会说服周志清在每次物理考试的时候给我放水。

双赢的谈判结果，我们都比较满意。

在高一楼到高三楼之间，有一个小卖部。路过时，我想了想，进去要了一瓶紫药水和一盒创可贴。我至今无法解释我的这个不为人知的行为。也许只是因为知道那个人受了伤，他正需要。也许我看了太多的言情小说，已经被幻想宠坏。也许是为了达成某个隐秘的心底诉求。也许我就是对那个人也有了一点难以启齿的心动，只能用这种方式做只属于我一个人的纪念。可我没想到，这样的一件小事竟然成为了整件“送情书事件”的拐点。

正是晚自习之前的半个小时，推开高三（1）班的门，学长们都埋头在题海之中，教室里一片安静。坐在第一排戴眼镜的小个子男生主动问：“女孩，你找谁？”

他嬉皮笑脸的样子，让我不太愿意搭理，但还是问了他：“袁毅在吗？”

他立刻回头喊：“袁包子，袁包子有人找！”

我对“袁包子”这个外号，十分无感，无法想象这个外号能和那个人联系在一起。

喊了几声，并没有人应答。小个子男生回过头来问我：“他不在。你是他什么人啊，要不要我带话啊。”

“不用了。”我一边拒绝，一边转身，决定放弃这次行动。

转身就撞上一个人。

抬头，是他。

小个子男生在身后喊：“袁包子你回来了，这个小妹妹找你。”

我立刻窘得不知如何是好，急匆匆地就往前走。听见那个人在身后喊：“哎，你别走，你找我什么事儿？你跑什么啊？”

他的脚步急急地跟来，在楼梯口那儿拦住了我。我只好把手中的粉红色信封和紫药水、创可贴一股脑地递过去。他大概明白那封信是什么，竟然没接。

而我只想赶紧逃离那个当下，连忙解释：“哎呀，我只是个送件人。写信的姑娘很漂亮的。”

没想到，他竟又接了回去，并且回报我一个灿烂的微笑。暮色中，他的笑容像浓郁的豆奶漾了朵花，牙齿白得像落在红梅上的初雪。

任何一种环境或一个人，初次见面就预感到离别的隐痛时，你必定是爱上他了 。

—— 黄永玉

第三章 / 初见的隐痛

在给杨婷复述事情经过时，她看起来十分淡定。而我，是紧张的。因为急走，还有内心怀揣的小小隐瞒。

“其实，那不是情书，我只是说我看了他踢球，他踢得很好。我也想踢球，他能教我的话就好了。还有，他成绩不错，我向他讨教学习方法。”杨婷笑眯眯地说。

“哦，好的。”我默默地回到座位上。奇怪，周志清竟然还没来上晚自习，吴晓春也不知道跑哪儿野去了。

上课铃打响五分钟，这两人才一前一后地进了教室。他们看起来狼狈又引人注目。周志清的衣袖被撕烂了，裤脚都是泥，手臂上还有抓伤的血印。吴晓春也好不到哪儿去，衬衣领口处掉了一颗扣子，头发虽然已经整理过了，但是看起来依然蓬乱，耳环也少了一只。

“你俩咋了，看起来像是跟狗打了一架。”我找出纸巾递给周志清擦血。

“别提了，就是跟狗打了一架。”晓春揪下另一只耳环，“老陈今天不来视察？”

每个周日的晚自习，班主任陈老师都会出现在教室，大概讲十几分钟的话来调动学习情绪。

“小道消息，老陈出差学习，周三才会回来。”

“我得再出去一趟，买点东西。”晓春又站了起来。

“去哪儿，教导主任在外面呢，你现在出去铁定被抓。”

“药店。”晓春的目光落在了周志清受伤的手臂上。

“……学校小卖部就有紫药水和创可贴。”我连忙拦她。

“你咋知道？”

“……”我无法回答。

晓春呜哇呜哇地隔空给我两个大吻，悄悄往外溜了出去。回来后就跟我换了座位，要给周志清上药。周志清不要她动自己的手臂，被她一把掐住胳膊。

一个女孩子的力气能有多大呢？但周志清还是不动了，由着她用棉棒蘸上药水涂了手臂。我坐在后排，看在眼里，内心莫名全是愁绪：多情美少年，屈指芳菲近。多情应笑我，也应笑他。你不知道第一朵雪花何时飘下，你不知道心中何时已盛放春花。对于“与狗打架”这件事，晓春一直没有对我做出交代。我几次威逼利诱地想套个故事出来，她都打哈哈，顾左右而言他。

而杨婷的情书送出去后，似乎也没有收到回应。

那时千禧年将至，诺查丹玛斯的末世论，开始在学校里疯传。吴晓春每天哼唱着王菲的那首叫《出路》的歌：“听说1999年是世界末日，到时候我们一定要结婚，并且有个孩子……”唱得大家人心惶惶，当然也有人很兴奋，比如我。

我的生活忽然涌出来很多的烦恼。我有了一个秘密。不能言说，无法分享，羞耻心与道德感不断上扬与秘密交锋。偶尔从操场经过，目光会不自觉游荡，想寻找一个并不熟悉，却萦绕在脑海里的影子。偶尔能捕捉到那个身影，先是兴奋，又是惶恐，又是羞涩，又是假装的傲娇。一眼之后，绝不敢再望过去第二眼。所以，如果真的有什么末日，大家一起在顷刻间挂掉，对我来说，也许是个浪漫的结局。所有的烦恼不都也挂掉了吗？

再后来学校的公告栏贴出了一张处罚通知单，说高三（1）班的楚白，校纪观念淡薄，公开宣扬“千禧年末日论”，鼓动同学大闹自习课，扔课本，撕试卷，造成恶劣影响，给予留校察看处分。

在周一的全校升旗仪式上，被罚上台点名批评的竟然就是那个袁毅他们班跟我打招呼的戴眼镜小个子男生。原来他叫楚白。

我旁边的晓春怪叫：“这个家伙，没想到还挺帅啊！”

“你认识他？”

“从小跟他屁股后面玩到大的，邻居啊。”晓春笑得很灿烂。

然而到了12月31日那天，并没有发生传说中的灭世，我们依然在学校上晚自习。当然，因为跨世纪节日的兴奋，还有一丝丝沮丧，大家都没心学习。甚至周志清，也在翻看着《萌芽》杂志。窗外偶尔有烟花入眼，就这样结束20世纪的最后一天，大家似乎都有些心有不甘。

教室里交头接耳的很多，没有人想学习。学校的大喇叭里忽然间奏起了音乐，音乐声淡下来，响起一个男生的声音："请大家都到操场上来，一起庆祝跨世纪。"之后音乐又响起，我记得特别清楚，是迈克尔·杰克逊的*You Are Not Alone*。

什么情况？教室里一时安静了下来，大家面面相觑。吴晓春率先跳了起来："啊，有节目了，快去操场，走啊佳慧！"

我跟着跑了出去。身后，不断地有人跟来。走廊上，其他班的同学也开始往外走。抵达操场时，已经有了上百个人，包括很多平日里都闷头学习的好学生。

那一晚，月朗星稀。身边不断传来笑声和口哨声，吴晓春已经拉着我开始转圈。这突如其来的释放，让我感觉，没有末世，就这样活着太好了。

人越来越多，音乐并没有停止。这有些不合常规，照平常说，教导主任早已冲进广播室，把音乐关掉了。换成了*Rabbit Dance*，已经有人开始跳兔子舞。大家自发地拉着前一个人的衣角，开始蹦跳。上百个人一起跳兔子舞的场面，我现在还记忆犹新。每个人的脸上，笑容都那样恣意，似乎是在释放多日来学习的辛苦，也在守望接下来甜蜜困惑的刑期。

我不太会跳舞，被人群挤了出来。吴晓春跳得十分投入。他们一起跳完了*Rabbit Dance*，又跳了*Butterfly*，又跳了*Dancing Cha Cha*。

我走在喧闹的人群中，只希望这舞、这音乐，永不要停止。

有人拍了拍我的肩，回头，我看到那个萦绕心间许久的陌生又熟悉的脸庞。是他。夜色下，他似乎是笑了："来啊，一起跳舞。"

"我不会。"我说，望着他，心里有点惊喜又有点恐惧。"没事儿，我教你。特别简单。"他做出兔子舞的动作。"我……此刻最不想做的就是学习了。"我身体协调性不行，跳舞会被笑掉大牙的，更何况是在他面前。

"那你想做什么？"

"就想这么站着。"我憋了几秒钟，本想抖个机灵，却没抖出来。

"在舞池里一个人站着，会更引人注目。"

"那可不好，坐着呢？"

“坐着，会有人伸手提出共舞的邀请，来吧。”他鞠躬，伸手，很绅士的样子。我哈哈笑，笑完觉得自己太不矜持，赶紧收住。他又鞠了一躬，再次伸出手。

“别。”我制止了他夸张的样子。

他无奈只好收手：“明天星期几？”

“星期六啊。”我说。

“那2000年的最后一天也是星期六。”

“你怎么知道？”

“每年的第一天是星期几，最后一天也是星期几。”

“是吗？”我不太相信。

“如果我说对了，你和我跳舞吗？”

“……现在也没法儿验证。所以，也没办法告诉你答案。”

“我是说以后。”夜色下，他的笑，依然是浓郁的，纯白的，像豆奶。但我有点蒙，“为什么以后要和你跳舞？”他答不出来了，笑得弯下腰去。然后我认出了他的声音就是刚才在大喇叭里的那个男声：“是你放的音乐吗？”

“被你听出来了。”他把食指竖在唇上，做了个“嘘”的样子。

“你怎么这么大胆？现在音乐还在放，教导主任不发疯了吗？”我的声音也小了下来。

“我把钥匙别在门锁里了，门后面还用柜子挡住了。然后我和小黑从窗户那儿跳了出来。”他很得意。

“啊，那可是二楼。你怎么跳的，你的腿？”我连忙停住，捂住了嘴巴。

“用了你买的药，已经好了。”

“你怎么知道是我买的？”我大吃一惊。

“你买药的时候，我就在你后面啊。你还问店主，什么药治踢球摔的伤。我都听见了。”感觉他更得意了一些。

“啊？你，你别误会，那是杨婷让我帮忙买的。”我连忙澄清，像是被发现了自己不可告人的秘密，感觉羞耻无地自容。

“不管怎样，我早好了。”他蹦跳了几下证明自己。

“那就好。”我十分尴尬，“我先回教室了。”

“等一下，”他在身后喊，“给杨婷的信，你帮我带回去吧。”

我转身接过他递过来的白色信封，说：“谢谢了。”

他大笑："你为什么谢我？明明是我该谢你。"也对，我作为他们之间一个任劳任怨的免费小信使，是该被感谢一下的。于是我笑着回他："嗯，不用谢。"

白色的信封并没有粘上，我拿着那封信回班里的路上，心里想的是，他应该知道杨婷是谁了。既然知道了，应该对她的倾心十分愉快。毕竟杨婷是个好看的女孩子，所以这么快就回了信。看来，之后我也没什么机会当信使了。

走到操场边上，才看到几个班主任都站在那儿，一边笑谈，一边有些纵容地看着此刻在操场上狂欢的本班学生们。我从旁边偷偷溜过，心情复杂地上了楼。

杨婷正趴在栏杆上往下看，她的旁边站着周志清，他们似乎刚刚交谈过什么，脸上都带着笑意。我把信递给杨婷。

她问："你怎么拿到的？"

"刚才在下面碰到他，让我转交给你的。"

"他在下面啊。"杨婷似乎在为下去找他还是拆开信封起了犹豫，最后看信的欲望占了上风。周志清在一边问："什么信？"杨婷没答他。我趴在桌子上，心跳有些不正常的快。世纪末的狂欢愉悦中带了一点淡淡愁绪。前排，杨婷已经打开了信，仔细地读了起来。我很希望她能回头来跟我分享一下信里的内容，但她一直都没有回头。我只能看到她微微扬起的唇角，有着快乐的弧度。

音乐在一阵忙乱的嘈杂声后戛然停止，大喇叭里传来教导主任已经愤怒到极点的声音："现在所有人都给我回到班里去！各班老师注意，管好自己班里的学生。五分钟后，操场上剩下的所有人，不管是谁，一律处分！"虽然时间很短，但总算有了某种仪式感的庆祝。大家回来的时候，脸上依然带着兴奋。陈老师最后进班里来，并没有批评任何人，只是笑眯眯地说："玩够了，看书吧。"

教室里很安静，不知道有谁能真正地看下去书。而陈老师望向窗外的时候，是否也忆起了自己的青春时代？

那晚回到家，我立刻翻看了妈妈带回来的2000年新台历，那个人明显瞎说，12月31日，明明是星期天。可是后来我才知道，2000年是闰年，而闰年多了一天。除却闰年的其他年份，第一天是星期几，最后一天也是星期几。

也许，2000年于我和袁毅来说，是错误的时间。

我们，在错误的时间相识，注定无法一起跳舞。

> 爱你是我唯一重要的事，莱斯特小姐。
> 有些人认为爱就是性，是婚姻，是早晨六点钟的吻，是一堆孩子。
> 也许是这样的，莱斯特小姐。
> 但你知道我是怎么想的吗？我认为爱是想触碰却又缩回手。
> —— 塞林格

第四章 /

我原谅所有的缺席和变故

世纪末的狂欢事件，没有任何人受到处罚。连教导主任都没有再追究这件事，让我们都感到奇怪。但很快，大家又被枯燥的学习生活所淹没。

一个周日的午后，杨婷去我家找我。

“陪我去和袁毅踢球。”她开门见山地说。

“啊？”我以为自己听错了。

“他约我周日下午在学校操场见面，他教我踢球。”杨婷一副兴致很高的样子，眼睛里闪着光。

“信里说的？”

“是啊。”

“算了，我还是不当电灯泡了。”我并不想看到他们约会的场景。

“好姐姐，陪我吧。否则我们都会尴尬的。我们约的三点钟，现在都两点半了。”杨婷竟然撒娇起来，“佳慧，去吧，去吧，去吧……”

我实在被磨得受不了，只好爬起来跟她一道去学校。

学校的操场上，那个下午并没有足球比赛，只有几个男生在练球，而袁毅正一边玩球一边等。

“嗨。”他率先打了招呼，笑得灿烂。

我慢吞吞地跟在杨婷后面，听她介绍我：“我好朋友，许佳慧。”

“我知道。”他笑容满面地说。

“你怎么知道我的名字？”我惊讶地问。

“小黑调查得知。”

“小黑？谁是小黑？”

“就是楚白啊。除了白不就是黑嘛，我们都叫他小黑。”

“……好吧, 你们理科生果然思维都不一般。” 楚白, 小黑, 吴晓春的发小。

“你准备选文科？”袁毅问我。

“是啊，理科对我来说就是找虐。”我不好意思地低下头，在很多人看来，脑子不太灵光的人才会去选文科吧。

“我会选理科。”杨婷接着说，“我妈想让我读医。”

杨婷会选理科，这个倒在我的意料之中。

“嗯，”袁毅点点头，“一起玩吧，我教你们运球。”

球到我脚边，我试着踢了下，没踢到，又踢一下，还是空脚。感觉快被自己蠢哭了，只好装模作样：“我不太舒服，坐旁边看你们玩吧。”不敢再等回复，转身走到看台上，找了个位置坐下来，看两人你来我往地玩得高兴。坐了一会儿，竟然看见彭兰阿姨来了。不是吧，杨婷的这第一次约会，就被跟踪了？

本来还想赶紧喊杨婷快跑呢, 但已经来不及了, 彭兰阿姨已经坐在了我的旁边, 问我:“佳慧你认识那个男孩吗?”我摇摇头, 心里很紧张, 在想该怎么帮杨婷解释。

“婷婷跟我说她喜欢上一个男孩子，喏，就是他。”彭兰阿姨指了指操场上的袁毅，“还好我找你们学校老师了解了一下这个男孩的情况，他成绩不错，很稳定，将来上重点大学是没问题的，借着这个机会让他跟婷婷交流一下学习方法什么的也好。我也不是不开明的家长，我也年轻过。外患好解，内忧麻烦。别人追婷婷，直接打压就行了。婷婷自己动了心思，就得我这个当妈的好好操心去引导了。你们这个年纪最麻烦，特别是女孩子，一失足就是千古恨。佳慧，你有喜欢的男生吗？”

“没有……没有。”我连忙摇头。这问题突然袭过来，差点招架不住。

“没有就好。女儿长得漂亮，当妈的就真不能省心。一会儿让这个男孩去我家吃晚饭，好好聊聊。让他们给我个保证，先把感情的事儿放一放，等两个人都高考完再说。”

我对彭兰阿姨立刻刮目相看，深深佩服她的远见。

望向不远处在操场上的两个人，球从她的脚下到他的脚下，又回去。他们看起来十分赏心悦目。不知道现在还陌生的他们，是否会真的陷入爱河。而陷入爱河，也许就是一瞬间的事儿。只是爱情从来都是无法自控，更不用说受控了。彭兰阿姨去要一个保证就能解决掉她所担忧的问题吗？

我坐了坐，决定先回家。一个人往操场外走，胡思乱想着彭兰阿姨的话，只觉得那一对璧人，已经有了瑰丽的未来。心中似乎有一只蚁，正在疾走爬出两人未来的轨迹，脉络清晰，带着金边。

周志清骑着自行车在我身边摇晃：“许佳慧，操场上和杨婷踢球的是谁？”

“高三的一个师兄。”

“给杨婷信的，是他吗？”他继续问。

“嗯。”

“他们在谈恋爱吗？”

“这个……不太清楚。”

“都高三了还能玩出花来……”周志清一打车铃，从我身边飞驰过去。好像很生气。

在我看过的那些有限的言情小说里，男主角的出现，会引发几乎所有女性角色的关注。但他的目光只会放在一个人身上，其他的女孩都是他看不见的浮云。同理，女主角也是。我真的很想敲开自己的脑壳看看里面装了什么。为什么也有点生气，有点失落呢？家里没人，我满床打滚。平时周末的这个时候，我妈已经打完麻将回来了，可是今天暮色已至还没有回来。真是不合格的妈妈啊。

我饥肠辘辘，十分不满。只好在学校门口的小吃店要了一碗面线，一边吃，一边想着彭兰阿姨家的四菜一汤标准规格，不知道今天会不会加菜。我的内心演着独角戏，面线快被我挑烂了。

“这个妹妹我见过！”

一抬头，正看到一个男生端着餐盘坐到我的面前，正是晓春的发小……楚白，嗯，还叫小黑。他长了一张言情小说中完全路人甲的脸。

“怎么一个人？”他热情地把一根烤肠递给我。

“不用不用。”我摆手拒绝，但他实在是太热情，把那烤肠放在了我的餐盘里。

我只好说了谢谢，继续挑战我的面线。

“刚上高中很不习惯吧，慢慢来。”小黑笑眯眯的，眼镜后面一双小眼睛，十分活络。

“习惯的。”我寒暄着。

“学习之外，有没有什么别的爱好啊？”

“……没有。”

“喜欢Beyond的歌吗？”

“……还行。”

这天是聊不下去了，实在不想再冠上冷场王之名。我只好没话找话地问他：“你们班那个袁毅为什么叫袁包子啊？”

“袁包子？是这样的，那时我们高一刚入学，就像你们现在这么青葱可爱。”他笑嘻嘻地顿了顿，“有一天早自习后大家一起去吃早餐。坐在饭馆儿里，有人问他，你叫什么啊。他说，我叫包子。人家其实就是问他名字叫什么，然后他以为是要点东西吃。之后我们就都喊他袁包子了。哈哈，其实就是个小误会，没别的意思。”

“啊，是这样。”并不好笑，我默默地又挑了一次面线。

“说曹操曹操到。”小黑朝我身后摆摆手。

我回头一看，自带男主光环的那人正往这边走。我急咽下一口面线汤：“你不是去杨婷家吃饭吗？”

“你怎么知道？唉，别提了，我们正运球玩着，再一抬头你就不见了，换成一阿姨坐在那儿，然后拉着我问东问西。家在哪儿住，我爸妈在哪儿上班，爷爷曾经在哪儿上班，高考准备考哪个学校。还非要拉我去她家吃饭，把我吓得小心脏怦怦乱蹦。”

“你怕什么，彭兰阿姨做的菜可好吃了，是你没口福。”我脱口而出，有点心疼彭兰阿姨的一片苦心。

“你吃过？”他笑问。

“我当然吃过。口齿留香，余韵绕心。”

“那你描述一下咯。我正不想吃晚饭，你来调动一下我的食欲。”他靠在座椅上抱着手臂看我。

我用筷子挑起一些面线，开始介绍：“那日，我们吃的是豆芽炒粉丝。那豆芽隐在入味的粉丝中间，像沉睡的精灵。只有筷子是唤醒它们的神器，等它们醒了，就开始跳舞，一边跳一边喊着‘吃我啊，吃我啊’。等它们被你送进嘴巴里，才发现它们已经达到了控制你的目的。让你吃完一口还想再吃第二口，第三口，第四口，第五口……直到它们全部被消灭掉，你却感觉到了一种空虚，只想着，还有吗？下次什么时候能吃到？”

小黑在旁边鼓掌，袁毅放下手臂问老板：“你们家有豆芽炒粉丝吗？”被告知没有后，他只好也要了一碗面线。

小黑问他约会怎么样，我竖起了耳朵。他说：“什么约会，就是教她踢球咯。其实她也不认真学，说了好多乱七八糟的。我就安慰她啊什么的，可给我累坏了。踢比赛也没那么累。”

我撇撇嘴：“你提的约会邀请，现在却这么说，好意思吗？”

“这叫约会吗？”袁毅毫不客气地伸手拿走我餐盘里的烤肠，一边吃一边问。

“有时间，有地点，有邀约，有等待，有赴约，有过程，当然叫约会。”反正也不是我的烤肠，无所谓。

“啊？是吗？我没想这么多。”

我撇撇嘴。

“你和杨婷认识多久了？”袁毅问我。

“初一认识的。所以暂时了解比你多一点吧。”

“和我比什么，我也许永远不会了解她呢。”

“以后你们谈恋爱，怎么会不了解？”我不忿儿。

“谁说我们要谈恋爱？”袁毅扭头瞪小黑。

小黑摊手：“看我干吗，我也很想知道你们谈不谈恋爱。”

我哑然，觉得自己今天真是话太多了。

“好吧，我跟你解释一下。”袁毅啃完了烤肠看向我说，“你帮她给我送了信，对吧。然后呢，我回信了，对吧。再然后呢，她又给我回信了。我又给她回信了。信里面，她说想让我去她家讲几道理科题目，我觉得不太好，就回复说下午要踢球。然后她又回复说，带我吧。我就说好吧，我教你运球，你多带几个人，比较好玩。然后她就带了你，然后你还不玩……”

“……我没要你解释。”原来他们已经通过很多次信了，我低头想。

“那下次你玩不玩？”难道他的中心思想不是解释，而是我不玩？

“不玩。”我拒绝，“我对球形物和一群人围绕球形物抢夺的运动实在是不感兴趣。”

“你！”他像被噎住，“你会后悔的！”

被晾了很久的小黑，在旁边弱弱地说了一句：“我也不喜欢球形物！”

在接下来的球形物辩论中，小黑发挥了他的口才，很有周星驰在《九品芝麻官》里的风采。从小吃店离开的时候，球形物Anti粉险胜一筹。

晚自习上课之前，我趴在桌上对着杨婷的座位翘首以盼。她今天有些姗姗来迟。吴晓春照旧踩着上课铃才进来。周志清一直在做题目，我们谁也没搭理谁。

陈老师来给大家进行期末动员。高一上学期就要结束了，希望大家能在期末时为自己交上一份好成绩。好成绩不在分数，只要对得起自己付出的时间……

教室门推开，有个熟悉的身影探了一下。陈老师走出门去，片刻后，喊我：“许佳慧，出来一下。”

一种不祥的预感在我脑海里爆炸，从教室里走到外面的短短十几米路，我一直在内心默念：不会有事，不会有事。

站在教室门口的是我妈，她看起来有些疲惫虚弱的样子：“佳慧，你爸爸中风了，在医院。妈妈晚上要守夜，你下了晚自习一个人回家锁好门。别怕，应该没事儿，你姑姑现在在那儿，我们找了最好的医生……”

我一下蒙了，大脑一片空白。怎么会这样，我的爸爸，他还不到五十岁，怎么会这样?

“我要去看爸爸。”我拽着妈妈的衣角，眼泪已经像断线的珠子一样，忍也忍不住。

“你去了也帮不上什么忙，在学校上自习吧。”

“不，我什么书也看不下去了。”我哭得已经不能控制声音了。教室里有人探头探脑。

我妈没办法，只好让我跟着去。我回教室收拾了东西，跟老师请了假。

医院的病床上，躺着我的爸爸。他还在睡着，嘴角歪了。我竟从来不知道他的鬓角已经长出了白发。多久了，我都没有拉过他的手，此刻摩挲着他右手指肚上的薄茧，我哭得不能自抑。

姑姑无奈地把我拉起来：“你这孩子，哭这么凶，你爸又不是醒不了了。”

“爸爸嘴都歪了。”

“可以正回来的。”

“姑姑不骗我？”

“要不然，你去咨询你姑父？”

姑父是医生，他跟我解释了很久高血压、心脑血管堵塞，病后如何控制之类的。我才算止住眼泪，不再哭了。

不管妈妈怎么劝，甚至是骂我，我也坚持留在了医院守夜。一整晚，我握着我爸的手，心里都是愧疚。

我的爸爸是个好爸爸，可我却不是好女儿。我似乎从来没有为我的父母努力过。我每天都在干什么啊？我竟然，我竟然还在错误的时间里差点喜欢上一个不对的人！

第二天早上，爸爸就醒来了。我记得特别清楚，他用他的歪嘴含糊不清地对我说：“女儿，爸没事儿，别怕。”

说了三遍，我才听明白他说的是什么。

我的眼泪立刻又出来了。

世界上最伟大的事，是一个人懂得如何做自己的主人。

—— 蒙田

第五章 /

心不动，则不痛

第三天，我回到学校上课。只觉得，心如古井，儿女情长的任何事儿，再也不能激起任何波澜了。很长一段时间，我体验着内心的负罪感还有恐惧。我会努力读书。我会努力在对的时间里做对的事情。我会成为父母的骄傲。

虽然和晓春依然每天一起吃饭，但吃饭的时候，我也在背着数学公式。好几次晓春都气得揪我的头发："喂，你到底有没有在听我讲话？"

再也没有见到杨婷会别扭的感觉，更不关心袁毅与她之间的发展动向了。

有一次她颓丧地跟我说袁毅好久没有回她的信了，我也只是淡淡地回了句："是吗？"

那段时间，我和周志清说的话最多。不会的题目我都问他，而他似乎也对我耐心了许多。有几次，在校园里碰到袁毅和小黑，我都装作不认识。袁毅拦过我一次，问我爸爸的病怎么样了。我不知道他哪里知晓的这些，只说："恢复一些了，谢谢你。"

他还想再说什么，我却不想再听，转身走了。他追过来挡住我："我们家有西藏带回来的活血的药物，你要不要给叔叔试试？"

我抬头，"有用吗？"

"应该是有的吧。"

我等不了第二天他带给我，干脆和他约好下了晚自习一起回他家拿。晚自习铃声一落下，我便朝校外跑去，竟然看到他比我还早，已经跨着自行车在等了。

一路上，我坐在他的自行车后座上。上坡的时候，我下来，他也下来推着车子走。下坡的时候，我紧抓住他的衣角，就那么飞驰了下去。再没有了之前在他面前，心里猫抓一样的焦灼和慌乱，我的内心很平静。现在回忆起那时的那种平静，其实更容易理解。那是一种毫无欲求的平静，不再考虑任何红尘情事，不再纠结任何内心隐秘。但那又是一种内心怀揣更大欲求的平静，天地之间，我只求一件事：我的家人能健康幸福。为此，我可以放弃其他所有的欲求。

我在他家楼下等他，看他飞奔着上去又飞奔着下来。还记得那天清冷的月光，地面上映出枝干萧条的影子。

拿了药，我鼻子酸酸的，朝他挥挥手，打了辆车去医院。他竟然也挤了上来："我陪你去吧，太晚了。我怕你一个人不安全。"

"嗯。"我点点头，扭头看他，他的表情有些凝重，好像在做一件大事。

"谢谢你。"我说。

"别怕，会好的。"他的声音轻轻的，却是笃定的。

对十五岁的我来说，爸爸住院，真的是我经历过的最大的事了。妈妈总是边哄我边命令我不能在学习上分心，我虽然努力地听话地去做了，压力和恐惧却无法得到纾解。所以，那一声"别怕"的力量，让我终于忍不住毫无顾忌地哭了。

一周后，我爸出院。说话利索了点儿，嘴巴还是有些歪，右腿有后遗症，得继续按摩针灸和锻炼。那个学期也很快告一段落。寒假里，我每天都陪着爸爸，带他下楼去锻炼，陪他去按摩和针灸。令人惊喜的是，我们遇到一个很厉害的老中医，连续的几次治疗之后，我爸的症状，开始减轻。老中医说，多亏袁毅送的活血药，按摩的时候用上，效果非常好。

心里对袁毅十分感激，辗转向晓春找小黑要了袁毅家的电话，我打了过去。

"谢谢你送的药，真的很有效。"我在电话里说。

"有用就好，叔叔好点了吗？"

"嗯嗯，好多了。"我说，"那药应该很贵吧，大概多少钱呢？我……我以后有钱了还你。"

"千万别提钱，你不是也送过我药吗？我们扯平了。"他似乎是轻轻笑了。

"那……新年快乐。"我不知道该说些什么，就准备挂电话了。

“那个……”他说，“明天可以见面吗？”

“啊？”我有些吃惊，“明天上午要回奶奶家，下午要陪我爸去按摩。”

“那……开学见。”

“嗯，开学见。”我挂断了电话。

除夕夜，全家一起去奶奶家吃完饭回来，爸爸自己上的楼。晚一点，我们看春节联欢晚会，爸爸给我一个很厚的红包。

“买你自己喜欢的东西吧。”他说话还有点含混，但好多了。

“嗯。”接过红包，我很开心。

“你就惯她，给她那么多钱干什么？”妈妈也恢复了以往的“全家第一领导”的样子，伸出手来跟我要，“妈妈先给你存起来好吗？”我立刻缩起了手。

电视里一片热闹祥和，我的家里也是。一切都好，就像从来没有悲伤和痛哭过。看电视时，家里的拜年电话不断，还有几个是找我的。吴晓春打来祝我新的一年像她一样漂亮。杨婷问我爸爸好些了吗，祝我新春快乐。还有一个是袁毅打来的。

“这几天怎么样？”他问，好像我们已经很熟了。

“挺好的，谢谢你。”

“叔叔呢？”

“也恢复得不错。”

“那，祝你新年快乐。在新的一年里能心想事成。”他停了一下，才说。

“嗯，我祝你金榜题名。”我轻轻笑说。他又停了下来，大概找不到词儿了。

“那我挂了。”等了一等，我先说话了。

“别，给你听个东西，千万别挂电话啊。”他似乎终于找到了可以聊下去的话题，声音雀跃起来。电话的另一端，响起了一阵嘈杂时，接着响起吉他声，一首错了很多地方，并不连贯的古典吉他曲《爱情之爱情》。

“好听吗？”他问。

“你弹的吗？”

“是呀。”他的声音透着得意。

“还好！”确实是还好，中间错了一次，还有几次节奏快了。

“就这评价？”他似乎不满意了。

“嗯。”我笑了。

挂断电话，我继续和父母一起看了会儿晚会。晚一点，爬上床，在鞭炮声中，翻看了《红楼梦》，然后睡去。我真的做得很好。我的心并没有起什么波澜。只是那首《爱情之爱情》，它的旋律一直绕在我的脑海。

一整个寒假，除了必要的亲友拜访，我都在家里看书。

初八那天，杨婷来找我。我没想到一起来的还有袁毅，他还提着礼物。我妈妈和爸爸一起下楼锻炼了，只有我一个人在家。

杨婷说："我给他打电话，说要来找你，他非要跟来，还买了东西。"

我让了让："请进吧，太破费了。"我为他们倒了茶。杨婷说她爸爸要两个月后才能回来，家里只有她和妈妈，比较冷清。而袁毅初九就要开学上晚自习了。

"许佳慧，你寒假都怎么过的啊？"袁毅笑盈盈地问我。

"没什么事儿做，就看看书。"我回他。

"看小说啊？"袁毅翻了翻我刚才放在茶几上的《红楼梦》。我点点头。

"佳慧你真幸福，对我妈来说，《中学生阅读》和《青年文摘》是她能接受的课外书极限了。"杨婷接话。

"真的很同情你。"袁毅回她，眼睛里带着笑意。

我看着他们两个带点亲密的样子，觉得有些尴尬，自己也不知道怎么想的，莫名其妙就跑到阳台上打开了窗子。几秒钟后，袁毅打了个大喷嚏。杨婷连忙跑去阳台关掉了窗子，然后关切地问袁毅："你没事儿吧？"

"对不起。"我抱歉地说，"我刚才觉得有点闷。"

袁毅摆摆手，笑嘻嘻地唱了一句："为你我受冷风吹，寂寞时候流眼泪。"

"好听，好听。"杨婷拍起了手。

"在家待的时间太久了吧。"袁毅看向我，忽然想到了什么又说，"要不然这样吧，一会儿我们去K歌。有一家新开的KTV，可以多叫几个人一起去放松放松。"杨婷马上说好，她还从来没去过KTV呢。

我摇摇头："我不去了。你们玩吧。"

杨婷又来求我："佳慧去吧，我好想去。你不去我妈肯定不让我去。"

几遍下来，我只好同意："好吧。喊上晓春一起。"

帮杨婷给她家打了个电话，到底还是没敢说出去玩儿，只说在我家吃饭，复习英语。在电话里，彭兰阿姨叮嘱我晚上九点之前送杨婷回家，我答应了。

之后他们打电话约朋友，我回房间拿大衣，想了想，揣上了我爸给我的压岁钱。我们打车过去，杨婷很兴奋，袁毅坐在前排，偶尔回头看我们一眼。我的目光一直锁在窗外。节日的气氛还很浓，车内FM播放着《恭喜恭喜》啊之类的歌。

“许佳慧爱唱什么歌？”袁毅回头问我。

“……我不爱唱歌。”我说。

“佳慧唱歌可好听了。”杨婷那天十分热情，“上次你唱的那首歌叫什么来着？《你的眼神》，特别好。”

“那一会儿得听听。”袁毅说。

我笑笑说好，心里想的却是，不知道留在桌上的字条，爸妈会看到吗。

我们到地方的时候，小黑已经开好包间在等了，而吴晓春也很快赶来。还有一些其他高三年级的人，大概都是小黑喊过来的。吴晓春悄悄问我：“要不要叫上周志清？”

“你有他家电话？”

“我有。”吴晓春拿出一个粉色的小砖块一样的直板手机，熟练地操作。那是诺基亚3210，看起来特别小巧洋气。所有人的目光立刻都被那手机吸引过去。

电话一打完，3210就在人群中被传了一圈，大家都对这个小物件感觉十分新奇。那一年手机的拥有率十分低，高中生就更不用说了。学校是严禁学生用BP机的，所以大家都只能用家里的座机打电话联系。

吴晓春说这是她妈妈买给她的春节礼物。期末成绩都及格了，这对她来说是十分不容易的。

“那你要是跟杨婷考得一样好，你妈会奖励你什么？”小黑打趣她。

“估计会给我配个电脑。”吴晓春得意地说。

“哇。”大家各种羡慕嫉妒。

杨婷和袁毅一直坐在点歌台前，一边小声说话，一边点歌。

小黑坐到我旁边：“妹妹，今天有点矜持啊。你爸身体好点了吗？”

“好很多了。多谢你。不过，你能别叫我妹妹吗？”

“啊？不挺好吗？晓春是我妹妹，你也是我妹妹嘛。”小黑兴致勃勃地帮我打开一瓶啤酒，“别不开心了，一切都会好的。”

“我不喝这个，”我摆摆手，“有果汁吗？”

啤酒是送的，在KTV里买果汁，会比较贵。想了想，我说：“我出去买吧，你们谁还想喝什么？”

“我喝橙汁。”“酸奶。”“七喜。”“可乐。”……

晓春陪我一起出门买饮料。

“佳慧，”她挽住了我的手臂，“杨婷和袁毅恋爱了？”

“我不知道，也许吧。”

“我看着像，他俩就没分开过。”

“是吗？我没注意。”

“可是小黑说袁毅并不喜欢杨婷啊，好像他喜欢的另有其人。”

“小黑怎么什么都跟你说啊。”

“那是，小时候我是他的跟班，现在他是我的跟班！”

“小黑是不是喜欢你啊。”

“别瞎说，我们是哥们儿！”晓春掐了一下我的胳膊。

KTV不许自带饮料，还好是冬天，我和晓春把饮料藏在了羽绒服的口袋里。回到包间里，已经有人开始唱歌了。饮料分下去，我坐在人群中。大家开始互相认识，有一个师姐叫冯璐，她要了一瓶七喜。

刚刚唱完一首歌的杨婷把话筒送到茶几上，冯璐刚好把饮料打开，一阵“吱吱”的响声后，杨婷的脸上、毛衣上已经沾满了汽水。别人没注意，但我看见了。她是故意的，偷偷在桌底连晃了好多下，就等杨婷过来。

想都没想，我抓住冯璐旁边的围巾就帮杨婷擦。那围巾好像是她姑姑从日本带回来的，特别宝贝，炫耀了好几次，小心翼翼地摘下来，叠得整整齐齐的，放在一边。

冯璐看到我动了她的宝贝围巾，大喊一声：“别用这个擦！”

“啊，对不起师姐，一时没找到纸巾。事出紧急嘛。”我笑着对冯璐说。只见她的脸一阵难看，好久也没恢复过来。饶是如此，杨婷的毛衣还是湿了很多。我陪她去洗手间收拾，用好多纸巾沾，还是潮潮的。我说：“不行，这样会感冒的。”

“没事儿，有暖气的，一会儿就干了。”

“要不然，我把我的毛衣给你穿，反正我穿着大衣，外面还有羽绒服。我先回家去，你和晓春在这儿玩。”

“啊，这怎么行？”

我说服了杨婷把毛衣换给了她，罩上大衣后，准备逃离是非之地。

“可是佳慧，包间在哪儿啊，我找不着怎么办？”

没办法，我只好送小路痴回包间。晓春正好出来，拽住我：“别走啊，你不知道，刚才你们去洗手间，那个冯师姐一直唠唠叨叨的，被袁毅说了。袁毅说，你能不能别这么计较，不就一条围巾吗？果然是为了心爱的女人出头的男人啊。啧啧。”

晓春说着就笑嘻嘻地看着杨婷。杨婷的脸立刻又红又娇羞了。

“你能不能不要男人女人的，好难听。”杨婷跺脚，“我们明明是男孩女孩。”

“好了好了，男孩女孩。”晓春转身对我说，“不然，我陪你在旁边先买件毛衣？”

“你钱多，我可不是。”我当即拒绝，然后把她俩推进了包间里。

从KTV出来后，晓春的话提醒了我，旁边有个商场。想了想，我拐了进去。下午商场人很多，我转到女装区，给我妈妈挑了一件颜色出挑的呢外套。这是我第一次买衣服这样的“大件”商品，有点害怕被多要钱，也有点兴奋自己的“劳动成果”。在男装区，给我爸爸挑羊毛衫的时候，身后有个人喊住了我。

我吓了一跳：“你怎么在这里？”

“我去服务台买单，前台说有个穿白色羽绒服的女孩刚刚买过出去了。今天穿白色羽绒服的只有你了。你说你一个女孩子，抢着和男人买单什么意思？”袁毅看着我笑。

“我……你送我药，我无以回报，就请大家唱歌的时候顺带请你了。”他也不过是个大男孩，竟然敢自称男人？

“回报有很多种啊。再说了，我也不想要你的回报。这次，就当你请了，下次，我得回请过来。”

“还有下次？”

“不想有下次吗？”

“还是别有下次了。”我小声说，但他还是听见了，气得拽了下我的辫子。

对他这突如其来的袭击，我完全受到了惊吓，立刻跳开了去。

“东西买完了？”他觉得好笑地看着我。

“没，给我爸挑羊毛衫。”

“我帮你挑。”他跃跃欲试。

“不用，我自己来。再说了，你自己买过衣服吗？”

他挠挠头：“倒是没买过。”

我笑。他却已经拿出来几件在身上比画着：“你看哪件好？”

就算是挂在胸前比一比，我却觉得像他穿上了一样。那种感觉微妙又动人，忍不住多看了几眼。

“我帅吧？”他看我盯住他，得意地问。

我脸烧起来，从他手里拿了一件，匆匆去付钱。

“回去和我们一起再玩会儿呗。”买单的时候，他靠在收银台对我说。

“……我有人群恐惧症。”我瞎掰一气。

“人群恐惧症？那你每天坐在教室里那么多人中间，不是很害怕？”

“啊，这个，教室是习惯了的。”我无力地辩解着，“你快回去吧，大家肯定都在等着你呢。”

“可我现在不是在等着你吗？”他的声音似乎没有波澜，而我的大脑开始轰鸣。我不再说话，急匆匆往外走。一楼有个大超市，聚集了一堆人挡在了门口，似乎在抢什么赠品。

要出去必须经过人群，果然袁毅也跟了过来，戏谑地问我：“喂，你人群恐惧症好了？”

我耳朵都热起来了，匆匆挤了出去。

不远处的KTV门口，站着一个左顾右盼的少女。是杨婷，她看到了我们，向我们跑来。

“袁毅你去哪儿了？佳慧你不是回家了吗？”

“我去买了点儿东西。”我说，“你们回去玩吧，我坐车回家。”

我拦了辆出租车，坐上去，后视镜里，杨婷挽住了袁毅的手臂。

那时我们还年轻。穿过残垣断壁苍松古柏，我们来到山崖上。
沐浴着夕阳，心静如水，我们向云雾飘荡的远方眺望。
其实啥也看不到，生活的悲欢离合远在地平线以外，
而眺望是一种青春的姿态。

——北岛

第六章 /
无风无自更生漪

我妈对我“乱花钱”这件事，大肆批评。我爸却已经穿上了那件藏青色的高领羊毛衫，感觉帅了年轻了，有回头率了。我妈骂完我，也开始试穿大衣，对着镜子照了一会儿，很不情愿地夸我：“倒是有个优点随我，眼光不错。”

是不错，刚收的压岁钱已经花得一干二净。我们一起吃了个简单的晚饭，然后我回到房间看书。已经晚上八点多，忽然接到了晓春打来的电话，电话里她的声音很急切：“佳慧怎么办啊，这边打起来了。”

“好好的，在唱歌呢，打什么啊？”

“唱歌的时候和旁边房间的人起冲突了，场面火爆啊。”

“那现在怎么样啊，有谁受伤吗？”

“男生们基本都上阵了。哎呀，乱成一团糟了，我要带周志清去医院，杨婷在哭，你快来救驾吧。”

跟父母交代过后，我便去了KTV。果然是晓春说的那样，现场狼藉。房间里只有杨婷在试图帮袁毅查看脸上挂的彩，她离他很近，眼睛里都是关切。我轻轻地带上了门，去楼下大厅的沙发上等他们。过了一会儿，他们一起下来，我挥挥手。杨婷看到是我，愣了愣，然后哭了。像是受了很大的委屈之后见到至亲的人。我只好把她搂在怀里，拍了拍她的肩膀。

“怎么会这样啊。”她哭着说。

“别哭，不会有事儿的。”

袁毅站在一边，他的头发乱糟糟的，有点鼻青脸肿。

“你没事儿吧？”我问他。

“还好。我们先送她回去吧。”袁毅说。

在车上，我尽量安抚杨婷的情绪，让她擦干净眼泪再笑一笑。否则回到家被她妈发现，估计又得审她半夜。袁毅坐在前排，一直沉默。送完杨婷，我跟袁毅说再见，下车准备自己一个人走回家去。他也下了车。

“你不回家吗？”我问他。

“我脸上都挂彩了。等晚一点儿，我爸妈睡着了，我再溜回家去。现在回去，铁定被问。”

“要不要去医院看看？”夜色下，他嘴角肿起来的样子有些好笑。

“算了，我先送你回去。”他说，又问，“那个周志清是不是喜欢杨婷啊？”

“不太清楚。”

“他好像对我有点误会，冷嘲热讽的。我只是把杨婷当妹妹。”

当时学校里很多互相有好感的男生女生都喜欢用认哥哥和妹妹的方式和对方变得亲密，但我觉得这话从他嘴里说出来却是认真的。

我笑笑回他：“杨婷可不是把你当哥哥。”

“你很在意杨婷吗？看你总是维护她。”

“当然，她是我的朋友啊。”

他愣了愣，不再说话了。

“杨婷很喜欢你。”我说，“她又漂亮成绩又好。你们……看起来也很赏心悦目。”

“呵。”他发出轻笑。

“彭兰阿姨也很支持你们。”我说。

他久久没说话，然后喊我：“许佳慧，你应该是不会早恋的人吧。”

“当然。”我说，“我要好好学习的。”

“哼。”他鄙视我，“上次查了你们高一的排名榜，你的成绩真的是……”

“啊？”我扭头看他，感觉羞愧，“你无聊不无聊啊，干吗看我们高一的排名榜啊？”

“我想看就看啊。”他笑。

我生气地快步往前走，不想再理他了。

“喜欢北京吗？”他追上来。

“还行，为什么问这个？”

“在考虑之后往哪个学校努力了。暂定A大是第一目标。”

“厉害。”我朝他竖起了拇指，“高材生。”

到了我家楼下了，我和他道了再见。

“再聊一会儿呗。”他说。

“聊啥啊？”

“随便聊啥都行。”

“好吧。”我说，“你喜欢林黛玉吗？”

“不喜欢，我喜欢薛宝钗。”

“那没的聊了，我最喜欢林黛玉。”

“林黛玉不是太矫情了吗？心眼儿又小。”

“哪有，黛玉多干净啊。”

“那妙玉也干净啊。”

“那好吧，我先上楼了。”

“别走别走，你喜欢哪个季节？”他轻轻地拽了一下我的手提袋。

“秋天。”我说，抬头看了下我家的阳台，正好看到我妈打开窗子往下看，吓得我赶紧拽着袁毅一起蹲下了。

“怎么了？”他问。

“差点被我妈看见。”我拍拍胸口，小声地说。

“看见怎么了。咱俩又没干啥。”他要站起来，被我拽住。

“你别说话！”我小声地说。我们一起蹲着，我拽着他的袖子，小心地听着楼上的动静。时间无声地流过，等终于听到关窗子的一声响后，我才抬起头。一抬头，就看见袁毅正目不转睛地盯着我，那眼神吓得我往后一蹲，坐在了地上。我手里还拽着他的袖子，他竟然顺势也靠了过来，脸离我的很近很近。我几乎可以听到他擂鼓一样的心跳，感觉到他的呼吸喷在我的脸上。

“干吗啊你？”我推开他。他也一下坐在了地上，开始笑。

“笑什么？”我心跳非常快，脸和耳根都开始发烫。言情小说里的某些片段开始在我的脑海里上演。

“许佳慧，我明天就开学了。会很忙。”他说。

我没说话，只听见他又说：“你说的，你不早恋。要说到做到啊。”

我跳起来，往楼上奔去。一直到躺在了自己的小床上，我的心跳都没有缓下来。而莫名的愁绪也开始泛滥，像洪水一样，将我淹没。

正月十六的开学依然是从晚自习开始，一如既往的七中风格。下午我去得早，路过操场时，正看到一群人在踢球，袁毅就在其中。KTV的那个晚上之后，我一直都没有再和他联系过。虽然每一天他都在我的脑海里出现，但是真正看到他的那一刻，我却是连一眼也不敢多看。操场上有人吹起了口哨，我目不斜视地往前走，但一个球不偏不倚地落在了我的面前。

“同学，帮忙把球踢过来。”是袁毅的声音。我脚步不停，匆匆而过，简直是落荒而逃。不能再见他了。我不断地想，最好连话也不要说。

教室里，周志清已经在了。他正在看书，我没在他身上找到被揍过的痕迹。

晓春和杨婷一起走进教室。两人脸上都红红的，冷着脸，像是刚吵过架。

“你俩怎么了？”我问晓春。

晓春大概还在生气，嘟囔着：“她脑子不好。”

当着周志清的面，我不好多问，但猜得到，跟周志清有关。陈老师也来到教室，招呼我们几个去科研楼把书搬过来。全程，他们三个人都没有讲话。我张了张口，发现也没什么好说的，只好埋头搬书。跑了三趟，才把所有的课本都搬过来。又把书发到各人的桌上，基本累得像条狗。回到座位上捧着自己的新课本，十分享受地闻着新书的味道。但晓春在身后长吁短叹，真的很煞风景。我扭头骂她：“再叹气，吃掉你。”

这似乎提醒了她，她立刻愉快地回应：“佳慧，我们去吃饭吧。”

确实快到饭点了，但我不能跟她一起吃饭。我爸还在休病假，我妈也在休假，基本上这个时候回家，是可以吃到美味可口的晚餐的。

晓春不干，我只好说：“要不然你和我回家？”

“好啊好啊。”她点头十分快。

“我没想到杨婷竟然是这样的人。”一走出教室，晓春就迫不及待地说。

“她怎么了？”

“那天在KTV，你知道为什么会打起来吗？你走了没一会儿，周志清来了。他和袁毅不知道怎么回事儿有点不太友好。周志清喊袁毅去外面说话，两人推搡的时候撞到旁边房间的人，然后就这么开战了。周志清手臂破了，流了好多血。杨婷竟然没问一句，还说都怪我，喊周志清过来添乱。周志清太冤了，怎么会喜欢她？”

“你说话真酸！”周志清喜欢杨婷，我们都看出来了。而晓春喜欢周志清，我也看出来了。

“去你的。”她推了我一下。

晓春嘴非常甜，把我爸妈哄得特别高兴。特别是我妈，说了八遍：“我女儿要是长这么好看就好了。”

我恨不得摔筷子走人：“你认她当女儿好了。”

吴晓春立刻喊：“妈。”

我爸一咳嗽，她立刻转身对着他喊了一声：“爸。”

我摔筷子就回了房间。客厅里那三个人正在其乐融融地围着餐桌吃饭。我在床上打滚，闭上眼睛，就看见袁毅在操场上的样子。睁开眼睛，他不见了。就这么反复。为了逃避他的身影在我脑海里的侵袭，我乖乖地回到餐桌上吃饭。我妈正给晓春夹鸡腿：“这个月每天都欢迎你和许佳慧一起回来吃饭。”

我默默地夹起一根腌萝卜条，塞进了嘴巴里。

吃完饭一起回学校，我很认真地对晓春说：“以后我们都不聊男生的事儿了好吗？我觉得学生还是应该以学业为重！”

晓春立刻笑得无法自持，说我这觉悟实在是一日千里。我气得捶她，只听见她喊“流川枫流川枫”，一抬头，果然看见完全符合我初恋想象的“流川枫”站在不远处。而他的旁边竟然站着袁毅，他们站在报刊亭前，好像在买杂志。

我拉着晓春快步经过。过去了几十步，晓春才喘着气说：“你跑什么啊。”

“说了不聊男生，看也不能看。”我拍着胸口说。

高一下学期的生活就这样开始了。新学期的新动力，加上我刻意营造的“心如止水”，让我感觉上课认真多了，并且学习效率很高。每天的作业都可以轻松完成，还有时间看自己喜欢的书，《红楼梦》也在断断续续地翻着。

周志清似乎很满意我的改变，对我很少横眉冷对了。只是杨婷几乎不再来我的座位上找我，甚至，也很少再和我一起回家。有一天晚自习结束后回到家，我接到了她打来的电话：“佳慧，你是不是不喜欢我了？”

我握着话筒怔了怔：“怎么会？”

“你最近每天都和吴晓春在一起，我都挤不进去。”

想想以前我们三个人在一起的快乐时光，我也有点失落：“你们俩快和好吧。还有你和周志清，你们……”

开学快一个月了，我没有看到她和周志清讲过话。

“我讨厌周志清，如果不是因为他和袁毅吵架，袁毅就不会不理我。”

“袁毅不理你了吗？”

“他说他马上要高考了，要全心全意地学习，没时间和我见面。”

“这很正常啊，”我安慰她，“他确实时间挺紧的。”

“我最近特别难受，觉得世界都抛弃我了。”

我也难受起来，安慰她：“周末我去你家做作业。”

电话已经挂断，我站在电话机旁愣了好一会儿。想到这一个月来对她的冷落，我有些愧疚。也许我对杨婷也有那么一点心结。也许，我为了不打破自己的“心如止水”，并不想和她走得太近，以免听到她讲袁毅的消息。

第二天，我劝晓春跟杨婷和好。晓春答应得很迅速，倒是出乎我的意料。但真正去和好的时候，她却是忸怩的。课间操结束后，她递过来两瓶饮料：“给她一瓶！”

我向杨婷转达了晓春的示好，但她并没有接受。

“佳慧，你以后能不能只和我一个人玩？”

“不能。”我想都没想就拒绝了她。

一个人怎么可以只和另一个人玩呢？我不知道该怎么劝说杨婷，也无法理解。

那时的我们虽然不明白很多道理，但都觉得朋友是生命中不可或缺的财富。可以分享秘密，可以缓解压力，可以让自己走在人群中不那么孤单。可以想念，可以生气，可以狠狠对她好，也可以绝交。

没有朋友，只会比成绩差更难度过青春期。

也许她们终有解开心结和误会的一天。我心里默默地祈祷。

儿女的生命是不依顺着父母所设下的轨道一直前进的，所以老人总免不了伤心。

——老舍

第七章 /

我的错都是父母的错

月考考试，我考得还不错。杨婷的成绩却有所下滑，她一直很擅长的英语，竟然刚刚及格。我安慰过她几次，她都怏怏的。

在老师办公室，我见过一次彭兰阿姨。她似乎特别紧张地在和班主任陈老师说着什么。看来杨婷的成绩让她如临大敌。

彭兰阿姨，是我们那个年代多数母亲的代表。孩子的成绩是检验孩子未来的标准，母亲的压力比孩子更大。充满希望，精神紧绷，在投射到孩子身上时，也不自觉地拉紧了孩子的神经。久而久之，便都脆弱了。我跟她打了个招呼，她喊住了我："佳慧有时间来我家吃饭吧。周末吧，去我家给婷婷补补英语？"

"好的。"我答应着走出了办公室。

那个周末刚好是连休，我去了杨婷家。我们一起做英语试卷，她并不太专心，似乎在开小差。

"你怎么了？"我推推她。我的试卷已经完成过半，她的却只写了几个字。

"我不知道，最近睡不好，总是头痛，可能有点神经衰弱。"

"这么严重，需要吃药？"我这才看见她书桌上的一瓶安眠药。

"是啊。"她将手掌覆在了脸上，揉了好一会儿。

"到底为什么睡不着？因为袁毅？"

“不是因为他，也许有一点吧。感觉学习也有点吃力。我妈让我期末考到年级前十。”

“你可以的啊，现在成绩不是前五十吗？”

“我怕考不到，她会不开心。并且我爸爸也快回来了，越想做好，压力越大。”

我拍了拍她的肩，她的肩膀是僵硬的，不，她整个人都是僵硬的。我扯开了英语试卷，问她：“要不要去我家看VCD？”

“啊？试卷还没做完呢。”杨婷用笔敲敲试卷，似乎挣扎了一下，又把笔扔下了。

“你现在最需要的是放松，还有睡一个好觉。”我拉她起来，往门外走去。彭兰阿姨从她的房间里出来，问我们去哪儿。我说我家里有我姑父从北京带回来的参考资料，她只好放行。

我在附近一家影音店租了一套《东京爱情故事》，然后拽着杨婷回到家。连忽悠带撒娇地哄我爸妈去奶奶家待一天，之后，又给晓春打了个电话。

属于我们三个人的狂欢到来了。

晓春来的时候带了好多零食，还有两瓶鸡尾酒。虽然别扭，但杨婷还是与她握手言和了。之后，我们被莉香和完治的爱情故事所吸引。我和晓春都断断续续地在电视上看过这部剧，但杨婷却是第一次看。她看得非常认真。后来，就算《东京爱情故事》的情节，我已经忘记了大半，但仍然记得鼻尖上有颗痣的莉香笑的样子，还有杨婷看剧时认真的样子。这是她偷来的时光呢。

那晚，好说歹说地才让彭兰阿姨答应让杨婷睡在我家。晚上，我们三人挤在我的小床上。我们横躺着，我妈摆了一溜餐桌椅给我们垫脚，每人一条被子，我们因剧情而兴奋得无法入眠。我们聊着剧情，说着私房夜话。庆幸的是，我们并没有完全把秘密分享，我们都保留了内心的一片小花园。袁毅和周志清的名字都没有被提起，那是一个只有女生的夜晚。一个难得的，女生一起做梦的夜晚。

我们每个人都喜欢莉香，并且想成为她。我们想象着以后大学毕业了，去怎样的城市里过怎样的日子，然后遇见怎样的男生。我们会变得怎样优秀。如果我们想念彼此了，就一起喝下午茶。在一个城市最好，不在一个城市，打个飞的也得一起喝下午茶。

而事实上，这些少女时期的想象，在日后的现实面前，就像一场笑话。而我们仨，真正能像莉香一样去追逐爱，并潇洒放弃的，只有晓春。

原本还想让杨婷睡一个好觉的，但那晚我们几乎彻夜不眠。后来，当然是睡到了太阳都晒屁股了。醒来时，家里没人，爸妈估计下楼去锻炼了，而餐桌上已经摆好了早餐。

杨婷特别羡慕地对我说："佳慧，你爸妈太好了。"

"他们就是懒得太约束我吧。我妈总是大呼小叫：'我怎么会有你这样的孩子啊。'但我爸很宠我。每当我妈说'别人家的孩子'时，我爸都会打断她说：'谁家的孩子也没有我的孩子好。'帅吧？"

"超帅。"说完我才觉得不好意思。晓春的父母在她九岁的时候离婚了，她爸爸后来再婚，很少再出现在她和妈妈的生活里。而杨婷的爸爸常年不在家。

于是，我连忙拍马屁："晓春，你妈太潇洒大方了，给你一次的零花钱，就够我一年了。杨婷，你妈更好，每天接送你上学放学，两个人吃饭还两荤两素四菜一汤，太会照顾人了。你看你鞋子都是你妈帮你刷的吧，多白啊。我上初中后就开始一个人刷鞋了。"

"许佳慧，你快算了吧。起码你妈没揍过你吧。我妈给我最多的就是钱和巴掌。"吴晓春坚持比惨。

"其实我不想我妈那么累，甚至还把工作都耽误了。她本来是做班主任呢，现在就只代课了。"杨婷面露愧色。

"父母心嘛。"我安慰她。

没有人能选择自己的出身，选择自己的父母。但我们也没有跟他们打声招呼就降落在了他们的世界里。从另一个意义上来说，父母其实也无法选择孩子。比如我妈，就经常遗憾地说为什么我没有像她一样有肤若凝脂的雪白肌肤。可无论如何，这都是一场天赐的缘分。何其幸运，我们有这样一层关系，比世间所有的其他人都要亲密。

"不管怎样，为我们的妈妈生了我们干杯！"我们仨把豆浆碗碰在了一起，然后嘻嘻哈哈地喝了起来。

那次夜话，我们达成了一个共识，那就是不虚度高中三年的光阴，以后有能力走出小城，像莉香一样生活奋斗。

在我的一个上了锁的本子上，我们仨各写了一句话。

吴晓春写："八仙过海，各显神通。"

杨婷写："挺住意味着一切。"

我写："平安。"

时光快起来。树的枝丫染了绿。单调的冷色世界也渐渐变得浓烈与鲜艳。春天就这样来到我们身边。

杨婷的爸爸回来了，并且会在家休息两个月。杨婷十分珍惜和爸爸相处的日子。她还去我家送了她爸爸带回来的礼物，有晒干的海星、贝壳，还有珍珠手链。她还让我不要告诉晓春，因为她没有给晓春准备礼物。我无奈地笑，感觉她对晓春始终没能解开心结。

然后，她出事了。因为没有亲历现场，所有的故事除了当事人自己的叙述，还有五花八门的道听途说，但大致是这样的。

那是一个周日的晚自习。在上课铃打响之前，杨婷去高三（1）班给袁毅送礼物。当然，礼物是她爸爸带回来的。那是一个水晶球，里面装有南太平洋的蓝色海水，上面漂了一只白色的小船，非常漂亮别致。杨婷推开高三（1）班的门，喊了几声袁毅，但小黑和袁毅都不在，并没有人应她。

她正准备离开，有个女生喊住了她，问她什么事。那女生就是在KTV里拿七喜溅杨婷一身的冯璐。冯璐看了看杨婷手里的水晶球，说可以帮她把东西交给袁毅。杨婷想了想，就同意了。可是球刚递过去，冯璐就失手把它打碎了。

到底是故意之举还是无心之失，已经无从查证。但那个她父亲远赴重洋带回来的心爱之物就这样碎成一地狼藉，让杨婷无法接受。

她们开始吵架，甚至动了手，谁也拉不住。我无法想象杨婷会与人动手，而传言里，冯璐到处跟人说：“她像个疯子一样，我的耳朵都快被撕掉了……”最后这事儿闹得教导主任也知道了，两个人都被喊了家长。

杨婷曾说她爸爸很宠她，但那次，从教导处出来的杨婷爸爸，脸色并不好看，杨婷被他拽回了家。之后，杨婷爸爸把教导主任的话，复述给她听：

“这才多大，就知道主动地去追男生，不得了啊。”

“两个女孩子因为一个男生打架，不丢人吗？”

“高三学习那么紧张，耽误人家高考怎么办？对学校来说也是损失！”

“常年不在家？孩子不比工作重要吗？子不教，父之过。孩子的错都是父母的错，这个道理懂吗？”

我难以想象，杨婷的爸爸是怀着一种怎样的心情，把那些话重新扔给杨婷。后来我才明白，他是太心痛，以至于无法独自承受，必须和始作俑者一起承担。为了杨婷能彻底地认识到错误，还有事情的严重性，杨婷爸爸在转述结束后，开始自扇耳光。一下又一下，每打一下就说一句："子不教，父之过。"

"我错了，对不起爸爸。"杨婷哭得很凶。

"我的脸都让你给丢光了！"她爸爸的目光冷厉。

杨婷开始像她爸爸那样不断地扇自己耳光。不知道多少下，每一下，不是打在脸上，而是刺在心里，心不知被刺了多少个窟窿，千疮百孔。

每一下都是自我的否定与践踏，每一下都拉紧了原本就紧绷的神经。

"我爸爸自尊心十分强，并且要面子，一直以来，我都是他的骄傲。那次他回来，我成绩并不好，还出了那么一档子事儿，确实像是打了他的脸。"后来，杨婷跟我提过一次那件事，她十分理解她爸爸当时的暴怒。但我并不觉得她当时能消化掉，她最爱戴的人，在她最需要他宽慰的时候却否定她、深怨她。

保护自己是一种能力。无论伤害是来自陌生人，还是来自至亲，如何化解伤害，是永久的课题。只是当时我们不懂如何与生活和解。我们被陌生人伤害了，会想还击，会感觉到自己的渺小。而被至亲伤害时，只会悲痛欲绝，并且与对方一样都不能原谅自己。

杨婷事件闹得沸沸扬扬。一时间，冯璐、杨婷还有袁毅，是大家茶余饭后的消遣。虽然我刻意不去听，还是躲不过。有一次课间，杨婷怏怏地问我和晓春："我是不是挺丢人的？"

"瞎说，你帅极了，比我哥陈浩南还帅。你怎么不真的把她的耳朵撕下来？"晓春立刻表示支持。

我在一边点头："别想这事儿了。都过去了。"

一天天过去，之后看着杨婷越发瘦削和孤单的背影，我总感觉如鲠在喉。于是，在一个晚自习下课后，我和晓春借到了周志清的自行车，我骑着，载着晓春跟着冯璐的自行车，直到她形单影只，然后直接撞了上去。撞完，我们扶起自行车就跑。

"师姐，以后要清白做人。"晓春对她喊，"别没事儿就当贱人。地球人的脸都让你给丢光了。"

从地上爬起来的冯璐，跺脚叉腰骂人。但她骂的什么已经不再重要，我长这么大参与的最严重的一次"暴力事件"，简单结束。

回去的路上，我骑着车，晓春坐在我身后，拉着我的衣服。夜风吹来她的声音："许佳慧，你怎么知道我想揍人？"

"你眼睛里有杀气。"

“只是这次打得不过瘾啊。”

“你还经常打啊？”

“有过一次。还记得我和周志清跟狗打一架那事儿吗？”

“记得啊。说起来打架，你倒是比杨婷有经验。”

“那是当然。”晓春声音里透着得意，“其实那次是周志清救了我。我不是在聊天室交了个网友吗？然后那个周日下午，我去和网友见面。那网友是个小混混，还带了他朋友一起。他动手动脚的，我特烦，想赶紧走，却走不了。刚好撞见周志清，然后他出手救我。一个人打两个人，特别爷们儿。”

“是吗？你怎么现在才敢说这件事儿？”

“哎呀，你说周志清怎么这么帅，总是一个人打好几个人。上次在KTV也是，打得又热闹又好看。”

“你还真喜欢打架的男人啊，怪不得认陈浩南当你哥。”

“嘿嘿，这是秘密啊，你别告诉别人，也别告诉杨婷。”

“那套《灌篮高手》也是你塞周志清桌子里的吧？我一猜就是你，我认识的人中，就数你最财大气粗了。”

“嘿嘿。”吴晓春把脸放在了我的背上。因为内心住着的那个人，因为讲述的事情与那个人有关，我似乎感觉到了她拽着我衣角的指尖都在微微颤抖。

“佳慧，你有喜欢的人吗？”她的声音里都是甜蜜。

“有吧……”面对晓春的真诚，我不想隐瞒，可更没办法坦诚。

“是小黑吗？他老打听你。”

“怎么可能！”

“不是周志清吧。”

“放心吧。”

“我知道了，是流川枫！”

“哈哈……你联想力不错……”

“你快说啊！”晓春开始坐在后面乱晃，车子歪歪扭扭地前进，我们嘻嘻哈哈地闹着向前冲，眼看就要撞向绿化带。等在一边不耐烦的周志清，上前一把拽住了车把。

第二天下了晚自习，我在教室里多坐了一会儿，做完了一张试卷后，一个人往家走去。

“许佳慧。”是袁毅的声音。我回头，却没看见人。

“在这儿呢。”他又说，我这才看到路边一棵树下给人下棋的石桌旁，坐着袁毅。

“有事儿吗？”

他拍拍身边的石凳说：“来，坐。”

我站定：“我得回家了。”

“回家那么早？我以为你喜欢骑着自行车撞个人什么的才回去呢。”那时真的特别讨厌他的话里总带着戏谑。

“你是来替那个冯师姐打抱不平的吗？”我没好气地问。

“你觉得呢？”他笑嘻嘻的，让我更恼了。

“我去找过杨婷了。”我没说话，等他继续说下去。

“我跟她说清楚了，不要她再在我身上浪费时间了。这件事因我而起，我对她感到挺抱歉的。”

“什么意思？”

“就是希望她不要再喜欢我了。”他看着我，小声地认真地说。

“为什么？”我想起杨婷挽住他的手臂，昏暗的KTV灯光下她帮他检查伤口时认真心痛的表情。

“不早恋啊。你的想法挺对的。”他一副无所谓的样子。

“你……你不能这样……”

“那我该怎样？”

“你这样，她不会难过吗？”

“难道我吊着她吗？我不喜欢她。”他站起来，语气里带了些不满，“因为她和冯璐我最近都红得发紫，赛过明星了。”

“可是这也不怪她啊。是冯璐不对。”我解释起来。

“你总是处处维护她。”他朝我走来。

“不是我维护她，而是事实如此。喜欢一个人的心是没有错的。”

“如果这么说，不喜欢一个人的心也是没有错的。”他站在了我的面前。

“她那么好，你怎么会不喜欢她？”

“因为……因为我有喜欢的人了。”他看向我，又低头。就是在那个瞬间，我明白了他的意思。我转身就走。

“你站住。”他喊我，我却走得更快。

“你为了杨婷不理我？”片刻后，他的脚步声在我身后响起，霎时，我的手臂已经被他拽住，我看到他亮亮的眼睛，还有因为认真而锁住的眉头：“我就问你一件事儿，最早的时候你为什么要买药给我？杨婷根本忘了我腿受伤的事儿！我觉得我是懂你送信那天的意思的，难道是我理解错了？”

我的手臂被牢牢拽住，根本甩不开。情急之下，我去推他，他又捉住了我的另一只手臂。

“我收到过很多情书，你觉得我为什么要回你送的那一封？”他追问着。

我无法动弹。我们正以十分难看的姿势在路边的阴影处站着。

“你先放开我，好吗？”我求他。

“你先告诉我。”

“对不起，”我十分认真地对他说，“可能我当时也不知道自己在做什么吧。”

“我马上高考了。我也不知道我为什么会这样。我的时间很紧张，可就是……”他盯住我的眼睛，“许佳慧，我就是想知道，你对我是不是也有……我没办法专心，我总想着这件事。”

“没有。”狠狠心，我撒谎了，“没有。所以，你专心复习吧。”

袁毅的眉头还是那样皱着，但握住我手臂的力度已经卸掉了。挣脱开后，我转身往家跑去。上楼的时候，却特别想哭。忍了又忍，等到终于躺在了无人打扰的自己的床上，我的眼泪才开始肆意。

我妈发现了点什么，敲了敲我的门：“许佳慧你怎么回事？”

“林黛玉死了，呜呜呜……”我妈没有再理我。

《红楼梦》我再也没能看完。林黛玉去世之后的章节，我失去了耐心。

第二天傍晚，我回家吃晚饭。从操场边上经过的时候，我看到了袁毅。然后，他也看到了我。他停了下来，不再追球，也无视别人的起哄，就那么站着看我。夕阳下，他沐浴的金色光辉，还有颀长身影，变成一幅画。四周嘈杂无比，而他站在只属于他一个人的静默里。后来，我才明白，这是他在向我告别。从此之后，我的世界里不会有他，他也不会再为我做任何莫名其妙的事儿，说任何莫名其妙的话。

阳光下，他似乎站成了一棵树。而我，是经过树边的滚滚车轮，是车轮扬起的一阵沙尘，是沙尘飘飞时沾上的一只彩色气球，是要经过他飞到别处去被风带走的纪念物。

赢得一颗没有谈过恋爱的心，

这就等于进入一个没有设防的城市。

—— 小仲马

第八章 /
夏风十里，不如你

语文老师姓张，年轻，有才华，小个子。每一节语文课之前，他都会先讲一首古诗词。他讲着诗的意境，作者的生平，激昂且眉飞色舞。他是真正的文人，我再没有见过任何人把古诗词讲得和他一样动人。

每当上作文课，他都会声情并茂地给我们读一些名家的短篇。还记得有一次作文课上，他读的是路遥的《早晨从中午开始》。

“我不能这样生活了。我必须从自己编织的罗网中解脱出来。

“人是有惰性属性的动物，一旦过多地沉湎于温柔之乡，就会削弱重新投入风暴的勇气和力量。

“你感到人是这样渺小，又感到人的不可思议的巨大。你可能在这里迷路，但你也会廓清许多人生的迷津。”

……

这就是我现在的感觉啊，我听得无法控制自己而大哭起来。

没有人劝得了我。两节作文课，我根本一刻也没法停止哭泣。

我似乎从来都没有这么伤心过，也没有这么释放过。

后来我想，也许我就是该哭这么一场了。生命欠我一场大哭，便给了我这样一个机会，让我滑稽地演绎了内心的脆弱和纠结。

只是，无人理解我哭什么，连我自己也不明白。

特别感谢周志清没有一再地问我怎么了。张老师也没有打断我的哭泣让我滚出去。还有吴晓春，那若有若无的轻拍安抚。

下课后，晓春问我：“你这一哭，惊天地泣鬼神的，要不要听听我的感想？”

“不听。”我才不要任何人的感想。

“那你要不要吃个辣辣的牛肉面，加一瓶可乐？”

“这个可以有。”

“流了这么多眼泪，要补充体力和水分。并且你鼻子塞了吧，喝点可乐打个嗝，我包你舒服。”晓春拽着我就走。

“嘿嘿。”我笑起来。

之后的很长时间，我似乎在心里筑起了一堵墙。为了不胡思乱想，我在学习之余，开始翻阅经典，零花钱都用在了买书上面。

半个月后的一个周日下午，我在学校门口的小书店，看上了一本《牧羊少年奇幻之旅》，爱不释手。一摸口袋，却没带钱。因为只剩最后一本，我就跟老板说一定要给我留着，我立刻回去取钱。

风风火火地跑回家，又马不停蹄地跑回书店，书还是被买走了。

“为什么？”我气得要揪住老板的衣领。

“人家一下买了十几本，并且不要打折。你每次都是五毛钱五毛钱地跟我砍价。”老板一点都不觉得抱歉。

但几天后去上晚自习的时候，我的课桌上，却赫然放着那本《牧羊少年奇幻之旅》。

我问周志清是谁送来的，他说他也是刚到不知情。

我翻开扉页，想找到一些诸如“赠送语录”之类的话，却没能找到只言片语。只有书里的一句话，被蓝色钢笔画上了横线：

“希望你想要的，整个宇宙都会助你实现。”

直觉告诉我是袁毅。

但理智又推翻，不是他。

高三的学习有多紧张，从学校的态度上可以看出来。半个月一小考，一个月一大考。每次都出榜，所有人的名字都可以在榜上找到。七百多个高三生，加上两百多个复读生，近一千人的成绩单，都用毛笔在红纸上写好，贴在学校最醒目的地方。

不可自控地，我总会在榜上找袁毅的名字。他成绩很好，每次都在前十之内。这表明，他考上A大的可能性很大。

那天之后，他再也没有在球场上出现过。

天气越来越热，高三学子们迎来了高考。七月的那三天，天热得像个蒸笼。

我们为师哥师姐们腾出教室，放了三天假。我窝在家里复习功课。已经有蝉鸣了，知了知了地叫着。

所谓的决定命运的那三天，真的会决定一个人一生的命运走向吗？

袁毅能考得很好吧。然后终于海阔凭鱼跃，天高任鸟飞了。

“一定要考好。”我默默地为他祈祷。看书的时候，躺床上的时候，站在窗前望向学校的时候，吃冰西瓜的时候。

站在我家的后窗边远眺，可以看到七中正对面的那条街。街上车水马龙，站着很多父母。他们端着水和吃食，殷切地祝福和等待着他们的孩子。

像是一场战争。有胜者，有败者，有投机者，也有逃兵。

但当战争结束的号角吹起，所有人都会长嘘一口气，有那么点轻松吧。

袁毅他们高考结束后，我们继续回到校园，迎接期末考试，然后放假。

放假前的校园是喧嚣的。学校的广播里播放着吴奇隆的《祝你一路顺风》。

书包装不下所有的习题集，剩余的都抱在怀里。抱着它们走出校园，被谁不小心碰落一本也会迅速捡起来。日后我曾想，那些习题集，是生活赐予我们最早的历练，一场又一场地下来，便慢慢地积累了活着的底气。

收拾干净课桌，晓春在后排嚷嚷：“许佳慧，过两天我就去找你玩。唉唉，周志清，我可以找你玩吗？”

“不能，”周志清面无表情，“我很忙。”

晓春失落得没再作声，坐上她妈妈来接她的奥迪时，也没有一丝笑容。

我和杨婷在校门口站了一会儿，聊着天。似乎暑假也没能让她放松，对她来说，也许接下来的时光和眼前的时光都是一成不变的。无论寒暑，就是学习学习再学习。

从远到近的两个身影慢慢清晰，是小黑和袁毅。

小黑笑容可掬地打招呼，袁毅没有说话。

“你们来学校干什么？”杨婷的眼睛在顷刻间亮了。

“班主任让我们来研究志愿表。”

“估分了吗？”

“嗯，差不多。”

“准备报哪所学校呢？”

“我要浪迹天涯，越远越好。”小黑笑嘻嘻地说。

“袁毅呢？”杨婷盯住袁毅。

“我只上A大。”袁毅说，低下了头。他没有看我一眼。

“你们聊。”我转身离开，长长地呼出一口气。

我爸的身体在锻炼了半年后，已经恢复得差不多，准备开始复工上班。

而我，也开始享受美好的暑假生活。

第一天当然是看小说熬到半夜，然后睡到日上三竿，我妈在我房间里进进出出了二十趟，我才爬起来。

第二天，早晨从中午开始。看闲书看电视吃零食。晓春打电话约我逛街，立刻跳出门去。

小商品市场什么的，是我的最爱。还好土豪吴晓春是个淳朴的少女，一点都不嫌弃十五块钱一副的耳环。但遗憾的是，耳环虽美，却无用武之地，没耳洞的人买耳环干吗?

“去打耳洞。”她拽住我。

“很疼吧。”

“这么漂亮的耳环戴不上，心才会疼。”

我挑了一副埃菲尔铁塔的银针耳钉，被一位打耳洞高手在瞬间摁在了耳朵上。似乎只有一秒钟的疼痛，耳钉已经在耳垂上闪耀了。

除了有点红肿，看起来，确实多了一点……女人味。

晓春选的是高跟鞋耳钉，原本就明眸善睐，耳朵上的那一抹亮灿灿，真是锦上添花。

美滋滋地站在镜子前照了一会儿，晓春又来劲了：“我们去烫头发吧。”

“烫什么头发啊，回家要被我妈抽死了。”

“走啊，看看什么样儿，等开学了再拉直呗。”

“算了吧。”

“我请你啊！”

“这样啊，那好吧。”我立刻被诱惑了。

在一家美发店，我和晓春一致选择了做莉香头。理发师大哥不太明白什么是莉香头，我们连说带比画地交流了好久。

“我明白了。”大哥说，“做出来包你们满意。”

于是我放心地任凭他在我头上作业了两个多小时，等待着脱胎换骨成“民间版莉香”，惊艳死自己。

但感觉越来越不对劲，我似乎正在变身学校小卖铺的方便面头阿姨。一切尘埃落定后，别说惊艳了，惊吓在那一刻也不能完全表达我的心情。

“什么啊这是，你赔我头发。”我哭了出来。

但坐我后面的吴晓春做好了头发出现在我面前的时候，我又笑了。因为我们俩基本一样，是两个已经约好要去跳广场舞的大妈。

只好一起哭笑了才从理发店出来。

为了缓和大妈头的冲击，我们又再一次奔赴小商品市场，买了发卡、发箍，好歹恢复了点青春美少女的气息。

“不如，我们再去买衣服吧。”吴晓春简直成购物狂了，“买热裤和高跟鞋。”

还好她的手机恰巧响了，被生拉硬拽的我连忙逃到一边。街边有一面被一家服装店“请”出来的破镜子，我对着镜子一边欣赏自己的新造型，一边等晓春接完电话。然后，我看到了袁毅。

镜子里，他正从马路对面走过。白衬衫，牛仔裤，挺拔，匆匆。我看不到他的表情，也不知道他的目的地。当然他没有看到我。虽然隔着一条街道，但那种擦肩而过的无力感突袭而来。

这种无法解释的怅惘在后来终于被找到了答案。

我想看到他。从踏出家门的那一刻，我便对也许会遇到他有了期待。我踏出每一步，穿过每一条路，绽放每一次笑容，我的心都在浅浅地敲着“会遇上他吗”的木鱼。

不敢承认，不想承认，羞于承认的我的十六岁，我压抑了我的行为，却没能建设好我的心。我就这样无法控制地喜欢上了一个人，还坚持以为我不喜欢他。

打完电话过来继续拽我的晓春，没有发现我与两分钟前有任何的不同。我们斗嘴打闹，继续逛街，我陪着她买了热裤和高跟鞋，甚至自己也买了一套。我们和店员讨价还价，机智卖萌。我们穿着新买的衣服走在熙熙攘攘的街道上，带点忸怩、踉跄，嘻嘻哈哈互相埋汰对方。我们接受路边男孩派送的花，并被比喻成花。我们经过书店、咖啡馆、小餐馆、宠物店。我们逗了一只高大的阿拉斯加犬，各自吃了一大碗冰沙。我们聊了杨婷，聊了周志清，聊了我的爸爸，晓春的妈妈。我们各自做出疲惫的样子把头枕在手臂上。我们望着对方傻笑啊傻笑啊……

做这一切的，是我的躯壳。我的灵魂似乎并不在我的身体里面，我，飞了好远。

晓春兴致太高，嘴上虽然嘟囔着脚后跟磨了血泡，却依然不想回家。我用她的手机打电话给了家里，我们一起去吃牛排。

第一次使用刀叉手忙脚乱，埋头全力对付一块肉的事儿还是第一次发生。晓春一边不遗余力地嘲笑我，一边不停地发着短信。等我再抬头时，就看见袁毅，白衬衫，牛仔裤，挺拔，匆匆地向我们走来。

我连忙低头，心里像是有一万匹马跑过，耳根已经发烫，蔓延到全身，闭上眼睛似乎能听到血液正在百倍地加速流淌。而内心无数齿儿的齿轮开始无缝咬合，转动起来，咔咔咔。

我要死了。我想。

比物理考18分还不能呼吸。

而他，拉开我身边的座椅，坐了下来。

遇见是两个人的事，离开却是一个人的决定。

遇见是一个开始，离开却是为了遇见下一个离开。

这是一个流行离开的世界，但是我们都不擅长告别。

——米兰 · 昆德拉

第九章 /

告别的意义

我深深地吸了一口气，再抬头，看到小黑坐在对面晓春的旁边。

“天哪，你们俩怎么回事？”小黑一脸不可思议，嘴巴里可以塞个乒乓球。

我拽了拽头发，听见坐在我身边的袁毅对我说：“你好。”

“你好。”我弱弱地回了一句，一种无处可逃的羞耻感传遍全身并写在了脸上。这头发，这打扮，这不潇洒的态度……

“不好看吗？我们是多么熠熠生辉的一对姐妹花啊。”吴晓春捧着脸得意。

“吐啊吐啊，就习惯了。”小黑真的很毒舌。

吴晓春打了他一拳。

我努力把注意力放在晓春和小黑身上，想问小黑为什么会突然出现在这个饭店，也想说几句打趣的话，却说不出来。只好低头努力吃肉，却发现刀叉更加不听使唤。

就在我不停地跟肉较劲的时候，身旁有一只手拿走了我的盘子，不由分说地帮我把肉切成了小块儿，然后又推了过来。

对面的两个人目瞪口呆，我也愣住了。

不过，作为一个机智的少女，我立刻鼓掌：“切得真好。”然后把盘子推到了饭桌中间，对小黑说，“一起吃吧，这里应该有筷子吧，还是用筷子比较好。

我吃不了这么多的。”

“你怎么这么诡异？”晓春开始咋呼，“你刚才还说你饿得能吃下一头牛，要我再买一份候着。”

……

我沉默不语。

小黑把盘子推了回来：“我们在这附近有个同学小聚会。现在还没到时间，我给晓春发短信知道你们在这儿，就先过来坐会儿。”

原来是这样。我舒了一口气，不知道要不要去吃那些被切好的肉。可是如果不想说话的话，还是吃吧。

我开始默默地吃。听小黑和晓春插科打诨，你损我我损你。然后小黑终于接了个电话，他们告辞，袁毅起身时对我说：“再见。”

“再见。”我回他。

那个傍晚，我们只有两句对白。

你好。

再见。

他们走后，我面无表情地嚼着肉，已经品不出任何滋味。

“你和袁毅看起来怪怪的……”晓春若有所思，“我好像闻到了一点不一样的味道。”

我没搭理她。

她继续说：“以我行走江湖多年的经验，我觉得他好像在生你的气。可是为什么生气还帮你切肉？哦，不对，他为什么要生你的气？你快点给我如实招来，你不招我回家就审小黑！”

“说得小黑和你一家似的，你们定了娃娃亲了？”我转移话题。

“你少跟我打岔。”晓春气急败坏了。

“不知道杨婷在家里干吗。”我继续打岔。

“你瞧你那小气劲儿。”晓春拿出手机，似乎要给小黑打电话。

我继续不急不躁：“也许和周志清一起上了个什么培优班也不一定啊。”

“什么培优班？”吴晓春放下了电话，眼睛里已经开始闪烁花痴的星星。

“就是我们学校的秘密组织啊，只能全校前一百名的尖子生参加。你想去也去不了啊。”我打击她。

“为什么我不能去啊。学校还不让差生进步了？”

“他们讲的内容你确定能听懂？”我继续打击。

“我听不懂我发呆总行。”晓春不依不饶，“再说了，一切皆有可能！气死我了，这顿你买单！”

“好吧……”

结账的时候才发现，钱已经付过了。前台的服务员说：“就是刚才和你们坐一起的高个子男生付的。”

我整个身体都僵住，脑袋里又是一阵轰鸣。

那个暑假的意义，在之后，变得不那么单纯。心如止水的假象更像是繁荣的泡沫，在被看不见的力量戳破后，没有挣扎和缓冲便逐个消失在青春躁动的云层里。

烫的头发太丑，已经被我妈强行拽着剪成了超短发。对镜自照，简直就是个以假乱真的青涩少年。耳钉虽然被我拼命保住，但它更像是没有什么战斗力的残兵，画蛇添足一样的存在。而之前还心之所向的女人味，已经变成一个未曾拥有过的笑话。

我一直窝在家里很多天。羞于见人是一方面，无处可去也是一方面。可吴晓春竟然真的买通了关系去读了培优班。很想知道她是否真的心甘情愿用发呆来打发时间。

七中毕业生报志愿的那天，我也只敢从我家的窗户那儿往外看了看。七中大门外熙熙攘攘，家长和学生进进出出。我站了很久很久，也没能看到袁毅。

他今天穿的什么衣服啊，是我眼神不好，还是错过了他呢？他说他只去A大，是所有的志愿都只填A大吗？我要不要去学校找他，还他那天帮付的饭钱呢？

一直到临近中午，校园门口又回归了平静，我依然站在窗前，心里不断地盘算要不要出门。直到听到了敲门声。

去开门前我的第一反应是跑去照了照镜子，弄了弄无论怎么弄也不会开出花来的短发。打开门，门前站着刚下班回来的爸爸。

“你不是有钥匙吗？”我很生气。

“你不是在家吗？怎么，要出去啊。”我爸问。

“不啊，我出去干吗啊。”

“出去也不要戴这个发箍，像个傻大姐。”我爸也是毒舌君。

“戴着不影响视线！”我愤愤地摘下发箍，回了自己的房间。

我竟然在期待，门外站着的也许是他。

“中午吃什么啊？”爸爸在厨房大声问我。

“随便吧。”

“面条行吗？”

“好。”

“家里没面条了好像。我去买。”爸爸像在自言自语。

我从房间里冲出来：“我去买，我去买。”

“买细的啊。你妈爱吃细一点的。”

“知道了。”我冲出门跑下楼，往学校的方向跑去。

学校的大门敞着，但校园已经空了。偶尔才能看到一两个人影。我跑了一圈，徒劳枉然，觉得自己好没意思，意兴阑珊地往外走。

我混混沌沌地，在校门外的马路上，被一辆电动车撞倒在地。手掌和膝盖都擦破了。特别是手掌，一片血肉模糊。

骑电动车的中年大叔说我：“小姑娘，走路怎么不看路啊？”

“对不起，”我说，“您先走吧。”

大叔走了，我托着滴血的手掌往家走。走到一半才想到应该回学校门口的小诊所处理一下伤口，于是又折回去。在小诊所内，医生用双氧水帮我洗伤口，疼得我龇牙咧嘴。

“摔得很厉害啊，肉都翻出来了，怎么搞的？”医生也一副全是我错的口气。

对啊，全是我的错。眼泪就那么出来了，根本毫无预兆且无法停歇。脑海里只有一个念头，也许再也见不到那个人了。也许我们要永别了。

我哭得把医生都吓到了，他说：“哎哎，你这学生，泪腺还挺发达。”

我哭得更凶了。

包好了伤口才发现，我根本没带钱，只好说一会儿送来。医生戏谑道：“原来是怕我把你扣在这儿啊。回家吧，下次来学校把钱送来就行。”

面条没买成，回家又被我爸一通骂。奇怪的是，哭过之后，那种永别了的绝望感似乎不那么强烈了。虽然有点鼻塞，但一点也没影响吃饭。只是手掌上的伤口过了很久才长好，并且留下了一个疤，像个逗号，没有了纹路。

培优班结束课程后，吴晓春和她妈妈出去旅行，杨婷继续留在家里啃高二的书，我看了很多小说。也试图写了一些，写得乱七八糟的，各种幻想和玛丽苏情节。有时把自己写哭了，有时写得哈哈笑。然后，无疾而终。

像是一场结局不清的恋爱事故。

如果不是我妈帮我收拾东西发现了写小说的本子，非喊着我爸一起观瞻，我气急败坏下把它撕碎烧毁，现在说不定还能窥到当时少女情怀的一二。

那个暑假过完，我也没再见到袁毅。只是学校放榜的时候，看到过他的名字。他去了A大，是学校可以炫耀的骄傲。

吴晓春旅行回来约着晃悠了几次，听她叨叨过小黑。小黑买了台电脑，天天在家打游戏，据说还用一种叫OICQ的东西在网上和姑娘聊天。

当然，晓春说得最多的还是周志清。上课无聊的时候，她便画他的背影。

“他脖子上有颗痣，好可爱。”吴晓春一犯花痴也变得可爱起来。

她的头发已经拉直回来了，剪成了齐耳波波头，看上去多了几分娇俏。

“哦，对了，”晓春说，“上次我审过小黑了，我问他为什么之前老打听你的事儿，他说有人想知道。我问那为什么现在不打听了？他说，因为那人又不想知道了。你说这个人是不是袁毅？”

我哑然。

“你说话啊。”晓春推我。

“你都不知道我怎么会知道？”我打马虎眼。

“说不说，不说我就让你尝尝我的厉害。”晓春作势来掐我的脖子，我也装作被她掐死过去。闭上眼睛的那一刻，我的心很疼很疼，原来，原来真的是永别了。

就像一个溺水者拼命升上水面吸口气，

再沉下去也能显得平静些。

—— 刘慈欣

第十章 /

岁月是个撕书人

终于等到了文理分科的这一天。

除了我，杨婷、晓春和周志清都选的理科。虽然晓春肯定是为了追随“心”的脚步，才去的理科班。但我可以确定，不消多久，她就会很乖地回到我的身边。

七中的每个年级十二个班，文科只设了两个班。高一的语文老师张老师，做了我们的班主任。班上六十个人，四十个女孩子，个个出挑有个性，班里几乎变成了“美女聚集地”。刚开学时，甚至有别的班的学生在课间到我们班观赏美女。

你可以想象一到下课，女孩子们围坐一起，拿着小镜子一边照，一边叽叽喳喳的场面吗?

每天都有男生站在门口喊女孩子，喊到了，两人就站在走廊里说话。说的什么并不重要，但是各自脸上露出的羞涩，很是动人。传达室百分之八十的信都是写给文科班的女孩子们的，每天课间操时间，小信使总能带回来厚厚的一沓分发。

与我同桌的小信使名叫朱绾绾。她在看《中学生阅读》的时候，参加了一个笔友会，交上了一个在内蒙古赤峰市的笔友。那人是个高我们一届的男孩子，很瘦，也很帅。男生的照片被绾绾放在文具盒里，一打开就能看到他酷酷的笑脸。

两人相约要考到同一所大学去。他的信纸总是折成一颗心的样子。被绾绾分享过来的信的内容里，我看到在每一封信的尾巴上，男孩都画着又别扭又丑的“一箭双心”。

绾绾是小个子女孩，皮肤白，眼睛鼻子嘴巴都小小的，一笑很可爱。她性格很好，偶尔犯二。比如，她买来的小说，全部在扉页上写上“书毁人亡”。有点爱书如命的傻气。

在文科班，我感到前所未有的朝气。那一年，我每天都像打了鸡血一样，在人群中让自己变得激昂。像是失败的“心如止水”之后的另一个极端。我说服班主任张老师让我们去视听教室（七中没有音乐课和美术课，视听教室基本很少开放给学生）听音乐，每周两节的作文课其中一节用来作为音乐欣赏课。听梁山伯与祝英台的化蝶比翼、俞伯牙和钟子期的高山流水。

我还写了个剧本，找班里的帅哥和美女演。虽然小话剧的最终实施效果不太理想，但我好歹过了一次自编自导话剧的瘾。

我真的很充实，也很快乐。可我真的，也没忘记那个人。

小信使每天带回来的信，从来没有一封是他写给我的。

倒是收到过几次小黑的信。小黑去了南方的一所大学，啰里啰唆地说了很多他在学校的所见所闻。还有让我好好拽着吴晓春，千万别让她一个不小心和谁谈了恋爱，影响发育。

信我拿去给晓春看了，她看完就骂：“这个神经病，别搭理他。从小就是个啰唆鬼。”

小黑的信也会捎带提到袁毅的消息。A大课业繁重，他竟然还像高中时那样，每天早起去自习，晚上也自习。

偶尔我会想象他一个人背着书包去上自习的样子。在陌生的硕大的校园，他会寂寞吗？我之前还真的不知道其实他是个很努力的人。

晓春在高二下学期的时候转到了文科班，依然是坐在我的后排。能熬过半年听天书的日子，我对她刮目相看。

晓春、我、绾绾，很快又变成三人行，经常一起嬉笑打闹，跑到校外去吃饭。

杨婷和周志清一班，晚自习放学的时候，我会等在教学楼的拐角，和她一起回家。她似乎快乐了一点，她说她在给袁毅写信，他还寄了学习资料给她。她说她一定要努力也考到北京去，然后……

她讲述的时候，我真的就像在听一个遥远的故事。

我是渐渐才说服自己的，我于袁毅来说，只是一个他朦胧喜欢过的女孩子。淡淡地喜欢过，然后错过。我于他来说的生命意义，其实很浅，很浅。

在文科班虽然感觉不到压力，但没有压力的好时光总是过得太快。高二一年倏忽而过，很快，我们就迎来了高三。

高三刚一开学，就有理科班的几个同学因为压力过大而转到了文科班。也不断传来有同学出现神经衰弱的症状：头疼，注意力无法集中，失眠，消化不良。神经衰弱一时间成为父母心中的大敌。特别是我爸，但凡我看书看得晚一点，都会来敲门关灯，碎碎念："可别学傻了啊。"

那天电视里播一个新闻，一个女孩因为不堪高考压力跳楼。我爸忧心忡忡地看完新闻，又忧心忡忡地看着我，小心翼翼地问："我姑娘没什么压力吧？"

"没，没。"我连忙摆手。

"不要有压力啊，高考虽然重要，但身心健康更重要。考不上也没关系，爸爸养着你。"我爸真是深情款款啊。

"老许啊，"我妈果然看不下去了，"你不能这样教育孩子你知道吗？她考不上是没关系，考不上就去打工啊。现在十八九岁打工的小姑娘多了去了。去广东那边的工厂，流水线，每天往毛绒玩具上贴眼睛。多好的活儿啊，让她干这个就行。然后她再和厂里的小青年谈个恋爱，早早生几个孩子，我们也早当外公外婆啊。多好的事儿啊。许佳慧，你说对吧？"

"不对。"我听见我妈这么说话就很生气。不过我原谅她了，她就是吃醋嘛，看不惯我和我爸这么"恩爱"。

班主任张老师在每周的激励班会上总会用这样的开场白："台上十分钟，台下十年功。亲爱的同学们，到了你们尽情发挥的时候了。"

他真是太感性了，并且情绪饱满，非常真诚，恨不得把每个学生捉住，用力地推一把。

那年，七中于我们来说更像是一个锁起来的训练场。学校和老师并不严苛，但大家似乎都不愿意放过自己。

晓春因为要走美术艺考路线，所以几个月都在外地参加集训。绾绾和赤峰笔友联系也渐少，有一次她收到他寄过来的一个盒子，里面是一个吹饱了气的心形气球，旁边放了一张字条：“这里面有我的呼吸。”

真是让一班的文科女生们都震惊了。

我和杨婷除了放学回家的路上走过那五分钟的校园路程，基本很少再碰面。彭兰阿姨帮她请了理化的家教，还从各地搜集回各种真题。她偶尔也会头疼，但一直在坚持她的“挺住意味着一切”。

模拟考试越发地多了，杨婷的成绩时好时坏。好的时候，她看起来很疲惫。不那么好的时候，她又很焦灼。

高二之后我就很少再见过周志清，听说他每天连课间时间也不放过，真的是抓住了每一分钟努力。他的成绩稳定，还拿过年级第一。

高三下学期，小信使从保安室那儿拿回来的属于我们的信越来越少了。渐渐地，没有人再特意去那里拿信。

五一之前的一个中午，晓春风风火火地跑回班里，扔给我一个包裹：“许佳慧，你的包裹都在保安室放了半个月了，也不去拿。快打开看看是什么？”

包裹很重，好像是书。拆开来看，竟然是几本已经装订好的影印版笔记。一张信纸上写着几个字：我表妹去年高考之前的笔记。

笔记的扉页有“唐薇，2001年”的字眼。唐薇，是文科班偶像一样的存在。她参加新概念作文获奖，参加高考的成绩是全省第九名。出榜那天，学校大门的红色条幅上写着她的名字。可这个寄笔记的人是谁？信纸上没有落款，隐约，我想到了他。

高一暑假之后，我再也没有和袁毅见过面。除了从小黑的信里了解过他的一些情况，之后他在我的世界里便像一朵飘在空中的柳絮，被时间的风吹远。

我偶尔会梦见他。醒来时也会怅惘一会儿。经过操场时会看几眼踢球的少年。袁包子点过的包子，成了我的固定早餐。

但，仅此而已。

一个人从你的生命里鲜衣怒马地经过，总会留下点什么让你改变，并让你的改变成为习惯。

杨婷说过几次他的回信，他曾告诉她，他有女朋友了，让她好好学习。我还记得杨婷说起时声音中有浅浅的失落。她说：“看来，我只能把他当哥哥了。”

“当哥哥也好啊，总比当陌生人要好得多了。”还记得我当时这样安慰她。

笔记让大家如获至宝，张老师把装订好的笔记重新拆开，拿去复印，人手一份。我被奉为功臣。

然后，那个七月终于到来了。

依稀记得父母送我去考场的路上，妈妈忽然改了口风："考不上也没关系啊，你爸说了他养你。"也依稀记得每考完一场出来，爸爸妈妈还站在那里，手里拿着水、面包和折扇。我明白那种心情，就像教练员站在拳击比赛的现场，看自己的选手出拳，只能虔诚祈祷，却无法帮他使劲儿。

考试结束的那个下午，校园里一片狂欢。不断地有人把课本和习题册撕碎从楼上丢下来。雪片一样飘落的书页碎片，像一场美丽又残酷的缅怀。不断地有人尖叫，有人唱歌，也有人哭泣。

"哇，总算完了。好与不好再说吧，大不了再战一年。"这是我参加完高考后的想法。

"我是不会再战了，爱怎么样就怎么样吧。反正我又不会吃不上饭。"土豪吴晓春总是有恃无恐。

而杨婷下了考场，不着一言，回到家就倒在床上睡到第二天傍晚。

现在想想，在打那场仗之前的所有努力、沉醉、无奈、煎熬还有希冀，就是我们的热血和青春。无论我什么时候想起，都会觉得那是我最好的年华。是我最无知，最癫狂，最努力，最具创造力，最期待明天，最相信自己能长出翅膀的时光。

回到家后，我爸就把我抱住了："我姑娘终于解放了。这段时间受苦了，看这小脸瘦得。这个暑假，我得把你喂胖十斤。"

这是亲爹吗？这可是个以瘦为美的年代啊。

同学聚会，出去狂欢，当然畅通无阻。我洗了头发，穿了件黄色的连衣裙，戴好耳钉，甚至还偷偷地喷了点儿我妈妈的香水在手腕，然后出了门。

聚会约在一个露天的烧烤店，班上的同学来了一大半。女孩子们个个打扮一新，展现了她们隐藏太久的美丽。每个人都那么好看，笑得那么纯真。我们第一次喝了啤酒，是庆祝也是纪念。

烧烤店老板得知我们刚高考结束时，还大方地送了好多菜。

高考之前和高考之后，就像熬过了严冬，走到了暖春。终于去掉厚重的习题册重衫，可以只带梦想和初衷轻装上阵。

“许佳慧，小黑出事儿了！”吴晓春接了一个电话后就激动地喊我。

“怎么了？”

“他到大学之后没好好上过课，每天打游戏，这学期挂科太多，被学校劝退了！”

“什么？怎么会这样？”我放下啤酒罐，差点不相信我的耳朵。

“现在他爸妈都知道了，他从家里逃出来了，身无分文，向我求救。”

“你身上有钱吗？”我问。

“唉，你跟我先去见他吧。钱不是事儿啊，他被劝退了，难道再参加一次高考吗？”晓春焦急地跳脚了。

“走吧走吧，我们快去。”我站了起来。

在公园里，我们看到了穿着拖鞋和大裤衩的小黑坐在长椅上。那一刻的他看起来真的很落魄。

晓春一看到他，上去就打：“你怎么这么蠢？这么蠢！”

小黑跳起来躲，躲不过：“别骂我了行吗？我需要的是安慰！”

“安慰？”晓春继续打，“现在需要安慰的是楚叔叔吧，你个败家孩子！”

“别打了，别打了！”我去拉，“停下来！”可根本拉不住。晓春果然是有她哥陈浩南之风，动作行云流水，左一下天马流星拳，右一掌庐山升龙霸。

我站在他们旁边，本来喝了酒就晕头转向，场面又实在是混乱，当晓春的一招绝命连环腿扫向小黑的时候，小黑灵巧地闪身一躲，那脚眼看就要踹向我鼻梁的时候，一只手，把我拉开了。

大约是在还没有抬头看到来人是谁的那个当下，我的心就怦怦乱跳了。

我知道是他，我没有想到任何别的人，我知道就是他。

他，回来了。

> 草在结它的种子,风在摇它的叶子
> 我们站着，不说话
> 就十分美好
> —— 顾城

第十一章 /
青春是零钱买啤酒，换一场醉

然后，我便看到了他。夜色下，两年没见的那个人，似乎个子更高了，他穿蓝色T恤和牛仔裤，头发剃成那年很流行的平寸，更显得眉目疏朗，五官英挺。眼窝本来就深，再见，似乎更深邃了一些，微笑却是淡的。

“你好。”他说。

“你好。”我回他。

空气中流动着一种难以消解的尴尬，我几乎要忘了旁边还有两个打斗的人。直到小黑喊：“袁毅你可来了，快救我啊。”他拔腿跑，晓春在后面追。两个人围着小花园绕起了圈子。

许久许久，我无法动弹，我想看他，可又不敢。天越来越闷热，我更觉得无法呼吸。

袁毅在长椅上坐了下来，然后拍了拍身边的空位问我：“不坐吗？难道你也想追过去吗？”

我不好意思地笑笑，坐在了他的旁边。

他身上有淡淡的洗发水的味道，我的心跳漏了半拍，又漏跳了半拍。

可他很淡定，问我：“考得好吗？”

我有点蒙，似乎，已经在心里回答了，只是嘴巴无法说话。

他等了一等，大概是气笑了：“许佳慧，你不会是不记得我了吧？”

不记得？你化成灰我也记得吧……我默默地想。

“怎么会呢？托你的福，我考得不错。谢谢你寄的笔记，我们班所有的同学都对你感恩戴德呢。”我努力地让自己坐直，面对他，露出一个感激的微笑，然后假装磊落地盯住了他的眼睛。他的眼睛澄澈一片，含着笑意。

我有什么不磊落的呢？他已经有女朋友了呢。

“能用就好，不必客气。”他淡淡地回我。

果然是他。

虽然之前那句话只是试探，但我确定后，还是觉得有些震惊和感动。“为什么要寄笔记给我”差点脱口而出，可终究没说。后来过了很久，我回忆起和袁毅的相处，我们总是这样，很多话，不必问，不必说。

两个打架的人终于回来了，晓春又气又累，坐在另一个长椅上跺脚：“今天是姐姐我解放的好日子啊，被你搅得一团糟！”

小黑垂头丧气地蹲在她旁边，这才想起来了问：“你们考得怎么样啊？”

他问完，又被晓春拿包砸了头。

“走吧。”袁毅站起来说。

“去哪儿？”

“去我家。小黑今天只能被我暂时收留了。”

走出公园要打车时，我拽拽晓春：“我们就不去了吧。”

晓春对我双手合十：“哎呀，你就好人做到底，我就打破沙锅问到底，今天说到底我都不会放过他。万一这家伙畏罪潜逃了怎么办？”

出租车上，袁毅坐在前排，晓春一直在拷问小黑事情的来龙去脉。我望向了窗外。

两年了，这条路变化很多，新的建筑物拔地而起，旧店消失，花坛里有盛放的月见草，热浪中属于这个城市特有的味道飘来，我，像是在梦里。

是梦吗？还会与他再见，还会与他同乘，还会与他有共同的朋友，还有机会就这样走进了他的家门。

房子是两居室，不大。除了卧室有床和衣柜，书房里有书架和书桌椅外，再没有别的家具了。

小黑问：“哥们儿，这真是你自己挣钱买的？”

“和同学一起帮人写了几个程序，赚了一点钱，我叔叔说过几年房价会疯涨，让我妈做点投资。我刚好手里也有点钱，就凑了个首付买了一套，家里人又帮忙装修了下。我们家太吵了，暑假回来我就住这儿，清净。”他语气淡淡的，听不出任何得意和炫耀。

晓春啧啧：“同样读大学有人拿着奖学金打工挣钱，有人挂科被劝退。这人和人之间的差别怎么这么大啊。”

小黑大概是真的羞愧了：“吴晓春，你是我妈啊还是我老婆啊，唠叨个没完啦。”

晓春又追打，小黑在房间里抱头鼠窜。

“没有地方可以坐，空调也没装，我们给他们俩腾个空儿吧。”袁毅走向了阳台，我跟在了后面。我们靠在雕花的栏杆上看天空。漆黑的夜幕上，没有星星。

“许佳慧。”他喊我。

“嗯？”

“你头发长长了。”

“嗯。”我笑，“你的头发变短了。”

似乎听见他的笑也从鼻子里呼出来了。

终于有风了，吹来了清新的凉气。

那风是忽然间呼啸起来的，然后是电闪雷鸣，豆大的雨点争先恐后地坠向了大地。我们逃回到客厅，看看时间，已经九点多了，再不回家爸妈要着急了。晓春和小黑已经累得席地而坐，只能“眼神杀”了。

看来，他们依然没有什么有效的沟通，更多的是情绪上的彼此发泄了。

可是我不能等了，我心里都是事儿，要消化要自救，要回到我感觉安全自在的一个人的世界里去，要好好想想这个晚上和这晕乎乎的感觉。于是弱弱地问晓春要不要回家。但晓春正沉湎于眼神的较量里，没空理我。

我只好问：“袁毅，有伞吗？”

袁毅淡漠地说：“没有。现在外面下暴雨，就算是打伞，也是摆设，还是会淋成落汤鸡。”

那一刻，觉得自己真是自讨没趣，决定干脆直接淋着去打个车。

“这是郊区，打不到车的。”袁毅像是猜到了我的想法，嘴角挂起了微笑。

“打不到车，我就自己走回去吧。”我也微笑着表达了自己的坚持。

“现在这么晚了，我可以保证，一公里内，你连个人影儿也看不着。你不怕吗？”袁毅歪歪头，看着我，笑意深了些。

我只好去磨晓春：“能不能让你妈妈开车来接我们啊。”

“我妈出差了，现在应该在火车上了。因为我高考她已经推迟了几天了。”晓春一边说，一边抓起一个抱枕朝小黑丢过去。

“给你妈妈打电话，就说你睡我家了。”晓春看到小黑抓住抱枕，放在头下，就地躺倒的样子，说话时都变得咬牙切齿了。

“啊？今天不走了？”我张口结舌，“夜……夜不归宿？”

“那你看雨有停下的意思吗？”

……

给我妈打电话的时候，我想让爸爸来接我，却最终没好意思，觉得我爸骑着电动车冒着大雨来找来接实在是太麻烦，挺远的，并且，我们家的小电动车电够吗？

那雨竟然真的下了一夜。

挂了电话，我只好席地而坐，看晓春审小黑。

考上大学对每个刚刚脱离十年寒窗埋头苦读的学子来说，就像被圈了很久的小羊，到了一个广袤自由水草丰美的草原，可着劲儿撒着欢。这欢中的诱惑太多，网游便是其中之一。小黑说，他觉得在游戏的世界里，天地都是他的，在游戏中所获得的满足感，是在现实中获得不了的。开始只是纵容自己多得一些满足感，后来便沉湎其中，再后来，竟然上瘾了。然后就有了现在这个结局。

“自作孽，不可活。”晓春横了他一眼。

小黑说其实他不怕没有大学上，只是怕他爸的铁拳和他妈的眼泪。小黑父母经商，家境优越。后来晓春一语道出玄机：“劝退的事情可以用钱解决，你再重新读一遍大二就好了。”

土豪的世界我不懂，但对自己辛苦考上的大学如此辜负对追梦时光如此浪费的小黑，让我分外鄙视。

小黑默默地承受了一会儿大家的鄙夷，捂着肚皮转移话题：“袁包子，你家有吃的吗？我饿坏了。”

“没有。楼下有二十四小时超市。”袁毅走到门边，又回头问我，“许佳慧和我一起去买吧。”

我有点害怕和他单独待在一起，但又找不到拒绝的理由，只好跟了上去。

在电梯里，我站在他的前面，没有说话，却能感觉到他的目光似乎要把我穿透了。为了打破尴尬，我回头对他笑了一下:“杨婷说，你有女朋友了。恭喜你。”

“是吗？杨婷还说了什么？”

“没说什么，说是在你给她写的信里面提到的。”

“嗯，我只是希望她不要再浪费时间在我身上，她似乎挺固执的。”

我“哦”了一声，想起了高一时，他对我说过找了杨婷的话。

“我现在没有女朋友。”他自顾自地说，“你别误会。”

“没有没有。”我摆摆手，“我有什么好误会的。”

我扭过脸去，然而喜悦却从心底涌出，在嘴角弯出一个隐藏不住的弧线，更不敢回头看他了。

超市就在一楼的走廊，他慢慢地挑啊挑啊，几乎要把各种吃的喝的都要搬回家去。

两个大箱子，他抱着水和啤酒那一箱，我抱着泡面饼干零食这一箱，回楼上去。在密闭的电梯间里，我依然站在他前面，为了缓解尴尬，我还客气地对他笑了下。

数字从“1”开始攀升，到“6”的时候，我才从微微的眩晕感中恢复。然后听见他的声音从身后传来，那样清晰，近乎不真实：“许佳慧，你想过我吗？”

我诧异地扭头盯住他，以为自己听错了。然后我看到他望着我的笑容，慢慢慢慢地收紧：“我一直在想你。”

漂洋过海地来看你。

为了这次相聚，我连见面时的呼吸，都曾反复练习。

言语从来没能将我的情意，表达千万分之一。

——李宗盛

第十二章 /
我听见盛夏全部的虫鸣

一直到出电梯，进房门，席地而坐，把啤酒罐打开，我的大脑始终是混乱的。

他刚刚说，他一直在想我。

是开玩笑吗？为什么要这样说？在大家吃零食喝啤酒的时候，我的心却像鸽子一样飞出了窗去，在瓢泼大雨中，肆力旋转，茫然惆怅。

房间的角落里放着一把木吉他，晓春拿来把玩，让袁毅来一首助兴。

他也不推辞，抓住弹了一首《卡农》。真的很好听，让我回忆起他曾经在电话里弹过的那首《爱情之爱情》。

晓春捧着脸，一副花痴相："在学校是不是追你的姑娘都排到城墙拐弯了？"

"那倒没有。"他放下吉他，很认真地说，"十几个还是有的。"

"就没有一个让你心动的？还能单到现在？"

"没有。"他若有若无地扫了我一眼，"我喜欢不那么主动的。"

我低下了头。

大家都喝了点儿啤酒。借着酒劲儿壮胆，我几次看向了袁毅。我觉得他和以前不一样了。曾经的他是个笑容像豆奶一样温暖的男孩子，热情活泼，灿烂积极。可现在的他，似乎成熟了许多。笑是淡淡的，声音也淡淡的。

“总之不管怎么说，你们算是熬出来了。”小黑倒是没变，聒噪又心大。他举起啤酒，大家碰杯。

那是个不眠之夜。我和晓春躺在卧室的床上，袁毅和小黑在客厅里打地铺。

我睡不着，晓春在我旁边打着呼，一会儿把脚伸到了我肚子上，一会儿又翻身翻到了床尾。那句“我一直在想你”，让我的大脑变成了一个关不掉闹铃的闹钟，一遍遍地袭来。

天光初现的时候，我才迷糊了一会儿。总是醒来，又陷入一片空白的梦境。

后来再醒，窗外已然艳阳高照了。身边没有了晓春，房子里有一种奇异的安静。走出卧室，只有袁毅坐在书房的电脑前。

我敲了敲门：“他们呢？”

“吴晓春押送小黑回家负荆请罪，已经先走了。”

“啊？”我紧张起来，“怎么不叫我？”

“晓春说你还睡着，我便没让他们叫你。我不扣押你，会送你回去的，别害怕。”他笑，从电脑前站起来，走向我。

我对他挤出一个笑，谁害怕呢？我吗？

“你家有电脑吗？”他问我。

“有。”电脑是姑姑家淘汰掉的旧电脑，高考前才送来。

“你有QQ吗？”

“没有。”

他又回到书桌前，找到纸笔写了几个字：“那你用这个号吧，密码也在上面。”他递过来的那张纸上，写着QQ号码和密码。

“好的。”我接了过来。那个号码我一直用到今天，QQ也已经成为我人生中重要的社交工具和财富。

随便洗漱了下，我随他下楼。还是感觉不好意思，我便跟他说：“你不用送我了，我自己回去就行。”

“你知道路吗？”

“呃……”

走出公寓大门，不用在密闭的空间里和他相处，我整个人像是活过来了。

雨后的晴空分外蓝，白云懒懒，鸟声成韵。空气中是清新的草木味儿。他一直徐徐地走在前面，并不回头和我交谈。我默默地跟在后面，抬头看他的背影，还是觉得恍惚与不可思议。

走了好远，也没有看到公交站牌。

“还要走多久啊？”我终于忍不住了。

“快了。”他回头说，日光下，他的鼻梁上闪耀着一层密密的汗。

终于看到一条很是寂寥的商业街，他拐进一家小吃店。

不是吧，吃早餐？

看我没跟上去，他扭头看我：“昨晚我只喝了一罐啤酒，又等你睡醒到现在，你不会想让我饿着送你吧。”

“不不，我请你吃早餐。”我上前一步，先他进去。

他坐下，我去点餐，问他吃什么，他说：“豆芽炒粉丝。”

勾起回忆的我笑了，他却绷着脸。

早餐端上来，我问他：“北京有豆芽炒粉丝吗？”

“没有。”他开始吃，就像我第一次见他吃饭的样子，有点狼吞虎咽。

“干吗看着我？”他吃不下去了，抬头质问，“我太帅了，秀色可餐是吗？”

“嗯，是比以前帅了。”我接得住他的揶揄。

他竟然脸红了，唰地红到耳朵那里，皮肤本来就白，耳朵红得竟像要滴血。真不知道他还有害羞的一面。

也许是为了保持一个帅哥的姿态，他别别扭扭地总算吃完了。而我不知道为什么，就是想笑。

“又笑，笑个没完了！你到底在笑什么啊？”他喝冰豆浆，咕噜咕噜一饮而尽。

“没有没有。”我连连摆手，我也不知道我为什么想笑啊。

“你准备报哪所学校？”他一本正经地问我。

“噗！”还是没忍住，粉丝从我嘴里喷出来了。

终于走到了公交站，我跟他说再见，但他不回我，沉默地站在了我的旁边。

车子来了，我跳上了车，他也跟了上来。

这条路大概只有这一路公交车，乘客很多。大多是郊区的农民，还有带着土鸡蛋和活鸡鸭的，车上没有空调，那味道真是赞爆了。

他站在我旁边，摇摇晃晃的公交车很多次让摇摇晃晃的我们挤在一起。手臂碰到手臂，我的脑袋撞在他的怀里。

“热不热？”他问我，伸手抖动T恤的领口，吹窗风。

“不热。”虽然一直在出汗，但心里是沁了冰泉的。大概一直有笑神相随，所以就是忍不住嘴角上扬。

就这样，下了公交车，他又走路送了我一段。我一定是穿了铁鞋，走了那么远的路，竟然一点都不累。

然后到了我家楼下，他又一次叮嘱我：“回去上QQ。”

“嗯。”我点头，一溜烟小跑上了楼，跑到楼道拐角处的窗口，偷偷看他转身离开的样子。树影下，他走路的身姿特别挺拔，光晕洒在他的全身，就是曾经入过梦的情景。

回到家，我给晓春打了个电话，看样子小黑家还很热闹非凡，匆匆挂了，我打开电脑。QQ怎么上啊，从来没玩过。电脑里倒是有下载好的软件，但怎么都上不去，又打电话问晓春，晓春问：“你家开通网络了吗？”

“啊？没有！”

“没有你怎么上！”晓春咆哮着挂断了电话。

我只好百无聊赖地躺在了沙发上，从昨晚见到袁毅的那一刻开始，画面一幕幕地浮现，每一幕都清晰可辨。他轻轻把我从晓春和小黑的混战中拉开，他淡淡地说去他家，他看向夜幕，他说“我一直在想你”。

很晚才入睡，很晚才醒来。

是被电话铃吵醒的，眯瞪着双眼去接，然后听见他的声音：“许佳慧在吗？”

“我就是。”

“你怎么没上QQ？”

“啊，我家没开通网络，我忘告诉你了。”

似乎能看到电话线的另一端，他一脸无奈的样子。

“那你在家等我，我带你去办理拨号上网。”

“不用啊，让我爸去办就好了。”

“你爸什么时候有时间？”

“周末吧。”

“今天才周三。”

“啊，对哦……”

半个小时后，又接到他的电话：“到楼下来。”

不是吧，这么快？我揉着自己乱糟糟的头发，胡乱收拾一下，冲下楼去。

在电信营业厅里，我像个傻子一样站在他旁边，他填表时不停地问我问题，我就跟他说。

姓名、年龄、家庭住址、电话……

他认真写字的样子真好看，字也很好看。

“你写我的名字怎么这么好看，比我自己写得好看多了。”我由衷地恭维他。

“写多了就写顺了。”

……难道你没事儿写我的名字玩吗？

他像是听到了我未出口的问题，头都没抬签好了最后一个字：“我是说，许多的‘许’字写得多，佳人的‘佳’字写得多，智慧的‘慧’字也写得多。”

“哦。”解释得好像很有道理。

然后又拿我的身份证去复印，拿回来时有两份。

“一张不就够了？”我问。

“留存。”他说。

“好。”我伸出手去接。

“我是说我自己要留存。”他把另一张折了一折放进了自己的裤兜里。

……我的身份证复印件你为什么要留存？！我讪讪地将伸出的手收回来。

在他跑前跑后张罗的时候，我就跟在他的旁边，像个小尾巴。

如果把我们两个的身影放在漫画里的话，他是翱翔在天空中的一只鸟，我是在光影下偷看他的一片叶。他是人间全部的春色，我是躲在三万英尺的云层中，渴望坠向他的一滴雨。

一切都清晰可见，

一切都难以捕捉。

一切都近在眼前，

一切都难以触摸。

——帕斯

第十三章 /

喜欢，像做贼

为了不影响家里电话的使用，又重新接了根电话线。

第二天上午才终于弄好。

家里没人，我上了QQ。小企鹅还挺可爱的，很快就响起了嘀嘀声。

唯一的一个好友，大胡子圣诞老人的头像给我发来了信息：“来了？”

他叫三毛，我叫荷西。

“为什么我的账号叫荷西？”我问，不太喜欢。

“因为三毛这个我用习惯了。”

“……我可以改名吗？”

“你想叫什么？”

“莉香。”

“不行。”

“为啥？”

“因为如果你叫这么一个名字，不消多久，加你的男人就趋之若鹜了。”他一本正经地说。

“真的吗？为什么？”

“因为在网络里，大多数男人都是无聊的，并且想有聊的。”

“那你呢？”

“我除外。”

……没法聊了。

然后他发过来一个网页，是他们学校A大的网址。

“报志愿的时候，考虑一下这个学校吧。”他说。

“你们这是理工大，我一个文科生还是报综合性大学比较好。”我诚实友好地拒绝了，再说，我考得上吗?

“有外语系、哲学系和法律系。”他又发来一个链接。

“你一直都很喜欢帮别人做决定吗？”反正他没在面前，所以我很放松。

“这是建议。”

“建议不接受。”

他发来一个“:(”的表情。我复制了下来，回复了过去。后来聊了很久，我总是粘贴这个表情，直到他开始吐槽：“难道你不能:)吗？”

“呃……我不会打。”

他发来一个“- -|”的表情，我立刻复制粘贴回过去。他又发来一个“0_o”，我便复制粘贴回复他一个“0_o”。

太好玩了，我乐不可支，想喝口水，却打翻了杯子。

一声轰响后，显示器黑了。无论我怎么摁，电脑也没办法再启动了。

很快我家的电话响了。我飞奔过去接，果然是他。

“你怎么下线了？”

“电脑黑了。”

“怎么黑了？”

“进了点水。”

“哪里进水了？”

“键盘……还有机箱……”

“你……”他应该是忍了忍，“我现在去你家。”

“干吗？”

“修电脑。”

很快，他来了。拆机后，他很无奈地对我说：“得去一趟电脑城了。”

“这么严重，它死了吗？”我欲哭无泪，我才用了几个小时而已。

“希望救得活。”他抱起了主机，往门外走。我抱着显示器跟了上去。

真重啊。

当他回头看到我累得龇牙咧嘴的时候，笑得不行了：“只用主机就好了，你抱它干什么？”

“谁让你不给我说清楚。”虽然被嘲笑了，但我很高兴不用抱着那么大的玩意儿下楼了。

他竟然开了车。那一年，我的同龄人里，家里有车的都少之又少，能把车开出来的，更是一个没见过。我弱弱地打开了后座的门，心里想着，袁毅家的条件应该是相当不错。

“我爸的。我去年在学校已经拿到驾照了。”他像是看出了我的疑问，跟我解释，把主机放在了后备厢里。

他打开后座的门对已经坐好的我说：“坐前面。”

“我喜欢坐后面。”我嘴硬着。

“坐前面。”他的表情不容抗拒，我只好从后座上下来，爬到了副驾驶的位置。怎么感觉这么紧张啊。那十五分钟的车程里，我如坐针毡，好像我与他并不是在乘同一辆车去哪个地方，而是驾驭着一张飞毯冲向了云端。

心也是飞驰的，偶尔扭头看他，就觉得，他怎么这么帅，这么帅。

在电脑城换了个主板，修好后回到家，爸妈都在。

袁毅扛着机箱站在外面，四人面面相觑。

“修电脑的，修电脑的。”我摆摆手，很镇定地把袁毅让进屋。

我妈倒水，切水果，热情招呼：“这么帅的电脑小工啊，大学毕业了吗？”

“马上大三了，我是兼职，阿姨。”隐约看到袁毅擦了一把汗。

“在哪所大学读书啊？”

“A大。”

“A大？高材生啊，咱们这七中毕业的吗？”

“是的阿姨。”隐约看到袁毅又擦了一把汗。

“哎呀，许佳慧，你可看见你偶像了。这就是偶像知道吗？比小虎队什么的靠谱多了。多向这位大哥哥学习啊。”

“大哥哥？”我也擦了一把汗。

袁毅在紧张中装好了电脑，我妈非要留他在家吃晚饭。我爸还拿出啤酒要和他喝一杯。我觉得这画风太奇异了，不停地给袁毅使眼色，很怕他说漏了嘴。

我爸妈不停问他学校的事儿。A大的人自带光环，我爸妈已经完全被他迷住了。

“小袁啊，你看能不能这样，耽误你点时间，等许佳慧估分和报志愿的时候跟她去学校，提点意见。”

“没问题啊阿姨，我很愿意。”他乖巧地笑着说。

“不耽误你兼职吧？”

“不耽误不耽误。”他笑得更乖巧了。

吃完饭后，我送他下楼。他把车钥匙留给了我。

“不开车吗？”

“不是和叔叔喝了点酒吗？”

那一年酒驾还没有立法，很多年后，我身边的另一个人因为酒驾差点出了意外，我当时坐在路边大哭，想起的都是当年的袁毅。

我陪他走到公交车站，公交车来了一辆又一辆，他始终不上。

“怎么了，刚刚过去的不就是去你家的那辆吗？”

他笑：“再等一辆。”

我们站在霓虹灯下，吹着微微晚风。

“许佳慧。”他喊我。

“怎么了？”我看向他。

“如果你现在谈恋爱，不算早恋了吧。”

“啊？”我脸红，“我都不记得早恋的定义了。”

“早恋一般是指未进入大学阶段的青少年之间，发生的爱情。”他认真地盯着我说。

“嗯。”我低下头，不敢看他。

过了好一会儿，他才张口：“其实我……”

我很怕他继续说下去，便慌里慌张地扔下一句“再见”就跑了。

回到家，我倒在了床上，捏着那把车钥匙，像灰姑娘捏着魔法变出来的漂亮的裙角，这童话的一天，我的心一直像在荡秋千。

我妈推门而入：“许佳慧，这小伙不错。”

“啊？什么不错？”

“你说你如果也考上了A大，说不定你们俩还能谈恋爱呢。”

“妈妈，你在说什么啊？”我羞红了脸。

“许佳慧，别怪我没提醒你啊。你妈我也年轻过。这小伙子看你时挺害羞的，应该对你有好感。好男孩不多，他学校又好，还勤工俭学，我看他特别顺眼，你不抓住机会就是个傻子。”

我实在是服了她：“妈，当年你也是这么追我爸的吗？”

“那个……是你爸追的我，死缠烂打的。”我妈也红了脸，不再理我，扭头出去。

第二天估分，我起了个大早，吃完早餐，就搬个小板凳坐在阳台上往下看。

八点刚到，他便过来了。我看到他走在树影细碎的光晕里，然后拿出了手机。一秒钟后，我家的电话响了。

我抓起包就朝楼下冲去。

“你吃早餐了吗？”

异口同声的，纯中国式的打招呼后，我们俩都笑了。

天热极了，走了几步之后，他回到车上拿了一把伞，然后为我撑开。感觉他帮我撑伞看起来太暧昧，所以便几次跳开了去。

最后，他只好无奈地把伞递给我：“女孩子要注意防晒。”

在学校门口，遇见了杨婷和彭兰阿姨，我很心虚，但袁毅却是落落大方。

“阿姨你好，杨婷还记得我吗？”他怎么能觉得她不记得他呢？就算被做成乐高积木，多少次变形组合，杨婷也能把他认出来吧。多久了，我没见过她笑得这么明媚。

我心里开始疼，丝丝缕缕。

彭兰阿姨明显也记得他：“袁毅和佳慧也认识啊？”

“佳慧妈妈让我陪佳慧来估分。”袁毅看了我一眼，先替我回答了。

“你还认识佳慧妈妈？”杨婷问，疑问的目光从他身上移到了我的身上。

我低头呼气。

“有点渊源。”袁毅笑着说。

我们一起进了学校，彭兰阿姨看起来比杨婷还要紧张，她付出了无数心血的这场战争马上就要有一个结果了，期待和现实是否能画上一个等号？路过老师办公室，她拐了进去。

操场上，有人在踢球，袁毅说一会儿去找我，与杨婷道了别。

“你们俩没什么吧？”一起往教室走的时候，杨婷问。

“什么？”但我知道她问的是什么。

“没事儿，估完分再说。”她先进了教室，我站了一站，看到她细长的脖颈，昂扬出了天鹅的态势。

我舒了一口气。

教室里正沸腾一片。检验已过，马上就到宣判时间，谁不紧张呢？大家笑得那么大声，心里的鼓也在咚咚作响吧。

答案发到手里，和晓春、朱绾绾，一起头对着头研究的时候，是此起彼伏的惨叫声。

“有没有搞错，三道选择题本来对了，可后来生生改错了啊。”

“我就不该偷看旁边那小胖子的答案！”

“这道数学题最后答案是对的，但解答过程不一样，能给分吗？算不算分？”

“你怎么解答的？”

“我……瞎编的。”

我的分数算下来，别说A大了，就算A大的分校也没戏。张老师的建议是江城的S大。

晓春的美术专业成绩很好，文化课成绩也过了艺术类的本科线。她追着张老师问有没有机会跟我报一所学校，张老师说，可以试试。

朱绾绾被推荐了一所本省的大学。

成绩基本上和平时模拟考试的差不多，所以，也并不怎么失落。当然，也没有狂喜。只是心中的石头落下了。

我们仨一起走出教室，等在楼下的袁毅喊了我一声，朝我挥了挥手。

朱绾绾看着他，眼睛都直了，小声问我：“这是你哥还是你堂哥还是你表哥，不要告诉我是你男朋友啊，否则我分分钟找一块豆腐砸死你。不管怎么样，如果真的是你哥，介绍给我可好啊女侠？”

“介绍你个大头鬼。”晓春很鄙视地瞥她一眼，“你那个内蒙古的哥哥呢？不跟人家耍了？”

“他们昨天估的分，复读了一年估计还是考不上，我现在觉得他脑瓜不好，影响下一代，所以准备分分钟甩了他，另觅新欢了。”朱绾绾大大咧咧地说。

晓春推了一下她的头，她躲开，两人闹着下了楼。我跟在了后面，为该怎么介绍袁毅而烦恼。

“可以啊你袁毅，这么快就以家长自居，还追到学校来了。”晓春调戏他。

“受人之托。”他微笑回她。

朱绾绾眨巴着眼攻了过来：“这位帅哥，我叫朱绾绾，和许佳慧是同桌。请问你有没有女朋友？你的电话多少呀？”

晓春生拉硬拽地带走了她。

“怎么样？”袁毅问我。

“还行。”

“我们学校有戏吗？”

“没戏。”

“你……我真是高估了你的智商。”大概是真的失望吧，又走了十几步，他才说话，“那挑一个合适的在北京的大学吧。”

“为什么？老师建议我报江城的S大。”

他叹了一口气，往前走，又回头：“长得不傻啊……”

“你说谁傻？”我气急败坏地跟了上去。

回到家，给爸妈分别打了个电话告诉他们估分的结果，他们都还比较满意，但对没办法上袁毅所在的A大，也表示了“早知如此”的遗憾。然后他们就给我放假了，说我可以想去哪儿玩就去哪儿玩。我妈还很小声地告诫我：“可以跟袁毅玩儿，但要保持一个女孩和一个男孩该有的距离。热情但也不要太热情。要有恰到好处的矜持……”

“妈，您能别说了吗？”我匆匆挂断了电话，脸红心跳地偷看了一眼袁毅。我妈这是在干吗啊，这么着急把我出手吗？

虽然袁毅不是第一次来我家，但两个人在一个房子里待着，总觉得别别扭扭的，我就是没办法在他面前落落大方。

只好对他郑重地表示了感谢，希望他能意会到我的意思，主动告辞。

但显然，他可没有要走的意思。

“我渴了。”他干咳一声说。

我正是手脚都没地方放，听他这样说，连忙跳起来给他倒了一杯水。

他咕咚咕咚喝完，手一伸：“再来。”

竟然就这样连喝了三杯。

喝那么多，不怕上厕所吗？想到他一会儿可能还要在我家上厕所，我有点崩溃，感觉也更紧张了。

“许佳慧，你真不知道为什么我想让你报北京的学校吗？”

我知道，但是不想回答。

“好吧，”他无奈地摇摇头，“你坐下，我们聊聊。”

“不聊。”我任性地说。

“在网上你不是和我聊得挺好吗？”

我不知道怎么回答。

“害羞？”他笑起来。

我脸又开始热，心跳也加速。

还好，电话响了，像抓到了救命的稻草，我扑过去接了起来。是杨婷：“你一直在家吧？”

“嗯，在。”我看了一眼袁毅。

“我去找你。”

“好的，你来。”

挂了电话，我跟袁毅说杨婷一会儿来，问他要不要一起等。

他想了一想说，还是先走吧。

看着他下楼，我长长地呼出了一口气。靠在沙发上的时候，莫名的激越和不安掺杂在一起，缠绕着我的思绪。

过了一会儿，杨婷来了，开门见山地说：“我刚才在楼下遇见了袁毅。”

我吃了一惊。他不是走了吗？难道他在楼下等她？

“你猜他跟我说了什么？”杨婷的声音冷冷的，“他说，他喜欢你，想追你，让我帮忙出点主意。我问他不是有女朋友吗，他说没有。他只想你来做他的女朋友。”

我呆住了。

我曾以为，袁毅在我和杨婷之间，只是点亮过我们的青春。当他离去，只留下微光可以怀念，秘密会归尘，而我和杨婷之间什么都不会改变。我甚至没有想过，他会回来。

像是一个被揭穿的背叛者，在可以预见的失去面前，悲伤、羞耻和自弃呼啸而来，将我裹挟。

但更多的是，愤怒。

就算是喜欢到不可控制，可我只敢把你当作秘密。

我们静默地就这样喜欢对方，却不挑破就好了啊。

我们静默地控制住汹涌，只留暗潮就好了啊。

我们静默地只拥有那些已有的情节和片段，然后在回忆里海枯石烂就好了啊。

为什么你要把华美的袍子晾晒，暴露那些隐在纹理之下的丝线。而我，没有信心，患得患失，甚至不曾有走上桥头的能力和勇气，就算站在彼岸的人是你。

为什么要这样大张旗鼓？你明知道她喜欢你，却以这种方式拒绝她？而我此刻只能站在最好的朋友面前，来接受她的审判。

我是后来才想清楚的，当时的我是站在我的朋友杨婷身边的。比起袁毅，我更珍惜她，也更支持她。当我意识到她所遭受的伤害，是因我而起的那一刻，我无法理解袁毅，也不能原谅自己。

爱情，已经不显得那么可怕。

胆子越来越大，兵分两路，从天堂到地狱，又回到人间。

也已经可以直面友情，尽管面对自己时，仍然四顾茫然。

—— 俞心樵

第十四章 /
七月悲喜交加

“我今天才知道袁毅喜欢你。什么时候开始的呢？”杨婷盯住了我的眼睛。

“我不知道怎么说，有点复杂，我自己也有点晕。”我不知道怎么解释。

“佳慧，你是我最好的朋友。我一直把你当姐姐你知道吗？”

“我知道，对不起。”我的眼泪开始涌出。我想起她害羞地在操场上把他指给我看，想起她从我手里接过他的回信时那一抹笑容里的甜蜜，想起她因为送他海洋球和别的女生发生争执不被家人理解甚至挨揍，想起她说起他有女朋友时那淡淡的惘然。每一幕都变成一朵清晰的浪花在我的脑海里翻卷。

“可现在是什么情况呢？我感觉只有我被蒙在了鼓里。”杨婷的目光带着拷问的严厉。那眼神那样熟悉，就像她的妈妈彭兰阿姨。

“高考结束那天，我遇见了他，然后他帮我来修电脑，我爸妈让他在我估分报志愿的时候提点意见。”

“你们一直联系吗？”

“没有，真的没有。”

“他两年前就喜欢你了吗？”

“我不知道，对不起。”我擦了一把眼泪。

“那次我和冯璐闹矛盾后，袁毅找我。他也像你现在一样对我说了对不起。

我当时不知道为什么，现在我有点明白了。他是因为没办法接受我而道歉，还是他那时已经喜欢上你了？”

我不敢回答，眼泪肆虐。

“你能不能别哭了！我现在也很想哭啊。从教室出来，我妈的眼神都快把我剜死了。我的估分成绩并不如预期，怕是也去不了北京了，估计也只能报本省的医大。本来想来你这儿找点儿安慰，问问袁毅的事儿，倒真的问出了事儿。”

“对不起。”我根本不敢抬头看她了。

“别说对不起了。”她烦躁了起来，“怪谁呢？怪我啊。我不该让你帮我送信，不该让你们认识。不，我不该去看球赛，不该喜欢上他。”

她也哭了，伤心地擦着眼泪。

“我从未想过会有这样的结果。我哪里比不上你吗？”

“不是的杨婷，你优秀漂亮，那么多人喜欢你……”

“可为什么他喜欢的是你不是我？为什么连高考成绩我们都差不多？你看小说弄什么话剧的时候，我在干什么？你享受暑假生活睡到日上三竿的时候，我五点钟就起来背英语……上帝一定是眼瞎了……”

杨婷的眼泪开始噼里啪啦地跌落。我手忙脚乱地帮她去擦，手被打开。我去抱她，被她狠狠推开。如是三番，我终于清晰地看到了我们之间再也填补不了的距离。

是啊，上帝是这样的不公平。成全一些人，辜负了另一些人，且没有做出任何解释。

我不知道杨婷是什么时候走的。

我弄丢了她。

接连好几天，我都怏怏的。没再开过电脑，也拒接了袁毅的电话，每天都心烦气躁。我爸看在眼里，让我去奶奶家住几天，陪陪奶奶，也散散心。

我一去就是半个月。

奶奶家在郊区镇子上，有一个袖珍的小院儿。小时候爸妈忙，我是奶奶带大的。

爷爷奶奶对我的到来十分开心，简直是像照顾小宝宝那样照顾我。

每天我就是吃吃睡睡，看带过去的几本小说。看几页就发起了呆，想着袁毅，想着杨婷，想着如何善后。

小镇上有个网吧，偶尔经过，也有想进去看一眼的念头，可站在门口，又放弃了。

我是在生气吗？还是在想念？是在自控？还是在自欺欺人？

也许，都有。时间一天天过去，我一天天在这些情绪里深陷。

有一天晚上，奶奶揉着我的手："孩子，你烧心呢。来，趴着，给你抓抓。"

我乖乖地趴好了。奶奶的手在我背上捏起皮肤，揉一揉，又放下。还记得小时候，每当不舒服，就喜欢奶奶这样给我抓抓，很快就能睡着了。

"佳慧，"奶奶喊我，"有什么烦恼可以和奶奶说说吗？"

我的烦恼没办法说，像一个小贼一样，我只觉得羞耻。

"奶奶给我讲故事吧。"我坐了起来，"你和爷爷怎么认识的？"

"定亲的。"奶奶笑了，有点不好意思，"你太爷爷牵着一头骡子去我家，我就被许出去了。十八岁就生了你爸。"

"那定亲前见过我爷爷吗？"

"倒是见过。又不是大门不出二门不迈的大家闺秀，每天都要下田干活。你爷爷之前定过亲，和我的一个表姐。后来退了婚，又找的我。我的那个表姐退婚后，二十岁才嫁出去。因为这个，十几年都不和我们往来。"

"爷爷为什么和她退婚？是心里面早就看上你了吧。"墙上挂着奶奶年轻时的照片，两条大辫子盘在胸前，眉清目秀，是个美人，肯定早就被爷爷悄悄喜欢上了。

"他们那时定的娃娃亲。"

"不往来，是因为什么？觉得你抢了爷爷吗？"

"那个年代女孩子被退婚是多丢人的事儿。我那个表姐，一直到死，都不愿意搭理我。"

我抱抱奶奶："可是这不怪你啊。"

"怪不怪我啊，我也不知道。但她后来过得很好，生了五儿二女，孩子都很有本事。人啊，各有各的造化……"

我点点头。奶奶又开始讲之后的事儿，嫁给我爷爷这个"倔老头"的各种"恩怨"。

在奶奶慈爱的声音中，我想着袁毅，蓬勃的思念，把过去和现在贯穿。也许我们都没有错，可我们还是陷入了这样的窘境。

那我唯一能做的，大概就是逃避了吧。

毕竟，“喜欢”并不是什么大不了的事。我以前能压抑，现在也可以。

在奶奶家接到了晓春的电话。

“许佳慧，我去找你哦。”

“啊？你知道怎么来吗？”

“知道，咱妈给我画了线路图。”

“好的，我等你。”

心里开始雀跃起来，晓春来了，我就可以和她说说我的烦恼了。

一早在车站接到的，却不是晓春一人，还有袁毅和小黑。

看到袁毅的那一刻，我就呆住了。

可他笑得灿烂：“嗨。”

晓春很得意：“你不是怕我找不到路吗？我带了俩保镖呢。”

“你厉害。”我心里乱乱的，连招呼都忘了和两位保镖打。

“许佳慧，这边的青山湖你去过吗？”小黑问。

“去过的。”

“好玩吗？”

“还可以，就是看看水和桥之类的。”

“那我们去吧。”晓春挽住我的胳膊。

“好啊。”我说，“我带你们去。”

先回了奶奶家，奶奶对家里来了我的朋友，很是开心：“我们佳慧最近正不高兴呢，你们来了好，来了好。”

“你有什么不高兴的？”晓春问我。

“没有。”我说，“我们快去吧。一会儿会很热。”

青山湖其实周边没有山，它甚至不是湖，更像湍急的溪流，有三座木桥，两座石桥。周边的树木很葱翠，适合野餐。几年后，这边成了漂流爱好者的聚集地。

晓春和小黑兴奋地走在前面，袁毅和我跟在后面。

“许佳慧，你没和我打招呼哦。”袁毅声音里带着逗人的语气。

“你好。”我闷声闷气地回他。

“有情绪啊。”

“有。”

“说来听听哦。”他竟然不知道我为什么烦恼吗？我有些生气了。

“你，”我站住看他，“你为什么要和杨婷说那些话？”

“我喜欢你的话吗？”

“对。”我的耳朵热起来。

“你喜欢诚实的人还是撒谎的人？”他也站住，笑着问。

“我喜欢善良的人。”我低头不看他。

“诚实不是最大的善良吗？”他问。

“有时是，有时不是。”

“那好吧。那对自己呢？什么是善良呢？忠于自己算吗？”他追问。

“我不知道。”

“我诚实，并忠于自己，这是我对我自己的善良。我不知道我哪里做错了。”他继续说。

“你……”我张口结舌，不知道如何反驳，并且很生气。

“你，要对自己好一点儿。别总是什么时候都先考虑别人。考虑别人太多，也不一定会开心。奶奶不是说你不高兴吗？”他竟然教训起我来了。

“你不觉得你太自私了吗？”我气急败坏了。

“不高兴是因为我吗？”他咧开嘴笑了。

“是。”我瞪着他。

“觉得我不该跟杨婷那样说？”他笑得更欢了。

“是。”

“可是如果时间回到那一天，我还是要那样跟她说。”他抱起手臂，笑里带着点儿挑衅。

我气得说不出话来了。

“别着急，等你想明白了，我们再聊。”袁毅走上前一步，伸手抚上我的眉心，“你看你眉头皱得。走吧，小黑他们都没影儿了。”

然后他径自朝前走，而我摸着自己的眉心呆在了原地。

晓春和小黑都玩得很开心。脱鞋卷裤腿跳进溪水里，打水仗。我心猿意马地坐在岸上，受到殃及，衣服也湿了不少。

“袁毅，你刚才把许佳慧怎么了？”小黑戏谑地问坐在我两米外的袁毅。

“关你什么事？”袁毅回他。

然后袁毅遭到了一阵溪水的袭击。

他面无表情地擦了一把脸上的水，对小黑说："你是想死吧。"

他将鞋子一脱，也跳进了溪水里，和小黑打起了水仗。

日光正好，溪水斑驳，他们笑闹的样子，让我觉得烦恼似乎正在慢慢地淡去。

之后，三位完全的"湿人"跟我这半个"湿人"回了奶奶家。

晓春换上了我的衣服。两个男生穿着爷爷的老头背心和大裤衩，看上去很有喜感。奶奶做了很多菜，大家一起吃饭的时候，小黑和晓春逗得我爷爷奶奶很开心。餐桌上一片欢声笑语。

下午他们回去，晓春拉我一起走，奶奶说舍不得，我便借机拒绝了。

在车站送他们的时候，小黑礼貌性地对我伸出手："许佳慧同学，我们今天玩得很开心，谢谢，再见。"

我笑着和他握了握手，他上了车。

晓春伸开双手："许佳慧同学，不要不开心了，要振作。"

我抱了抱她，她也上了车。

而袁毅，他又一次把手指抚上我的眉心："我走了，不许不开心。"

他上车，又探头出来小声地对我做出夸张的口型："快回来。"

而我，简直做不出任何反应。

高考成绩出来前一天，我才回家。没忍住，还是打开了电脑，登录了QQ。

小企鹅嘀嘀嘀，发来了大胡子圣诞老人的留言："人去哪儿了？"

"去奶奶家了？

"回来找我。

"回来了吗？"

我不想回他。谁知道，小企鹅又很快嘀嘀嘀地响起来："你回来了？"

"你怎么知道？"我吓了一跳。上线头像会变亮这种真理我当时还没有明白到。

"想我了吗？"

"你别自恋。"我紧张地关掉了QQ。

几分钟后，电话响了。我妈在客厅喊我："许佳慧，电话。"

"就说我不在。"我大声喊。

"你听见了吧，她说她不在。"我妈连个掩护也不打，我一口血差点喷出来。

打电话查分数真是费了我九牛二虎之力。成绩报出来的时候，全家人松了一口气，比估的分数还高了10分。

爸妈很高兴，在饭店摆了一桌，相熟的亲戚欢聚一堂。

我在人群中被夸成了一朵花，感觉自己的明天真的如这些爱我的人口里说的那样，前途无量呀。我一高兴在几个表兄妹的起哄下喝了两杯红酒，晕乎乎地回了家，倒床就睡。

第二天报志愿。我一早出门，在楼下就看到了袁毅。

他还在履行我妈给他的任务要陪我去报志愿吗？不过志愿表我已经填好了，昨天在和家人商议后，我报了江城的S大。

我自顾自走着，他跟在后面，举着伞，慢慢地倾过来，又倾过来。虽然我们没有说话，但莫名地，我的嘴角就上扬了。

S大有艺术设计系，晓春便也报了。

交完志愿表和晓春一起出来，在走廊里遇见了杨婷和周志清。一看到周志清，晓春的眼睛已经开始冒星星了，缠着他问报的哪所学校。得知周志清也报了江城最著名的H大，她激动地跳起来了。

“无心插柳柳成荫。我们在一个城市，还是很方便见面的。”与他们分别后，她得意地跟我说，“可是，你和杨婷为什么怪怪的，谁也不搭理谁？难道你和袁毅的事儿露馅了？”

“我和袁毅的什么事儿？”

“上次从你奶奶家回来，小黑就告诉我了。袁毅喜欢你，等了你两年多呐。我就觉得你们俩怪怪的。那么多女孩追他，他一个都看不上。怕影响到你学习，所以一直忍到你高考结束。托小黑给你写信，还让小黑打电话给我问你的事儿。我还以为是小黑喜欢你呢。袁毅什么时候喜欢你的，喜欢你什么啊？虽然你是我的活宝贝，但他怎么发现你傻大妞的外表下是个宝贝的？”

我愣了一下，他从未这么对我说过。

“感动了是不是？”晓春摇我的胳膊，“我知道的时候都感动得不行了。你不是铁石心肠吧？”

“可是杨婷现在已经不理我了。”我一阵心酸。

“这么严重？”晓春叹了一口气，转而挽住了我的胳膊，“你还是别管杨婷了。再说了，你又没错。你还能逼着袁毅不喜欢你，去喜欢她吗？节哀节哀，你还有我呐，以后我们就相依为命了。”

走到校门口，看到等在奶茶店的袁毅。他朝我们挥挥手，晓春拽着我朝他走去。他拿出几杯买好的奶茶，递给晓春一杯，又递给我一杯，问我："你那个同桌呢？"

朱绾绾像是听到了召唤，不知道从哪儿冒了出来："在这儿在这儿。"一把把奶茶接了过去。

"请你们吃饭吧。"袁毅很热情。

"好啊，好啊。"朱绾绾率先拍手同意，晓春也貌似很想宰他一顿。我摆摆手："你们吃好喝好，我先回家了。"

"你别扭了啊许佳慧，真没意思。小心我也和你绝交。"晓春毫不顾及我的感受，死拽着我的胳膊，瞪我，这个"也"字就像一颗螺丝钉，终于钉死了我愧疚的心门。

"走吧，坐我的车去。"

"太好了。"朱绾绾抢先一步坐到了前排，又被晓春硬拽了下来。然后晓春拉开车门，对我做出毕恭毕敬的姿态："请吧，许佳慧小姐。"她挤眉弄眼地对我表演哑剧，应该是在说："好不容易去蹭顿饭，你不要给我扫兴！"

我只好也上了车。一路上，我一句话都没说。朱绾绾和晓春在后面叽叽喳喳，我却一句都没听进去。失恋的感觉是什么样的，我还没有体验过。但被朋友放弃的感觉，我却清晰地感觉到了疼。

我们去的还是我和晓春第一次吃牛排的那家西餐厅。落座后的一瞬间，我的手便被他抓住了。那手微凉带汗，但是有力，无论我怎么挣脱也挣脱不掉。

我扭头瞪他，他却笑得灿烂。无奈，我只能不动声色地被那手握着，心跳快得像是刚刚跑过八百米。

吴晓春不愧是拆台王，她很快发现了端倪："你们两个，手为什么放下面？"

我一惊，手在桌底下做各种抗争，却是徒劳。

而袁毅，干脆拽着我的手，暴露在了桌面上。

"不带这么秀恩爱的啊。"朱绾绾鄙夷地说。

我吐出一口气，用尽全身的力气想把手抽出来，却被攥得更紧。

"放开！"我瞪他。

"她生我气了，你们帮我哄哄。"他不理我，对两位女孩说。

"许佳慧还需要哄？"朱绾绾觉得不可思议，"完全不需要的好吗，佳慧最好说话了，给点阳光就灿烂的。”

“行了行了，快分开吧，好多人看。”晓春不由分说地拿勺子打过来，袁毅吃痛，终于放开了我的手。

“许佳慧你为什么生气？”朱绾绾问。

“因为我喜欢她。”袁毅揉着手答。

“啊？这也能生气？”朱绾绾拿勺子打我。

“嗯，一直以来，我每次想要让她明白这件事的时候，她总会生气。”袁毅像是无辜的受害者遇到了人民警察。

“那个，你要不要重新换个喜欢的人啊，我怎么样？我绝对不会生气。我会很开心呀。哈哈哈……”朱绾绾热切地盯住他。

晓春骂她：“你闭嘴！”

而我终于被她成功地气笑了，扭头对袁毅说了一句话：“真的，你可以试试。”

牛排上来了。众目睽睽之下，他把我的盘子拿过去，帮我切好又推了过来。

“受不了了，晓春你帮我切。”朱绾绾把盘子推给晓春，晓春叉起就咬了一口，气得朱绾绾大叫，“不行，我吃不饱了，我还得再要一份！”

气氛终于活跃起来了。

美好的爱情就是一个臭不要脸一个假装矜持。

千万不要等到臭不要脸的那个走了，假装矜持的那个才哭了。

—— 周星驰《西游·降魔篇》

第十五章 /
喜欢一个人需要理由吗

送两个小妞各自回了家，只剩下我们两人的车厢内，空气中流淌着难解的沉默。

他开着车，大概也被憋得不行了，扭开了收音机。收音机里正播放马三立的单口相声《逗你玩儿》。我笑点低，虽然这个段子几乎都会背了，但听的时候，还是忍不住笑了。

他也笑了，看看我，小心翼翼地问：“不生气了？”

“生气。”我立马收起了笑脸。

“现在准备好和我聊了吗？”

“不聊。”我虎着脸。

“真傻。”他无奈地笑着摇摇头，“好吧，那你回去上QQ，我给你留言了。”

在我家楼下，他停住了车：“许佳慧，你知道吗？当年我高考，只填了一个志愿，就是A大。就算当年考不上也没关系，复读我也接受。我只上A大。”

“你聪明，你学霸，你厉害，好了吧！”我打开车门下车。

“我是想说，我这个人有执念的。你一定要上QQ哦。”他摇下车窗，朝我摆摆手。他给我的留言是这样的：“像当年高考志愿只填了A大一样，如果我有一个女朋友的话，我只想她是你。

“在大学里，我看到别的女孩子，总会莫名其妙地在她们身上找与你相像的地方。比如说脸形像你，或者声音像你，再或者左脸颊都有一颗痣。隐约，我可以猜到你的顾虑，但是并不理解。你觉得爱情里有先来后到吗？有礼让这一回事吗？如果你礼让了爱情，你置我于何地？

“我不应该是你成全友谊的牺牲品。因为这个原因我变成炮灰，真是死不瞑目。

“并且，你也喜欢我啊。我知道。

“所以，我不会跟你道歉。因为我一点也不后悔对任何人坦白我的感情。”

……我看着电脑屏幕上他的留言目瞪口呆，感动心动还有点不被理解的生气，跩什么啊。

我还在别扭，但那几段留言，我看了好多遍，甚至还拿出日记本把它们抄写了下来。爱情不应该是友情的牺牲品，但友情也不应该是爱情的牺牲品。爱情更脆弱还是友情更脆弱，甚至不是一个命题。也许是把它们同时握在手里的人更脆弱吧。

我决定去找杨婷。从我家到杨婷家只需要十分钟，每一步，我都走得沉重，我想了很多，在心里一段段地排练要对杨婷说的话。

转角，进小区，上楼梯，敲门，门打开，我看见杨婷哭红的双眼。

“怎么了？”我吓了一跳，“你怎么了？”

“我妈刚才晕倒了。”

我朝屋里冲去，彭兰阿姨已经躺在床上醒了过来。

“阿姨，还好吗？怎么回事啊？”我扶她坐了起来。

那个下午，彭兰阿姨因为报志愿的事情，被杨婷顶撞了几句，争吵激烈的时候，因为生气晕倒了。我要和杨婷一起送她去医院，但她怎么都不同意，说自己没事儿，休息休息就好了。杨婷要上大学了，她也确实有时间休息了。

看着彭兰阿姨苍白的面容，我心里特别不是滋味。

彭兰阿姨靠在床上，跟我说起杨婷小时候的事儿，杨婷从小就聪明漂亮，三岁之前都很受宠。溺爱的那种宠，甚至有些惯坏了。后来为了纠正杨婷，操碎了心。从上小学开始，她便要求杨婷成绩必须优异。杨婷读一年级的时候，期末考试只有七八十分。她看完通知书，抄起小板凳就砸了过去。那一砸，杨婷的头上缝了七针，但之后成绩也上去了。从二年级开始，杨婷便名列前茅，若是考第二名，在她这儿也不会得到奖励。上了初中，上了高中，杨婷每一次升学，她都会瘦掉十几斤。孩子的事儿对她来说就是天大的事儿，她这半生都是为女儿而活了。只希望杨婷能做个出类拔萃的人，现在的社会竞争那么激烈，不优秀只能被埋没。她的一辈子已经不重要了，重要的是杨婷要有个耀眼的未来。

我看了看杨婷，她沉默地坐在一边，眼睛里燃着火。我熟悉她的那种表情，那是已经下定了不会再让妈妈失望的决心。我在心里排练过的那一段段话，已经无论如何都不合时宜再说出口了。儿女情长这些，估计已经被杨婷排斥在千里之外了。我心里松了一口气。

第二天，我和晓春在一起。她要去海边旅行，我陪她买了几套泳衣。一整天，我帮她提包，帮她买水，帮她捶背捏腿，且对她提出的所有问题，都做出了明确且真诚的回答。

“我真觉得袁毅对你是用心的，你就从了他吧。”这是她最后得出的结论。

“那如果是周志清喜欢我，追求我，你也能这么大方地让我从了吗？”我刚说完，就遭到凶狠的一瞪。

“你敢？”

“打个比方嘛。”

“不能打。”

“可周志清应该喜欢杨婷啊，你不是不知道。”我也是拆台王一样的存在。

良久，她才说：“如果杨婷也喜欢他的话，我会祝福他们的。”

我心里一酸，抱住了晓春。但她很快又恢复了疯癫：“但是杨婷不喜欢他，哈哈哈哈。”

在爱情的荒原上，我们都没有错，只是闷头奔跑的时候撞上了无解的谜，一个又一个结成了怪圈。我们站在中间，看那微弱的火星熄灭或者燎原，无法控制又无能为力。

“许佳慧，”分别时，晓春认真地对我说，“你没发现问题的关键在哪里吗？那就是你也喜欢他啊。你不用装，我看得出来。两情相悦最难得，你再矫情下去，会后悔的。”

对，我喜欢他。我一直不敢正视我喜欢他这个事实。我若不喜欢他，为什么重逢时会那么紧张，那么喜悦。我若不喜欢他，为什么总想把我们之间的事当成秘密？我若不喜欢他，为什么他会让我生气，让我无措，让我抓心挠肝无法成眠。

晚上，QQ上，大胡子圣诞老人问我：“明天陪我去买家具好吗？”

“好啊。”我回他。

第二天早上，我听见他的汽车喇叭发出三声嘀嘀嘀。下楼后，看到他靠在车上等我。他穿黑色T恤，黑色牛仔裤，黑色匡威鞋，还戴了一副大黑墨镜。像是从明星画册上走下来的人，太过耀眼，让我无法呼吸。可是，我还是鼓起勇气望向了他，第一次明目张胆的，第一次毫无顾忌的。似乎听见血液淌入心房潺潺流动，听见心底有喜悦的花朵倏尔开放，也听见自己笑了。

对，以后都要这样，他对我笑的时候，我要对他笑。他对我说话的时候，我要看着他。他走向我的时候，我不背过身去。他说对不起，我说不怪你。

“你今天有点不一样。”坐上车后，袁毅说。

“哪有不一样。”我脸热了。

“哈。”他笑，“软软的，不像以前那么硬邦邦的了。”

“喀喀……”我干咳着，扭头看向了窗外。

车子开上了高速。

“买个家具还要去省城？”我无法理解。

“因为我很挑剔。”他扬扬眉毛，一脸臭美的样子。

“是，你真的很挑剔。”我看向他，内心很温柔。

两个小时后，我们抵达了一个大型的卖场。闻到家具的味道，我整个人像被上好了发条，兴奋地乱跑。不小心碰到了桌子腿，疼得龇牙咧嘴。

“你看你。”袁毅低头看了一下我的腿，把我按在旁边的椅子上，“像个莽撞的小兔子。”

“那你就是农夫？”我眨眨眼低头看蹲在我旁边的他。

“对。我守株待兔，你恰好撞了过来。”

“是这样的吗？”

“当然不是。”他揉揉我的腿说，“这只小兔子逛啊逛啊，逛了好久，才撞过来。我等啊等啊等了好久，都等老了。”

我捂嘴笑。

“高三的时候，有一天课间休息，我站在教室外面的走廊上，看到你和晓春。晓春在逗你吧，把你的一只鞋子拿走了。你就一跳一跳地像个小兔子那样去追她。那一天，我记得特别清楚。学校的木芙蓉开花了，你笑着蹦跳，一朵粉色的花落在你的头上。离得远，应该是听不到你的声音，可是我当时真的听见你笑了。那个下午，我什么都没干成，净发呆了。”

“嗯。”这是他为什么会喜欢我的答案吗?

“那时你还不认识我呢。”他起身, 拉我, “来, 再跳两下。”我扑哧笑了。

订好了家具, 一起吃了午饭, 又看了电影。《冰河世纪》太好看了, 我笑得简直要把爆米花喷出来。看完我去洗手间出来, 他把一个大号的毛绒曼尼塞给了我。

这是完美的一天。回去的路上，我因兴奋叽叽喳喳地说了很多话，先是聊电影，又问了小黑的事情，还展望了一下和晓春一起上大学后的未来。最后，我还说了昨天去杨婷家的事儿。我说，他听，偶尔回复我一两句。然后他忽然问我：“知道我最喜欢你什么吗？”

“嗯？什么？”我坐正看向他，等着他说出这个我也很想知道的答案。

“我特别喜欢听你说话。”

“啊？难道不是因为我美丽不可方物吗？”

“呵。”他用鼻音发出笑意。

“真是的。”我对这个答案十分不满意。喜欢一个人怎么可能是因为说话?就算是也不应该明说嘛……可是喜欢一个人需要理由吗？也许，不需要吧。

“在你帮杨婷给我送信之前，我就认识你了。那是我高二那年的暑假，对，你还没有去七中。暑假时我每天下午都去学校踢球，然后去学校的那家杂货小书店买水。几乎每天我都能看到你。第一次见你时，你和店主讨价还价，又跟店主讲书里的故事，让他帮你进谁谁谁的小说。好几天，我脑子里都是你的声音，叽叽喳喳的。后来你就上了七中，每天买茶叶蛋，一杯豆浆，和吴晓春分吃一根油条。好几次，我都坐在你旁边，你一边看小说，一边往嘴里塞东西。看得高兴了，还念出来，声情并茂的。还有，有一段时间，大概有个男生喜欢你，每天晚自习后送你回家。然后你根本不知道，兴致勃勃地跟他讲历史，什么伍子胥啊，公子小白啊，一天一个地说。那男生大概没听进去多少，我在你们后面，倒是觉得津津有味。然后，然后我们就认识了。”

我久久没有应声。

“怎么了，不相信吗？”

“可是那时候，你为什么跟在我们后面？”

“呃……”他没回答。

我已经忘记了我被晓春抢走鞋子的那个下午，但记得去七中之前的那个暑假，每天去蹭书看的日子。一群踢完球汗水淋漓的男孩子，把小店挤满，喝水咕咚咕咚，聊些我完全不感兴趣的话题。我看书时总是被打扰，所以看见他们就烦躁得不行。那一群人里，有袁毅吗？我们真的那么早就遇见过了吗？

回到家，QQ上又聊很晚。喜欢听袁毅说大学里的趣事，他的所见所遇所感。他说什么，我都觉得新鲜有趣。

晚上，抱着曼尼睡觉，感觉到舒服又甜蜜。

对他，越发有了一种一日不见如隔三秋的感觉。才分开了几个小时，就又很想见到他了。

第二天上午，陪他又去买了电器。下午，工人入户安装家具和电器。终于弄完了一切，房子被填得满满当当，很有小家的感觉了。

我倒在了沙发上，艳羡地说："如果我也有一个自己的房子就好了。"

"你可以把这里当成自己的房子啊。"袁毅笑着说。

"真的吗？"我跳起来。

"当然是真的。"他严肃地说。

对这种完全没有防备的亲密，我很不好意思，只好红着脸向书房走去："快告诉我表情怎么打出来啊。"

坐在电脑前，他用Ctrl和Shift键切换着打出很多表情符号来。我觉得太神了。我玩着他的电脑，看到他桌面上很多我看不懂的程序。他解释说自己接了个活儿，最近起早贪黑的。我连忙站起来："那你忙，我不打扰你了。"

"坐下！"他摁下我的肩膀。

他离我那么近，我有些紧张，只好找很多话说，在网上乱逛。进入一个网站，刚好有大转盘抽奖，于是我便点了一下。奖品内容很快出来：恭喜您，获得一包杜蕾斯。

我一下就觉得脸红耳热，坐立不安，干脆拔腿走人。

"你跑什么啊？"他好笑地追过来，"我不会把你怎么样的，除非你愿意。"

"你走开，否则我就喊非礼了。"我口不择言。

"你知道什么是非礼吗？"他笑得更厉害了，朝我逼了过来。

为了一切我不曾生活过的时间我爱你，
为了遥远的芬芳为了面包的热气，
为了融化的雪为了最先开放的花，
为了不害怕人类的无邪的生灵，
为了爱我爱你。
—— 保尔 · 艾吕雅

第十六章 /
夜吻

他双臂抵过来，把我圈住，靠在了墙上。我几乎能感觉到他的鼻息，他的眼睛从澄澈也慢慢变得迷离，在他的嘴唇快要压过来时，我一把推开了他，夺门而出。我循着记忆往公交车站走去，大概几分钟后，袁毅开着车追了过来。

“上车。我送你。”他摁着喇叭喊我。

“不劳您大驾啦。”我干脆小跑起来。

“快点上来，傻妞。”他又摁了下喇叭，我只好上了车。

沉默，尴尬的沉默。久久，他才说：“所有的男孩子都是这样的。面对自己喜欢的女孩子，总是有点……难以自控。”

一直到我家楼下，我也没再说一句话，心里一半是难堪一半是后悔。推开他干吗呢，吻就吻了，有什么大不了的。再说，我也不是没想象过和他亲个嘴儿啊什么的。

好……后悔……

晚饭后和父母一起散步，走到学校，看到大门上方已经挂起了新状元的红色条幅。爸妈兴致很高，已经在讨论我走的时候要带什么东西了。爸爸的意思是连被褥都带着，我妈说太夸张了，学校发被褥。爸爸说学校发的都是黑心棉。妈妈说，不要搞特殊化。爸爸说准备一个月给我六百块钱做生活费，妈妈说太多了，给四百就行了。每当我发言，都被无视，好像不是我自己的事儿了。

离别还没有真正地到来，可心似乎已经远行了。我已经迫不及待地对新生活翘首企盼了。

等待通知书的日子里，我每天都过得逍遥自在。网上聊聊天，打打诸如连连看之类的游戏，然后偶尔和袁毅约个会（也许见个面，散散步，喝杯冰饮料，去看他踢会儿球就叫约会吧）。那次之后，我说什么都不愿意再去他家了。

聚会越发多了。文科班全体聚会，大家出钱请张老师和几个任课老师一起吃了个饭，还送了礼物。后来，在周志清的发起下，高一同学也聚了一次。我们那个物理老师陈老师，他果然对我印象深刻，很严肃地说："你一定是超常发挥了。"

吴晓春分外活跃，发挥了她热情如火的本性，全场气氛全靠她带动了。杨婷坐在人群中，一直静静的。周志清坐在她旁边，不时地小声与她说着什么，但她大多数时间都是面无表情。她的成绩和估分不差，但于她来说，却并不是值得高兴的事儿。每个人都喝了点酒，除了杨婷。她对转圈斟酒的晓春说："我妈不让我喝酒，女孩子要懂得自爱。"晓春撇撇嘴，转到了周志清的面前："咱俩喝一个？"

周志清豪爽地跟她碰了杯，告诫她："你少喝点吧，你看人家杨婷。"

晓春没理他，转圈来到我旁边，跟我小声抱怨："连不喝酒都成了优点。"

我笑着拍她，给她一个"你又吃醋"的眼神。

聚会结束的时候已经过了晚上九点。我家的楼下，站着袁毅。

"你怎么来了？"我心中惊喜。

"毕业聚会什么的最容易迸发压抑许久的感情了，我怕你被别人也忽悠了……你这么傻。"

"你的意思是，你在忽悠我啊？"我气笑了。

"对啊，还挺难忽悠的。"

"哈哈。"我看着他笑，不知道是不是因为喝了点酒，觉得他特别好看。眼睛是弯弯的月牙，鼻尖是高耸的泰山，薄唇是一艘船，摇荡在浩瀚的夜海。

路灯下，树影摇曳。就这么面对面站着聊了会儿，他喊我："许佳慧。"

"嗯？"

"过来，让我抱抱。"他真的太大胆。我抬头看楼上我家的位置，不出意外的话，我妈现在已经爬上床看连续剧，我爸刚泡完脚，准备入眠。

虽然很愿意，但我总不能就这么听话地跳过去吧。

“你过来，让我抱抱。”所以，我昂着头傲娇地对他说。于是他一步过来，不由分说地抱住了我。那是我第一次和一个男生那么亲近。

他的手臂放在我的背上，因为个子太高，全身几乎弓成了一个虾子。我的头抵在他的胸口，闻到他身上微微的汗味儿，听到他胸膛激烈的心跳。我再不怀疑他真心地在喜欢我，那一刻的真挚是鱼对水，鸟对天空，风对云，枯木对甘露，我们对彼此。他的嘴唇从我的头发到耳垂到脸颊，最后缓缓地攻占了我的嘴唇。笨拙的，辗转的，两个没有经验的人，他曲腿弓腰，而我的脖子都要仰断了，就这样姿势难受地吻了好久，好久。

我上楼的时候已经快十一点了。简直不敢相信我们厮磨了那么长时间。

接吻会让人战栗，余味残存在嘴唇的每一个细胞里，被血液带入到身体的每一个角落。

之后的很长时间，我干什么都有点恍惚。早上从床上爬起来后，我妈问我：“嘴巴怎么这么红？”

我谎称昨晚聚会吃的菜太辣了。刷牙的时候用了我爸的牙刷。戴隐形眼镜的时候，还没戴上，镜片和护理液都被我倒进了马桶。吃饭的时候还把自己咬了。

“想吃肉了吧。看我姑娘馋得。”我爸表示，下班了就回来给我做红烧肉。

等爸妈都上班走了，我一个人在家里，感觉竟是恍如隔世。躺在沙发上，忽然发现，怎么我躺在沙发上啊，我为什么要躺在沙发上呢？离开沙发去书桌前，坐了很久也没发现换个地方待一会儿有任何的意义。

想下楼走走，到了楼下才发现自己穿着拖鞋，并且没带钥匙。

我就坐在我家楼下的花坛上等爸妈回来。时间倏忽而过，不知道这个世界上所有的甜蜜是不是都带有一些痛苦的意味。总之我想了很多很多，被克制压抑的与袁毅有关的幻想蓬勃着呼啸而来。那些未曾排练过的有朝一日，像是洪水，一遍遍地冲来，每一个浪头都是一个画面。

我们算是恋爱了吧。我们会怎样甜蜜？我们会分手吗？会结婚吗？孩子该叫什么名字？会有第三者介入吗？那我该怎么办？

乱七八糟的疑问挤满了大脑，简直就像是一出又一出的狗血剧。想到若我们分开了，我还真的眼眶都湿了……

收到通知书那天，爸妈送了一个礼物给我。一款蓝屏的诺基亚手机。爸爸把它交给我的时候，很郑重地说："祝福我的女儿，越飞越高。"

有了手机之后，袁毅同学秒变查岗王：在哪儿？在干吗？和谁？吃的什么？睡了吗？简直是阴魂不散。和晓春约会买东西，我的吐槽对她来说是一种伤害。她后来干脆一听见袁毅的名字就做出一副快睡着的表情："请问，每个谈恋爱的人都像你这样吗？你再说一次他的名字，我就立刻找杀手让他消失。"

我已经双手都提满了她的东西，她又拿了两套床上用品。

"你还买？"我受不了了。

"听说我们学校是在鸟不拉屎的地方，不好买东西。这个送你。"晓春笑嘻嘻地递过来一套。我只好笑嘻嘻地接了，土豪又大方的女孩笑得就是好看。

"你说我要不要给周志清也买一套？"她继续挑，简直丧心病狂了。

"不是吧你，你买了人家得要啊。"我实在不想让手臂再受累了。

"那好吧，等我们关系确定了，我再买来送他。"晓春终于完成了挑选。

"你跟他表白了？"我追着问。

"还没有，等我们一离开这里奔赴大江城，我就……"晓春似乎已经做好了计划。

快三年了，真没想到她会暗恋一个人这么久。中间追她的男孩子多得像牛毛，都被她残酷地吹成了炮灰。

"你和周志清是不是有别的故事？"我继续追着问。

"哈哈哈哈，马上就有别的故事了。"感觉晓春同学恋爱可比学习拼多了。

暑假快过完了，离别的气氛渐浓，袁毅也要回北京了。

离开前的那一天，他回学校踢了场球，我坐在旁边的看台上等他。

想起我第一次见到他的时候，万物尽失颜色，只有他一个是鲜艳夺目的。而此刻，也同样是。第一次见到他的时候，从未想过有一天他会和我发生故事。可这一天如此缠绵地精彩到达，我曾经有过的那些破碎和永别的想法，是那样的可笑。看着他的时候，我在心底一遍遍地为他写情书。无数华丽的辞藻在我的心底开成花。我想，就算是刘德华来追求我，我也不会同意的。因为我有他了啊。

他，满足了我对一个男孩所有的幻想。

踢完球他出来，汗津津的，接过我递过去的水，咕噜咕噜一口气喝完，然后坐了下来，很认真地对我说："许佳慧，我考江城的研究生吧，然后去找你。"

“别开玩笑了，报本校的研究生更容易啊。再说，你完全可以被保送吧。”

“大学里的男生都像狼一样。你这么傻，会被撕吃掉。”

“这个你不用担心。”我握住了他的手。

“那你若是喜欢上别人呢，要是有不错的男生……”

“没看出来你这么不自信。”

“那你说你喜欢我。”他大大咧咧的，一点儿也不避讳这是在公众场合。

“我喜欢你，袁包子。”我也豁出去了。

他笑了好一会儿，手指又放在了我的眉间：“看来是真的很喜欢我，你一认真就皱眉。

“有吗？”我睁大眼，拉开了他的手。

“有哦。但是，不许你喊我袁包子！”他又点了一下我的眉心。

“那你不许说我傻，会真的变傻的。”

“成交。”后来我想，为什么我从来没有怀疑过袁毅在大学里也会遇到诱惑呢？也许是作为被爱得多一点的那一方的有恃无恐吧。

他是第二天下午的车，他背一个很大的包，早早地就出来了。我们在人山人海的候车厅简直没有下脚之地。他一直握着我的手。

“一会儿你别哭哦。”他笑嘻嘻地说。

“不会的，你放心。”

“心真狠。”

“还有更狠的时候呢。”我也笑嘻嘻的。

更多时候，我们什么都没说。他看着我，我看着他。时间一分一秒流过，离别的气氛渐浓。伤感是在广播里传出他的那趟车的车次进站的时候，突然涌出来的。我跟着他和人流一起排队进站。当离进站口越来越近，他握我的手便越来越紧。

最后，他终于被人群挤进站台，而我用被握得发红潮湿的手朝他挥别。

他一直回头，对我做着夸张的口型，分明还是那句：“别哭。”

直到看不见他的身影，手机响起，收到一条他的短信：“我很快就去看你。”

我的眼泪便出来了。

我永远在沙岸上行走，在沙土和泡沫的中间。
高潮会抹去我的脚印，风也会把泡沫吹走。
但是海洋和沙岸 却将永远存在。

—— 纪伯伦

第十七章 /
异地恋红多了眼

大学来了。

江城是个怪兽一样的城市。

九月还骄阳似火。人多。公交车开得像F1赛车。军训的时候，我简直要热疯了。

在烈日下皱着眉头站军姿，心里却想念着从未去过的北京。

早上袁毅发来的短信里说：“今天的北京，风已经带点凉气。很舒服，想你。”

今天的江城，39摄氏度高温，我已经热成一条找不到树荫的狗。草坪里的蚂蚁有一厘米那么长，各个威武壮硕。而到了傍晚，宿舍便是蚊子的天堂，靠在走廊上接了一个袁毅的电话，被叮了十七个包。

要是当时真的报了北京的学校就好了。懊悔让我无所适从。

更郁闷的是，我和晓春虽然同校，但在不同的校区，想见面还得提前打电话。

宿舍是六人间。五湖四海的姑娘们齐聚一堂。来自青海脸上自带高原胭脂红的姑娘马艳琳，被来自广东的姑娘葛芸问了一个问题：“你们青海有海吗？”

马艳琳很认真地回答她：“没有海，只有青海湖。”

来自河南的姑娘素梅淳朴善良，非常热爱打扫，包办了每个人的桌面卫生。来自湖南的辣妹子硕硕已经可以穿着十厘米的高跟鞋健步如飞了。

除了硕硕，她们都没有男朋友。所以，我和硕硕的爱情故事，每晚在夜话中上演。硕硕的男朋友家里种了一个很大的橘子园，不断地寄过来新鲜甘美的橘子。大家都对橘园公子一致好评。

她们对袁毅一致差评。在那个手机接听也要收费且很贵的年代，他的电话总是打到宿舍的座机上。太多了，完全就是占线专业户。比如说在周末每个人都要睡到日上三竿的早上，我若恰巧关了手机，没有回他的短信。他便打宿舍的电话，六点多，我迷迷糊糊的，只听见他说："佳慧，我去上自习了。"

"你去上自习就去啊，不用跟我汇报。"气得我挂断了电话。

直到十一假期，袁毅来了江城，女孩们才对这个我口中的足球男神不再咬牙切齿。

这家伙真的很会做人啊。他竟然给我们宿舍的每个女孩都带了礼物。虽然是些小东西，但每个人都很高兴。

只有我没有礼物。我向他伸出手问："我的呢？"

他把我的手放在了他的肩膀上："我啊，我就是你的礼物啊。"

我目瞪口呆了。

他请宿舍的女孩吃饭。给每个人都敬酒："谢谢照顾我们家许佳慧。

"许佳慧傻，麻烦多担待啊！

"嗯嗯，也帮我看着她点儿，别让她那个啥那个啥了。

"如果我让她生气了，你们一定要帮我说好话。

"如果我们吵架了，你们一定要帮我和她吵下去。

"我们宿舍都是大帅哥大才子，友情介绍给你们。"

……

他住学校里的酒店，离我的宿舍走路要十五分钟。酒店大厅里养了两只孔雀，他借口害怕孔雀，让我陪他上楼。

这种人，这种借口，我都不好意思拆穿他。

一进门，他就说："你去洗澡吧。"

"干吗？"真是吓我一跳。

"你们宿舍不是没有热水吗？在这儿洗多方便。"

“呃，还是算了，我没有换洗的衣服。”

“谁说没有？”他在箱子里翻呀翻，找到一条公主裙。

“这是什么？”我望着粉色的蕾丝连衣裙震惊了。

“看到它的那一眼，就想知道你穿上是什么样子。”袁毅说着，把我推进了洗手间。

我抱着衣服研究了好一会儿洗手间的门锁，确定他没办法在不破门而入的情况下闯进来，才胆战心惊地开始洗。洗得那叫一个心猿意马，心神恍惚。

我慢吞吞地洗完，慢吞吞地穿上他送的裙子，慢吞吞地在雾气弥漫的洗手间一遍遍地照了镜子，又慢吞吞地打开了门。

吓我一跳，这家伙就站在门边一副守株待兔的样子。

“真好看。”他说。

我有些害羞。

“我是说衣服。”他说。

我捶了过去。

然后他将手臂伸开圈住了我，在我耳边轻轻地说：“终于抱到你了。”

甜甜地满意地接了个吻，好像只是刹那，又好像过了万年。

“宿舍马上就要关门了。”我总算推开了他。

“那就睡这里吧。”他认真的邀请中带点坏笑。

“怎么可能？”

“我又不会把你怎么样。”

“不行，万一我把你怎么样了呢？”我也回了他一个坏笑。

他只好把我送回了宿舍。宿舍里的姑娘们都诧异地看着我：“你怎么回来了？”

“那我去哪儿？”

“不陪男朋友，你回来陪我们啊。出去出去出去！”

躺在床上，看到袁毅发来的好几条短信。

“其实，我自己也没有把握不会对你怎么样。我可是个血气方刚的男子汉。

“长夜漫漫无心睡眠，你心太狠，留我一个人在这空荡荡的房间，寂寞、空虚、冷。”

我要看吐了……

原本想在假期时和晓春一起去江城的一些景点逛逛，但晓春天天往周志清所在的H大跑，根本不见人影儿。而袁毅也无心跑来跑去，每天就和我在学校里走走。有时在草坪上坐着看书读报纸，我读一段，他读一段，晒着太阳小睡一会儿。一起数教学楼的台阶，也觉得有趣。随便吃点什么东西，就觉得特别好吃。

总之，有他在身边，学校就是胜地，食堂就是盛筵。

十一假期结束了，虽然舍不得，却还是得送他去火车站。公交车坐了一个多小时，他一直握着我的手。我却晕车了，一下车就抱着一棵树吐得满地狼藉。这个送别是不美好的。他坚持不让我再坐公交车回去了，打了辆出租车，扔给司机一百块钱，催着我先回学校去。

在回程的路上，他打来电话说他进候车室了，他进站了，他上车了。而我一直在哭。

“哭什么啊姑娘？”司机大叔大概被我哭得很烦，“别人会以为我要把你拉去卖了呢。”

“我男朋友好帅！”我哭着说。

“帅你就哭啊。我也挺帅的，没见我屋里的哭啊。”

我望着司机大叔已经谢顶的脑壳，又忍不住扑哧笑了。

他走后，我便更深地陷在了初恋的沼泽里。

我肆无忌惮地想念他，也肆无忌惮地把想念告诉了他。我每一分钟都无法控制他的脸他的名字他的声音在我的脑海里摇摆着走来走去。睡前，醒来。上课的时候，吃饭的时候，走路的时候，去玩的时候。在图书馆看书晒太阳的时候，洗衣服洗澡的时候。

我觉得我的嘴唇也在思念他。有一个晚上，我梦见他在吻我，很温柔也很用力，醒来时，就更恨他不在我身边了。

很多年后，有一句关于异地恋的网络流行语，说：异地恋就像养了一只手机宠物。

但我并不觉得这句话是对的。于我和袁毅来说，就算是异地，那种来自灵魂的满足感，也足够滋养我当时去坚持去相信，之后去缅怀去沉沦。

大一的课很多。没课的时候，我就泡在学校机房里，看看帖子，等袁毅在QQ上聊天。

我收到很多高中同学的电话和来信。绾绾说她已经和赤峰笔友正式绝交，现在大学里追她的男孩有三个。大学生活精彩到花样百出。

和晓春每天都打电话，每周要么我去找她，要么她来找我，两人在对方的宿舍都混得很熟。她对周志清一直没有下狠手追求，所以他们两人现在只处在一种暧昧期。

也有几个男生向我表达了微妙的喜欢，在我嘚瑟地炫耀我有了一个比奥特曼还要强大的男朋友后，他们再没有来信。

但我一直没有杨婷的消息。后来给她家打了个电话，才知道了她宿舍的电话。

在电话里，杨婷说她压力很大。大学生活一点都不好，一到学校就考试，作业多得写不完。她妈妈希望她能拿到奖学金。她竞选系学生会的学习委员也没有成功。宿舍人多嘈杂，根本没办法看书，她总是头疼。还有各种各样给她花样表白的男孩子，让她烦不胜烦。开学不到两个月，她瘦了五斤。

我竟无语凝噎，因为，我胖了五斤。

学校西门的铁板烧太好吃了，还有各种烤肉烤鱼烤玉米，豆皮热干面糯米鸡，桂林米粉湖南米粉广东肠粉，排名不分先后，我对它们的爱也不分伯仲。

后来我只好安慰她说："你应该像我一样，化悲愤为食欲。吃东西可以让人心情愉悦呢。"

"真的吗？"她似乎觉得我说得很有道理。

"以后心情不好了，可以给我打电话。"我说，是真心的，也有点心虚。

我们谁都没有提起袁毅。

后来，我参加了一次老乡会。

没想到竟然遇见了一个故人。玉树临风的"流川枫"在给坐在草地上的大家发苹果时，我以为自己看错了。

发到我，他淡淡一笑："怎么，被我迷住了吗？一直看我！"

后来大家做完自我介绍，确定了他和我来自同一个学校之后，我才不得不相信他确实就是那个"流川枫"。

"流川枫"名叫陈尽欢，和袁毅、小黑是同班同学，之后复读一年，考入S大。但袁毅他们和他已经断了联系，所以根本没想到他是我的师兄。

短信里，袁毅说："把他的电话给我，我打电话跟他叙个旧。"

"我哪有他电话啊。"

“没有最好了，少跟他接触哦。”

……

过了几天，我在校园里遇到了这位师兄，本来打个招呼就可以再见了。但他拦住我：“许佳慧，你男朋友真有意思。跟小黑要了我的号码，让我离你远点。他什么意思啊？怕我撬他墙脚？”

“有这事儿？我真不知道。”袁毅这个大傻子，看谁都成假想敌了吗？

他上下打量我一圈儿说：“不过嘛，也不是没撬头，你要是不穿这件傻乎乎的公主裙，估计会好看一点。”

公主裙是袁毅上次送我的那件，其实也被晓春嘲笑过。还记得晓春当时看着我笑得不行了：“袁包子一定是把你当女儿养了。真的很少有男生不打招呼就送衣服给女朋友吧……还是这种，哈哈哈……什么啊这是？”

当时我就很不高兴。

听到陈尽欢话里也有奚落的语气，我也很不高兴：“衣服又不是穿给你看的，你觉得谁的衣服好看，就去看谁呗。”

说完，我不再理他，继续赶路，三食堂啊三食堂，去晚了就买不到好吃的鸡汤粉丝了。我可是被寝室的好姐妹安排了任务，肩负着打三份的重任。

没想到他竟然跟了过来，一路跟我去了食堂的小窗口排队。

大依然够热，他离我很近，我一回头，就看到他笑呵呵的，一副“我就逗你看看”的样子。

终于轮到我了，没想到后面的这位却先喊了：“阿姨，有鸡汤粉丝的话给我留一份。”

看来打饭阿姨已经和他混熟了，面对我时冷若冰霜的脸，在听到他的呼唤后，立刻笑成了一朵花：“好的，给你留着。”

本来刚刚好三份到手的我，只买到了两份，最后一份被这位仁兄抢走。

我气得简直不行了。怎么会有这种人，和女孩子抢食。

但，我不跟他计较，我今天不吃了，我去买别的。谁知道他竟然又跟着我说：“没看出来啊，你这么能吃？要不然这样吧，你给我笑一个，我就把我这份儿让给你。”

当时气得我都要翻白眼了。士可杀，不可辱。我扭头看他，说：“你敢在这儿等十分钟吗？”

他看看四周说："这有什么不敢的。"

"那你等着。"说完，我往宿舍打了个电话，"你们火速赶来三食堂，有人抢食！"要知道我们宿舍的姑娘，全都是护食动物啊，在食物问题上已经变身可为食亡的鸟类，是可以拼命的。

八分钟之内，马艳琳和葛芸赶过来了。马艳琳刚洗的头发都没擦干，还在滴水。她人高体壮，打架的话，陈尽欢那瘦瘦的身板还真不一定是对手。

可是当她们看到抢食者是陈尽欢的时候，一个个从气势汹汹的雄鹰，变成了温柔婉转的黄雀。

"哎呀，许佳慧，多大点事儿啊，我不吃了，让给这位帅哥了。"葛芸先发表了意见。

"我也不吃了。"马艳琳大概刚发现自己头发没梳好，有些不好意思，麻溜地跑掉了。

"啊？你们！"我有胡子的话，胡子一定吹飞起来了。

坐下来吃粉的时候，我一个人吃了两份。葛芸小心翼翼地想摸自己的饭盒，被我瞪了回去。

陈尽欢坐在旁边，把自己的那一份吃了个底儿朝天。

然后他大大方方地对葛芸介绍自己："我叫陈尽欢，是许佳慧的老朋友。"

"喂，谁和你是老朋友？"

他低下头，凑到我耳边，得意地说："我想起来了，两个蛋蛋……"

我一口鸡汤喷了出来。

> 已经变成海浪的人，永远心怀谦卑。
>
> 因为她的梦想，原本就是倾尽全力的破碎。
>
> —— 笛安

第十八章 /
如果这不是爱情，那么什么是

回宿舍的路上，葛芸很严肃地跟我说："许佳慧，你已经有男朋友了哦。"

"亲爱的，我没有他的电话。不过他是化学院的，比我们高一届。有没有女朋友呢，我还不知道。我只能帮你到这里了。"

葛芸上来就挎住了我的胳膊："你真是的，干吗这么直白，我都不好意思了。"

半个月后，葛芸回来后幸福地宣布："我有男朋友了。"

"谁？"

"陈尽欢。"

"不是吧，这么快？"

"是真的，他约我周末一起去逛街。"

看着葛芸脸上害羞的红晕，我觉得不可思议。跟袁毅打电话的时候说了这事儿，袁毅说："你让葛芸小心点儿。这家伙是出了名的花心大萝卜。高中的时候就不知道祸害了多少小姑娘。"

我把这话转述给了葛芸，但她明显已经陷入了爱情，根本就听不进去任何告诫。

总觉得一朵稚嫩的小花儿，遇到了尝遍百花的老牛。

周末，我去找晓春，把遇见“流川枫”的事儿，告诉了她。晓春完全心不在焉，拉着我陪她去了电脑城。

忙活了两小时，累死累活地挑好装机，竟然不是她要自己用，而是要送到H大。

“干吗送这么贵的礼物？”我拽住她。

“他们专业课要用电脑。上次去他们宿舍，别人都有电脑了，他没有。”

“你这么大方，别人领情吗？”

“领不领情的，我愿意。我喜欢。你管呢。”

我被噎得一句话也说不出来。在追求的路上，总是苦的。从踌躇满志到心如死灰，中间要穿过多少被幻想宠坏的泡沫和多少万籁俱寂的夜晚，也许只有晓春自己知道。我心疼她，但不能戳破那些泡沫。那是她甘之如饴的痛苦，是她赖以继续的勇气，是她的倔强，也是她的胜负心。

但让送货员送电脑的时候，晓春却隐瞒了买家的信息。然后我们在那儿等送货员回来，看到签收的字迹时，她一声轻叹：“是他。你看，他写周字的时候，下面的这个口是个圈儿。他总爱这么写。”

我默默无语。

晚一点，我们回学校，在晓春校区的门口，看到等在一边的周志清。

“你怎么来了？”晓春雀跃地跑过去。

“尝尝你们学校这边有什么好吃的。”他扯扯嘴角笑着说。

我们在学校外面的一家小馆子，点了几个菜。晓春一直很兴奋，周志清一直顺着她的话不时嗯嗯几声，而我一直很沉默。

几个月来，晓春在走向周志清的路上，迈出了一步又一步。且不说时间和勇气，更有一颗心捧在手上的坚定和真挚。难道这些付出，没有一点点的不甘吗？

所有的付出都是渴望回报的。哪怕，只有一点点。

只是，付出越多，就越沉浸，越无法自拔。

像是在和自己较劲，也像是在对着自己开火。

周志清难道不懂吗？我不相信他不懂。在她进击的时候，他在用自己的方式后退，拒绝。

吃完饭，他从包里拿出一张纸递给了晓春。那是一张欠条，清晰地写明了电脑的价格，还有他自己的签名。

他说，钱会尽快还她的。

晓春脸色一变，唰唰把欠条撕了个粉碎。

原本尴尬的气氛，在那一刻降到了冰点。周志清讪讪地坐了坐，买单，然后走了。

看着他头都没有回地出门，晓春的眼泪一下就流出来了。

如果眼泪能冲刷掉深藏在记忆里的喜欢就好了。哭一次，喜欢就少了一些，不甘也少了一些，而一直被揪着的心就放下了一些。

不去喜欢一个不喜欢自己的人，是很多年后晓春的恋爱法则。不会让自己变得谦恭。不会。不会让自己陷入无望。不会。不会让自己被拒绝一次后，再给对方第二次拒绝的机会。不会。

但那时的她没有那么洒脱，也没有那么强大。

陪她坐在湖边的时候，风从湖面吹来，又冷又凉，她就是擦不干净眼泪：“高一那年，坐在周志清的自行车后座上逃跑的感觉，我一辈子也忘不掉，如果这不是爱情，那么什么是？”

第二天回到宿舍，马艳琳就说，昨晚上宿舍三个家伙夜不归宿。除了我，硕硕去见来看她的男朋友，葛芸估计和我那个“老朋友”开房去了。

“葛芸没回来？”不是吧，这发展也太迅速了。

晚上，葛芸回来后，在我们的围追堵截下，才交代了她的周末约会细节和去处。

周六逛街，她为他买了衣服鞋子，然后跟他回了他租的房子那里。

“他不是很穷吗？怎么还有钱租房子？”

“他说宿舍太吵了，住外面更好学习。”

“你们那个了？”

葛芸羞涩地低下了头，又摇摇头：“没有啊，他睡的沙发。”

第一次提及“那个”的话题，大家都兴奋了。只有素梅很保守，说：“你们这群女流氓，我的第一次可是要留到婚后的。”

硕硕鄙夷地说：“你没听说过现在都流行试婚吗？除了性格习惯方面的契合，那方面也很重要的。结婚了，如果他那个不行，你可要哭死了。”

大家笑了一阵，又觉得她说得不对。马艳琳说：“真正的爱情，应该是执子之手，与子偕老。那个不行也不算事儿。”

葛芸说："我同意马艳琳。感觉陈尽欢拉拉我的小手就幸福得不行啦。非要那个吗？"

那时的我们，爱情是拉拉小手就可以回味的整个青春。所以，在我们一致的反对声中，硕硕悻悻地先睡了。

宿舍里安静下来，只有葛芸轻轻地讲着她和陈尽欢的恋爱细节。她的声音那么甜蜜，带点动人，我在她的讲述中，无比地思念着袁毅，发短信给他："好想你。"

很快他的短信回过来："我更是。"

葛芸和陈尽欢的那场恋爱，只持续了不到两个月。平安夜，葛芸哭着回来了。因为很小的一件事，陈尽欢跟她提了分手。

葛芸精心地为陈尽欢准备了圣诞礼物，除了一件用我一个月生活费也买不来的羽绒服外，她还为他准备了一本影集，里面是她自己从小到大最心爱的一些照片，还有她自己亲手画的画。丑丑的，但爱意满满的。葛芸说，那本影集以后会放上两个人在一起的合影。再以后也许会放上他们孩子的照片。

被我们嘲笑了好久。

如此暖心的礼物送出去后，却没有得到她以为会有的感动和热吻。陈尽欢甚至没有为她准备任何礼物。她缠着他去买路边精品店一个只要三十块的娃娃时，他拒绝了，说从不送女孩子东西。葛芸很失望，也很生气。葛芸说，她根本不想要那个娃娃。哪怕他在雪地上，堆一个小雪人送给她，她也会很开心。但他什么都没准备，在她撒娇吵闹了一阵后，他不耐烦地说："看来我们不合适，还是分手吧。"说完转身就走。留葛芸一个人站在雪中，哭成了泪人。

听完葛芸的哭诉，宿舍里所有人都义愤填膺了。直至熄灯，大家都在商量着复仇大计。

去报告辅导员，躲在他租的房子附近给他拍黑砖，去他上课的教学楼那儿贴大字报，寄可怕的东西给他……

我们说的时候，葛芸一直没吭声，后来忽然来了一句："你们说，如果我死了，他会不会后悔？"

"神经病吧你，你还为情自杀啊？多大点事儿，还不到两个月，能有多深的感情？"本来躺着的马艳琳忽地坐起来骂葛芸。

“可是我甚至把我们孩子的名字都起好了。并且，我为了给他买礼物，把这个学期的生活费全花光了。”葛芸又哭了。

圣诞节这一天，大家都顶着黑眼圈去上的课。下课后，葛芸要去找陈尽欢，被大伙儿拦住了，好说歹说把她拉回了宿舍。

在宿舍楼下，我似乎看到雪地上站着一个熟悉的身影，揉揉眼睛，再看，那身影不见了。

虽然袁毅曾说会找机会来看我，但他作为一个从不落下一节课的好学生，应该不会在非假期时间出来的。

我没有上楼去，站在刚才以为那个身影所在的位置，内心有淡淡的失落。节日会让思念放大。思念一个见不到的人，是爱与孤独的一场对弈。

我就那么站着，期待着，畅想着。可期待这种事儿，就像被黏合起来的甜蜜碎片，一道光、一阵风、一片雪花，都可以让黏合剂失去作用，“咣”的一声，碎在眼前。哦，也许还可以是一声讨厌的呼唤。

“嘿，两个蛋蛋！”陈尽欢的声音突然出现，“葛芸在吗？帮我叫她一下。”

“叫她干吗？再给你买东西吗？”我没好气。

“你看你那眼神，这么凶干吗啊。我是来还她东西的。”他说着递过来葛芸送他的那本影集，“你帮我带上去也好。”

“只有这个？”我没接。

“嗯？还有什么吗？”他竟一脸无辜。

“你身上穿的这件羽绒服，还有之前她送你的鞋子，都送回来吧。”

“我都穿了，她留着有什么用。”陈尽欢一副“你很小家子气”的鄙夷脸。

“你知不知道她为了送你礼物，把这个学期的生活费都用完了。”我气死了简直，怎么会有这种人。

“这个学期快过完了啊妹妹，只有一个月，熬一熬就过去了。你接济她点不就行了。”他竟然把自己捅的娄子随手扔给了我。

“你！”我有点儿咬牙切齿了。

“你人好，多帮帮她，她会很快走出来的。”

“你为什么要分手？你知不知道她真的……”

“不是所有的开始都要走到结婚吧。”

“可她是这样想的啊。”

“这就是我们之间的不同啊，所以没办法走下去啊。”

我被他的鬼扯震惊了，一把拽过葛芸的影集，准备上楼去。地上有雪，我又太用力，一下就摔了个屁股蹲儿。

陈尽欢蹲下来看我，笑：“你和袁毅是要走到结婚的吗？”

“关你什么事儿？”我挣扎着想站起来。

“讨论有助于进步啊。”他笑的样子真是贱极了。

我抓起一把残雪朝他丢了过去。

葛芸很长时间没有再提过去找陈尽欢。当然，是在我们大伙儿的各种打压和恐吓之下。这堂也许每个人都要上的失恋必修课，她率先拿到了学分。

葛芸瘦了。虽然大家都从为数不多的生活费里，拿出来一些借给她用，保证了她的一日三餐，但她很少再去食堂吃饭。要么托我们带点儿，要么什么也不吃。没课的时候，她就在宿舍里躺着，耳朵里塞着耳机，看小说。

陈尽欢也没有再找过她，能这么干净地断掉一段类似糟粕的情事，也许对她来说是好事。

天越来越冷了，没有暖气的大江城，那种湿冷让我在毕业离开后还记忆犹新。偶尔我会跑到晓春的校区去，和她挤在一个被窝里，互相取暖。

晓春住的是四人公寓，条件要比我的好一些。她买了电脑后，就经常在网上守株待兔地等周志清。

她再没去找过他，偶尔在网上遇见也只是随便聊几句。她的最近联系人里，倒是小黑的话最多，几乎每天都要聊很久。晓春给我看聊天记录，基本是小黑说十句，她敷衍一句。

小黑重读了一年大二，现在再打网游，也是为了带晓春一起。也许晓春自己也没发现，小黑正在用自己的方式温柔地爱着她。

和晓春一起去吃饭，遇见一个男孩，巴巴地坐在我们旁边，对她嘘寒问暖的。吃完饭，还帮她打了水，送到了宿舍楼下。

晓春似乎已经习惯了他的殷勤，只一声淡淡的“谢谢”，男孩的脸上已经乐开了花。

爱情真的是没道理的东西，你付出一颗真心，换到的也许只有一声淡淡的“谢谢”。有时，甚至被辜负，被碾轧，被伤害。

“那男孩在追你吧。”上楼的时候，我问晓春。

“不知道，他没说过喜欢我啊。”晓春假装懵懂的样子。但我知道她只是不想承认，不愿戳破。有时，戳破别人的喜欢，也是一种残忍。

“你和袁包子怎么样了啊？每天就是打电话发短信？”晓春问我。

“是啊，异地恋不都是这么来的吗？”

“你也可以去看他啊。”

“算了，也快放寒假了。”其实，我真的还挺想去大北京看看呢。我想走过A大袁毅走过的所有路，尝尝他们食堂的味道，坐坐他上自习的位置，看看他仰头可以看到的天空，呼吸他吞吐过的空气。

“想去就去啊，别犹豫。”晓春好像看出了我的心思，“钱不够，姐有，友情奉献。”

果然土豪。

把水壶放好后，晓春就拽着我下楼：“明天周五，你不下午没课吗？好像去北京有个下午的车，你周日晚上再回来，一点也不耽误。哈哈，给他个惊喜。不过，如果他干什么坏事儿的话，也是惊吓。”

学校里就有一个售票点儿，晓春不由分说买了来回的车票，递给我。

“晓春。”我抱住了她，“你真好。”

“去去去。”她推开我。

“为啥你不能更好一点给我买个卧铺啊。”

“你快去去去！”她气死了。

我第二天上火车后，手机上收到她发来的短信：“我只是希望你在拥有爱情的时候，不被距离辜负甜蜜。如果周志清和我恋爱，就算他在南极，我也会去找他的。”

“晓春，咱不要周志清了不行吗？那么多喜欢你的男孩子……”

短信，她再也没回。

他打动了我，每次都打动了我。

这是他造成的唯一伤害。

他踩住了我的心，让我哭泣。

——马克斯·苏萨克

第十九章 /

其实只恋长安某

大北京，我来了。坐了一整夜，竟然不觉得累，心里满满都是期待。早上六点钟，我捏着地图站在地铁站，路痴本性展露无遗。好不容易挤上了一趟地铁，却发现坐反了。拉着手环摇摇晃晃的时候，我不止一次地在窗玻璃上看到自己傻笑的样子。

要见到他了。

出地铁，坐公交，反复和陌生的路人确定公交站，转车，问路，走了很久很久，终于到了。然后我打电话给他："嘿，你在干吗？"

"我在上自习。"他声音里有愉悦。

"你猜我现在在哪里？"

"你个小懒猫，肯定还没有起床。"

"我在你们学校大门口。"

"骗我。"

"真的。"

"你真的来了？哪个门？"

在等他来接我的时候，我打量着这个陌生的，素未谋面的城市，并在顷刻间爱上了它。我喜欢这马路，这天空，这干燥的清冷，空气中飘来的炸油饼的香味，还有远远地，沐着晨光向我急匆匆走来的那个人。

“冷吗？”他的大手握住我的，眼睛里全是惊喜。

“冷。”我诚实地告诉他。然后我被他打开羽绒服裹在了怀里，抱了好大一会儿。

不知道是不是所有的异地恋都是这样的感觉。初见他的时候，是一种奇妙的陌生感，一个拥抱之后，亲密感百分之二十。面对面坐下来吃完一碗面之后，亲密感百分之四十。被他牵着手走过人群时，亲密感百分之七十。当他帮我开好房间，一阵疾风骤雨的亲吻后，亲密感百分之百。

我们在房间里说了会儿话，中午去吃饭。下午他带我在学校里逛，带我认识他们宿舍的那些他口中的大帅哥和大才子。晚上，他留在了酒店的房间里。

“我不回去。”他赖在床上死抓着被子，“我回去了会被宿舍那群家伙嘲笑死的。你打死我我也不走！我不走！”

谁说要打死你了吗？我气得哈哈笑。于是那个晚上，他心甘情愿地睡在了地毯上。半夜有几次想爬床上来，被我一脚踹了下去。

早上醒来的时候，一睁眼就看到他托着腮靠在床上看我，可把我吓了一跳。赶紧摸自己的脸，有没有眼屎，有没有口水，我睡姿那么差……

他的手就那么袭过来，从额头到鼻尖到嘴唇到脖子，还想滑下去，被我一把摁住。就算我吵着说有口气，要刷牙，他也不管不顾地吻了过来。

情侣间一个眼神都能够引发身体的悸动，更何况是没完没了的热吻。他把我的手拽啊拽地覆上了他身体的某个部位，可怜兮兮地对我说：“许佳慧，我已经二十一岁了，还是个处男。”

“我喜欢处男。”我笑眯眯地回他。

“你帮我结束这个身份吧。”他用渴望得要哭了的眼神望向我，似乎更可怜了一些。

“等等吧。”我拒绝了他。

“等到什么时候？”

“让我想想看。”

早饭后去逛超市，他跃跃欲试地要买“杜蕾斯”，被我瞪了犀利的一眼。然后我随手拿了一个拼图，递给他：“等你拼好了这个再买那个吧。”

一整天，他干脆哪儿也不去，就窝在房间里拼图。那拼图大概有上千块，想要一天拼好，谈何容易。更何况，我还偷走了几块，藏在了包里。

他拼图的时候，我就看电视。好久没有看过电视了，觉得看什么都很有意思。

其实，和他在一起，真的哪里也不用去。就算什么都不说，什么也不做，各人忙活各人的事儿，就已经很满足很甜蜜。

虽然无数次说了“不走了好不好”，可最后，他还是送我去了车站。他一直都是认真克制的人，从没有旷过一节课，当然，他希望我也是。

在候车室，我们嘻嘻哈哈地聊天、打趣对方，故意做出习惯了分别的模样。

到排队检票时，他帮我背着包，排在我后面，从后背抱着我，那样沉默、用力和艰难。太难舍难分了，竟然和我一起挤了进去，到了站台。

在站台上，我们面对面站着，对视苦笑后又都低下了头。

“我爱你。”还记得他轻轻地在我耳边说。这是第一次听到他说出“爱”的字眼。

“嗯。”还记得我也轻轻地说。我不敢抬头，怕他看到我的眼泪已经忍不住要奔涌而出。只觉得胸间好满好满，那最初时对他的微茫妄念，已然可以燎原。

列车进站，汽笛催促着离别。我狠心挣开他的手，踏上了车厢。噙着眼泪透过车窗向他招手时，却看到他忽然闯上了车。

他向我走来。

我看着他向我走来。

我没有懂事地赶他下车，也没有夸张地感动落泪。我只是静静地看他去补了票，静静地由他拉着我的手穿过车厢去卧铺，静静地看他帮我把包放在行李架上，收拾好一切，然后静静地等他坐在我的身边，把头靠在了他的肩膀上。

如果可以，多希望我们不再有离别。如果可以，多希望时间过得慢一点，而这列车一直驶下去。如果可以，多希望能把他变成小小的一个放在我的口袋里随身带着。如果可以，多希望我们已经白发苍苍，余下的日子，只剩下四目相对。

如果可以。

我们永远以彼此依偎的姿态，靠在一起，把这刹那放大成永恒。在生命的列车上，一起看向窗外。无论窗外是白昼还是黑夜，是夏还是冬，是绚烂还是单调，是山水还是建筑，是车流还是马群。

第二天到站，他又坚持把我送回了学校，连早餐都没有吃，就又赶最早的车回去了。还记得看他坐上出租车时，我才把迟到了的不舍的眼泪，流了个肆意。

“嘿，蛋蛋，你在学校门口上演这么生离死别的一场哭戏不好吧。影响校容明白吗？”

天知道，陈尽欢是从哪里冒出来的。

我的泪腺原本通畅无比，他的声音就像一个开关，泪腺立刻关了闸门。想到他也许已经旁观了很久，我就有些恼了。

我抹了下眼泪，并不理会他。

“袁毅还是那么帅啊。”这人阴魂不散地跟在了我的旁边，“不知道我那个喜欢他的女同学，就是当年为他打架的那个冯璐，追他追得怎么样了。”

冯璐？那个和杨婷打过一架，被我和晓春撞倒的师姐？她难道还在追袁毅？

我停住脚步，扭头看陈尽欢。

“冯璐不错，很好啊，对比你来说，她更漂亮，家里条件那是相当的不错。学校也更好。更重要的是，从她的学校到A大，只有两站路。”

“和你有关系吗？”我气不打一处来，“你们家少盐啊，管人家那么多闲事？”

“我做雷锋也不行？雷锋叔叔不管闲事，怎么扶老奶奶过马路？”

我快步疾走，只想把他和他说的话远远地丢在后面。

虽然明白不应该把陈尽欢的话当一回事儿，可接连好几天，我都怏怏不乐，也没敢问袁毅冯璐的事儿。我相信他不会和她有什么，可心里到底是不舒服。晓春帮我问了小黑，小黑那边打探出来的是，冯璐确实没有放弃追求袁毅，经常跑他们学校去找他，但袁毅经常以上自习为由不见。

冯璐像一根刺，出现在我的喉咙里，每当与袁毅打电话的时候，我都想把刺用尽全力地吐出来，可是每次都卡在了喉管里。

有人喜欢袁毅，是多么正常的一件事。

快期末考试了，平时空荡荡的自习教室，被疯抢占座。大多数人都玩了整个学期，把努力都用在了考试之前的几天。

学校外面的文印室那几天生意火爆，隔壁宿舍做的小抄已经出神入化，巴掌大的纸片里，藏遍乾坤。

总有几个监考老师睁一只眼，闭一只眼。也总有几个监考老师，乐于玩黑猫警长的游戏，跟你死磕到底。

最后一场考试结束，我从考场出来，深深地呼出了一口气。太好了，要回家了，要见到袁毅了。

晓春的妈妈要来接她，然后直接去哈尔滨玩几天，我得自己去买火车票回去。

学校外面的售票点已经排起了长龙，我前面大概有几百个人。等得快要发疯的时候，一个在老乡会上见过的女孩子，突然喊我："许佳慧，把学生证给我，陈尽欢在前面，让他帮你带。"

我愣了愣。

"快点啊，老乡会每年都会帮大家买票的，只是你最近没来参加老乡会活动，所以也没跟你收学生证。"

看看前面蜿蜒的长龙，我想了想，把钱和学生证一起递了过去。

十分钟后，陈尽欢和那个女孩儿一起买完票走了出来。

票拿到手里一看，天哪，无座。女孩安慰我："能买到就不错了。每年都是这样的，卧铺不用想，硬座靠运气。"

好吧。我只得接受了这个残酷的事实。

全程我都没搭理陈尽欢，当然他也没搭理我。

寒假来了，我和袁毅同一天踏上了回家的火车。想到很快就会见面了，我心里甜滋滋的。只是觉得时间过得太慢，坐在买来的小马扎上看言情小说，也看不太进去。

买到了坐票的老乡们，都在另一个车厢里。我心猿意马地翻着小说，只想时间过得快一点，再快一点。明天的这个时候，我就可以见到袁毅了，我穿什么衣服见他呢？梳什么头发？要不要化妆？我们要约在哪里？

车厢里，大多是返乡的学生。打牌的，聊天的，吃东西的，初遇就倾心交付友谊或者爱恋的。乱糟糟的，像是身处不会散场的青春闹市。

有人在我头顶轻轻地读出我正在看的小说片段："她后面的话还没有说完，就被他的吻吞没了……他用舌头撬开了她的贝齿……"

我不用抬头就知道是谁，啪的一声把书合上，干脆闭目养神起来。

"哎，你合上干什么啊，正看到要紧处。"陈尽欢的声音似乎格外兴奋。

我没吭声，怎么回事啊，又遇见他。

"我也没座儿。就两张无座票，我一张你一张，你看我多发扬风格。"

不理。

"你挺机灵的，还知道拿个小马扎。"

不理。

“许佳慧，你是不是顶烦我的？”

“是的。”终于忍不住要回他了。

“因为葛芸的事儿？”

“不因为谁。讨厌一个人没有原因。”

“那喜欢一个人也没有原因咯？如果我问你为什么喜欢袁毅，你能答出来吗？”

“为什么要回答你？”

“你看你，咱们好好聊天呢。”

不理。

“你能告诉我葛芸怎么说的吗？我们分手的事儿。”

不理。

“我跟葛芸真的不合适。”

“麻烦你不要再提葛芸了。你好意思吗？你配吗？是的，我也觉得你们不合适，她有真心，你有吗？她努力了，你有吗？我真的特别不可思议，怎么会有你这种人？为了我的淑女形象，我觉得我们有必要保持比陌生人还要远一点的距离。”我又忍不住了。

“你真的就这么讨厌我？”他嘴巴张得可以塞进去两个蛋蛋了。

不理。

“可你不是喜欢过我吗？还喊我‘流川枫’？”

我大吃一惊：“啊？你咋知道流川枫？”

“我知道的事多了。”他得意地笑了。

我的头开始疼了。

友谊从来都是甜蜜的责任，而不是一个机会。

—— 纪伯伦

第二十章 /
没道理的爱情

手机响了，是袁毅打来的。

“累吗？”

“还好啦。”

“下次我会去接你，不会再让你坐无座的火车回去了。”

“没事儿，真的，我有小马扎。”我甜蜜蜜地还加了一句，“我也很想你。”

电话挂断后，果然看到陈尽欢撇嘴，我不再理他。我要把时间都放在与袁毅重逢的甜蜜和期待上，我根本懒得再和不相干的人生气。

“吃个苹果吗？”

不理。

“吃薯片吗？”

不理。

“要不你把小马扎让给我，我站着吃薯片不太尽兴。”

“你有病吧。”又忍不住了。

时间从来没有过得这么慢。

“我不是你想的那种小白脸，骗女孩子送点礼物什么的再分手。”他怎么喋喋不休的还不消停？我干脆装睡。

“我根本没有跟葛芸要过礼物，都是她非要送我。别人送你东西，你不要，多伤感情啊，对不对？但我也不喜欢女孩子跟我要礼物。喂喂，蛋蛋，你睁开眼睛，我问你啊，你跟袁毅要过礼物吗？”

不理。

“我是谈过很多次恋爱，没办法，长得帅，艳遇来得快。总不能试都不试就拂了人家的好意是不是？但试过之后发现不行，还是不行，那就只能分手。哎，许佳慧，我跟你说话呢，你倒是吱一声啊。”

继续不理。

“其实我没你想得那么坏，我多好一青年啊。你看啊，我觉得大学期间我们可以做朋友啊，你帮帮我，我帮帮你什么的。我为人慷慨仗义，有什么事儿，一句话！”

“苹果还有吗？”我忍无可忍了。

“你要吃吗？”

“是你自己吃，吃点什么，就没那么多话了。”

“没意思了啊你许佳慧，真是的，我可是一片真心日月可鉴。”

终于下车了。我拉着皮箱走地下通道，陈尽欢过来想抓我的皮箱：“我帮你提吧，沉不沉？”

我没理他，他就撇撇嘴，先下去了。我自己提着皮箱下楼梯，确实挺沉的，更郁闷的是，皮箱轮子太滑，磕在了楼梯上，竟然一阵乱滚掉了下去，然后不偏不倚地砸到了陈尽欢。

只听见他嗷的一声，跳起来，然后一手抓住了我的皮箱。

我连忙往下跑，对他道歉：“对不起对不起，没拿好。”

“你就是故意的。”他揉了揉脚，气哼哼地走了。

我的家。我的餐桌，我的沙发，我的床，我的亲爹亲妈。

亲妈嫌我身上一股子火车味儿，臭死了，推我去洗澡，又拿出给我买的粉嫩嫩的著名品牌淑女屋的衣服。洗好了穿好了出来，看着镜子中的自己，哎呀妈呀。

我妈下血本给我置办了这么一套，看来是真的很想念我的。

我爸做了一大桌子菜，全是我爱吃的："你可回来了。你不在家，家里少了半边天。"

我妈唠叨着："你爱吃羊肉，你爸爸买了半只羊在冰箱里放着呢，就等你回来。"

天哪，还要不要我放心地去闯天下啦？爹妈太黏人了。

事实上，这种"蜜月期"最多只会维持三天。三天后，我妈就会像往常那样，在我早上赖床的时候来我房间里暴走，唠叨，无论何时何地都要不遗余力地挑剔我的各种小毛病。

我到家那天晚上，就和袁毅约好了见面。但朱绾绾已经和一帮人约好了吃烧烤，我便先去凑热闹了。

吃一半，手机响了，是他的短信："在哪儿？我去找你。"

我悄悄逃离聚会现场，在路口的一家超市门口等他。

灯光下，他从马路对面走来，穿一件黑色的羽绒服，头发长了一些，霓虹灯光在他的脸上和发丝间跳跃。我看不清他的表情，但我知道那有多动人。

他向我走来，笑从唇角溢到了眼睛里。

他怎么什么时候都全身发光呢？这光越来越近了，我不觉地低下了头。每次见他都会害羞，像是不能治愈的绝症。

他在我面前站定，没打招呼，没有拥抱，连手也没拉，而是从口袋里拿出一包面巾纸，擦了擦我刚才吃烧烤时，我嘴角上沾上的一点酱汁。

"偷吃了什么好东西了？"他的声音让我窘得想找个地缝钻进去。

"着急见你，忘擦嘴了。"我小声地说。

"我懂。"他笑，轻轻揽住了我的肩，"走吧，我们去哪儿？"

我没动，抬头看他。

"干吗啊，一副不愿意走的样子。"

我就那么看着他。

"怎么了呀？"他又问。

我眨巴眨巴眼睛。

"眼睛不舒服？"

"不是。"

"那干吗眨眼睛？"

我气得要跺脚，只好先抱住了他。这是我第一次主动抱他，脸靠在他的胸前，贪婪地感受着他的温度和气息。

多么好的气氛啊，旁边的超市正在外放着周杰伦的《简单爱》。夜空温柔，月亮和群星与霓虹灯对望，风都慢下来……可这家伙竟然煞风景地揶揄我。

“不是太阳从西边出来了吧。

“你忽然这么奔放，我小心脏都承受不住了。

“你掐我一下疼不疼？”

我放开了他，毫不犹豫掐了过去。

“疼，疼！”他躲着跳着，然后又回来再次抱住我，抱得很紧很紧。

下巴靠在他肩膀上的时候，我悄悄地也掐了一下自己的手臂。疼吗？疼就对了。这疼会从开始持续到永远，会风干挂在心墙，会变成我眼睛里的一颗星子，然后，如影随形。

寒假聚会，没完没了地聚。感觉我不是在聚会，就是在去聚会的路上。周志清组织了一次聚会，但晓春还没有回来，气氛寥落。袁毅的同学聚会，他拽上了我。

“我不去可以吗？”我在QQ上乞求。

“不行。有家属的都要带上。”

家属这个词虽然我很满意，但见陌生人是我的短板啊。我要穿什么衣服，开场白怎么说，如何介绍自己？真是个闹心的活儿。

“你只需要吃就行了。”袁毅说。

聚会上，寒暄过后，冯璐端着酒杯过来：“这位师妹，咱俩也算不打不相识，喝一杯吧。我们班长就这样不声不响地被你撬走了。我虽然伤心，但也祝你们幸福。”

落落大方，倒是出乎我的意料。那一杯，我跟她喝了。袁毅要替我喝，我推开，一饮而尽。

小黑在旁边起哄：“什么不打不相识，你们打过架？”

“没……没打过。”我连连摆手，又惭愧，又心虚。

“师妹年纪小不懂事儿嘛，”冯璐解释，“不过，我还以为袁毅会和那个叫杨婷的女孩在一起。她不也是你的朋友吗？你当时骑自行车撞翻我，不就是为了她吗？”

“我……是的……”

房间安静了下来，杨婷当年和冯璐打架，弄得全校皆知。而我这个默默无闻的无名氏，竟在此刻坐在袁毅的身边以家属的身份出现。八卦什么的，最能调动大家的情绪了。

我端着酒杯讪讪地站定，感觉时间像是被冰冻了。

“她不需要跟你解释。”袁毅拉我坐下。

“感情这种东西是最没有道理的，别较真，别较真，大家继续喝啊，喝完我们再去K歌，黑哥我请客。”小黑热络地调动着气氛，原本凝重的空气，慢慢地流淌起来。

而冯璐，用很云淡风轻的语气又说了一句：“看来你和那个杨婷真的是好朋友啊，她倒是挺大方的。如果是我，抢了我喜欢的人，可称不上是什么朋友。你晚上睡得着吗？”

“我们走。”袁毅二话没说，拉着我站了起来，朝门外走去。

房间内炸成一片，而我还能淡定地回来拿包和外套：“抱歉啊，我们先走了。”

袁毅拽着我走了很远，才停下来：“我没想到会让你遭遇这些。”

“没什么，我早想过了。”

“想过什么？”

“我有时真的会晚上睡不着觉。”

他叹一口气，揉揉我的头发：“相信我，你没有任何错。”

“也许所有人都觉得你应该和杨婷在一起吧。”

“胡说。”

“我们得不到大多数人的祝福。”

“瞎想！”

“也许我们就不该开始。”咬咬牙，我盯着他任性了一次。

可说完我就后悔了。

袁毅的脸已经从青白变得紫红，深海一样的眼睛，已经被愤怒烧成了火原。

“许佳慧，这种话我只允许你说一次，再有下一次我不会原谅你。”他松开了我的手。

“对不起，我说丧气话了。”我连忙哄他。天知道那一句只是无聊的试探，我就是想看他现在的反应。

“好啦。”我拽他的胳膊，“别生气了。我错了还不行吗？”

他依然沉着脸。

我只好去抱他，没反应。

踮起脚去吻他，他都扭过头去。

于是便吹他的耳朵，一下一下，他这才被痒笑了。然后拽啊拽地到马路边上的一个黑咕隆咚的小巷子，吻了好一会儿。

送我回家的路上，我忽然想起了今天的聚会上没有看到陈尽欢，就问了袁毅。

袁毅说：“陈尽欢从来不参加我们的任何聚会。”

“为什么？”

“道不同不相为谋吧。”

然后他又不高兴起来：“你干吗问他，不是关心他吧？”

“我没那么闲，关心你还来不及。”我把他的手臂用力地挎住，觉得他吃醋的样子也挺可爱的。

真好，今天见到了他的很多面。

一整个寒假，我们都在享受着约会。不在约会的话，就在QQ上聊天。无论什么时候都感觉到很美妙。

我们有一次在步行街手拉手乱逛，袁毅被一个卖花的小姑娘抱住了腿：“哥哥，买一束玫瑰吧，没有玫瑰就没有爱情了啊。”

“是吗？”袁毅逗她，“你知道什么是爱情吗？”

小姑娘大概七八岁的样子，眼睛大大的，楚楚可怜：“爱情就是哥哥牵着姐姐的手啊。”

“回答得真好。”袁毅夸她，然后扭头问我，“要花吗？”

“好啊。”我挎住了他的手臂。

他买掉了小女孩手里所有的花。

“干吗买完啊，这花大多不新鲜了。”我捧着一束包装简单、花瓣枯萎的玫瑰，和他继续往前走。

“你第一次说有想要的东西。”他说。

“啊？是吗？”我吐吐舌头，心里却很暖很暖。

“对啊。”他说，“所以很有纪念意义。”

“那你有什么想要的吗？”我问他。

“有啊。”他说。

“什么啊？我送你。”

他停下来，站定看我，手指点向我的眉心：“这里。”他说，“我要你的眉心。”

“啊？”我觉得不可思议。

“每天给它盖个章，做做伸展运动。这样你就不会经常皱眉了。”

“什么嘛。”我撇撇嘴。

“就是烦恼都丢给我，你每天开心就好。”

“那你怎么盖章？”

“就这样啊。”他凑过来，吻了吻我的眉间，“我的专属盖章处。”

步行街人来人往，热闹非凡，那一刻，时间似乎静止。他和他全身心的投入，让我觉得我是这个世界上最幸运的人，忍不住发誓：我，要努力，要变得更好，要配得上他和他给的爱情。

大年三十的晚上，看了会儿晚会，准备睡下的时候，收到袁毅的短信。

“到阳台上来。”

看了看时间，已经十一点多了，他不会来我家这边了吧。

从阳台上往下看，他果然在。昏暗的路灯下，他朝我招招手，然后点燃了脚边的一排烟花。一时间，烟花怒放，亮如白昼。一身黑衣的袁毅，在我眼中，却比烟花更夺目璀璨。

“真希望我们可以一起守岁。”后来，他发短信给我。

“嗯，守一辈子。”我回。

寒假结束之前，我接到周志清的电话，他开门见山地问我：“许佳慧，你见杨婷了吗？”

“见过几次。”

“她挺好的吧？”

“还行。你找她吗？”

“就是想见见她。”电话里，他叹了一口气。

“哦。没见到？”我对他的执着有些感动，又为晓春感到难过。

“约了几次，都不出来，你能帮我约一下吗？”他过了一会儿才说。

“周志清，你能告诉我你对晓春怎么想的吗？”还是忍不住要问一问。

“我……你先帮我约杨婷吧……”

“那好吧。”

给晓春打了个电话，告诉她周志清想约杨婷的事儿。她沉默了好一会儿说：“随便吧，他爱约谁约谁。”

挂断电话，我坐在沙发上发呆，自私地想：如果杨婷能和周志清在一起了，那对我和晓春来说，都是一种解脱吧。

我们约在了M记。聊了一会儿，我决定先自己去周围逛一会儿，好让他们二人说话方便。

半个小时后，我再回去，只看到周志清一个人坐在那里。

“杨婷呢？”

“她先走了。”

“怎么没多坐一会儿？”

“没事儿，”周志清苦笑说，“我想我明白了。”

我不知道怎么安慰他。

“我感觉她不怎么开心，你多开解开解她。”沉默了一会儿，周志清说。

“她说什么了吗？”

“也没说什么，只是觉得她上了大学也没能轻松下来，压力挺大，她没心谈恋爱什么的。”

“是的，医科本来就是课业重。”

淡淡地聊了几句，我们告别。我给晓春打了个电话汇报了下情况，感觉她好像对这个结果早已心知肚明，并没有多大反应，只是懒懒地嗯了几声。

可挂了电话后，她又给我打了过来：“慧啊，你再帮我去跟杨婷打听打听呗，要个准信儿呗。”

“好！”我笑着答应了她。

那次和周志清不欢而散后，晓春都处于灰暗地带，整个人都提不起精神来。感觉这一刻的晓春，好像又活过来了。

我去了杨婷家，敲开了门，她说她妈妈在家，让我下楼说话。

在楼下，她先发制人：“许佳慧，你不能这样。”

“怎么了？”

“周志清不行。”

“什么意思啊？”

“他家庭条件一般，个子也不高。”

“别想那么多，只是老同学见个面儿。”周志清在晓春心目中是个非常优秀又内秀的男生，甚至很多时候，我也这么认为。但他在杨婷眼里，形象竟如此片面。

“可我知道他想追我。上学期，他给我写过很多信，我都没回。他不行，我妈不会同意的。我谈恋爱是直奔结婚去的，不会随便和谁都可以。并且我只会找比袁毅好的，无论各个方面。”杨婷抿住嘴，像是受到了羞辱。

我被噎住了，袁毅于她来说，真的是道坎儿吗?

“杨婷，你还喜欢袁毅吗？”这句话在我嘴边徘徊多时，最后还是脱口而出。

“如果是呢？”良久，她才回答，没有看我，目光望向了远处。

如果是，我也不知道怎么办。但我不会把我的爱情拱手让人，它酿了太久，醇厚，真挚，甜美，动人。可我也舍不得放弃友谊，它是一只白嫩的小手，拉着我，或者我拉着它，怎么走都不会疲倦。

“放弃袁毅行吗？”我狠了狠心终于说了这句话。

“已经放弃了，你放心。”她扭头离去，没说再见。

在我的爱人和我之间，必须竖起

三百个长夜和三百道高墙

而大海是我们中间的魔法一场

—— 博尔赫斯

第二十一章 / 吃了一朵过敏的花

开学了。袁毅送我回的学校，他真是神通，竟然还能买到卧铺票。晓春这只大灯泡，坐也不是，躺也不是，气得开始背唐诗三百首。

“真希望火车不要停了。”我甜甜蜜蜜地说。

“喜欢坐火车？”袁毅问。这个大傻子，自然是因为火车上有他，所以才喜欢啊。

“不如到暑假里我们一起去旅行吧，坐火车，坐到哪儿是哪儿，玩够了继续下一站。怎么样？”袁毅说。

“这个建议好。”我拍手称快。

晓春在上铺开始翻箱倒柜地找东西。

“你找什么？”我问。

“耳机，眼罩。你们别理我，当我透明，只要不少儿不宜就行。”她气呼呼地说。

我和袁毅相视大笑，袁毅小声说：“吃醋了。”

“嗯。”我点点头，爬到晓春床上，和她闹了好一会儿。

到了学校，袁毅只待了一天，照例是请我们宿舍的姑娘们吃饭，说一些什么“许佳慧劳您照顾了之类”的话。他走的时候，我又因为离别的难过哭了好久。

一个寒假过完，宿舍里有两个女孩加入了恋爱的大军。宿舍里的电话，濒临崩溃边缘，总是不停地在工作。葛芸似乎也走出了失恋的阴霾，一个高中时暗恋她的男生每天四五个电话来找她聊天。

她再没提过陈尽欢。

春天就这样到来了。一切都暖暖的，乱乱的。

为了能暑假里和袁毅一起去旅行，我热烈地加入了求兼职的队伍。下学期的课空了些，我总想如果能去咖啡馆端个盘子啊什么的，倒是很不错。但这种机会太少了。

因为我实在做不了家教这么有耐心的工作（并且也很难找到），所以先后派过传单，在超市端着咖啡请人品尝，还跑去批发市场，弄了一堆小饰品摆地摊儿。

晓春清闲周末，被我喊来练摊儿真是快被气死了，揶揄我："你觉得你们出去玩儿袁毅会让你花钱吗？"

"他的是他的，我的是我的。"

"什么思维啊你，你应该这样想，你的是你的，他的还是你的。真是跟不上时代的步伐。"晓春抚额很无奈的样子。

摆摊的时候，遇见了带着女孩儿溜达的陈尽欢。所有的发卡都被他拿起来在女孩的头发上试遍了，但一个不买。

吴晓春冷眼看着，实在受不了了说："这位同学，你倒是掏钱啊。"

"掏什么钱啊，许佳慧还不送吗？"

"凭什么送你啊。真够小气的，几块钱的东西也不舍得。"晓春可不干。

"我觉得东西自己买才会比较珍惜，小米，你要是喜欢，就自己掏钱吧。"他还真好意思。

叫小米的女孩儿讪讪的，自己倒真的掏钱来要买几个。我实在看不下去，只好摆摆手："算了，我送，不用掏钱。"

"真够丢人的。"他们走了老远，晓春还在埋汰他，"他这号的竟然还能找到女朋友？"

陈尽欢这号的，似乎还真能找到女朋友。后来几次在学校里遇见他，他身边总有女孩跟着。

有一次去图书馆遇见他一个人，是在报刊阅览室，他正趴在桌上临摹时尚杂志的衣服图案。

我坐在了他的后面，想翻翻报纸看能不能找到兼职。他忽然坐了过来，把本子推给我看。速写本上面画着几种女士乳房的形状图案，还有一句话：科学问答，实事求是，你的是什么形状的?

我一下脸发热，觉得被轻薄羞辱了，狠狠地瞪他，却看他一脸认真，又追问过来：

“一、二、三，到底哪一种？”

我低头写了几个字，回给他：你！去！死！

然后看到他笑得贱贱的，转身又去问了旁边的女生。

一个阅览室的女孩子，估计都被他问完了。然后他得意洋洋地回到我旁边，给我看别人的回复。

好吧，竟然有三个留电话的，还有一个回：有机会给你看。

我简直是以逃难的速度跑离图书馆的。

批发的小饰品后来被我打包低价转让给了一个开宿舍小卖部的女孩子。她给了我一个很有用的信息，学校南门附近有一个小酒吧，在找守夜服务生，每晚十点到第二天早上七点，日薪五十块。

日薪五十。如果做够了一个月，暑假就有钱可以和袁毅出去火车旅行了。

我心里打着小算盘，立刻就找了过去，然后当天晚上就上了班。

小酒吧有一个小舞台，偶尔有学生乐团在那儿演出。有几个包间可以唱KTV，价格非常亲民。我的工作就是从吧台给人送送啤酒啊什么的，然后打烊后，打扫一下卫生。过了凌晨三点钟，就没什么客人了，我还可以躲在包间里睡上一会儿。

这事儿我没告诉晓春，怕她又嘲笑我。宿舍的姑娘们，也都帮我瞒着袁毅。每天晚上和袁毅打完晚安电话，第二天早上说早安，倒是一点也不耽误。

我曾经以为这是一份非常好的工作，简直完美。连课都不耽误，没课的下午还可以补觉。可如果上天再给我一次选择，也许我永远都不会走进那间酒吧的门。

那天有个乐队演出，小店里被挤得满满当当。大家捧着啤酒摇摆，场面火爆。我第一次见识这样的场面，灯光在昏暗中旖旎，而音乐高亢热烈，声嘶力竭的主唱，唱出的是迷茫的青春。

演出结束后，还有些客人留下喝酒，大概是意犹未尽。我在捡被扔得到处都是的酒瓶时，被老板喊住：“小许，你先别弄那些了。把这瓶杰克·丹尼给客人送去。1号包间。”

“好嘞。”我擦好手，接过托盘，往包间走去。

几个非学生模样的男人，正围坐着唱歌。我开好酒，准备离开的时候被喊住：“给我们倒上。”

“好的。”我答应照办。

“陪我们喝一杯？”

“对不起，我不会喝酒。”

“别装了。来这儿上班的小姑娘哪个不陪喝酒？你不陪酒哪来的提酒费？”

“对不起，我真的不会喝，我只是服务员。”老板之前跟我说过提酒的事儿，但我拒绝了。其实店里也有几个女孩子，是没有日薪，只拿提酒提成的。

我又加了一句：“我可以喊店里的其他人过来。”

“不要其他人，就是你了，喝！”一杯酒递到了我面前。

“对不起。”我挤出笑躬了身，开门准备离开。

“一杯一百块。”旁边有个肥肠满脑的人，把钱包扔在了茶几上。

我走出门去关好了门。

回到吧台，我惊魂未定地拍着胸口，只在电视上见过的情节竟然我也会遇到。我正准备跟老板说是不是喊谁去包间招呼一下的时候，那人竟追到吧台来了。

我从未见过这样一个喝点小酒就把自己当成了上帝的人。对着老板就是一顿大呼小叫，说服务员素质不行，伤害了他的感情，又说道：“来过多少次了，都没见过这么不懂事儿的。今天还招待客户呢，要不是客户想看演出，谁来你们这小破地方？现在客户要请她喝一杯，是给她面子给她脸，不识抬举！我跟你们说，如果惹烦了客户，签不成单子，让你们吃不了兜着走！”

老板连忙道歉，然后喊等着叫号的一个女孩的名字：“露西，你去1号包间。”

“不行。别的人不行，今天我客户还就是杠上她了。”

老板只好小声求我：“小许要不然你去喝一杯吧。这是个老客，我打你包票，不会有什么事儿。”

我没说话。

“还真来劲儿啊。想做好学生，还来这种地方打工啊。喝了啥事儿没有，你不喝，我明天就告到你学校教管处去，你不就是旁边S大的吗？”那人大声嚷道。

老板推推我：“小许……去吧，一会儿你就直接下班。”

“好，我去喝。”跟那人走到包间，一口闷掉那杯看不清颜色的酒，我的眼泪也掉下来了。

“哭什么，一会儿我保证你就笑了。”那人终于找回了他作为客人的自尊心。他声音黏腻，像一只憋了痰在嗓子里的乌鸦，让人作呕。

“给我工资，我不干了。”回到吧台后，我就跟老板辞职。

“怎么不干了，我这儿也不好招人呢。”

“就是不干了。你现在就得给我工资。”我抓起一个酒瓶就敲碎了。

屈辱竟然给了我鱼死网破的勇气。

钱拿到手，我走出了酒吧。学校大门已经关了，宿舍肯定是回不去了，我准备找个网吧去凑合一夜。

走在路上，酒劲儿似乎也上来了，只觉得眼前越来越模糊，口干舌燥的，浑身都热起来。

在最近的一家网吧门口，我刚付完钱，就听见一个熟悉的又讨厌的声音：“许佳慧，你竟然出来包夜，小心你家好学生袁毅知道了跟你没完！”

我扭头就看到提着一袋宵夜回网吧的陈尽欢，然后根本无法控制自己，笑了。

那天晚上，我笑得像个神经病。依稀记得，我快倒下时，他一把扶住了我时戏谑的声音：“你笑什么啊，见到我这么高兴？”

“你喝酒了？哎哟，这味道！”他捂住了鼻子。

“你行不行啊？这样还要刷夜？”他又扶了我一把。

“不行不行，跟我回我那儿去吧。”

“哪儿啊？”我抬头问。

“我租的房子那儿，难道现在有别的地方可以去吗？”

像武侠电视剧里面，被点了笑穴那样，我一直无法控制地笑个不停，且开始说一些自己根本不记得的话。陈尽欢带着我走的时候，我可不想走了，特别想他能把我背起来。于是我便爬呀爬地爬到了他背上，好像还睡着了一小会儿。

已经完全记不得是怎么到他租的房子那儿的了。

后续的故事，是他第二天讲给我听的。

好像他让我在沙发上躺好后，我还笑嘻嘻地对他说："你真的还挺像流川枫的。"

"你吃错药了吧。"

"我热，还渴。"我好想脱衣服，手已经开始解扣子了。

"你这么奔放？"他吓得跳出去好远。

他倒完水回来，我脱得只剩下秋衣秋裤了。感谢发明了秋衣秋裤的祖宗，它们真的是这个世界上最舒服并且可靠的杰作。

"你到底喝了什么，不会是被人下药了吧。"

"下什么药？"我一个激灵，不是没可能啊。

然后我几乎哭了："那怎么办？"

"去医院啊。"

"不行，去一趟医院我兼职赚的钱全没了。万一被学校知道也完蛋。"

"守财奴！如果不想去医院，你就喝水，喝完了赶紧把药尿掉。"

这什么方法啊。我难受死了，只好不管三七二十一地大口大口地喝完了整杯水。

"再来！"我又要了一杯。

尿来得好慢，我感觉手脚已经不是我自己的了。喝了一杯又一杯，终于去了次厕所。然后我就一头倒地睡着了。满面通红，呼吸粗重，流着哈喇子，睡姿像猪。

第二天醒来的时候，我的头几乎要炸开。昨晚的一切像是被蒙上了一层纱，似是而非，无比朦胧。

看着自己穿着秋衣秋裤睡在完全陌生的房子里，没有回忆，现场诡异，简直崩溃。

再抬头就看见陈尽欢坐在书桌前，趴在那儿似乎睡意昏沉。

"怎么回事啊？"我尖叫起来。

"你醒了，"他扭头睁着似乎一夜未眠的双眼看我，"醒了赶紧走吧。我得睡觉了。"

在我的逼问下，他才交代了上述情节。然后再也不理我，自己爬上床，背过身去。

我比较确定昨晚的那杯酒应该不单纯的只是一杯酒，里面到底加了什么，却不得而知。

虽然对陈尽欢漫不经心的陈述半信半疑，可我又羞于问他有没有对我怎么样，并且实在一分钟也不想和他多待，所以逃也似的赶紧跑出了他的小屋。

逃出去前还不忘威胁："这件事，你不能告诉任何人！"

"开玩笑，如果我说了呢？"

"小心我灭口！"我对他做出了砍脖子的手势。

那时已经日上三竿，路上掏出手机想看时间，发现已经没电关机了。连忙往宿舍赶，洗漱换衣服。弄好一切，上午的课已经结束了，宿舍的妹子们陆续回来了。她们先后向我通报了三个消息：

第一，老师点名了；

第二，袁毅打了两个电话，妹子们一次解释我去厕所了，一次解释我起得老早去背英语了；

第三，我妈、吴晓春还有几个同学都打了电话找我。

不是吧，怎么今天这么多人打电话？

先用座机给我妈回了一个，我妈说："今天是你妈我的受难日，都不知道打个电话回来感谢我。"

原来是我的生日，最近满脑子都是钱，根本没想起来生日的事儿。

想起昨晚的惊魂未定，觉得还真的是挺对不起我妈妈的。

然后看到手机里袁毅发来的短信："等到十二点，就想做第一个祝你生日快乐的人。太晚了怕你睡了，就没打电话。真希望今天能在你身边。"

连忙打给他。电话里，他轻声唱起生日祝福歌。我听得眼泪都下来了。

他像是能看到我一样，问我是不是又哭了。

像他真的能看到我一样，我摇了摇头。

他又说他没办法陪我过生日，真的很抱歉，但送了一个小礼物寄过来，让我好好期待。

挂掉电话，我怅惘了好一会儿，十几个小时内发生了太多的事情，让我百感交集，对袁毅感觉又是甜蜜又是难过又是抱歉。

又打给晓春，刚拨通，熟悉的手机铃声就在我宿舍门口响起来了。

看到晓春，我就抱她，总算是见到亲人了。

大家都去打饭了，我看宿舍没人，便小声地把昨晚的事情交代了一遍。晓春气得对我又打又骂，说我脑袋被驴踢了，清白事小，要命呢！不行就去报警，然后去医院查查血什么的，以后可再不能去找什么酒吧之类的兼职了。

我唯唯诺诺：

“报警不太好吧，阵势太大，说不定还会被记录在案，喊辅导员什么的。万一被抓典型，说不定还要上《知音》杂志，题目就叫：无知女大学生，为赚钱去酒吧兼职的酒后惊魂夜。

“去医院没必要了，我就是头还有点点疼。

“还好只是在陌生的床头睡了一觉，也没铸成什么大错。

“说什么呢，什么动没动的，我秋衣秋裤穿得好好的！”

……

正说着，上铺的床帘拉开，葛芸从床上爬了下来。

“你没去吃饭啊？”我吓了一跳，和晓春说的话，不知道她听到多少。

“我减肥呢。”葛芸笑笑，去了洗手间。

晓春和我面面相觑。

你一有爱，就想为对方做点什么。

你想牺牲自己，你想服务。

——海明威

第二十二章 /

惶恐与快乐都秘而不宣

大家都吃完饭回来后，晓春热烈地宣布了我过生日的消息，邀请大家晚上一起吃饭庆祝。大家都说好，又可以撮一顿了。

“你下午不是没课嘛，走吧。”晓春拽我。

“去哪儿啊。”我不想动，头还是挺不舒服的。

“去H大。”

“找周志清？”

“好久没见了。”晓春笑。

“好吧。”我只好同意。

去坐公交车的路上，路过了小酒吧，一阵恶臭味儿扑面而来。不知道是谁“为民除害”，倒了桶泔水在酒吧门上。

“活该。”晓春骂，又絮絮叨叨地连带骂了我好一会儿。

到H大早已经过了午饭时间了，晓春带着我熟门熟路地找到周志清的时候，他正在食堂收拾餐盘，手臂上戴着勤工俭学的袖章。

我们朝他挥挥手，他点点头，打了两碗面，让我们一边吃一边等他。

我饿坏了，狼吞虎咽的。晓春却吃得少，只挑了几筷子。

周志清忙完了，坐下来，从口袋里拿出一个信封，递给吴晓春：“先还你三百，今天刚领到的这个月勤工的薪水。”

晓春也不客气，伸手拿了：“下个月的今天，我还过来？”

“嗯，行。”

我无语了。原来如此。

周志清下午还有课，我们便离开了。回去的路上，晓春喜滋滋的，这样见面的方式也行？我叹了口气，拍了拍她的肩。

“晚上吃饭，我请。”她豪爽地甩甩三张百元钞。

“你又犯有钱病。”

“你不是在省钱准备出去玩儿吗？我支持支持你还不行？”

“好啊好啊，”我恭敬不如从命了，“不过我还以为你会把这钱好好供起来收藏呢。这么快就花了？”

“哦对，不花了，不花了，我要收藏的。毕竟，是他碰过的钱呢。”

“早知道不提醒你了。”

“哎呀，不好意思啦，我会给你订个蛋糕做补偿的……”晓春豪爽地搂着我的肩。

袁毅寄来的生日礼物，是一台SONY的笔记本电脑。那一年宿舍的电脑还没有普及，更不用说笔记本了。大家都羡慕极了，连晓春都流了口水：“袁毅还要女朋友吗？我做二房！”

被我打了一顿。

虽然很喜欢这个礼物，但我还是觉得太贵重了，心里有点不舒服。

打电话给袁毅：“你送我这个很贵吧。”

“喜欢吗？”

“倒是很喜欢。”

“喜欢就行了，不要有压力。如果真要回礼的话，我可以给你个提醒啊。咯咯咯，拼图，我快拼好了。”

“是吗？”我笑，“那你继续加油啊。”

如果没有我帮忙的话，那拼图估计是拼不好了。

晚上，大家在学校外面的一个小餐厅吃饭。笑啊闹啊的，蛋糕没吃多少，抹得倒多，每个人脸上身上都是。只是我心中还是有隐隐的不安，无法消除。

吃完饭，晓春没走，留在我们宿舍，和我挤在一起接了根网线摸索着新电脑的用法。应该是袁毅优化过了，鼠标是个猫咪大头，点一下，就会喵一声。还有个袁毅的头像在桌面，点开，是个应用程序。出来一个表格，要依次回答如下问题：

1.今天吃了什么?

2.今天有什么收获?

3.今天有什么好玩的事情发生?

4.今天想我多少次?

5.我的专属盖章处还好吗?

……

我笑着一一填上去。

吃了面条等等。收获了满满的爱和祝福。生日聚会鼻孔里都被抹了蛋糕。每天想你八百遍。它很好，不用挂念。

很快，袁毅的电话打过来：“真的想我八百遍？”

“你怎么知道？”

“你一写好，就发我邮箱里了。”他很得意地说。

晓春在一边羡慕：“啧啧，理科男还真是会玩儿啊。”

就那么甜蜜蜜地聊了好一会儿。

刚挂断电话，蔦芸从外面进来，面无表情地对我说：“许佳慧，楼下有人找你。”

“谁啊，这么晚了。”我从床上跳下来，往楼下跑去。

宿舍的楼下站着陈尽欢，看到我就问：“今天你生日？”

“是啊。你怎么知道？”

“这难道是什么秘密吗? 你们在饭店吃饭，蛋糕都快抹到我前女友的桌上去了。”

“你到底有多少个前女友……有事儿说事儿，没事儿拜拜。”

“送你个东西。”他递过来个袋子。

“什么啊这是，我不要。”嘴上说着不要，眼睛却往袋子里瞅去，貌似是一套内衣。

“你那秋衣秋裤太丑了，实在看不惯。”他很鄙视地说。

“你! 没让你看好吧。”我气急了，脸唰地烧起来。这事儿永不再提最好了。

“没让我看，就别在我面前脱啊。你现在感觉怎么样了？”他笑的样子让人想一刀劈过去。

“跟你说了，这事儿不能告诉别人。”我小声警告他。

“下次穿这套啊。”

“什么下次，有病吧你。”看着他扬长而去，我拿起袋子就朝他头上扔去。

“干吗啊。”他捂住头回头瞪我。

“说了，我不要。”

“狗咬吕洞宾。不要拉倒。”他捡起袋子就走，估计也被气出了内伤。

“话说这人不是从来不送女孩东西吗？干吗给你买这个？”悄悄地跟晓春交代了这件事儿，晓春托着下巴陷入了思索。

“只有一种可能！”她很快有了结论。

“什么？”

“那衣服是他前女友留下的，没地方扔，所以派给你了。”

“有可能。一毛不拔的铁公鸡，怎么可能舍得花钱。”我点点头，赞许了晓春的机智。

到了四月，“非典”的恐慌遍及全国。因为大家不敢去人口密集的地方，所以很多厂家找不到超市的临时促销员。只有我，“财”迷心窍地接了个活儿。

还好学校只是勒令大家不能出城，校门还是可以出的。

我在超市促销一种酸枣糕的时候，又遇见了陈尽欢。如往常一样，他身边跟着一个姑娘。

“你干这个？”他用牙签快把试吃盘里的酸枣糕吃完了。

“您买吗？不买别吃了。”我微笑着告诫他。

“不买。”他说，扔了牙签就和姑娘走了。

气得我不知翻了多少个白眼儿。

站了一整天，感觉腿脚都浮肿了。坐在超市附近的M记，我捏着腿感叹赚钱的不易。陈尽欢坐在了我的面前。

“你女朋友呢？”我看他一眼，没好气。

“十分钟前，分手了。”他一副没所谓的表情。

“败类！你别坐我对面。”

“这座位你买了吗？”他根本不动。

“那我走，行了吗？”

“还是我来给你介绍个赚钱的活儿吧。”陈尽欢跷起了二郎腿，悠悠地说。

“不用了。”

“一天两百。”

“真的假的？”我又回到了座位上。

“当然是真的，我骗你干吗。”

“那你怎么不做？”

“我做啊，你和我一起。”他笑眯眯地说。

陈尽欢说的工作，是站在商场的橱窗里做真人模特。其实他一直都是用这种方式做兼职赚钱。才入驻到内地的小品牌为了打开市场，便用了真人橱窗模特的另类宣传方式，也没有去邀请专业的模特，一直用的都是几个大学生。原来和他一起搭档的女伴不做了，他便推荐了我。

“身材还可以，个子不够高，只能穿‘恨天高’了。”婚纱品牌的主管说，“优点是胸小，我们这个品牌的婚纱主要是文艺范儿，胸大了显得蠢。”

我第一次被人这样评头论足，又是一阵深呼吸。

那天，我被化了个新娘妆，穿着雪白的婚纱和穿着燕尾服的陈尽欢站在橱窗里两个小时。

虽然挺别扭的，但是两百块到手的那一刻，真的是想呼万岁。

“你要钱干吗啊，生活费不够用？”看到我捧着钱嘚瑟的样子，他问。

“暑假和我男朋友去旅行啊。”我一高兴就告诉了他。

“和袁毅？还用你掏钱？”他撇撇嘴。

“他的是他的，我的是我的。”我又得跟他也解释一遍，“没办法，我男朋友就是太帅太优秀，所以我也压力蛮大的。”我继续嘚瑟地看了他一眼。

“差距太大，聚少离多，你们还能走多远？”他毒舌。

我恨不得踢死他：“乌鸦嘴吧你。”

之后的几个周末，我都兴致勃勃地去做这个兼职。与陈尽欢在一块的时间一多，觉得他也不是在所有的事情上都不靠谱。比如说他站橱窗的时候，真的可以做到一动不动，特别认真。

但他有个癖好，那就是十分喜欢逛内衣店。不仅逛，还摸，还翻过来摸，我看了不禁毛骨悚然，起了一身鸡皮疙瘩。

“你不是变态吧？”一起回学校的公交车上，我问他。

“你猜？”他笑眯眯地回答我。

有了笔记本电脑，虽然在宿舍就可以和袁毅聊天，但他查岗查得也更厉害了。我之前都骗他，要考大学英语四级了，所以要去图书馆自习。还好不耽误写完调查问卷，且可以和他聊天一直到熄灯。

五一七天假的时候，因为“非典”还没有过去，袁毅依然不能过来，并且他说接了一个什么PLC编程的活儿。我虽然很遗憾两人不能见面，但只能安慰他，说马上四级考试了，我也得好好背单词儿呢。

其实，他不来也好，因为陈尽欢告诉我说接连三天都有橱窗展示。有钱赚，我当然很高兴。

一起坐公交车去兼职的时候，我问陈尽欢怎么找到的做橱窗模特的活儿。他撩撩头发，很得意地跟我说：“星探发掘的。”

“你能不这么嘚瑟吗？”

“可以啊，前提是我不这么帅。我去这家店买衣服，他们推广经理正好为第二天找不到模特站台急得焦头烂额。我试了好多套衣服后，他就锁定我，让我帮忙了。”

“你去他家买衣服？贵得要死好吧。”

“你懂的了，不是我掏钱呀。”

我撇嘴：“不知道这个为你掏钱的姑娘你还记得叫什么名字吗？”

“仔细想想还是记得的。”

“你这么来者不拒？”

“是啊。你来也可以，我伸开双臂。”他脸上浮现招牌式的贱笑。

“不好意思，我对你没兴趣。”

“你瞎吧，我这么人见人爱的。其实我这个人很单纯的，我一共没谈过几次恋爱好吧。学校里你遇见的那些小姑娘，她们根本不是女朋友。只是约会对象，偶尔约着一起逛个街吃个饭啊什么的。”他很严肃地解释。

“你别告诉我葛芸不算你女朋友哈。”

“对我来说，也不算。只是多约了几次。”

“奇葩。谁要是喜欢上你可是倒了大霉了。”我真为葛芸感到不值，不再理他了。

最后一天站橱窗，那天可真热。妆又厚，鞋跟又高，胸得挺，腹得收，腰得掐，我还真是从来没做过这么卖力气的活儿。

“该换动作了。”陈尽欢小声地提醒我，把手臂弯起来，等着我去挎。

我松一口气，总算可以借机伸展下四肢。

“如果累的话，可以把头稍稍靠在我肩膀上一会儿，这个动作在展示范围内。”他小声地说。

“不用了。谢谢。”挎手臂已经在我的极限范围了，我受不了和除了袁毅外的别的男生的任何亲密。

正是下午，人流量很多。不少人被橱窗里的我们吓了一跳，还有人指指点点，拍了照片。

我是忽然间看到袁毅的。我没有看到他从哪里走来，甚至没注意他到底站多久了。等看到他的时候，他就静静地站在我的面前。隔着橱窗，很近很近，又很远很远。

一分钟后，他转身离去。

爱一个人就是横下心来，
把自己小小的赌本跟他合起来，
向生命的大轮盘去下一番赌注。
—— 张晓风

第二十三章 /
爱的水洗和打磨

我只觉得浑身的血都凝住了，不妙的感觉在头顶嗡嗡作响，急得不知道该怎么办才好。我想立刻踢掉恨天高去追，可陈尽欢咬牙切齿地说：“你如果敢把我一个人丢在这儿，那我的橱窗职业生涯也到此为止了。还有十分钟，你怎么着也得给我挺过去。”

那十分钟，我的心似乎被放上了烧烤架，每一秒钟都是煎熬。我不知道袁毅怎么来了江城，也不知道他怎么知道我在这里，但我知道他生气了，他在看向我的那一分钟里，眼睛里是完全不加掩饰的失望，还有，心痛。

当经理终于过来告诉我们可以结束了的时候，我便踢掉高跟鞋跑了出去。我穿着婚纱站在张灯结彩的商场门口，竭力寻找，但目力所及，哪里都没有袁毅。

我的眼泪立刻下来了。陈尽欢跟出来拽住了我的胳膊：“先把衣服换掉，弄脏了也是要赔的。”

匆匆忙忙地换好衣服，再给袁毅打电话，他的手机已经关机。

他生气了，他去哪儿了？

我为什么要做让他生气的事儿呢？

我为什么做了让他生气的事儿还要隐瞒他呢？

我在干什么啊？

我在商场四周奔走，找遍了所有的咖啡馆、快餐店，然后蹲在外面的喷泉台阶那儿哭了起来。自己被自己作死的后悔，怕再也见不到他的恐惧，快要把我吃掉了。

不知道过了多久，才听到袁毅的声音："别哭了，我在你后面。"

我扭头，看见他站在高处，朝我挥了挥手。

看到他的那一刻，我就跳了起来，朝他跑去。

我抱住他，哭问："你是不是生我气了？我说我在自习，其实是在打工。我打工只是想赚够我们暑假一起去玩儿的钱。我不想让你总是为我花钱，我也想送你一件像样的礼物，我……"

"嗯，我明白。"他把我松开，伸手抹掉我的眼泪，眼线被泪水洗过，弄脏了他的指尖。

"我明白，但还是想听听你的解释。"他的声音没有任何的波澜。

我解释，我当然要解释。我恨不得把心掏出来给他看。

坐在人来人往的台阶上，我跟他一五一十地说了我的兼职经历。不知道为什么，还是跳过了小酒吧的那段。隐约觉得，那是个我们当时都无法解开的死穴。

可是谎言这东西，一旦开始，就无法停歇，需要一个又一个的谎言来搭配。

我说的时候，他就静静地听。然后他帮我摘掉了假睫毛，用纸巾帮我擦脸，擦脏了很多张，又问我："许佳慧，你知道我为什么这么努力吗？"

"嗯。"

"就是不想让我喜欢的人那么累。我从来不觉得钱会是我们之间的问题你明白吗？我生气有两个原因，一是你跟我撒谎，二是你穿着婚纱和别的男生站在一起。"

"对不起，全是我的错。"我又开始哭，"我再也不骗你了。我如果再说一句假话，就立刻变成蚯蚓，钻地缝。"可还是撒谎了，隐瞒了，把自己圈住了。

"嗯。还是不要变蚯蚓了，不漂亮。"他叹了一口气，站起来，把我也拉起来，"那我们走吧。"

"去哪儿？"

"送你回学校。我明天一早回北京。"

"怎么走那么早，不陪我吗？"

"事儿还没做完，但是又很想来看看你。"

他拉着我的手回学校，没有像往常一样热情地要请宿舍里的女孩吃饭，也没有再以害怕孔雀为由让我陪他进宾馆的房间。他送我回宿舍：“明天飞机太早，你好好睡，不用起来送我。”

“袁毅，你还在生气，我……”我想说“晚上陪你”，可没说出口。

“我不生气了，真的，你回去吧。我今天挺累的，也想好好睡一觉。快上去吧，我看着你上楼。”

“袁毅。”我没办法动脚步。

他抱抱我，一个蜻蜓点水的吻落在眉心：“好了，别想太多。是我不好，让你皱了一天的眉。”

我的眼泪吧嗒吧嗒又开始掉。

他擦掉我的眼泪说：“好了，笑一个。”

我挤出笑来。

“快回去吧。”他推我进门。

我站在门口，看着他不好受的样子，就觉得特别特别难过，以死明志的心都有了。

我一步三回头地上了楼，不想说话，不想洗漱，爬到床上，眼泪流了好久。想给袁毅发短信，又怕他真的已经睡了。一整晚就这么左思右想，不得安宁。

早上五点，宿舍楼一开锁，我就爬起来，随便洗漱了下，去了学校的宾馆。他应该还没走吧，查了最早飞北京的飞机，应该是早上九点钟的。

我坐在大厅里等，等到七点，也没有看到他下来，拨他的电话，是关机的状态。于是我便去前台问，但前台说昨晚没有一个叫袁毅的人入住。

我呆了。他竟然昨天就走掉了。

一直到下午，他也没有开机。我像是被抛弃的小孩，不知道去哪里，除了等在原地，不知道该怎么办。

陈尽欢找我的时候，我的眼睛已经哭成了桃子。

“这几天的薪水你没拿，下来拿。”他在电话里说。

“我不要了。”钱有什么用，我男朋友生气了。

“真不要了？别后悔。”他挂断了电话。

“我凭什么不要啊！”我又给他打了过去，有了钱，我还可以去北京找袁毅。

陈尽欢看到我吓了一跳：“你们分手了？”

“我们好得很。”我从他手里拿过钱，转身就走。

“许佳慧，”陈尽欢喊我，“昨晚上袁毅找我了。”

我站住：“他找你干什么？几点钟？你们见面了吗？”

“见了啊，我们一起去你打工的那个小酒吧喝了点儿酒。”

“然后呢，他人呢？他说什么了吗？”

“他把吧台里的酒砸了不少。”

“你是不是跟他说什么了？他怎么知道我在小酒吧兼职的事儿？”我抓住了他的衣服。

“我只是回答了他问的问题，他怎么知道的我根本不清楚。”他拿掉了我揪住他衣服的手，“从酒吧出来，我们就散了。如果他担心你的清白，我觉得你也不用跟他在一起了。纠结这个的男人顶没用了。”

“他为什么要纠结这个？他问了什么？”

陈尽欢忍了一忍，叹了口气：“他问了什么重要吗？”

“重要啊。”我的眼泪又下来了。

“早知道就不跟你说了。你别想那么多了，他没那么容易放弃你。小情侣吵架也很正常的。”

我呆住了。

袁毅一定是知道了我夜宿在陈尽欢家的事儿，可是只有晓春和陈尽欢知道的秘密为什么他会知道？

在楼梯上站了大概一个世纪，我终于想起一个人，葛芸。

回到宿舍后，我就把葛芸从床上扯了起来：“你跟袁毅说了什么？”

她午睡刚醒，睁大眼睛无辜懵懂：“你说什么呢，我什么时候见袁毅了，能跟他说什么？”

“他给我打电话我不在的时候！”我的心是痛的，也是愤怒的，有被亲近的人背后插一刀的感觉。

“你别胡说！他给你打电话你不在，我干吗要和他聊天？我又不是你，明知道我和陈尽欢在一起过，还能没皮没脸地和他缠在一块儿。”

“葛芸，我真心把你当朋友，你不能这样对我。”我终于号啕大哭了，阵势太大，连别的宿舍里的人都来探头探脑了。

“许佳慧，你把我当朋友？我没发现！”

“我真不知道你会对我有这么大的意见！”我擦了把眼泪吼。

“你怕什么呢？你做过的事情还怕别人知道？怕别人说？”葛芸毫不示弱，声音比我的还高出几个分贝。

马艳琳连忙从书桌前走到门口，把宿舍门锁上，又过来劝：“你们为什么吵啊，都别激动，好好说清楚。”

我坐下来把我在小酒吧的遭遇和偶遇陈尽欢的事儿说了，知道这件事儿的只有那么几个人，除了葛芸，没人会说出去。

马艳琳唏嘘了一阵，问葛芸：“你是不是把这件事儿告诉袁毅了？”

“没有。”葛芸说，“我根本没告诉任何我们认识的人，只告诉了一个网友。”

“网友？哪个网友，他叫什么？”

“叫大壮壮。”

袁毅的网名并不叫大壮壮，他应该也没时间和葛芸聊天打探我的事儿。

“认识多久了？”

“去年和陈尽欢分手后，他加我的。我们就开始聊了。”

仔细想想，去年因为葛芸一直闷闷不乐，我和袁毅吐槽的时候，想让他介绍个他们宿舍的男孩给她来着。

“这个大壮壮是不是和袁毅一个宿舍？”

“我怎么知道，他没提过，我也没问过。”

“那你干吗跟他讲佳慧的事儿？”马艳琳问她。

“我也不知道，别问我了。”葛芸烦透了似的从床上跳下来，夺门而去。

之前葛芸经常借我的笔记本电脑，QQ的登录栏里有她的号码存留。我打电话给小黑，问他怎么在不登录的情况下看QQ的聊天记录文档。小黑是高手，很快我便找到了葛芸的聊天记录文档。

对，她是真的讨厌我。她看不惯袁毅来看我。看不惯袁毅送我电脑。甚至看不惯我有晓春。“我们宿舍那个极品”是她对我的称呼。

“那个极品睡觉打呼，吵死了。

“那个极品的闺密又来了，真的很聒噪。

“那个极品又找到了个好兼职，穿着婚纱在商场站橱窗，不知道她男朋友看到她和别的男孩子扮新娘新郎有什么感想。”

……

忍不住，往袁毅宿舍里打了个电话，他还没有回去，也许在机场被扣下做体检吧。

还是忍不住，又打了个过去，找大壮壮。接电话的男孩说：“我就是大壮壮啊，你是哪位？”

我挂断了电话。

那一刻，我的心是静的。抬头三尺有神明，世界上从来没有不透风的墙。做过的事情总会被人知道，而误会却难以澄清。我没有再给袁毅打电话。我不知道该如何再跟他解释他已经知道的一切。我关掉了手机，在三十多个小时没有睡觉的下午，我累极睡死了过去。

等我第二天醒来的时候，葛芸已经收拾好东西了。她说她已经跟辅导员申请过调宿舍，不想这个被当作家的宿舍里，因为我和她的不和，而变得压抑。

我不怪她，真的不怪。但我也做不到挽留她。

之后的几天，我都窝在床上。每天都点开袁毅的头像程序写调查问卷，却没有接到他的电话回访。

两天后，才收到他发过来的短信：“我回到学校了，放心。”

直到假期结束，才又接到他打过来的电话，说一直在忙，活儿终于做完了，轻松了。

我说：“嗯。”忍了又忍，眼泪掉得噼里啪啦。

“我准备好好查查攻略，看看暑假我们去哪儿玩儿比较好。”

“嗯。”我死死憋住，不让哭腔暴露。

“是不是很期待啊？”

“是呀。”我深深地吸了一口气。

一切都是同时发生的。

是平行的，不是先后的。

是隐喻，是症候，也是征兆。

—— 托马斯 · 品钦

第二十四章 /
仲夏夜之梦

异地恋。

很多年后，我看过一个关于异地恋的访谈。

你明明知道对方的Wi-Fi密码，却不在范围之内。

从来不敢吵架，因为每一次吵架都有可能分手。

每次见他，都觉得陌生，就像相亲。

因为缺少安全感，所以总要给对方一种“我认定你了”的感觉。

信任对方，是最大的原则。

因为看不到对方的眼睛，没有肢体的安慰，触不到对方的日常琐碎，所以语言是最重要的表达，它可以让爱情升温，也可以摧毁爱情。

我从不怀疑袁毅，因为他给了我一种认定我了的安全感。

但我却没有把这相似的安全感回赠给他。

在我们的二人关系中，他是追逐者，我是接受者。他是付出者，我是承接者。

爱是什么呢？我是后来才明白的。

爱必须表达。一句温柔的话，一个理解的眼神，一个吻，一个拥抱，一次热烈的床事。了解彼此的喜恶和短板，并且保护。

信任。

那一个电话之后，我和袁毅之间，某些东西许久都回不来。我从未想过爱情会如此脆弱，误会让我们欲言又止，不能有效的沟通让我们的芥蒂加深。

也许，在一起每日相对的情侣，争吵后，会因为理解而更相爱，但这种感觉并没有出现在我和袁毅之间。因为我们连争吵也没有过。

我只是深刻地感觉到他的失望，对我，对我们，对我们的未来。

是我不好，不够信任他。所以在某些地方无法做到坦白。

是我不好，不够信任自己。所以当他不主动联系我的时候，我甚至不敢再打一个电话。

等待的那一段时间里，我整个人像是分裂的。我躺在床上，可以清晰地看到脑海里有两个小人。他们对话，评判，解答我的疑问，又重新变成新问题。

之后再打电话，虽然依然频繁，但说话却是小心翼翼的。不会再有我小声告诉他："我刚刚放了个屁，抓了一点在话筒里你闻见没？"

我们说了很长一段时间的：你吃饭了吗？累不累。注意休息。早点睡。像一对疲惫了的老夫老妻。

我没有再做任何兼职了。我每天泡在图书馆，备考四级。有一个每天也泡在图书馆的男生，帮我占座位，帮我接水，写很热烈的字条递过来。我看完，把字条折一折，从他的座位旁边离开，换到了别处。

四级考完，开始期末考试。之后，大学的第一个暑假到来了。袁毅兑现了他的承诺，来接我一起回去。

看到他的那一刻，我像一只饥肠辘辘的鸟，终于看到了草籽，朝他飞奔过去。

在他等待我的考场教学楼楼下，我抱着他，像是抱着我赖以生存的能量。我的头在他怀里钻啊钻，终于闻到他身上熟悉的气味，听到他久违的心跳。我不管不顾地抱着他，完全不理会旁边经过的老阿姨骂："有伤风化。"

他来了。此刻在我身边。不是幻影。有血有肉。点头、微笑、蹙眉、惊讶，都可以触摸得到。也许，一切与破碎有关的假象都会消失后退，而我们会好好的，好好的，一直下去。

对于一起吃饭时，宿舍里少了葛芸，袁毅没问。他不问，也没人提起。大家嘻嘻哈哈地喝酒吃肉，然后告别，各自回家拥抱有空调的日子。

火车上，袁毅拿出做好的旅行攻略手册给我看。为期半个月的火车旅行，让我无限期待路上的风景。但是怎么跟爸妈说，我还没想到理由。

晓春弱弱地问：“能不能带我啊，这样的话，咱妈也许会同意。”

袁毅看了她一眼说：“可以啊，但如果你跟丢了，我可不负责找。我只照顾这一个。”

他的手绕啊绕地把我的五指箍紧，越紧，我的心就靠他更近一些。

晓春说：“我跟踪能力很强的，完全不需要你照顾。如果你们再吵架，我也可以说和说和啊。”

隔阂的事儿，我和袁毅从未再提起。但晓春说出来，我就有些不好意思了。

袁毅扭头看我：“许佳慧，我们什么时候吵过架？”

“没有啊。”我说，给晓春使眼色，不让她说话。

晓春笑嘻嘻地说：“好，没吵过，你们是模范情侣。”

一路上吃吃喝喝，打打牌，讨论讨论旅行会遇见的风景。时间倏忽而过。最后商定小黑、晓春都加入我们的旅行队伍。确定出行时间在一周后，各自陪家人先度过“蜜月期”。

到家后，爸妈都说我似乎又长高了一点儿，并且瘦了。

我爸问我是不是学习压力大。我妈说“她怎么可能有什么学习压力。人家杨婷有奖学金，许佳慧你有吗？”

我，应该是没有的吧。

“妈，你遇见杨婷了？”

“没有，遇见她妈妈了。”

“哦。彭兰阿姨还说杨婷什么了？”我心里别别扭扭的，一个学期，我和杨婷都没有联系。

“说杨婷多优秀，问你的情况，我都不好意思说你哪里比得上人家。”我妈一副恨铁不成钢的样子。

家长之间比孩子，真是万年不变的话题。

之后的几天，白天会去奶奶、外婆那儿和几个亲戚家晃晃，感受的是如沐春风的各种热情。晚上偶尔会和袁毅约着见面。我们对于那场误会，一直绝口不提。

他开着车，带着我在小城吹吹风，喊小黑和晓春出来一起吃烧烤，讨论旅行的路线。触手可及的美好正在热烈的暑气中发酵。

小黑说起重读一年大二的各种糗事，当然被我们不遗余力地嘲笑。

他那样喜欢晓春，眼睛随着她的身影转动，却只是靠大大咧咧的嬉笑和逗乐来掩饰。

爱情这样没道理，你喜欢我，我喜欢他，他喜欢她，她喜欢别的人。像是一张网，错综复杂，每个人都站在网内。有人站正中，无可奈何越陷越深。有人站边上，似乎有路可逃，却贪恋不想出去。

好喜欢袁毅，就连喝多了抱着一棵树吐也吐得那么帅。

我拍着他的背，用纸巾帮他擦嘴。他抱着我，八爪鱼一样，死死地扒着："许佳慧，去我家吧。"

"太晚了，明天白天我去。"

"拼图我带回来了，我们一起拼好不好？"

小骗子，我笑，醉翁之意岂在拼图？

最后，还是哄着让小黑陪他回了家。我当然不是什么禁欲主义者，对床笫之事内心也有过期待，只是一直没做好准备，与期待相比，更多的还是有点害怕。更何况，我们以后有那么长的时间可以厮守。

第二天，我在妈妈的指挥下，去医院看望做了结石手术的舅舅。

舅舅比我妈小十二岁，还记得我小时候，他特别帅，留着长头发，扎个辫子，戴着墨镜，骑着大摩托，载着姑娘在小城呼啸而过，是个风一样的男子……

可现在，我们慢慢长大，舅舅已经从当年的"鲜肉"，变成了如今的"腊肉"，再也没有了曾经的意气风发。

当年舅舅带回家过的女朋友太多，谁也没想到他最后娶的却是不出挑的舅妈。舅妈是个小个子肉乎乎的姑娘，眉眼弯弯的，什么时候看她，都带着笑意。

趁着病房里没人，我悄悄地问了舅舅这个问题。他说："你舅妈啊，说话好听啊。什么时候都温温柔柔的，也不急，也不躁。我火气盛，可到她面前，什么火都能灭下。"

还真的有人因为说话而喜欢上别人啊？我想起那次袁毅对我的告白，心里甜甜蜜蜜。

去帮舅舅打热水的时候，看到走廊里有一个熟悉的影子。陈尽欢正慌慌张张地跑过。

他不是留在学校做兼职吗？怎么会回来？

打完热水回病房，舅妈来了。聊了会儿，我便从医院出来了。在大门口的ATM机前，又看见了陈尽欢，他正在取钱。我大步流星，想瞬间从他身边经过，谁知他突然转身就看见了我。

他脸上尽是烦躁，开门见山地问："许佳慧，你有钱吗？借给我。"

看他的样子像是摊上事儿了，不是把"约会对象"搞怀孕了吧？我暗自忖度。

我就几千块钱，还想着出去玩呢。虽然那钱大多是因为他才赚到的。

几秒钟内，我的内心无限复杂地做了推算和权衡。终于还是没忍心一口拒绝。

"出什么事儿了？"

"家里有人生病要做手术。"

似乎现在想拒绝也来不及了。

"要多少？"

"有多少要多少。"

"好吧……那我现在取了给你。"

我把银行卡里的两千块钱都取出来给了他。给完就又后悔了，怕他骗我，干脆跟他一起交了费又去了病房。在病房里，我看到一个面容憔悴的中年女人，正坐在一个打着吊瓶的男孩身边。

只见陈尽欢很冷淡地把押金单递给了中年女人说："住院费我已经交上了，手术费会再想办法的，你再等等。"

中年女人抬起脸来，很淡漠地看他一眼说："知道了，那辛苦你了。"

什么情况啊，不像是他妈妈啊。而他很快就转身从病房里出来了，似乎不愿意多待一分钟。

"那是你妈妈吗？"我忍不住问。

"不是。"

"那是谁啊？"

"我婶婶。"

"生病的是你的堂弟？"

"嗯。"

“什么病啊？”

“肾积水。”

“好可怜的小孩。”

“可怜什么？”

“生病啊。”

“我觉得他一点都不可怜。”他的声音冷冷的，没有温度。和开始时焦灼地在医院里狂奔的他，判若两人。

“真没同情心！”我骂他。

“呵呵，你大概不知道什么叫同情心。”他继续走，没有停下来的意思。

我有点生气：“是，我不知道。我借给你钱，不是同情心，是傻。”

干脆转身和他分道扬镳，走了几步，听见他在身后喊：“钱，我会尽快还你的。”

“最好三天内还我，我还要和袁毅去玩儿。”我小声嘟囔着，揪着头发，觉得自己真是太冲动。这下好了，又得跟爸妈伸手了。

我给晓春打了个电话吐槽，果然被她痛骂：“你怎么回事啊，袁毅都说了不喜欢你和他有接触，你还借钱给他？”

“人之常情嘛，家人生病没办法不借啊。”

“说你也说不通。你不借他，他也可以想别的办法啊。他难道没有朋友吗？那么多前女友呢。”

“也是哦。”我越发后悔了，怎么那么倒霉刚好撞上他呢。

和晓春打着电话回家，在我家楼下，看到袁毅的车停在那里。

我跑向他：“等了多久了？”

“以那棵玉兰树影子的移动轨迹来判断，应该很久了。”

“哎呀，你应该打电话给我的。”我看看玉兰树，忍不住笑。

“打了，一直通话中。”

我连忙解释：“我去医院看舅舅，然后给晓春打了个电话。”

“嗯。我想确定一个问题，拼图我快拼完了，但是好像差了几张，你是不是买了残次品啊？”

“啊，怎么可能，你一定是拼错了。”我嘻嘻哈哈地笑，“去我家吗？我爸妈都去上班了。”

“好呀。”他笑得坏坏的。上楼的时候我心猿意马的，思忖着刚才说的话是不是带了点什么暗示。

一进我家的门他就抱住我，吻了好一会儿，热得满头大汗才分开。然后他去我房间视察，看我小时候的影集，不由分说地抢走了一张我五岁的时候额头上点红点，扮哪吒的照片。还帮我清理了台式电脑，弄完速度可快多了。

笔记本本来还想偷偷用，但我妈最近总是喜欢突然进我房间，只好藏在了衣柜里。他刚好过来，就让他带走放他的房子里。

我给爸妈留了字条，和袁毅一起去吃午饭。

车子行驶经过杨婷家的小区时，我看到杨婷和彭兰阿姨并肩走在路上，大概是去买菜了，菜篮里满满当当。

“停一下，是杨婷。”我对袁毅说。

可他不但没停，还加快了速度。看着她们的身影在后视镜里远去，我有些生气和无奈：“干吗不停车？”

“不想停。”

“打个招呼怎么了？”

“我不会再给你自我伤害的机会。”

“也许杨婷已经理解了。”

“我们的事儿不需要她的理解。”

“她是我的朋友……起码之前是……”

他不再理我，车子在我们的沉默中飞驰。

吃饭的时候，我依然不高兴，一筷子一筷子地挑着豆芽粉丝。

“能不别扭了吗？我只是在保护你。”袁毅夹了块排骨放在我碗里。

我抬头，笑笑开始吃。

“明天我们高三同学聚会，你去吗？”他问我。

“又聚会？”

“嗯，我是班长，不去不太好。明年毕业大家都工作了，见面的机会越来越少。并且冯璐要考研没回来，你跟我去坐我旁边埋头吃东西就行。”

“不去行吗？”我脸皮薄，更何况，上次那么丢人。

“不行。”

“那好吧。”我有点郁闷地问他，“你怎么知道冯璐考研没回来？”

“那个，她打电话给我了。”

我更郁闷了。

“去我家吗？”吃完饭，他小心翼翼地问我。

“不去！”

“小别扭。”他刮了下我的鼻子，“我家衣柜里有你明天可以穿的衣服。”

“你又给我买衣服！”明天如果还穿公主裙，我想没什么存在感也难啊。并且，对于他的品位我实在是无力吐槽了。

果然，袁毅的衣柜里面挂着一件长裙，露肩、蕾丝、大摆、粉粉的，和我妈妈的品位一样一样的。

我有点头痛。

“喜欢吗？”他拿出来在我身上比画。

“还行。”我实在不想拂了他的好意。

“不知道你喜欢不喜欢，反正我喜欢。”

我挤出了一丝笑容。

“快试试。”他推我。

“不试了。”

“要不我帮你吧。”他伸手来解我的衬衣纽扣。我笑着推他，却被他用力地拉扯在怀里，那一刻我的心跳加速。就这么哆哆嗦嗦地推着躲着，被他挤上了床。

你必仰起脸来毫无斑点。

你也必坚固，无所惧怕。

你必忘记你的苦楚，就是想起也如流过去的水一样。

你在世的日子，要比正午更明，虽有黑暗，仍像早晨。

——《圣经》

第二十五章 /
我们都必须经过客西马尼园和各各他山

磨了好久好久，衣服也脱得差不多了。

和上次不同，我的身体是逢迎的和渴望的，连大脑都是模糊一片。当他终于颤抖着手去脱我胸衣的时候，我根本没有拦的力气，我也开始战栗，甚至觉得大地都抖了一抖。

只是搭扣太难解了，我又实在没办法伸手去帮他，感觉他的汗不停地滴在我的肩膀上。房间里安静得只有我们彼此的呼吸声。这安静像在一个盛大的仪式前所必须的静默，更似虔诚。

是的，我们差一点就做了。

如果我们的电话没有同时响起的话。

我妈打来的，我看了一眼就从床上跳起来躲去了洗手间接，我妈焦急的声音从话筒里传来："许佳慧你在哪儿，刚才地震了你知道吗？别怕，赶紧从建筑物里出来找一个空地待着……"

袁毅也在阳台接到了他家人打来的电话，我们手忙脚乱地穿好衣服，立刻从房子里跑了出去。

站在小区的草坪上，我们才手拉着手笑个不停。真是的，如果不是这个事后才知道震级只有3.4级的小地震，我们差一点就以身相许。

然后就是不停地接打电话报平安。

我竟然还接到了陈尽欢打来的："你在哪儿？"

"和我男朋友在一块儿。"我看看袁毅说。

"嗯，行，让他保护好你，可别挂了。否则我想还钱也无门了。"

电话挂断，袁毅问我谁打来的，我举着手机给他看。

他果然又不高兴了："这个家伙太讨厌了，干吗给我女朋友打电话。"

"别生气了，我现在就把他的号存上，标注：不接。"

"还是别存了。"他依然不高兴。

"要不然我记住这号码的后四位数字，看到就不接好吗？"我把头枕在他肩膀上，犹豫了大概几秒钟，"还是得接，上午在医院遇见他，我把兼职的收入都借给他了。"

"你们怎么老遇到？"

"我也很诧异啊。"

"为什么借给他啊？"

"他家人生病了，急得不得了。"

"你对他就是心太软，拒绝我的时候心却很硬。"

"哈哈哈，别瞎说。"我一时想不到词儿反驳，便跳到他背上，挠他的头发。他背着我，还气哼哼，我便两手捏住了他的耳朵：

"还生气吗？"

"生气。"

"不许生气。"

"生气！"

"我错了。"

"你上午为什么不告诉我？"

"……没敢。"

"现在怎么敢了？"

"现在气氛好啊……"

我们在草坪上闹着笑着，直到一起摔倒在地。手拉手躺着看蓝天、白云，吹着微风，只有彼此微微的喘息和察觉得到的喜悦。那是在五一之后我第一次真正感觉到我们之间难得的坦诚和甜蜜。我们真的和好了吗？像以前一样，没有隐瞒，彼此信任，全部透明？

也许，是吧。

2003年的7月11日，那个热闹的聚会的晚上，我像个十足的淑女坐在袁毅的身边，埋头苦吃，等待着喧闹的结束。不时地拿出手机和晓春发短信吐槽我患有多么严重的人群社交恐惧症。

熬过去就好了，明天下午，我们期待已久的火车旅行就会开始。我想。

人很多，觥筹交错。男生们喝酒，女生们八卦。虽然很少抬头看，但我能感觉到袁毅是多么的受欢迎。我内心隐隐地兴奋着，他优秀的每一面都让我窃喜和感激。

中场的时候，一个男生喝酒过敏了，袁毅和几个男生要送他去医院。我要跟着，袁毅把我摁下了，让我在那儿慢慢吃，等他一会儿。

“吴晓春挂科了吗？”小黑拉着我问晓春的事情。

“没有啊，晓春学习可好了。”我信口吹牛。

“真的假的，我还想着她要是挂科了，我就去埋汰她。”

“你敢吗？”

“敢还是敢的。”他呵呵笑，“就是有点舍不得。”

我有点心酸。

几个男生喊了他：“黑哥黑哥，来喝啊。”

“好，喝，看我今天不把你们喝趴下。”小黑离开我的座位，又去觥筹交错了。

我一个人百无聊赖地等了一会儿，和旁边的女孩交流了一下最近看的韩剧《夏娃的诱惑》。谁也没想到，从来不参加聚会的陈尽欢走进了包间。

原本叽叽喳喳的女生突然安静下来。

我连忙低头，只希望他转一圈儿赶紧走。

可他和每一个男生都打招呼，和每个人都碰杯喝酒，喊女生们姐姐，夸她们漂亮。还给几个大概和他有过纠缠的女生鞠躬，道歉，一副要洗白自己重新做人的模样。

喝完了，他坐在了我旁边的空位上。

“你不是从来不参加同学聚会吗？”我小声问他。

“是呀，本来也只是路过，进来打个招呼就走。”

“那你快走吧。”我不再理他，继续和一只皮皮虾苦战。

他没说话，开始剥虾，剥好一个放我碗里，剥好一个又放我碗里。

我有些尴尬：“你干吗啊。”

“不干吗，这不是你男朋友该做的事儿吗？他人呢？”

“你快别剥了，被人看见误会。”我把筷子放下了。

“我最不怕误会。”他毫不顾忌地说。

小黑看过来连忙喊他：“哥们儿，多久没见了，来，再喝一圈儿。”

他站起来豪爽地说：“喝！”

我坐不下去了，跟旁边的女孩打了个招呼，决定离开是非之地，先回家去。

那个夜晚，之后曾经无数次地在我脑海里盘旋。每一次，似乎都版本不同。也许，记忆被不断反刍，也会变成另外一副模样。

只记得，我拿着包出了门。下楼的时候给袁毅打了个电话，说先回家了。他同意了，说他还得晚一点，让我打个车，不要等公交车了。

只是出租车也不好等，等了好久，也没来一辆空车。

那条路有个上坡，一个骑着满载着桃子的三轮车的大婶，在艰难地往上骑。

我去帮忙推了一把。真沉啊，我推着走了几步和大婶说话：“自己家种的桃子吗？”

“是啊，好吃。就是卖不上价钱。”大婶无奈地说，“这一车得送批发行去。”

车子忽然轻了很多，另一边，多了陈尽欢的身影。

“你怎么下来了？”

“酒喝完了，旧也叙完了。再说，也没人喜欢我待在那儿吧。”他回答。

我们一起把车子推到了坡上。和大婶告别的时候，三轮车下行似乎压到了什么东西，硌了一下，然后我就看见，陈尽欢抱着脚蹲下了。

三轮车远去，我问他：“你怎么了，碾到脚了？”

“意外。”他站起来，匡威鞋上果然多了一个车轮印。

“能走吗？”

他走了几步，一瘸一拐。

一辆出租车停在了我们面前，我看看他：“你先坐吧。”

“你明天不是去玩吗？我还你钱吧。但我没带，所以得麻烦你，跟我回家拿。”他坐上了车，朝我招招手。

我看看手表，才八点多，想着也不会耽误太久，而以后再也不用和他有什么瓜葛，就也上了车。

车子停到了一个破败的小区前。我们下车，一起走到一栋外墙破旧斑驳，没有多少灯光的家属楼楼下。

陈尽欢往里走，我站住了。我打量着四周，隐隐觉得好像来过这里。

“干吗，你不会想让我拖着受伤的脚再跑下来给你送吧。”

我无奈，只好跟在了后面。

“这是我爸留给我的房子。”上楼的时候，陈尽欢说，“明天它就不是我的了。”

“什么意思啊？卖掉了吗？”

他大概是笑了下：“想听吗？我还没跟人说过呢。你想听我就跟你讲讲。”

“算了，你还是别讲了。”倾诉倾听会花掉许多时间的，我想，还是早点回去为妙。

到了三楼，他开门，屋里一片脏乱，简直家徒四壁。陈尽欢打开房间里所有的灯：“我五岁时，我妈就走了。我爸一个人带我。十二岁时，我爸去世，我寄宿在叔叔家。”

“走了？去哪儿了？”

“我不知道她去哪儿了，也不想知道。”

我站在房子中间打量，一阵唏嘘，无法想象他有一个多么悲惨的童年。

“这房子是我爸爸留给我的唯一的东西。之前，叔叔婶婶把这房子租了出去，租金他们拿着，说算养我的生活费。大学之后，我想把这房子要回来自己住，他们不愿意少了那点儿租金，闹得特别不好看。

“这次我堂弟生病了，我叔叔婶婶拿不出那么多钱做手术，跟我商量能不能把这房子卖了。我没同意。我如果卖了这房子，这座城市就没有我的落脚之地了。他们骂我没良心，骂我不是东西，让我永远不能进他们家的门。

“今天上午，我和一个买家签了合同，他付了定金。明天这房子就是他的了。我还是要把这钱拿去救我的堂弟。”

我被震动了，听他说了下去。

“我在这里出生，长大，就算童年的记忆不那么美好，可这房子是我唯一的怀恋了。下午我一直坐在这儿，想着小时候的事儿。小时候，我爸爱喝酒，喝多了会唱戏，唱得又苦又缠绵。我知道他是想我妈了。我妈嫌他没本事，可一个男人需要多大的本事呢？你知道我妈是为什么走的吗？我奶奶说，是因为一个男人送了她很多礼物。她为了那些华而不实的东西，抛弃我和我爸，跟别人走了。我很讨厌送女生东西，几乎从来不送。

“在这个桌角，我碰伤了额头，缝了三针。我爸问我为什么这么不小心，我说因为鞋子太小了，穿不上只能趿拉着，就摔跤了。我爸听完就哭了。我爸是肝癌去世的。现在想想，他确实是挺没本事的吧。上高中的时候，好多女孩子喜欢我，说我耍帅，冬天也穿着衬衣。其实我不是爱美，我只有几件我爸留给我的那几件衬衣，我都没有合身的秋衣秋裤穿。

“知道我高中时候的生活费是怎么赚的吗？打台球，一桌可以赚五十。我靠着打台球赚的我自己的生活费。你说我堂弟可怜，不，他一点都不可怜。他拥有我羡慕渴望的一切，生病了也有人愿意为他操劳，为他哭，为他自私，为他抹下脸和一个没爹没妈的人抢房子……他怎么会可怜？我连生病都不敢，可怜的是我啊！”

终于，陈尽欢捂着脸蹲下，抽噎着，极伤心又极委屈。像一只压抑了太久而爆发的兽，像一个我从来不认识的人。

我不知道他竟然有这样的经历，想起他之前的话，他的玩世不恭和极品行为，便有了解释。感觉他，也不过只是这苍茫人间，一个自己抱着自己踟蹰地走在路上的孤独的人罢了。

所以我也蹲了下来，轻拍他的背，想给他一些安慰。

他渐渐地平静了下来，抬头看我。这是我第一次这么近地看他，他有一双好看的眼睛，一张白皙干净的脸，他的妈妈应该也很好看。

“许佳慧，我没有家了。这房子一卖掉，我在这个城市就一点惦念都没有了。”他揉揉脸，大概是忍了又忍又像是下定了决心，“你能做我的亲人吗？”

“什么？”我不明白他的意思。

“你会和袁毅结婚吗？”

“结婚？当然会啊！”如果不出意外的话，我想。

“那你们分手了呢？”

“我们为什么要分手？”我站起身来，有点不高兴了。

“如果你们分手了，不要和别人谈恋爱了，和我在一起吧，我会娶你的。”

“怎么会？你瞎说什么啊？我们不会分手。我也不会和你在一起。”我一直不知道我在陈尽欢的世界里扮演过什么样的角色，可那一刻，我隐约知道了。

“刚才你看见聚会上的那些人了吗？包括袁毅，我打电话跟他们借钱的时候，他们全都说了不，连问一句怎么了都没有。也许是报应吧，我终于知道我以前是多么不会做人的一个人，我在他们心目中到底是什么样子。蛋蛋你知道吗？在这个城市里，你是唯一一个二话不说就借给我钱的人。”

“我不是只会借给你，任何我认识的人，需要急用的时候，也许我都会借啊。”我心乱成一片，连要钱的事情也忘了，只想快点走。

但他把我拽倒了。

他的嘴唇是突然袭过来的，我根本毫无招架之力。他双手捧着我的脸，极力地亲了过来，很用力，很用力。

终于挣脱出来后，我扬手便打了他：“你干什么啊？”

羞愤和恐惧让我夺门而逃，只听见他的声音幽幽地在背后响起：“许佳慧，你不记得那一夜了吗？我们做过比接吻更多的事儿。”

我呆住，似乎是在一瞬间，大脑中劈进来一段缺失的记忆。

在陈尽欢出租屋里的那一夜，我喝再多的水也觉得口干舌燥，而他半开玩笑地靠过来说：“蛋蛋啊，还有一种方法可以让你不那么难受，你想试试吗？”

“好啊。”我笑眯眯地说。

他便捧住了我的头，就那么吻了过来。

似乎所有的水也没有他的嘴巴解渴。那一吻过后，我便舒服多了。

……

“你混蛋！”回忆渐渐变得清晰，我发疯一样地折回去打他，“我不相信，我不相信！”

“相信不相信都改变不了事实。”

“可我一直都穿着衣服……”

“穿着衣服也可以做很多事儿。”

我腿一软，伏在地上哭了个撕心裂肺。

今天我还在这里歌唱，明天我将死去，不知所向，

住在一个奇妙又荒凉的星球，没有时间，没有以前和以后。

—— 博尔赫斯

第二十六章 /

先提出分手的那个人，以为自己做了最正确的决定

回去的时候我没有坐车，就那么走回去的。我像个木偶，走在霓虹灯下的马路上，灯光斑驳，影影绰绰。夏天吃烧烤的人那么多，欢声笑语和烤羊肉的香味扑面袭来，我的心里一片死灰。

我不知道是怎么走到我家楼下的，甚至没看到坐在花坛边上等我的袁毅。

“你去哪儿了？家没回，手机也不接。”他的声音冷冷的。

我的眼泪一下就出来了。

他吓了一跳，连忙起身来帮我擦，不停地问：“你怎么了？”

我抽噎不停，后来终于止住，对他说：“我们分手吧。”

“胡说什么，到底是怎么回事？”他紧抓住我的手臂。

“对不起，分手吧。求你了。”我的眼泪不断往外涌。

“因为陈尽欢吗？他们说，看到他跟你一起上了出租车。”感觉袁毅太过用力，指甲要掐进我胳膊里了。可是这疼，也比不了我心里疼的十分之一。

“不是。”我摇头说。

“那为什么？”

“不为什么。”我继续哭着说，“只是觉得很累，分开了我们两个人都会轻松些。”

“许佳慧你有没有良心啊！我等了你三年，我们在一起的时间统共加起来才多久？我以为我们会有那么多日夜可以相守……我那么喜欢你，倾尽全力地对你好，为你做了那么多那么多的努力，你就这样对我吗？”

“对不起，也许，也许我没有你以为的那样喜欢你！”咬咬牙，终于还是说出了狠心的话，绝情的话，连自己都不相信的话。

“我哪里做得不好，你告诉我，我改，我一定改。不用等毕业了，我下学期就去江城找你。不管怎么样，你不能这样轻易地说分手行吗？”

“不行。”我推开他，泪眼婆娑，根本连他的模样也看不清了。

他一拳砸上我身后的墙壁，沉默地看向我。

我心如刀绞。再多纠缠一分钟，也许我就要妥协了，我会小心地隐瞒一切，只做他甜美无辜的小女朋友。再多纠缠一分钟，我就永远也不会说出分开的话。再多纠缠一分钟，我们会继续我们的旅行，继续相爱到百年。再多纠缠一分钟，我就会吻他说“对不起，我只是跟你开了个小玩笑呢”。

可是没有。

一个又一个的一分钟过去了，他终于放开了我说：“好吧，如果你坚持的话。”

走了几步，他回头对我说：“许佳慧，还记得我跟你说过的话吗？我会等你，但不会等太久。以后，我不会等你了。”

看着他离开的背影，我的心像是被迅速抽掉200cc的血液，疼到几乎无法站立。

我的初恋是这样结束的。现在总想，当时分手的原因是如此可笑。如果放在现在，说不定还能写一篇帖子，题目叫：《要有多矫情，才以为失身会要命》来自嘲一番。

心大一点，干脆当作什么都没有发生。

就算是心中囹圄，但刻意努力地隐瞒好了，也许就不会有差错。或者干脆坦白，共同承担或者被嫌弃，也好过莫名其妙的就地转身。

但对当时的我来说，与陈尽欢的这件事却是毁灭性的。它摧毁了我的信心，让我觉得我不配拥有这世界一切的美好。骨子里的传统，让我只觉得自己不纯洁了，从此再无法清白无辜地对着喜欢的人笑，再无法恬不知耻地去接受他毫无保留的喜欢与付出。

一整夜的流泪，听房门外的动静，父母都上班后，才敢从床上爬起来，看到自己的眼睛和脸都是肿的。

手机上，看到晓春和小黑打来的十几个未接来电。

我给晓春打了电话，她劈头盖脸地责问：“为什么不去旅行了，袁毅说你和他分手了，到底怎么回事？”

我长长吐出一口气说：“对，我们分手了。我现在眼睛好肿，怕我妈发现，所以这几天能住你那儿吗？”

“好，你来吧。”晓春叹一口气。

我收拾收拾东西，给我妈打了个电话，说去晓春家，我妈同意了。之前说去旅行，她不太放心，现在拿晓春当幌子说不去了，倒是怎么都好说话。

坐上公交车的时候，想起以前和袁毅一起坐公交车时，他的手臂撞上我的手臂，目光撞到我的目光，而以后再也不会有这样的经历，眼泪唰唰地掉。

晓春在公交车站等我，看到她时，根本无法控制的泪腺再次开了闸。

可哭似乎也发泄不了什么，流出去的眼泪多一些，心里的痛就更深一些。

对，我不是在发泄，我是在惩罚自己。如果我足够痛，是不是就能分担掉袁毅所承受的那些？

就算对着晓春，我也说不出口分手的原因。倒在她的公主床上，我一动也不想动。

晓春的妈妈早出晚归地工作，除了一个清扫和做饭的阿姨，偌大的房子里只有晓春一个人。所以，这真的是个不错的避难所。如果不是小黑总是找过来的话。

小黑家就在晓春家隔壁。第一次他来，我躲在房间里没出去。第二次他送来她妈妈做的包子，大概是晓春爱吃。第三次，他干脆冲进了晓春的闺房，看到我后，质问却咽了下去，声音也低了下来：“你的眼睛怎么肿成这个样子？”

我对他苦笑了下。

“袁毅说你和他分手了，真的吗？”

我点头。

“为什么？”

我没说话。

“不知道你是怎么想的，你们那么好，为什么要分开？因为杨婷吗？还是昨天那个臭小子陈尽欢？”

“谁都不因为，是我不好。别问了。”

“许佳慧，你这样坚持分手不会后悔吗？”

会，我怎么会不后悔，我现在已经悔得想把青了的肠子掏出来斩成一段一段。

“小黑，”我说，“好好陪陪袁毅吧。有什么事儿告诉我好吗？”

“我们今天晚上七点的火车去旅行，你要是改变主意，就跟我们一起走。我先回去收拾东西，你想好了就打我电话。”

小黑走了。看得出来，他也是愤怒的不解的。他在为他的朋友莫名其妙被甩而感到痛心。

没有风的夏日，世界都停止了呼吸。

许久，听见晓春的声音：“车票都买好了。昨天下午我和小黑还买了很多吃的用的。有什么误会，说开了不就行了？袁毅会理解的。”

“不会的。他说以后不会等我了。”凭什么等我呢？我已经不配让他再等了。

“那好。你不去，我也不去了。你就在我家住着，等心里舒服点儿了，我再带你去个更好的地方玩。”晓春掰开一个包子，塞我嘴巴里。也许哭得太多了，我感觉周身的细胞都是悲怆的，包子嚼在嘴里根本没有一丝味道。

“嗯。”我没抬头，虽然心痛到无以复加到肝肠寸断，但那个片刻也是暖的。能有晓春，是我多大的运气。

手机一直静悄悄的，忽然响起来后去接，却是陈尽欢。

“蛋……许……佳慧，我昨晚上喝多了，你别介意啊。”

我没说话。

“你今天不是去旅行吗？昨天忘了把钱给你了，现在还你吧。”

“不用了。”我浑身发抖。

“我现在在火车站买票，晚上的车回江城。你是来拿，还是我给你送过去？”

“我说了不用还了不用还了！你听不懂是不是？”我把手机摔了。还好它是诺基亚，晓春捡起来后，还在通话中。

晓春看看我，没做声，把电话挂断。想起昨晚那噩梦一样的经历，我只觉得精疲力竭，闭上眼睛天旋地转。

如果可能的话，我永远也不想再见到陈尽欢。

我在晓春家住了三天。小黑和袁毅的火车旅行，如期进行。

晓春一直给小黑发短信，问袁毅的情况。

小黑说，袁毅没事儿，只是沉默。他没有所到之处喝酒买醉，没有跟小黑吐槽诉苦，甚至连我的名字也没有提过。

那场旅行，他们用了二十天，一路向东，到东海之滨。

我回到家里后，打开电脑和QQ，袁毅的大胡子头像再也没有亮起来过。

大概没有什么比失恋更减肥的事儿了。我爸爸说本来还想把我喂胖一些，却眼睁睁地看着我的脸瘦出了尖尖的下巴颏，颧骨也凸出来了。

因为我无法掩饰的失落，妈妈大概看出了点儿什么，好几次晚上坐在我的床边欲言又止，最后说："许佳慧，是不是遇见了什么事儿？感情上的事情也可以跟妈妈说说。"

"什么事儿也没有。"

我忍了又忍，把被子蒙脸上，不敢让她看见我已经涌出的眼泪。

我的内心变得很软很软，也不是委屈，而是愧疚，还有对自己无休止的质问和悔恨。我跳进了拷问自己的圈子，期求一个永不会得到的答案，并从未与自己握手言和。

这一场恋爱，让我曾经尝遍这世间的甘美，让我曾经梦想过百年。现在只剩下了苦涩。

后来，我爸看我每天窝在家里苦着个脸，就给我派了个活儿。于是我开始每天早上从家里骑自行车去姑姑家，帮我的表妹补习英语，到晚上再回去。

表妹马上就要升入高三，却很有我当年嘻嘻哈哈大大咧咧的样子。经常补着补着，她就停下来让我给她讲故事。

"姐姐，高中的时候有人追你吗？你怎么做的。"

"我拒绝了。"

"后来呢？"

"拒绝了还有后来吗？"

如果一直拒绝，就没有现在这样痛彻心扉的时刻了吧。

如果一直拒绝，他也会有另一条情感轨迹吧。

如果一直拒绝，我们再见面，也能淡淡一笑，做个只是曾经困扰过对方的陌生人吧。

"姐姐你怎么哭了？"表妹跳过来帮我擦眼泪。

可是我们爱过了。我们全身心地愿意将未来都交付给彼此。我们感受过对方的呼吸和心跳。我们交换过嘴唇最柔软的碰触。我们熟知对方的每一个琐碎日常。我们曾经那么那么亲密。

开学前，我见过一次杨婷。她来找我，好久不见她，觉得陌生了许多。想到曾经有过的困扰过我们的羁绊，不再会是羁绊，我竟不知是好还是不好。

我坐在房间的床上，她坐在我对面的椅子上，开门见山地问："你和袁毅分手了？"

"嗯。"

"为什么？"

"造化弄人吧。"

"别说这么玄乎，到底什么原因，你提的吗？"

"嗯。没有原因。"

"佳慧，你还是我的好朋友。"杨婷过来抓我的手。

"嗯。"我抬头对她笑笑。

"我可以追袁毅吗？"

"嗯。"我点头。他是自由单身，她也是自由单身，为什么不可以?

大概是得到了满意的答案，杨婷很快喜形于色，坐了坐就走了。我送她到门边，看着她轻快地下楼去，心里默念："如果你能让他快乐，最好不过了。"

暑假就这样过去了。

临去学校前的那个深夜，我接到了袁毅的电话。那时已经很晚了，我识得他的号码，却没听到他的声音。沉默了大概有一百年那么久，他挂断了电话。

我们连道别的话都没有说。

收拾行李，在背包里看到被我藏起来的那几片小小的拼图。抓着那些残缺的碎片，我捂住嘴蹲下哭泣。是我啊，是我让我们的未来永远也没办法拼凑完整了。

> 当你向深渊看得够久时，深渊也会回头看你。
>
> —— 尼采

第二十七章 / 下坠

那个夏天，我好像把那一年的眼泪都流干了。

袁毅送我的东西，两件衣服，被我打包压在了衣柜底，还回去的话倒有点可笑了。那只可爱的毛绒曼尼，被我带去了学校。电脑已经被他带回去了。

可我们之间，似乎永远也无法清算。无论是感情还是物质，我都欠他的太多，太多。

大二的课相对少了一些。大部分时间我都在图书馆看闲书，却再也不敢翻开爱情小说。

陈尽欢找过我几次，我都没有见他。他偶尔在路上堵我，我都把他当作透明。只是无法控制愤恨，无法控制浑身发抖。我甚至再也没有走过那个小酒吧门前那条路。我从来没有那样讨厌校园和校园门前的路。

他大概已经知道我和袁毅分手的事儿了，发大段大段的短信给我，我看都不看就删掉了。后来实在是难受，就回复了他一条："你知道吗？我想退学了，因为和你在一个学校里，我感觉到恶心。"

时间以一种很缓慢的速度在流逝。我的睡眠从暑假开始就没有好过。总是很晚也睡不着，觉得有一只小虫在咬着我的胸腔，缺口越来越大，什么也填不满。暑假在家里的时候，因为父母在，所以强忍着装正常。当难过、失意、悲痛终于可以自由发挥的时候，我开始下坠，并沉浸其中了。

硕硕和橘园公子也分手了，她每天在宿舍里放一首名叫《无情的情书》的歌。有一次，宿舍里只有我们两个人，她讲了讲她的失恋故事。橘园公子家人给他介绍了个能干活的门当户对的姑娘，他不会再等她三年。

她拿出素梅的搪瓷脸盆，把与橘园公子有关的东西一股脑地放在盆子里烧。有他们的往来信件、合影照片，还有他送她的发卡、手表等小东西。

烧了纪念物的话，会舒服吗？

如果会的话，我更想跳进火盆里烧一烧自己。我的整个人，整颗心，全部的血液和细胞便是这场恋爱的纪念。除了烧了我自己，我不知道还有什么方法可以忘记。

鬼使神差地，我从床上跳下来，竟然真的把脚踩进了盆里。

硕硕吓了一跳，连忙拽我："许佳慧，你不要命了？"

我被硕硕拽倒在地，火盆也滚翻，她吓坏了，拿起被子就扑在了地上。

所幸的是，火灭了。被子被熏了几个窟窿，搪瓷脸盆也无法复原，而我的脚掌烫了一块，脚面迅速地鼓起几个硕大的水泡。

在医院里，我躺了两天。那两天，我像是一个笑话。对，我不哭了。想到我自己是个笑话，我就笑了。

我的事迹应该会传很远，从此，别人再看见我，就是个因为失恋而自残的傻瓜。我没有跟晓春说这件事，可以想象她知道后的表情，她会动手打我的，她一定会。

陈尽欢在第二天下午的时候来医院了。

他铁青着脸，极愤怒的样子。我扭过头去不想看他，他就把我的头扳过去面对他。如是三番，他终于爆发了："你看着我，你是不是傻瓜？失恋而已，你弄得像是全世界都欠你。生命对你来说不重要吗？重要不重要？你要是想死，现在我陪你爬到顶层，从十三楼那儿跳下去，我跟你一块儿，你跳不跳？你看看你的脚这个鬼样子。我是欠你了，你说你想让我怎么办？让我把你男朋友给劝回来吗？你一句话，我立刻带你去北京。你自己找不痛快，为什么要折磨我？"

虽然不知道我到底哪里折磨到他了，但既然他这样说，那还是很抱歉："对不起。"

他烦躁地抓着头发，在病房里暴走。

过了好大一会儿，他才平静下来，坐在我旁边，盯住了我的眼睛：“许佳慧，我知道你心里不痛快，我也不痛快。可是事已至此，你们已经分手了，翻篇儿行吗？”

我没吭声。

“你愿意和我在一起吗？我是说真的。不是约会对象那种，是做我的女朋友，以后结婚的那种。我会永远只喜欢你一个人，永远也不会对你放开手。你愿意吗？”

“对不起。”我说。

“你是复读机啊？对不起，对不起的。你欠谁对不起？是我吗？不是我！”

病房是三人间，另外几个人目瞪口呆地看着我们，我继续笑笑：“对不起啊。”

后来出院后，我的脚掌感染了一次，又打了几天针。脚面上的水泡下去后，留下了黑色的蜕不掉的疤。

对哦，我手掌上也有一块疤，像个逗号，现在脚上的这些是句号了吧。

不不，也许是省略号，或者感叹号。

瞧，初恋给我的这些纪念，真的是不可磨灭呢。

我开始玩网游。开始时硕硕带我一起，后来，我玩得比她还凶。在游戏世界里，时间过得好快。作为一个笨蛋，打个弱怪也能消耗掉不少的时间。

后来玩得太厉害，便经常刷夜。手机也不带，经常关机扔被窝里，晚上在网吧也挺好，反正我也睡不着。

我认识了老鱼。他是个游戏高手，有一次在网吧刷夜，他就坐在我的旁边，大概是我的水平太次了，他实在看不下去，就在游戏里加了我，带我练级。

老鱼是隔壁学校的，在法律系。好像是个挂科王，几乎每天都在网吧包夜。后来我才知道，那网吧是他和同学一起开的。大学四年的学费生活费，全投在了网吧里。

老鱼偶尔会跟我说他少年时期喜欢的女孩子。他初中时就喜欢她，经常尾随她回家。高中毕业后，他跟她表白被拒绝。女孩说，老鱼，等你有钱了再来找我吧。

所以，还没有入大学，老鱼便想着如何挣钱的事儿了。开网吧确实挣了点儿钱，但老鱼拿着赚来的那点钱去找女孩的时候，女孩已经有男朋友了。

老鱼笑：“结局来得太快，竟没有时间去探究初衷。”

想想那时的我们，对于爱情，明明什么都不懂，却凭一颗赤子之心全身心投入。根本不想，是不是有未来。他的话，是圣旨。他的事儿，是天底下最大的事儿。

后来有一次刷夜，陈尽欢找到了我。他看看坐在我旁边和我谈笑风生的老鱼，又看看我：“你新交的男朋友吗？”

我没理他。

“是不是？”他越发经常这样地突然冒出来了。比如等在我下课的教学楼下，在食堂、图书馆忽然出现在我旁边，或者在我的宿舍楼下喊我。

“是。”我头都没抬，我们正在组队打一个副本，我不能分心。

他转身问老鱼，老鱼也没理他。

他一把给我摁了关机键。

我叹一口气：“你到底想干吗？”

“我找了四家网吧，才在这里找到你。你想干吗，这是你通宵的第几天，你还要不要命了？”

“我要命也是我自己的，与你何干？”我重新开机。

他干脆拽掉了插头。老鱼看不下去了，推推他：“哥们儿，干吗呢，好好说话。”

他恶狠狠踹老鱼的椅子：“我跟她说话，跟你有什么关系。你再推我一下试试？”

我无奈地站了起来，跟老鱼说：“不好意思啊，今天先走了。你跟队长说一声，我真的不是随便离队的。”

老鱼也站起来：“你没事儿吧，要不然我送送你。”

陈尽欢一把把他摁下：“你没资格送！”

呵呵，我冷笑了。

走出网吧，陈尽欢来捉我的手。我甩开，他又捉住。

“跟我回去。”他说。

“你租的房子那儿吗？”

“嗯，去好好睡一觉。现在也回不了宿舍了。”

“那你不如让我撞死在这路上吧。”终于甩开了他，我转身就走。

寂静的街道，偶尔只有几辆车呼啸而过。我吹着越来越冷的初冬的风，听到自己的脚步声，冗长又单调。几片树叶从树顶飘落，像我残存的迟钝的感官。

细雨忽至，卷卷袭来。绵密得像悔恨也像思念。

我顺着那条路往下走，似乎走到哪里也无所谓。在那个当下，我无处可去。

随遇不安。

只是太冷了，我不禁打了个寒战，又打了个喷嚏。

一直跟在后面的陈尽欢，快速跑来，片刻后，他和他解开怀的大衣，一下把我包裹了。

瞬间，我停止了战栗。

这该死的胸膛。

这该死的暖。

这该死的，纯生理的无法抗拒。

后来，我找到了一个可以锁上门的电话亭。

我站在电话亭里，外面的雨越来越绵密，而站在外面的陈尽欢越来越焦躁。然后他开始踹门。

只好打开门，就看到他睫毛湿漉漉一片，眼睛却着了火。他把大衣扔给了我，说："你想回网吧，就回去吧。我不会再逼你跟我走了。"

然后他扭身离去。

过了好一会儿，我从电话亭里出来，才走几步，就被一只手臂捉住，陈尽欢守株待兔一样躲在前面，就那样连拖带拽地扯着我往前走。

手臂被扯得生疼，经过的车也越来越少了，喊破喉咙的话应该也就像石片在湖面打了个水漂儿。昏黄的路灯下，只有我们两个野兽一样搏斗摇晃的身影。

我干脆上嘴咬，用尽了我全部的力气。感觉牙齿咬破了他的皮肉，血腥味充满了口腔。而他站定，脸上没有任何表情。半分钟后，他忽然就笑了："蛋蛋啊，别折磨自己了，我已经递交了退学申请了。以后那个校园里，就没有我了。"

我愣了一下，松开了他的手臂。

坐在网吧里，我机械地点着鼠标。时间分秒挨过，原本的喧嚣也渐渐变得寂静。刚才在网络上厮杀呐喊过的很多人，柔情蜜意过的很多人，热血沸腾过的很多人，孤苦自弃的很多人，都软软地疲惫了下来，头枕着自己的手臂陷入了浅眠。

一夜就这样过去了。

白天是混沌的一天。

然后迎来没有差别的同样的夜晚。

很长时间之后，当我回忆起这一段在泪光之上醉生梦死的日子，更觉得那是一段不堪回首的沉沦。

我只想到一个词来形容自己，那就是：迷失。

对，我迷失了。

在我的心智无法承接的痛苦和自弃中，我以下坠的姿态拥抱了很多小得曾经不屑一顾的诱惑。

我第一次理解了小黑，理解了他曾经在游戏里的沉溺。那种活在日光之下的苦，每一分钟都是煎熬，连呼吸都疲累。当有一个地方可以有暂时的忘却，有一双手可以拉，一个怀抱可以取暖的时候，真的，很容易就陷落了。

我曾经以为我不会恨任何人，可是我恨我自己。也曾想过悔不当初，可是当初有什么罪呢？所有的路不是我自己走的吗？所有的选择不是我自己做出的吗？所有的问题不是我自己造成的吗？

从网吧出来的时候，我看到坐在大厅沙发上和衣而睡的陈尽欢。他抱着自己，整个人像缩小了一圈，眉头紧蹙，嘴唇深抿，好像也在和谁咬牙切齿地较着劲，而右手虎口的伤口触目惊心。

我长长呼出了一口气，忽然就没有了任何再争执下去的心。

人与人之间的纠缠就像在织一件毛衣，点点滴滴，丝丝缕缕，不知不觉竟彼此相欠。

等待晚上，迎接白天，
白天打扫，晚上祈祷，
这是我们各自的命运，
这是我们各自的孤苦。
——《迷失东京》

第二十八章 /
我什么都没忘，只是选择了收藏

晓春恋爱了。

对，是和周志清。

那段时间，我太沉浸在自己的下坠中，甚至很少和晓春联系。

依稀记得她打电话过来时，那种恨不得拽着我和她一起跳起来的喜悦。她的这场长达四年的追爱之旅，总算是到了彼岸。

晓春的付出，是用了全部的力气的。她很快在周志清学校附近租了房子，一到周末就过去，过起了二人世界。

他们在一起后，我去吃过几次饭。只是在周志清身上，我并没有看到太热烈的东西。他的目光并未像小黑那样追随着晓春的身影。他接受着她给他的一切好，表情淡淡。

但晓春是快乐的。我从来没有见过晓春这样快乐过。她像一只心甘情愿的小母鸡，穿着围裙，在厨房里为爱人洗手做羹汤。

晓春在厨房里忙碌的时候，周志清问我：“有杨婷的消息吗？”

“没。”我摇摇头。

“刚开学时我给她打过一次电话，她说她有男朋友了。”

“是吗？”我心里紧了紧，她有男朋友了，是袁毅吗？

“所以，你接受了晓春吗？”我盯住周志清的眼睛问他。

他的目光避了避：“不是。”

“好好爱晓春吧，她比谁都更值得。我真的不希望你是因为她太好，或者因为在另一人身上没有了希望而和她在一起。请你真心对她。”

“放心，这是我最后一次问杨婷的事儿了。你知道的，晓春都知道。”周志清抬头看我，“晓春的好，我也懂。”

“那就好好享受恋爱吧，真羡慕你们啊。”我揉揉眼睛，竟然有一点点吃醋，鼻子酸酸的。

跑到厨房去，晓春正在碎碎念：“油热了，蒜还没剥，咦，我刚才腌的葱花呢，筷子筷子……要加高汤啊……可是高汤是啥玩意儿……”

“你女朋友好可爱！”我对着周志清喊。

他腼腆地笑了。

吃完饭从他们的小屋里出来，我坐车回学校去，心似乎跌进了深不见底的黑洞。

我甚至几次都忍不住要拨打那个永远也忘不掉的号码。

但最后，我打给了小黑：“袁毅是不是有女朋友了？”

小黑沉默。

答案彰显。我挂断了电话。

他开始新的生活了。他爱上了新的女孩。我们之间的那场爱情事故，真的只是一场事故了吧。要花时间和耐心去修补，要把枝头嫁接别处去费力痊愈。之后，他会更懂爱，也更懂女孩。他会避开伤害吗？愿她可以永远以温柔的心待他，千万不要像我一样伤害他。

我没有哭，也没有太过的悲伤。我甚至还有了一点点的轻松感，还想笑了。

坐的是只有一个前门的小巴车，车上人不多，但开车的师傅实在是太想演《速度与激情》了，总之那天，那车出了事故。因为怕追尾一辆同样上演《速度与激情》的渣土车，小巴车撞上了路边的绿化带。车门被撞得变了形，怎么都打不开。车上的人基本没有受伤，只是受了惊吓。

最后，司机只好允许乘客从窗子那儿跳出去。有同伴的，会互相照顾着拉着，或者接着对方。而我只有自己一个人，不会有人接着我。

我是最后一个走到窗前的，一个头发斑白的大叔站在车下，对着我张开手臂：“小姑娘，就你一个人吗？下来吧，别怕，我接着你。”

我的眼泪就那么下来了。我看见大叔的笑容那样的灿烂慈祥，我看见天边因为被夜追赶，抓住最后的时间努力燃烧的晚霞，我看见正哭着又被瞬间逗笑的孩子，我看见了神。

神朝我伸出了手，轻轻说：“来。”

没有任何犹豫，我跳了下去，那一刻，我心里的黑洞似乎突然照进来无数的光，一片金光灿烂。

我能清晰地记起我的改变是从那里开始的。我抬脚走路时，脚步轻松，并且知道目的地。

虽然是费了力气，用了很慢很慢的速度，但我正在慢慢地重新回归到真实的触感中来。我可以闻到花香，我可以尝到巧克力的甜，我可以听到嘈杂中有动人的声音，我可以看到星空璀璨。爱情是珍贵的，但一蔬一饭，一花一叶，一日落一惊鸿也同样是珍贵的。我错过了珍贵的爱情，不可再错过生活中别的美好了。

每天早上六点钟起床跑步，晚上九点钟睡前跑步。每次五圈。慢慢地跑，感觉胸腔被压迫，呼吸急促，但大脑不断地清明。每一顿饭都按时并美美地吃。每一节课都认真准备并专心听讲。每一个夜晚做完清洁和整理后，都在干净的我的领土里，深入阅读。

并没有一个声音在我脑海里督促我说：“许佳慧，你要好好地过完你的大学生活。”并没有，我只是这样做了，好像一直该如此走在这样平坦的路上。之前，之前是走错了一段，但不想因此再为难自己了。

陈尽欢还是在各种地方出现，躲也躲不掉。除非我不去上课，不去自习，不去图书馆，不去食堂吃饭。

只是他不再打扰我了。他安静地与我保持着距离。在食堂的时候，他就坐在我邻桌的位置。在图书馆，发现他会看我看过的书。打完水回宿舍，他就慢慢地跟在后面。

“别跟着我了。”有一次，我终于忍不住跟他说话。

“你好点了吗？”他问。

“好多了。”

“也许很快我就不在这里了。所以……想还在这里的时候，能多看看你。”

“为什么是我呢？”我盯住他。

他沉默了一番，然后扭过了头去。

要说重色轻友，晓春比起曾经的我来更甚。有时想她了，打电话她总忙。“我陪我们家周志清自习呢。”“我在逛街，给周志清买条裤子。”

有时，甚至可以听到她暧昧不明的喘息：“一会儿，我一会儿给你打。”

若是实在没事做，我还是会去网吧，之前的游戏不再玩了。我开始看电影，看完就写影评给学校的社团电影协会。有几次，在会刊上发表出来，还在学校的广播台播了。

冬天更深一点的时候，陈尽欢的退学申请被批准了。

至于退学后干什么，那也是他自己的事情。一个人总要学会对自己负责，不是吗？那些不能回头的路，总要咬牙走下去不是吗？

如果单单因为我的一句话而选择冒险，不是太不成熟了吗？

后来才知道，他参加了一个内衣设计大赛，得了个小奖，签了一家公司。老板很看好他，要送他出去培训半年。机会不错，所以他干脆退学了。

有那么一段时间，他在我的世界里销声匿迹了。

12月初的时候，我接到了一个电话。

“你是陈尽欢的朋友吗？”

“呃……不是……”

“不是？那他为什么要给我这个电话号码？”大概是个中年男人的声音，嘟嘟囔囔地说着要琢磨着才能理解的江城话。他是陈尽欢的房东，坚持要我帮忙去签续租的合同。

想张口拒绝，但又想探个究竟，那荒唐的一夜到底发生过什么？回到故地的话，是否能唤起一些回忆？

我拉着马艳琳一起去的。大脑里根本没有印象，所以找路找了很久。

房门开着，一个中年男人站在里面等我们：“我是讲规矩的人，一般人收了房租就不管不问什么合同了。我可不是这种人。我也要出国一段时间，万一有什么事儿呢，所以还是要有个合同。你是许佳慧？你在这儿签个字就行……签个字而已，房租他已经交过了……钥匙他有，这串放房间里，或者留给你都行。你看这屋里的东西也都交给你了啊，你这个同学可以作证，这个同学，你也来签个名吧，万一半年后他回来找不到什么了可不关我什么事儿了。”

马艳琳连连摆手，表示不干。

房东走后，我打量着这个老式的旧房子，客厅有一个落地窗，雪白纱帘随风飘起。一个大大的案几摆在房间的正中，一架缝纫机摆在另一边。一个真人大小的模特身上裹满了布，一个衣架上挂了几件男女式的美体内衣。一个纸箱里扔着一些废旧的布料。

手指摩挲着那些内衣柔软的质感，我觉得有些不可思议，他做这活儿应该许久了，想起了那次在图书馆，他问女孩子乳房形状的情形。

马艳琳也惊叹："这个人，整天要么一副玩世不恭花花公子的派头，要么咆哮教主的派头，他竟然会操作缝纫机？还做得挺不错的呢。"

是这里吗？记忆没有情节的支持，可我又认得那张沙发，又认得这暗红的大门，又认得洗手间的蓝白格地砖。

那一夜发生的一切其实依然似是而非，当时在震惊重压下所以为的清晰，也慢慢变得越来越不清晰。

为了验证，我还拉着马艳琳一起躺在了那张床上。

我和他确实有过一个止渴的吻。可之后的事，我其实并不确定。我穿着衣服，而他给我的直觉是不会那么恶劣。葛芸也来过这里，他睡的是沙发。

当然，还有一种可能是我主动。

可是第二天起床后我并没有感觉到身体的特别不适，对比网络上查找的"初夜"第二天状态，根本对不上。

当然，还有一种可能是我天赋异禀。

躺在那里左思右想的时候，马艳琳竟然睡着了，睡梦中两脚踢过来，给我疼得一个激灵。然而，我就在龇牙咧嘴中豁然开朗了。

有又如何，没有又如何呢。

已经在"有"的状态下给过自己和对方最重的惩罚了。

若是"没有"，简直像坐了一辈子的冤狱，刑期只剩一天的时候被平反，而只感觉更苦了。

我和袁毅，无论是我宿醉无意识的第一个错，懵懂不坦诚的第二个错，冲动自弃的第三个错，悔恨沉沦的第四个错，还是到此刻思念依然纠缠的第五个错……其实，都无所谓了，也不必要再去纠结了。

他，他已经遇见更好的了，不是吗？

就在那天，我接到了陈尽欢的电话："蛋蛋，谢谢你帮我签了合同。需要的话，那房子你可以随便用。我现在在北京，你……你要我找袁毅解释一下吗？”

“不用。”我挂断了电话。

大二的上学期就这样过去了。寒假回家，是和晓春、周志清一起回去的。路上看他们花式虐狗，暂且不表，回到家后，自然又被爸妈一顿好好打量。

“感觉又长高了。”我爸说，“不过好像胖了点儿，气色也不错。”

我妈说：“冬天养膘儿。”又拿出粉色白色的衣服给我，“感觉打扮我女儿的机会少了呢。”

在家的感觉真好啊。这次的“蜜月期”比较长，也许是我看上去懂事听话了许多吧。大早上起来去买早餐回来，把我妈吓了一跳，因为我平日里总是睡到实在睡不着了为止。

每天就窝在家里，看书，打扫卫生，收拾房间。偶尔上上网，和朱绾绾、晓春约着一起和几个老同学见了面。

朱绾绾对我和袁毅分手的事儿扼腕痛惜：“你放手的时候跟我打个招呼嘛，我好接手啊。”

我又给气笑了。

老同学里，恋爱的人多了。偶尔陪爸妈出门逛街，总能遇到一两对害羞地走在一起的老同学。有一次，在商场里还遇见了周志清和晓春。我妈看着晓春依偎在周志清旁边小鸟依人的样子，眼睛都直了。

还有一次，我去看奶奶，在一家蛋糕店买奶奶爱吃的桃酥。因为现做要等，所以百无聊赖地看着窗外，然后我看到了窗外经过的杨婷和袁毅，他们并肩走着。杨婷脸上隐约是害羞甜蜜的笑容，袁毅表情淡淡地低头回她几句。

还是没有忍住跑出门去，就那么看着他们走完了整条街区，直到听到店主喊我：“桃酥好了！”

小城这么小，总是会遇见。

我坐在蛋糕店里又吃完了一客没什么滋味的提拉米苏，才磨磨蹭蹭地出了门。

我提着桃酥，准备去马路的对面坐小巴车。

就那么走着，看着脚下的路。想起很多事儿，内心淡淡的。还记得我刚上高中的时候，我和表妹手牵手走在路上，我强迫她和我一起看脚下的路，然后告诉她说：“我们走的不是路，是时间。”

“姐姐，你神经病吧。”还记得表妹表情夸张地对我说。

我们走的不是路，是时间。路走过了，可以返回，但时间怎么可以？所以，那句话是错的。应该是，我们走过的时间，是一条无法回头的路。

我沉浸在自己的思考中，倒也觉得有趣。也许真的如我表妹所说，我越来越像个神经病了。

竟然一个人呵呵地笑起来。

是在街角等红灯的时候，我低头研究地上的斑马线。斑马线有多少条呢，我还没数过，一会儿走过去的时候，要数一数。其实活着总不会无聊的，有那么多有趣的事情要做。

绿灯亮了，我跟人群一起过斑马线：一、二、三……我走着数着。

数到第二十七下，一个手臂拽住了我，一辆闯红灯的机动三轮车从我面前呼啸而过。

我扭头，看到梦幻中与他一起走过百年的脸，听到他曾经无数次敲打在我的心房，而此刻淡漠得几乎没有任何感情色彩的声音：“好好走路，别给人添堵。”

然后他放开我的手臂，朝我相反的方向过了马路，我站在原地，看着他离去的身影，久久不能动。

那是分手后我第一次见到袁毅，他留给了我一句告诫、一个背影、一条乱糟糟的马路和一个瑰丽的傍晚。

人的本能是追逐从他身边飞走的东西，

却逃避追逐他的东西。

—— 伏尔泰

第二十九章 /

时间不是药，药在时间里

大二的下学期是在不知不觉中度过的。

晓春的恋爱也如火如荼地进入了痛苦的磨合期。她三天两头打电话诉说周志清的性格多么严肃执拗不合她意。我把劝慰的话说出了一百八十朵花，可后来才发现，晓春的纠结与释怀也是一百八十朵花。昙花，绽放与收敛都在瞬间。周而复始。

渐渐地，再接到她吐槽的电话，我都懒得安慰她了。心平气和地听完她的啰唆，然后面无表情地问她："那你分手吗？"

"不分。"

"哦。"我挂断了电话。

"一切不以分手为目的的吵架都是秀恩爱。"很多年后这句流行语，真的很适合当时的语境。

只是吵架而已，吵架会加深感情呢。我的那一份连吵架都没有就无疾而终的恋情，到底还是让我很羡慕晓春。

我生日那天下了暴雨，晓春要从H大那边赶过来陪我，被我拒绝了。给我妈妈打了电话，早餐吃了煮鸡蛋，中午吃了长寿面，想着雨停了晚一点再去学校外面买个小蛋糕，该有的仪式就都有了。感觉挺好的。

是在蛋糕店里，遇见的陈尽欢。很久没见了，我再看到他，虽然没有了让人火烧火燎的愤恨，可到底还是做不到坦然面对。

于是，我悄悄地躲在了旁边的店。

他提了很多东西，蛋糕、鲜花还有一个装着什么的手提袋，从蛋糕店里出来，去了学校。

不一会儿，手机响起来，我没接。

又收到他的短信，说在我的宿舍楼下等我，问我在哪儿。我关掉了手机。

一个人在外面晃荡到宿舍快要熄灯的时候，我才回去。看到他还站在那里，干脆转身想去网吧凑合一夜。走了几步，觉得好笑。我在躲什么呢？于是又回去。

“嗨。”我先打了招呼。

“我还以为你今晚不回来了呢。”他的声音里带着苦笑，算起来，应该等了三四个小时了。三月江城的雨后，还是挺冷的，到处穿梭着入骨的寒气。

“不回来我去哪儿呢？”我笑笑。

他把蛋糕、鲜花和手提袋一股脑地递过来：“生日快乐。”

“谢谢。”我接了过来。

“你现在好吗？”

“挺好的。”我说。

“好好照顾自己啊。我明天一早就走了。”

“会的。”

“你缺什么东西吗？有没有什么特别想要的？”他又问，“我现在有点钱了。”

“什么都不缺。想要的东西，我自己会买。”

“希望你想要的，整个宇宙都会助你实现。”他沉默了一下，有些讪讪地说。

“《牧羊少年奇幻之旅》。”这本书我看过多遍。

“对，我在一个同学那儿看到的，记忆深刻。”

“袁毅吗？”再提起这个名字，心口依然会痛，但是好多了。

“是的。”他有些不好意思地扭过头。

“那书后来他送给我了。”

“嗯。”他点点头，大概不想让这个话题继续下去了，“快上去吧，马上锁门了。”

“陈尽欢，那晚我们什么都没有发生是吗？”我盯住他的眼睛，他在躲闪。

“就是那晚，我爱上你的。”他犹豫了下，过了好一会儿，才缓缓地说。

“为什么是我呢？”我又问了。

他再次以沉默作答。

上楼，回宿舍，把蛋糕和宿舍的姐妹们分享，鲜花插进一个不用的水杯里。借着微弱的楼道灯，看他手提袋里的东西，是那套去年送过我的美体内衣。

三天后的计算机课上，在学校的机房里，我悄悄上了QQ，好久没上了感觉都要长草了。

嘀嘀嘀，小企鹅的愉快的提示音响起，袁毅那个大胡子圣诞老人头像亮起来，点开，就一句："生日快乐。"

望着那简单的四个字，我发了半晌呆。

消息，我没回。

五一的时候，晓春终于不斯守着周志清了，我们一起去了趟贵州。在黄果树大瀑布下，我坐了很久。

晓春买了两个花环，我们戴着，手拉手地走在山林间。

"美吧。"晓春说，"这美目不暇接，不要伤春悲秋。"

我笑笑。和袁毅分手后，她从不提他的名字，我对这理解，很感激。

晓春胖了一点。同居的日子让她吃嘛嘛香，好几条牛仔裤穿不上，都送给了我。以至于那个春天，我都没机会买裙子。

回到学校后的一个周末，我陪硕硕去逛街，结果手机被偷了。报警，又去派出所做笔录，回到宿舍的时候，已经很晚了。

马艳琳火急火燎地跟我说："许佳慧，五分钟前我收到了你的短信，说你出车祸了，在医院救治，要我打钱到一个陌生人的账号上。可吓死我了，我给你打电话却是拒接。到底怎么回事啊，你说是不是骗子啊？你赶紧给你爸妈打个电话吧，他们说不定也收到了。"

我吓了一跳，没想到手机丢了还会遇到这样的事。于是连忙打回家，还好爸妈还没有看到短信，我让他们帮我和亲戚们都说一下，千万不要受骗。

然后宿舍的电话响起来，是晓春，说她也收到了短信，小黑和朱绾绾也打给她问了。解释了一通，让她也帮我给同学都捎个信儿，别上当了。

之后我就坐在那儿想我的手机里还有谁的号码。其实不多，也就二三十个。对，还有袁毅。想到他的那一刻，我站了起来，心里像有只猫在抓。他的号码，我烂熟于心，几乎是手抖着给他拨了过去，听到的却是空号的提示。

说不清那一刻我的感觉，像是舒了一口气，又像是巨石重新压下。

那个晚上，我没睡好，想着袁毅。对啊，他要毕业了。如果不读研去别的城市工作，换号码也是正常的。他换号码，也不一定要告诉我啊，我们又没有再联系的必要了。他去哪里了呢？他会来江城吗？

就这么辗转反侧着。早上五点钟，搬离了宿舍的葛芸就过来敲门了，然后把她的手机扔给了我。电话里，我听见陈尽欢的声音："是我，昨天收到那个短信，吓到我了。你们宿舍电话打不通，我就打给葛芸了。她说昨晚上看见你回宿舍，我还不相信。总之，你没事就好。"

"嗯，我没事。你没上当吧？"

"没有。收到短信的时候银行已经关门了。"

"那就好。"这个偷手机的骗子，看来也是个笨蛋，行骗也不注意时间。

跟葛芸道了谢，她气恼地说："多大点事儿啊，这么折腾别人。"

好像是昨天硕硕和新交的男朋友生气，把电话线拔了。我连忙说对不起，她却不再理我，摔门走了。

中午下课后，我在教学楼下看到了陈尽欢。因为一条骗子的短信，他火急火燎地跑了一趟关门的银行，又去了火车站，坐了一夜的火车，不断地骚扰葛芸，然后，出现在了我的面前。

也许是很疲惫吧，他坐在台阶上，头靠住栏杆，闭着眼睛。那么爱漂亮的人，衬衣皱成了一团，头发也乱七八糟。

我的心，软了软。

他喜欢我，他错了吗？不，没有错，只是方式不对。而这种方式，换别的人去承受，也许是另一种结果。每一种结果的达成，绝不是一方力量可以促成的。他对我的伤害不可逆，其实也有我的助力。

大概就是那个瞬间，我原谅他了。也原谅了我自己。原谅那些愚蠢的自我焦虑，原谅那些冲动的自我惩罚。

又一个暑假来了。那个暑假过得百无聊赖。偶尔出门，也很少能遇见老同学了。大家都开始忙了吧？晓春都没有回来，要陪周志清打工。

大三开学，上课，一切照旧。全国大学英语四六级都已经考过。我准备再考点别的证，还辅修了心理学。周末依然会去老鱼的网吧看看电影，然后写点影评。还买了一把二手古典木吉他，弹得指尖磨出了血泡，终于学会了那首袁毅曾经在电话里弹给我的《爱情之爱情》。

我的生活单调，按部就班，时间越多，我似乎就越能找到事儿做。

陈尽欢也回到了江城，他设计的内衣已经面向市场，在各大商场的专柜都占据了一席之地。我为他高兴。

时间真是最好的魔法师。他的状态和一年前判若两人。工作上的努力让他有了成就感，成就感让他自信了，自信让他从容了。

越来越觉得，现在的他才是真实的他。曾经，只是他戴的面具。

他公司离得远，却还坚持住在学校这边。若是不用加班，他下班后会来学校找我一起吃饭。

一开始，我们连朋友都不是，现在竟可以坐在一起吃饭。袁毅吃饭很快，风卷残云的。他却吃得慢，说小时候吃一顿饭经常要一个小时。肠胃不好，要嚼很久。

有时我在操场跑着步，他也会突然加入进来，跑一会儿就气喘吁吁："不行了不行了。"

有一个周末，我去充饭卡，他也跟着去了。人很多，要排队。本来是两个窗口，后来一个突然关了。在旁边窗口排队的人都气哼哼地去了后面排队，一个男生插在了我的前面。

本来是无所谓的事情，可是陈尽欢不干，一把把那人拽了出去。

那男生也不是善茬，开始骂人。我第一次见到那么会骂人的男生，眼看就要打起来的时候，我拽住了陈尽欢。

可是没用，他的腿已经踢了出去。没踢到，还想再上前的时候，我从后面抱住了他。

一切都发生得太快，这个抱的动作也太快，我几乎是没有犹豫。

只感觉他立刻安静了下来，然后结结实实地挨了那男生踢过来的一脚。

饭卡没充成，还被揍了，但出来的时候，他喜眉笑眼的。

"别多想，我只是觉得在人群中打架特别不好看。"我知道他为什么高兴。

"我有时真想缝住你的嘴，没见过比你更会泼冷水，更不解风情的女人了。"他很生气，但是笑着生气的。

看的书多了，想的东西也挺多。渐渐地，我开始越来越理解生命中的很多形态。总觉得无论是谁，每一个现在都有迹可循，每一个选择都值得原谅，每一个笑容都有温度，每一滴眼泪都很动情。

也越来越懂得，过去什么的，将来什么的，都只能想想。而当下才是最重要的，可以触摸得到的。

大三下学期参加了很多活动，宿舍还有过两次联谊。一次是和体院的一个宿舍一起去森林公园烧烤，一次是和地大的一个宿舍，在他们学校看恐龙化石展。

跟着宿舍里的姑娘们一起聚会，大家笑，我也笑。

在KTV唱歌的时候，我唱了《你的眼神》，唱得越来越好了。喝酒的时候，也不扭捏。最多的一次，是大家一起坐在草坪上，几个男生，几个女生，唱歌，背诗，聊电影，我喝了三罐啤酒，本来觉得还可以继续，谁知一个扭身就倒地不起。

小长假时跟着学校的徒步游社团去"风尘仆仆"了几天。躺在帐篷里看天窗外的夜色，云雾漫漫，疏星寥落，觉得天地真大，也美。还有什么不能化解的呢？一个人还是两个人，都不过是一日二十四个小时，一年三百六十五天。

甚至也有过要不然恋爱吧的打算。然而除了陈尽欢，并没有人追求我。感觉我的桃花运在前两年都用完了。

追求硕硕的男孩子们"前仆后继"，素梅也总有邀约，马艳琳的大长腿更是惊艳无数宅男。连晓春这样有主的，也被骚扰不断。

宿舍里的电话几乎没有找我的。找我的只有我爸，或者，我妈。

"知道为什么吗？"赶着去约会的硕硕一边刷着睫毛，一边跟我说，"你的眼睛里说着四个字：别靠近我。"

"有吗？"我挤到她旁边，跟她一起照镜子。

"你看！"硕硕把镜子让给了我，起身背包，"再加五个字儿：我心里有人。"

"你有读心术吧，这也能看出来？"我继续照着镜子，照了半天，也没照出个所以然。

大三暑期开始前，老师给了十几个去酒店实习的名额，我争取到了一个。暑假的时候，就没有回家，去上了一个月的班。

是一家四星级的度假村，培训一周后就上岗了。工作是前台接待，偶尔也要穿着旗袍做一下迎宾。开始时做得兴致勃勃，慢慢地就觉得天哪，如果不是为了一份实习报告，我一定不干了！我以后一定不来酒店上班！虽然客人大多是好的，但还是有人找茬，还是有人觉得自己是上帝。

老师说，服务行业就得有服务精神啊。服务精神是什么？微笑。无论什么时候，你都要微笑。

嗯。微笑。

陈尽欢来做了好几次上帝。

有一次我在做迎宾，他带了一个大相机，站在我旁边，比着V或者大笑着，让人拍了很多照片。我不能动，也不能推开他，还只能极具服务精神地微笑，感觉我本来像展览区雕塑一样庄严，却被他像猴子一样耍了。

还有一次，我休息，白天在宿舍补觉的时候，他几个连环call让我陪他去吃鱼丸。

他开一辆不知道从哪里借过来的车，一路上喋喋不休。去年他的作品上市，反响不错，正是踌躇满志。

“以后，我会注册自己的品牌，成立自己的公司。”

“哦。”

“品牌名字我都想好了，叫佳人慧美怎么样？”

“难听，俗气。”

“谁让你的名字那么俗气？”

“干吗用我的名字？”我可一点不念好。

“你是我的缪斯啊。想着要做漂亮的内衣给你穿，就有灵感和动力了。”

“呵呵，你还是做内衣给天下的女人吧，这样才会比较赚钱。”我打了个哈欠。

“你们宿舍几人间？”

“四人。”

“睡不好吧。你瞅瞅你那黑眼圈。”

“有吗？”我揉揉眼，“也不知道是谁破坏了我的睡眠。”

“往动物园一站，你就是国宝！”

“国宝多珍贵。”我掏出小镜子照了照。

和学校不一样，宿舍楼里，有男生住也有女生住。我们宿舍有个别的学校的姑娘，长得天仙一样，总有男生找她，聊个没完。我性格又怯懦，实在是没办法抹下脸来赶人出去，所以真的是每天睡眠不足。

“我不说话了，你睡一会儿吧。”他关掉了车里的音乐。

我竟然真的睡着了。睡得还很好，梦像套娃一样，让我一层接一层地深陷，不能出来。不知道过了多久，等我再睁眼的时候，天已经黑透了。

车子停在了一个湖边。大灯照着，陈尽欢正背朝湖坐着，身边一堆啤酒罐儿。

“不是去吃鱼丸吗？”我下车喊他。

“来，坐。”他拍拍旁边。

我坐了下去。湖水很腥，又是仲夏，蚊子也多，我不知道这有什么好坐的。

“回去吧。”我说。

“还疼吗？”他忽然问。

“什么？”那天我穿的凉鞋和七分裤。

“你睡着帮你脱鞋子的时候，看到了这个。”他的手伸过来，摩挲着我曾经烧伤的那个疤。

我挣脱开：“早好了。”都过去两年了，脚面早已长好，但脚踝下面靠近脚掌的位置因为被烧掉了皮，剪掉了真皮层，增生很多，露着粉色的肉。

他却又伸手过来一把握住，我差点被掀翻在地。

“你干什么？”我使劲地踢了过去，啤酒罐发出一阵倾倒声。

脚踝在他的手里却被握得更紧：“忘掉袁毅行吗？”

我沉默地瞪着他好一会儿，然后捂住了脸。

我从未有一天忘记过袁毅。每一天，当我醒来的时候，他的名字就在我的脑门上炸开。入眠之前，在一阵疼痛的战栗中，他的名字钻进我的胸口。我从未有一天忘记他。只是，随着时间的推移，他的名字在我心中跳跃的次数渐渐少了。之前每一次跳跃，都会带来的剧烈的疼痛，也慢慢地弱了。

附近有人在放烟花，有男生喊着女孩的名字说“我爱你”。

我能忘了袁毅吗？我，不确定。

回去的路上，我们谁也没有说话。我忘记了陈尽欢喝了多少啤酒，总之，在和一辆运电动车的大货车擦身而过的时候，我简直以为我见不到明天的太阳了。

“停车！”我冲着他大喊，眼泪也下来了，“我发誓我这辈子再也不会坐你的车了！”

车子靠边停，我下车来蹲在路边大哭，他懊丧地也蹲在一边，然后吐了。

实习终于要结束的那天，我收到一束花。卡片上写着莫名其妙的几个字：“你不适合做这个工作，考研吧。”

其实，我一直在思考工作还是考研的问题。但思来想去，也没提炼出什么精髓。觉得都好，也都不好。任何事情都有矛盾的双面，而无法两全。

可这个送花的旁观者，是谁呢？

玫瑰在不停地变为另一枝玫瑰，

你是云，是大海，是忘却，

你还是你失去了的那一部分。

——博尔赫斯

第三十章 /

我怕永不相见，也怕再次重逢

大四的课越发少了些。

就这么纠结着问了很多过来人后，我终于做出决定，不考研。但该考的证也差不多考完了，实习报告也已经拿到手，于是我开始找工作。

我找到一家信息科技公司的实习机会，因为专业限制，只能做一些打杂和整理的工作。带我的行政经理是个三十五岁上下的女士，我们都喊她黄姐。

黄姐单身、独立、工作时面面俱到，长得也好看，无论什么时候妆容都一丝不苟，并且她十分爱自己。午餐的时候，大家都是一份盒饭就解决了，但黄姐带的保温盒里，午餐总是丰盛的，从不亏待自己。

“一个人生活更要精致。

“人要为自己而活，钱当然也要为自己而花。

“任何时候，女人都只需要对一件事情负责，那就是自己的脸和身材。

“男人？男人只是挑夫、维修工、ATM机和床伴。

“孩子？我自己还是个宝宝呢。”

与她相处的那段时间，我每次看到她就满眼羡慕，这才叫单身贵族！我跟！

每天早早起床坐一个小时的公交车去公司，傍晚踩着晚霞回来，感觉很充实。

陈尽欢已经彻底变成了工作狂。周末的时候，他回学校来找我，总是电话不断，一个接着一个。也有很多女孩子找他，可以听到听筒里传出嗲嗲的声音。

看他跑一边去接电话，恍惚觉得看到的其实只是他的背影。

他走在他的路上，芳草萋萋，鸟语花香。虽然他会停下来回头看我笑，但我知道，他的目光始终在前面。

而我的，在后面。

他依然吐槽我的黑眼圈："你瞅你又威胁到国宝的地位了。要不然你就别上班了，我养你啊。"

听完笑笑就算了。

就这么到了下学期。

准备毕业论文的那段时间，我向公司请了假，每天在机房或者网吧里待着，挂着QQ。

有一次在QQ上，发现杨婷也在，犹豫了很久，跟她打了个招呼。好久都没有和她联系了，其实，我还挺想她的。不知道她和袁毅进展到哪里了？应该是一切顺遂的吧。

"嗨。"

"不是本人。"那边回复。

"你是哪位？"

"我和她一个宿舍。"那边回复。

"杨婷呢？还好吗？"

"你是她什么人啊？"

"好朋友……"我打了几个字，删去，重新打上，"高中同学。"

"她最近不太对劲，不知道是不是因为没考上研究生受刺激了，早出晚归的，作业也不交。前几天还和我们宿舍里的一个女孩打架了。"

我哑然，杨婷考研了？没考上？我竟不知道。她是有过一次打架的经历，但很难想象什么样的事儿会让她再次出手。更不知道这个杨婷宿舍的女孩是怀着一种什么样的心态在和我讲话。

"为什么打架啊？"

"因为鸡毛蒜皮的小事啊。她要睡觉，别人说话声音大了点儿，她从床上跳下来就打。"

“两个人都没事儿吧？”

“辅导员把另一个女孩调走了。”

“哦。那还好。”

“你认不认识一个叫袁毅的？”那边问。

“认识。”我答。

“杨婷说袁毅是她男朋友，但是我们都觉得她撒谎呢。两人从来没打过电话，杨婷打给他，他也不接。到底是怎么回事啊？”

“我不知道。”我不知道该怎么回答，杨婷和袁毅从来不打电话这件事也让我震惊。

“嗯。好吧。不是我说你的这个高中同学，她在我们宿舍人缘很差，都没人敢跟她说话了。并且她每天都要用我的电脑挂QQ，生怕那个袁毅什么的给她留言收不到。我也真是够了。QQ我先关了，你就当我没和你聊过吧。”那边匆匆下了。

我惝恍了好久。远离家乡到陌生的城市求学，大学四年里，宿舍就像家。无从想象，如果在家里，没有人敢跟自己说话，还被腹诽“撒谎、人缘差”会多么难熬。当年我和葛芸争执，她立刻走了。即便如此，在宿舍里，还是感觉到很长一段时间的低气压。杨婷在我的记忆里一直是温柔和善的，而让一个温柔和善的人变得暴躁，应该是发生了十分不好的事儿。

后来我打过两次电话，都没找到杨婷。她没有手机，只能打她宿舍的电话。一次是她不在，一次是被接电话的女孩不客气地挂断。

大概半个月后，我接到了彭兰阿姨打来的电话。在电话的另一端，是彭兰阿姨焦急略带哭腔的声音：“佳慧啊，婷婷和你联系了吗？我接到他们老师打来的电话，她已经两天不在宿舍住了，也没有去上课。”

“什么？”我震惊了，“她一直没有跟我联系啊，阿姨你现在在哪儿？”

“我在她们宿舍。她前天早上背着书包出门的，一直没有回来。”

“阿姨你别着急，家里有人在吗？她会不会出去散心，然后回家了？”

“她爸爸在家等消息，但婷婷并没有回去。”

“我知道了，我现在帮你打电话问。”

匆匆挂断电话后，我谁都没想到，只想到了袁毅。

虽然是有犹豫，但我还是打给了小黑，简单交代了一下事情的来龙去脉，小黑说：“不可能啊，袁毅和杨婷并没有谈过恋爱啊。所以他怎么可能是她的男朋友？”

“你那时不是说他有女朋友了吗？难道不是杨婷？”

“大姐，你思维发散太厉害了。我从没说过是杨婷啊。”

“不管怎么样，”我说，“你帮我问问他，杨婷是不是去找他了。”

小黑报出一串数字：“还是你自己问吧。”

在打出那个电话之前，我的整个人整颗心都是颤抖的。我努力了好几次，才把号码拨对，当那个熟悉的声音响起时，我竟然说不出一句“你好”出来。

“我是许佳慧。”我深吸了一口气，声音也是颤抖的，“杨婷有没有去找你？”

那边沉默了一下，终于说：“嗯，她来两天了。”

“她出去没有跟家里人说，现在家人找她找疯了。你能把地址给我吗？我让彭兰阿姨去接她。”

“好。”他说，挂断了电话。

很快一条短信发过来，是他在上海的工作地址，原来他没有读研，而是工作了。

我回了个“谢谢”，然后立刻打电话给彭兰阿姨，把袁毅的手机号码和地址都告诉了她。当天晚上彭兰阿姨就坐上了去上海的火车，第二天下午就带杨婷坐上了回家的火车。

“找到就好了，万幸。”接到彭兰阿姨的电话，我也轻轻地舒了一口气。

我对数字从来不感冒，但自从小黑告诉过我袁毅的新号码后，那些数字就再也没能从我的脑海里出去过。

我没有再拨打那个号码，也无须知道详情，但心还是被搅得乱乱的了。他去上海了。他好吗？他的女朋友应该是他的大学同学吧。现在还在一起吗？杨婷去找他，他女朋友会不会生气？

好想看看他现在的样子啊。不知道他工作忙不忙，累不累。有没有好好吃饭。他还踢球吗？是不是踢完了还是那样随便什么水都咕噜咕噜一饮而尽？

想了很多很多，又觉得自己太好笑了。我在干吗呢，能不能洒脱一点啊？

两天后，我再次接到了彭兰阿姨的电话：“怎么办啊佳慧，婷婷说她怀孕了！”

杨婷在我的记忆里是个漂亮但能抵得了诱惑，并时常把自尊自爱挂在嘴边的女孩子。但袁毅，如果是他，是他血气方刚的诱惑，她抵得了吗？

挂断彭兰阿姨的电话时，我整个人像再次跌进了黑洞，周遭黑暗一片，没有任何声音。

还记得，坐了好一会儿的我从食堂的餐桌前站起来时，腿都是软的。还记得马艳琳敲着桌子说：“许佳慧你刚打的饭，一口不吃吗？这么浪费！”身边都是人，但每个人的面孔都是虚幻的。世界失了颜色，一切都似是而非起来。我不知道自己是怎么走出食堂，又走到学校的湖边的。

“佳慧，我不好问，你能帮我问问袁毅到底是怎么回事吗？如果他真的做了什么，是必须要对婷婷负责的。”彭兰阿姨的话在我的耳边回响。

我在湖边坐了一会儿，终于拨出了那个萦绕在脑海再未忘记的号码。这次，我的声音是平静的。

“我是许佳慧。”

“我知道。”

“你和杨婷……”

“怎么了？”

“杨婷说她怀孕了。”

“我！许佳慧！”显然他也被惊到了。

“你有没有……”我说不出口，却还是说了，“如果孩子是你的，你要对她负责。”

“许佳慧你有没有脑子？你现在立刻到上海来，我给你调监控。她就住在我公司附近的宾馆里，两天，我连她的房间门都没有进过。我如果碰过她一下，我现在就死！”

电话挂断了。

片刻后，他又打过来了，我接起，听见他劈头盖脸的声音：“许佳慧，你到底怎么想的，我需要你安排恋爱的对象吗？我们分手后，杨婷来找我，说是你让她和我恋爱的。你有什么资格安排我和谁谈恋爱？你有什么资格总是把我和她捆绑在一起？我如果和她在一起了，你开心吗？”

“对不起，我并没有……”

“你来不来上海？你不来，我去找你，我给你看监控。我不会再给你编排我和她有什么的机会，连心里想想也不行！”

电话再次挂断。我呆若木鸡。虽然被他愤怒的咆哮吓到了，但心却像是被挤干净了水的海绵，从之前的沉重变得稍稍轻松了。

良久，我才打了个电话给彭兰阿姨，彭兰阿姨却不太相信袁毅，说了好多现在男孩子没有责任心的话。

可到底是怎么回事呢？为什么我会这样相信他呢？

周六，我起得很晚，下楼的时候在报刊亭的位置看到一个熟悉的身影。太久没见了，我甚至不敢相信自己的眼睛，直到他缓缓地转过身来看着我。

他来了，我以为他只是说一句气话，但是他竟真的来了。虽然表情是淡漠的，眉间是紧蹙的，但看到他的那一刻，我的心还是飞出了一只只的鸥鸟，它们在我的四周雀跃啾鸣，舞个不停。

然后我笑了，一种发自内心的喜悦让我无法控制自己笑了。

他看到我笑，脸竟然舒展了一些，不再那么凝重，像个报仇的死士。

但我比谁都清楚，他来这里不过是为了还他自己一个清白。

他背着厚重的电脑包，随我走到学校一个小花园的草坪上，席地而坐，拿出笔记本电脑，强行给我看他下载下来的监控视频。

几分钟后，我实在看不下去了。

“不用看。”我说，“我相信你。”

他怔了怔，大概对我的态度始料未及。沉默了片刻后，他合上了电脑，背上包扭头就走。

“我们一起吃个饭吧。”我对他喊。

“不吃。”他头都没回，脚步匆匆，身影渐渐消失在我的目力所及之处。

他刚刚坐过的地方，留下一个浅浅的草窝。我把手放上去，躺在旁边，呼吸着他残留的味道。这样也很好呢，能和他匆匆地见上一面。曾经无数次想过若我们重逢了，会怎么样，也许我会心痛得连看都不敢看他吧。可怎么也想不到，我会一直笑，一直笑，并且无法将目光从他的脸上移开。

他瘦了一些，似乎成熟了一些，没来得及刮的胡楂也很性感。他的每一个表情，都被我的眼睛拍成了照片，停留在脑海，赶也赶不走。

早知道就多看一会儿监控视频了，我想，他竟然走得那么急。

我就那么躺着，躺了很久很久。

风是轻的，阳光是柔的，那个人是好的，我的心是满的。

下午，我又接到了彭兰阿姨的电话：“佳慧，婷婷没有怀孕，她来例假了。”

“嗯，阿姨，也许是误会吧。”

“我发现婷婷有点不对劲，跟她学校请了假，准备带她去做个检查，你有时间就在网上多和她聊聊吧。她现在在上网。”

“好。”

挂断电话，我便去了网吧。上了QQ，果然看到杨婷在。我去跟她打招呼，她立刻回复我：“佳慧，我想你了。”

我们好久都没有这么亲密过了，原本想问她关于袁毅的事儿，却无法再开口了。

“你在干吗呢？”我问她。

“看电视剧。”

“什么电视剧啊？”

“《东京爱情故事》。”

想起我们躺在我家的沙发上熬夜看完《东京爱情故事》的情景。

“佳慧，我告诉你一个秘密吧。”过了一会儿，她跟我说。

“什么？”

“我怀孕了。”

怎么可能，刚才彭兰阿姨明明告诉我她来例假了。

“为什么这么肯定？”

“我就是知道啊。”

“可是你正在来例假啊。”

“你不懂，这是母体对孩子的感知。”

不好的预感开始膨胀：“杨婷，你在说什么啊？”

“我要当妈妈了。”

似乎能看到杨婷开心甜蜜的笑脸，而我的手已经抖得打不成字，眼泪也掉下来了。

彭兰阿姨带杨婷到处检查，辗转两个月，终于确定了杨婷的病：精神分裂症。

不知道是从哪里开始断层，学习压力、爱情失意、实习不被重视、考研败北、没有朋友？亦不知道什么是压垮她的最后一根稻草，她就这样成为了一个我从来不敢相信她可能成为的病人。

彭兰阿姨没有让她再回学校去。有时在网吧里，总能看到她在QQ上挂着。

她越来越像一个小孩子了。

“这个游戏好好玩。”她发来一个对对碰的网页小游戏链接。

“你喝过红酒吗？我没喝过，好喝吗？

“你谈过恋爱吗？我就没谈过。”

……

不，我不相信她病得有多严重。也许是想象和现实之间的差距，塞住了她脑海里的一个导管。从此她被封闭在天真蒙昧的世界里，不必再面对近乎残酷的现实落差。

五一放假的时候，我回了趟家去看杨婷。因为激素药物的原因，她胖了一大圈。接下来的一年里，她必须在家休息，不能断药，并且不能再受到任何刺激。她爸爸因为她的病已经申请内退，以后再也不会离家太久。

我和彭兰阿姨在客厅说话的时候，她就坐在她的房间，对着电脑玩泡泡堂。噗，放出一个屁。哄，又放出一个屁。似乎回复了儿童的天性，那么专注又那么认真。

外界的一切都不能影响到她游戏的乐趣。而她的床头却还是放着厚厚的考研书籍，每晚睡觉前都要翻一翻。她不记得了很多事情，袁毅的名字再没有提起。也许他在她的世界里，只是一句梦中的偈语，睡眠中会流连，醒来会怅惘，却记不得了内容。

她亲密地拉着我，就像我们之间曾经有过的芥蒂根本没有发生过一般。也许是因为她妈妈就在旁边，不玩游戏的时候，考研这件事，就被她一直挂在嘴边，像是一项必须完成的任务。

还记得彭兰阿姨抹着眼泪跟我说：“也许是我给她的压力太大了。她爸爸怪我，亲戚们也怪我，我也自责啊。可是我是希望她好啊，有哪个妈妈会去害自己的孩子呢？”

我安慰说：“她会好的，她一定会好的。”

而杨婷不知何时已经在旁边的沙发上睡着了。彭兰阿姨说，也许是药物的原因，她在哪儿都能睡着，并且睡得很香。

望向她安然入眠的样子，我心里的痛惜竟然少了一些。辛苦了那么久，借着一场病才换来的休息，请做个好梦吧。梦里没有压力，没有考试，没有不好的同学关系，也没有……袁毅。

我是后来才明白的，并不单单是彭兰阿姨给的压力让她变成这样，还有她自己的性格力量。求而不得，让她越来越跟自己过不去，也跟这个世界过不去。

一个人对自己最无能为力的地方，就是性格的养成。那是从出生时，就无法自控的历史遗留，那是父辈们一个个微笑赞誉，一声声叹息怒喝，一抔抔眼泪和一根根白发所孕育而成。

我无法改变自己的软弱、胆怯、患得患失，杨婷也无法改变她的好强、刻苦和不屈不挠。

性格，是我们心底最深处的执念。

每个人都带着这种执念走在一生的路上，获得一些际遇，做出一些选择。无数个偶然间做下的决定，无数件未经深虑的小事，组合起来，就是命运。

有时，我们对命运，真的，无可奈何。

在彭兰阿姨的拜托下，我没有把杨婷生病的事儿告诉任何人。

> “我无法了解你”的意思是说“我将永远无法知道你究竟是怎样看我的”。
>
> —— 罗兰 · 巴特

第三十一章 /

你曾温柔呼唤，而我恰有应答

回家看杨婷的那个五一假期，我和朱绾绾联系上了。约着一起吃了个饭，小姑娘一见到我就表情很严肃。

“怎么了你？”

“你不知道我妈把我骗回来干什么。”

“相亲？”

“是啊，你怎么知道？你也被相亲了吗？”

“我，我没有。”我忍不住笑。

“天哪，我才多大，就这么着急把我给嫁出去。你知道对方长什么样吗？”

“我又没见过，是不是貌似潘安？情如宋玉？才胜子建？”看她一直瞪我，便明白了，“看来不是……不过，长什么样儿真的很重要吗？”

“好吧，长什么样儿也许不重要。他也有点才华。法学研究生毕业，现在在咱们这儿的检察院工作。用我爸的话说，那叫一个前程似锦。但是你知道我爸还干什么了吗？我爸给了我一摞公务员考试的书，让我考警察！你说我一个学中文的，我考什么警察啊。”

“哇，检察官和警察好配哦。”

“去你的。我爸妈都安排好了我的下半生了，要找谁怎么打通关系，大概什么时候入职，大概什么时候订婚，大概什么时候结婚，大概什么时候给他们抱外孙。我的天哪，我的人生还是我自己的吗？”

“我觉得挺好的。偏安一隅，细水流年。”

“许佳慧，你就是幸灾乐祸。”她已经气死了。

“对不起，对不起。”我连忙道歉。

“我不管，你要陪我去上海参加招聘会。我要是找到工作了，打死不回来。”

“为什么去上海参加招聘会？学校那边不是就有吗？”

“我的心只属于繁华的大都会。”

“我考虑一下。”

提到上海，我没有想到任何定语，繁华也好，大都会也好，东方明珠也好，外滩也好，都没有。我只想到了袁毅。

与袁毅的那次告别后，我们再也没有联系。有一段时间，我着了魔一样，每天捧着手机，等着他打来一个电话，或者发来一条短信。也想过曾经收到的那束花，会不会是他送的？那卡片我一直收着，对比他的字，却怎么都不像是同一个人写的。

好几次想打电话问他，可就是下不了手。也很想问小黑他是否还和女朋友在一起，但想来想去，觉得就是多此一举。他不是那种轻易开始的人，一旦开始就很难放开了吧。除非他又被甩了。

可是谁又能甩他呢？除了……我吧。

但还是想去他现在的城市看一看，哪怕只是看一看。

在火车上，朱绾绾就分外活跃了。坐在我们对面的小男孩喊我们阿姨，她愣是给他洗了脑：“只能喊姐姐。你知道大灰狼吗？大灰狼的外号就是阿姨，你一喊阿姨，大灰狼就过来把你带走了。”

小男孩哇地哭了。他妈妈狠狠地瞪了朱绾绾一眼。

我也狠狠地瞪了她一眼。

可是人家心情好啊，一路简直就是唱着去的。在她看来，毕业后的模样，简直就是一片招架不住的春光灿烂。总之她人见人爱，车见车载，花见花开，所向披靡，战无不胜，一往无前。所有人都会为她打开一扇门，就算关上了门也会为她留一扇比门还大的窗。然后她终于功成名就，钱多得四开门冰箱都塞不下。这个时候，一个优秀到炸裂却沉默地爱着她的男子就会出现。她会扭捏一番，推却一番，然后有情人终成眷属，事业爱情双丰收。到时候，她就开着玛莎拉蒂，带着爱人回家去。她爸爸妈妈会为之前对她的“安排”而感到羞愧，而那个与她只有过一面之缘的检察官，坐在角落里偷看她，还在倾心地等着她……

我听得特别舒爽，感觉很不错。

“不愧是学中文的。”我佩服地竖起了大拇指。

“哼。”她骄傲地挺了挺胸。

可是一场招聘会下来，我们都不骄傲也不舒爽了。人山人海快挤成人肉饼就不用说了，眼睁睁看着一个前台接待的职位都收到上百份简历也让我震惊，更何况还看到无数简历看都没看就被扔进垃圾桶里的情形。

总之，站在会展中心的外面，我们面面相觑。

沉默了好一会儿，朱绾绾才说：“许佳慧，我们去吃肉吧。我一有压力就想吃肉。吃大排好吗？那种肉很多的，咬一口就特满足的。”

于是去吃肉。在路上，朱绾绾忽然说：“袁毅在上海吧，我们给他打电话一起吃吧。他不是买单王吗？我们还能省点钱。我觉得我现在有一种逃难的感觉了。”

“别别，我请你。吃多少都行。不过你怎么知道他在上海？”

“我是包打听啊。既然要来大都市，自然得先找几个熟人照应着。”她停下来，观察了我几秒钟，“你们都分了那么久了，还这么别扭，至于吗？”

我苦笑了一下，对自己一直不洒脱感觉无能为力。

在她拨出那个电话前，我紧张地拽住了她说：“别说我也在啊，否则他肯定不出来。”

她对我比出一个OK的手势，然后打了电话。

三十秒后，电话断了。

“他怎么说？”

“他说他忙，没时间。”

“哦。好吧。”虽然有点失望，但也有点轻松。

“他还说……”朱绾绾看了我一眼，很于心不忍的样子，“他还说，他女朋友等他回家喂饭。”

“那好吧，还是我给你喂饭吧。”好一会儿我才挤出了一个笑给她。

“咱俩互喂吧。你说什么女朋友啊这是，还得喂饭。这女的有病吧。丧失人格了？还是没有行动能力了？你说袁毅也是，我就是问有没有时间吃饭，干吗跟我说要喂女朋友饭啊。我都脸红了，真是没羞没臊啊。喂喂，他之前喂过你饭吗？”

看我没吭声，绾绾有些慌了：“我错了，佳慧。我自己打自己十巴掌。我们过来就是被虐的。你说我自虐也就行了，还拉你陪虐……我就不该让你陪我一起过来。”

“好啦，走吧。我们自己吃更舒服嘛。”

靠在出租车上，无法形容那感觉。每当知道他离我更远一些，我心里的难过似乎就少了一些，而身上的枷锁就轻了一些。

总之我笑了，越来越收不住的那种笑。

吓得朱绾绾死抓住我的手：“许佳慧，你别吓我，我们出门在外，人生地不熟的，你要挺住，挺住啊……”

我们在上海住了两个晚上，随便逛了逛，没有等到任何的电话。公司面试的电话没有，袁毅的电话也没有。

还记得分别时朱绾绾跟我说：“我不死心。我还会再来的。拿了毕业证，我就过来。”

“好。”我忍了忍，一句“我死心了”却没有说出口。

回到学校后，就是论文答辩。完成后，我回到那家公司继续我的实习期。

晓春根本无心工作，如果不出意外的话也许毕业后她就会和周志清结婚。再顺利一些，一年后我就可以做干妈了。

但意外来了。

是站在公司复印机前复印文件的时候，我接到她的电话的：“佳慧，你忙吗？能来医院陪我吗？”

“怎么了？”

“要切阑尾。”

“急性吗？怎么这么严重？”

“医生说要家属签字，你来签吧。”

“好，好，我现在就去。可是周志清呢？”

“你先过来吧。”

我立刻请假，打车去了那家医院。晓春已经办好了住院手续，护士正在为她量血压。

“怎么搞的？”

“疼了两天了，打针不管用，就来查了一下。”

“……你怎么这么能忍，阑尾可以疼死人的，真的穿孔了就要命了。”我深吸一口气。

“开始还以为是肠胃炎嘛。”她虚弱地笑笑。

我握住了她的手，问她：“现在好点了吗？”

“还是疼。”她说。

“周志清呢？”

“去上班了吧。他不知道。”

“他怎么会不知道？男朋友是怎么当的？”

“我们分手了。”

“分手？什么时候？”

“半个月前我提的，磨磨蹭蹭地闹了一周，他才搬出去。”

“为什么？他伤害你了吗？”

“有一句话叫毕业那天我们一起失恋，只不过我提前了点儿。”

“你少跟我贫。”

“可能是我对他的喜欢耗尽了吧。”晓春的声音淡淡的。

追问的话还没有问出来，一个护士来带她去手术室。

在手术室外面等的时候，我还是没能接受这已经发生的分手事件。喜欢真的会被耗尽吗？曾经有过的勇敢和真挚真的会淡去吗？为什么我却不能？

这，又怎么可以是他们的故事的结局？

半个小时后，医生举着托盘出来给我看那段肿得不成样子的盲肠，我捂着嘴哭了。

后来晓春说，她的爱情，就像盲肠之恋。发炎的时候疼得要死要活，可切除后，却一身轻松。

曾经她以为周志清是她生命里不可或缺的一部分，爱他，珍视他，他疼她更疼。也曾不止一次地想像很多人那样，以血肉之躯终身陪伴到永远。

可永远那样远。没人等得到永远，也没人参得透结局。

“我以前总以为，两个人生活在一起，会更了解对方，会更相爱，会像两只田鼠那样幸福地忙碌、追逐、永不放弃。却从不知道，原来生活在一起是消耗。先消耗掉喜欢，又消耗掉耐心，说服自己，接受落差，一次次，甘心了就彼此习惯，不甘心就彼此伤害。”

我躺在医院的陪护床上，拉着晓春的手，听她跟我讲。

“他对我很好，从未对我说过一句重话。吵架也大多是我开始。他要么关门就走，要么睡觉。他很少很少哄我。他甚至从不吃醋。小黑打电话，聊再久，他连眼皮都不翻一下。他不像个恋爱中的男孩子。恋爱中的人怎么可能会不吃醋呢？还记得袁毅那时候因为你去兼职冒着生命危险还来和你吵架呢。不吃醋只有一个原因，那就是他并不爱我。或者是他爱得并没有我那么多。就算有女生打电话给他问下作业，我也要刨根问底的。之前我以为，时间和习惯可以培养他对我的感情，可是后来我发现我错了。你进不到一个人的内心，怎么样努力地往里挤也挤不进去。”

“可是也许是性格原因呢？他并不善于表达啊。”我的安慰是如此无力。

“不对。他不是压抑自己的人。高中的时候，他不由分说就动手开打你不记得吗？真的，我和他分手一点都不伤心。他给过我几年的陪伴，不管是不是同床异梦，我都感激。因为我看到他的时候，就感觉很幸福啊。从来没有别的男生让我这样幸福过，也痛苦过。我因此感激他啊。可是我也会累，我也会有失望和绝望。虽然他并没有表示不愿意和我走一生，但如果让我一辈子都猜他，而他却无法回报我同样的坦诚，同样的热烈，我会觉得我这一生都太不值了。爱的付出应该是相互的。我不应该去喜欢不喜欢自己的人啊。我们应该只喜欢喜欢我们的人啊。我发誓，下一个男朋友一定会是喜欢我喜欢到不行的人。好了佳慧，不要哭了。我都不难过，你难过什么？”

对，也许我不该难过，我的晓春已经走出了困扰她整个青春的一场燎原之火。她原本热切地燃烧了自己，不管不顾地把自己推往一个渴望了太久也许会烧得更热的可能。但结果并不如人意。她会遇见一个真正对的人。她点火，他会帮忙添柴。她淋雨，他会替她撑伞。

“佳慧，这几年，你后悔和袁毅分手吗？”

“后悔。只是，你知道我想得更多的是什么吗？人人都说在最好的年华里应该有最好的遇见，我却不这么认为。我只希望那一年我们根本不认识。我愿意一直寻他，而不是有过他，又弄丢了他。”

晓春苦笑了下：“那你是还在等他吗？”

“也不是。我只是还没有喜欢上别的人。”我握了一下晓春的手，“还有，我正在努力啊晓春。我不想以后他想起我来，是个面目模糊的影子。我不想他想起我来，会因为我们曾经在一起过而感觉到不堪。我想变得优秀，有存在感。我想让他之后听到我的名字，会嘴角浮出笑意，有那么哪怕一点点的骄傲：这个人，我们在一起过。”

也许，不在一起，是爱情的另一种模式。是心碎的，也是隽永的。是无终止的回溯，也是不熄灭的渴望。

我们都爱过一场，像醉过一场。拥有了画意朦胧的整个夜晚，又迎来旗帜飘扬的全部白天。

青春，是一本太仓促的书。

——席慕蓉

第三十二章 /
没有青春不散场

我请了几天假，一直守在医院里。周志清打过几次电话，晓春却没有接，后来打给了我，我接了。

"你们俩怎么回事？"

"可能是我做得不够好吧。你现在在她身边吗？"

"对。她做了手术。"

"什么手术，为什么不告诉我？"

"急性阑尾炎。今天出院。"

感觉周志清沉默了有一万年，才缓缓说："在哪个医院？我去接你们。"

我看看晓春，她朝我摇摇手："别让他来。我不想让他看到我现在这个样子，我会脆弱，还觉得丢脸。"

可回到出租屋的时候，还是看到等在门口的周志清。他坐在楼梯台阶上，捂住头，抬头看我们时，眼睛通红。原本有的对他的质问，让我再无法开口。他沉默着站起身，一手接过我手里的东西，另一只手扶住了晓春。

晓春抿了抿嘴巴，什么都没说。

进屋后，看他轻车熟路地一件件规整东西，然后背过身去，肩膀耸动起来，我也开始难受。而晓春就沉默着坐在沙发上看他。我决定出门，把最后的收割对方的时间留给他们。

越理智的分手，其实越用力，也越疲惫。能说出口的时候，内心肯定已经有过无数次的推断。那些爱里的不甘心就像拿了一台粉碎机，将过往打得支离破碎。那些爱里的温柔又像拿了一支万能胶，将碎片粘连。

如此反复。

晓春很艰难，周志清也是。也许，他已经开始后悔，那些不知不觉的辜负，那些轻描淡写的对待，那些错过的该热烈的日子。可不管怎么样，痛苦地打破，总会迎来一个全新的格局。

在小区里的一家小甜品店里坐了一会儿，我给小黑打了个电话。小黑毕业后考了本校的研究生。我打给他的时候，他正跟导师在实验室做项目。

“还好吗？”

“不好啊，脑细胞死了一大片。问袁毅的事儿吗？”

“不是。给你打电话只能问他吗？”

“那是啊。你一共给我打过几个电话，哪一次不是问他。你要不问他，我都不习惯了。”

“那好吧，问他。”

“想知道什么？我知无不言。”

“随便说说呗。”

“其实我们联系不多。这家伙特别忙，狂加班。”

“嗯。”

“你想问他女朋友的事儿吗？毕业前他和一个大学同学在一起过，后来分手了。之后就一直没谈，现在有没有我倒是不清楚。俩月没联系了。你还惦记他呢？你和陈尽欢……”

“好吧，”我打断他，“其实我只是想告诉你，晓春和周志清分手了。”

“真的假的？什么时候？为什么？我震惊了。你等等啊，我找个地方喘口气儿，给我紧张了。哎哟我这小心脏……”

“具体为什么，我也说不清。我只能帮你到这里了。”

“好嘞好嘞，恩人呐。”

电话挂断后，我又坐了坐，感觉内心很平静，没有什么涟漪。

我回去的时候，周志清已经离开了。晓春还在沙发上坐着，我让她躺床上休息，她听话地躺了。不知道是不是睡着了，很久都没有动静。

在家休养了几天后，晓春就退掉了那个她住了两年多的房子。收拾东西时，还是收拾出很多周志清的东西。其中有一个画册，里面全是她亲手画的周志清。开始是他的背影，后来是他的侧脸，再后来，是他的正面，再再后来，是他转过身去。

“这个也给他吗？”我舍不得。

“给他啊，本来就是送他的礼物，我留着干吗。”

他的东西被放在一个纸箱子里，留在了屋角，我们离开后，才给他打了个电话让他来拿。连个照面都没打。我们出了小区，在马路上准备上出租车的时候，我看到把自行车骑得风驰电掣赶来的周志清。我想喊他一声，但晓春拉住了我，轻轻地说：“走吧。”

毕业了。

与高中毕业时的那种伤感和失落是完全不同的，高中时更多的是带着轻松和对未来的畅想与向往。但大学毕业的这种，却是沉重的。许是已经站在了青春的尾巴上，不仅告别了大学，更是告别了肆意，告别了任性，也告别了不管不顾的勇气。

生活学习了四年的大学校园，那些熟悉的教室、宿舍、图书馆，每一条路、每一棵树、每一块草地，会变成我们记忆里最温柔艳丽的那一抹，滋养着以后那些初心不忘的瞬间。

吃散伙饭，几乎每顿都有人哭。借着酒的微醺，把没能坦白的情愫一一发落，把芥蒂和埋怨也都抖开铺平。既然要走，就干干净净地走。我和葛芸也握手言和。葛芸后来的男朋友对她十分好，牵着她的手让她从陈尽欢给的阴霾中走出来，把她拽到自己的怀里，将美好一一呈现。

有一个暗恋素梅的男孩子，坐在素梅的旁边一直喝着酒，只跟她说了一句话：“你毕业后去哪儿？”

素梅说，深圳。

男孩便不再多说。素梅离校那天，在校门口遇见那个男孩子，拖着行李箱，车票上写着和素梅一样的目的地。

他和素梅一样，都是内敛且隐忍的人。之后很多年，他待在素梅的身边，不善言辞地照顾她，保护她，后来，他们结婚，生了一个大胖小子。

毕业典礼那天，我穿着学士服从校长手里接过了毕业证和学位证，和宿舍里的姑娘们一起拍了很多照片。

马艳琳新交的男朋友拿着大相机，给我们拍照。大家笑着闹着，尽情呼吸着校园里的每一缕空气，将它们深深地纳入肺腑、血液、我们的生命里，便让母校也在我们身上打下了烙印。拍完照，还完了学士服，从教学楼里出来，就看到等在一边的陈尽欢。那天是工作日，我没想到他能来，也没告诉他。

他西装革履的，还手持了一束鲜花。众目睽睽之下，他单膝下跪，把花递到我手里。宿舍里的姑娘们都尖叫了。他曾经非常不靠谱，但之后他对我，她们都觉得也许是真心。我有些尴尬，拽他起来，他借力轻轻搂了下我："恭喜你毕业……"

"感觉像是你替我完成了学业一样。"陈尽欢的语气带点百感交集。

"毕业就是失业。哪有你好。"

上次的实习工作，因为请假太多，黄姐也没保住我。所以，等一离校，我真的无处可去。

之前陈尽欢一直问我要去哪儿，我一直答不上来。其实去哪儿都不会留在江城。说是逃避他，其实没那么夸张，只是觉得不在一个城市了，对谁都好。

"要不要来我公司上班啊。我和老板聊了下，他说可以让你从行政工作做起。"走到在湖边的长椅边，我们坐下来，他小心翼翼地问起。中午大家一起吃的饭，他喝了点酒，上了脸，满面通红，说要吹风醒酒，再去上班。

"不了。我还是先回家，再做打算吧。"我拒绝了他的提议。

"我们真的不行？"他半开玩笑地问。

"是啊。不行。"

他揉了好一会儿脸才说话："那你先回家，考虑好了再说。我这一年是走不了，等再积累点经验和人脉，有了口碑，我就去找你。"

"别找我了。你就在这儿好好工作吧。"

"你怎么油盐不进啊。"

"油盐都进啊，不进没味儿。"

"哼……又伤我的心……简直不知道把你怎么办了……"

湖面上波光潋滟。风只能吹起湖面的涟漪，却量不出水深。

谁又能把谁怎么办呢？

挥挥手告别母校，在回家的火车上，晓春一直握着我的手，不时帮我擦擦眼泪，也擦擦自己的眼泪。

四年，多少看似波澜不惊的故事，在日后却在我们的内心风起云涌。

我对找工作的事一筹莫展，晓春已经在她妈妈的公司里入职，虽然她热情地拉我一起去，但我拒绝了。朱绾绾毕业了害怕被父母锁住，干脆没回来，拉着行李箱就杀去了大城市。

倒是有时间去看过几次杨婷。她忘记了太多事，记忆似乎从高中那里开始断了，而锁在了初中和之前。她说起很多初中时的事儿，哪个男生揪过她的小辫子，哪个老师特别偏爱她，哪个科目她学得特别好。她再也没提起过袁毅，说起晓春和周志清，也像在说不太相干的谁。高中和大学里发生的那些不开心的事儿，好像被她的潜意识刻意锁在了自己也看不见的暗黑匣子里。她能记起的，愿意记起的都是些温暖过自己让自己快乐的小事儿。

她的论文没有完成，所以也没有拿到毕业证。彭兰阿姨为她办理了休学，希望一年后，她康复了，一切都能回到正常的轨道上来。

2006年的就业压力很大，报纸上电视上总是看到诸如此类的新闻："三百五十万高校毕业生和四百万在校生，就业需求增长，市场吸纳需要时间。"

"自主创业的扶持政策相继出台。"

"X大毕业生竟立志养猪。"

"一边开奶茶店一边待业。"

……

总之我一看新闻，就忧虑焦躁。学校一般，又不愿意做本专业的工作，所以简历投了很多，却很少收到回复。但是北大青鸟和几大保险公司都主动热情地发来E-mail，欢迎我加入他们年薪百万的队伍。

"还是去找本专业的工作吧，走走看也行啊。你这样很任性呢。"我妈总是唠叨着。爸爸自然是喜欢我在家里的，不停地撺掇我考家乡的公务员，留在他身边，但我没同意。我的人生版图那么小，那么多地方没去过，那么多美好或者芜杂的人事没有经历过，真的很害怕一辈子都被这个生我养我的小城困住。

有两家北京的公司给我发来了面试通知书，和父母商量了后，我便一个人去了北京。

硕硕在北京和男朋友与人合租了房子。我去的时候，就和她一起挤了挤。硕硕的导游证已经挂靠在了旅行社，但活很少，她准备考北京市的英文导游证，做地陪带外团。她男朋友在一家银行上班，两人过起了柴米油盐同居的小日子。

两个面试我感觉发挥得都不太好，等了两天，基本确定没有了下文。在网吧里又投了几个简历出去，很是难过，就那么毫无目的地走着，竟走到了夜幕降临。在某个硕大的市政屏幕前，我停住了脚步。

正是世界杯期间，屏幕上齐达内在球场上奔跑的样子，让我恍惚。袁毅一定不会错过每一场球赛吧，我想，他在和谁一起看呢？就是在那天晚上，我接到了又一个面试电话，是安徽的一家电子科技公司。简单聊了下，当天晚上，我便买了火车票。

硕硕很希望我能留下来陪她。这么大的城市，老同学就像是亲人。送我走的时候，她很是不舍。

我安慰她："你会有新的朋友，也会有很棒的未来。现在通信这么发达，天各一方也没关系，我们每天都可以聊天啊。"

抱了抱她，我踏上了火车。我和陌生的安徽，就这样缔结了缘分。

弗利科技是一家新公司，虽然专业不对口，但因为我有过在电子科技公司实习的经历，他们愿意给我一个机会。但因为是创业公司，包括老板在内，员工不到十个人。而我的工作，依然只是打杂，行政、人事、后勤全担了。

那个老板，叫胡知山，他和袁毅是校友。因为这一份好感，我接受了这来之不易的第一份工作和第一份信任，租了个房子住了下来。虽然公司很小，工资也不多，但我真心很喜欢那里的工作氛围。老板没有架子，虽然不能保证他是每天第一个到办公室的，但他绝对是最后一个走的。所以，无论是谁加班，都能被他请吃饭。

我在那里第一次体会到了奋斗的意味。像是打了兴奋剂，全身的细胞一下都饱满了起来。虽然只是小打杂的，但看到大家的成绩，我特别满足与快乐。不忙的时候，就跟在老板后面问东问西，自发学习公司的业务，希望有一天也能脱离打杂的命运。

我妈怕我一个人会吃苦，说要来"视察"，被我好说歹说地哄住了。陈尽欢倒是很快来了一次，还记得，一进我的出租屋，他就气得疾走乱转。

小房子条件很差，没有空调，一台旧风扇摇摆着吹出的热风，让人烦躁不已。

那天下午我去公司加了会儿班，回家的时候，正看到他热火朝天地往外扔空调的大纸箱。他竟然给我的房间装了个空调。

合租的安徽女孩羡慕地跟我说："你男朋友真好，长得又帅。"

"他不是我男朋友。"我连忙摆手解释。

"嗯，我是个心甘情愿的备胎。"陈尽欢严肃地说。

送他回酒店的路上，他略带小心地对我说："空调是之前借你的钱买的，你不要觉得有压力啊。"

我笑笑："还是谢谢你。"

无法说清一个人在陌生城市里的感觉，虽然是孤独的，偶尔的深夜也会恐慌。可明明，又有些贪恋这感觉。好像，我就该过这样的日子。一个人静静地看时间流过，看那奔腾或潺潺的律动，在我身体上所留下的看不到的印迹。

多么奇妙啊，每一天的我，都是不同的我。

认识了很多新朋友，安徽的女孩们大多白净温婉，男孩们大方热情。我经常和他们一起吃饭、喝酒，收获一些感动和故事。

老友们虽然天各一方，但并不觉得遥远。我们在不同的城市，走在不同的路上，却保持亲密。听同一首歌，看同一场电影，读同一本书。打电话，聊QQ，每天分享，并不寂寞。

晓春被她妈妈带在身边熟悉家里的事业，作为一个"二世祖"，竟比打工仔还要战战兢兢。

周志清留在江城去了一家建筑公司，经常画图画到深夜，太晚了就睡在了办公室。

朱绾绾终于在繁华的大都市深圳，摇摇晃晃地站住。我介绍了她和素梅认识，两个人成了好闺密，经常一起吃饭拍照发给我看。

马艳琳回了青海，她男朋友没有跟过去，因为双方家人都无法接受，两人开始了艰难的也许不会有结果的异地恋。

硕硕考到了英文导游证，第一次接外国旅游团，却张口结舌地被自己糗哭。

小黑在追求晓春的路上，再次碰壁。他说暑假的时候，晓春答应和他在一起了三天，然后感觉还不如做朋友，所以，干脆还是做朋友吧。但小黑竟然收获了别的灵感，开始试着做游戏网站。

杨婷在康复，做了很多之前想做没机会做的事儿。去游乐场，拍艺术照，去海边旅行，看动漫。

陈尽欢的电话最多，偶尔也会跑过来。他升职了，越来越忙，应酬越来越多，灵感却越来越少，专心度也不太够。他隐隐觉得哪里不对，却又身不由己。并且追求者盛。有身材火辣的女孩，直接坐他腿上就解领带的。还记得那天他打电话埋怨我：“不行了，再没有一个女朋友压阵，就真的扛不住了。”

“扛不住你就上啊。”我真心实意地鼓励他。

“你跟谁学这么坏了？”气得他大吼。

袁毅。我没有袁毅的消息。可还是会想起他。坐车的时候，吃饭的时候，看到一些背影的时候，被梦惊醒的时候。

时间倏忽而过，公司里人来人又去，留下的始终是那么几个人。老板很艰难，也很昂扬。总之，他带着我们熬下来了。十个月后，公司终于接了大单，有了不错的前景，慢慢地开始壮大。我这个小打杂的，在庆祝会上，竟被送了百分之二的股份，作为不抛弃不放弃的奖励。

很感恩。

陈尽欢最后一次来安微，是小龙虾正盛的五月。带他去龙虾街吃饭的路上，他停在了一个蛋糕店的门前。

“蛋蛋，送我一个蛋糕吧。”

“好啊，你今天生日吗？”我推开了蛋糕店的门。

“不是今天，但很想吃。”

买完蛋糕去了龙虾店。虾很快上来了，我们开始吃。他似乎没什么胃口，又帮我剥虾。

自力更生的要求被拒绝后，我只好埋头苦吃。

“蛋蛋，你之前送过我一个蛋糕的。”他忽然说。

“怎么可能？”

“就知道你不记得了。”

“你一定是做梦了。”

他笑了好一会儿：“那行，既然说到做梦，我们就聊聊梦吧。”

“梦都是虚幻的，有什么好聊的。”

“我想跟你说说我做过的一个最长最好的梦。”他摘掉了剥虾的手套笑着看向我，“在那个梦里，不管怎么样，我们后来都在一起了。”

每当他说这种话，我就装作没听见，低头就着吸管喝了一口啤酒，咂巴咂巴嘴："味道不错。"

"你听我说嘛。"他帮我续上了酒，"我很努力地赚钱，买了一个房子，养了一只猫或者狗，还有很多孩子。要很多，要很热闹。每天早上，你还睡着，我去做好早餐，然后把你吻醒，再叫醒孩子们……"

"打住打住，再说我翻脸了啊。"我摘掉手套，起身准备去买单。

"你坐下。"他笑着拽下我，"我只说这一次还不行吗？我们吃了早餐，然后送孩子们去学校。我们各自去工作，当然你也可以不去工作，就在家等我们。一整天，又一整天，我很幸福又很努力地工作着。下班回家，孩子们扑向我，你给我一个拥抱。我们一起吃晚饭，然后一起看孩子写作业，谁调皮了我们就一个唱白脸儿，一个唱黑脸儿，罚他站墙角。如果孩子们让你生气了，我就揍他们。等他们都睡了，我们喝杯红酒，看个电影，然后上床相拥、缠绵……"

"别说了，你难道不记得葛芸也跟你有过这样的描述吗？"我是强忍着听他说了那么多，可实在听不下去了。

这个世界的一切得到都是要偿还的。你要偿还追逐，也要偿还心碎，要偿还等待，也要偿还分离。

"我错了。"他低下了头。我这才发现那天他看起来有点憔悴，胡子拉碴的，连头发也没怎么梳。

"为什么是我呢？"我又问了。

"为什么是你呢？我如果知道就好了。忽然间你就出现了，忽然间你就所向披靡了，谁都没有你的影子深。我错了。以前我觉得我没有错。想得到的，就去争取啊。但现在我才发现，有些东西，不是努力了争取了就能得到的。"

"好了，我明白了。"

"你真的想知道为什么，我现在就讲给你听。"

"不用了。"我起身就要走。原谅我没有勇气听他继续说下去了。

"我大概很长一段时间都不会找你了。"他的声音从身后传过来，"我有女朋友了。"

我怔了怔，回身看他。

千言万语，却只说出了一句"恭喜你"。

若我会见到你，事隔经年。

我如何贺你，以沉默，以眼泪。

—— 拜伦

第三十三章 /

有生之年，狭路遇见

大概就是从那天起，陈尽欢从我的世界里消失了。

很久之后的一个晚上，我梦见了他。在梦里，他开了一家动物园。熊猫馆里，挂着我的照片。我在假山上爬上爬下，抱着竹子啃叶子。很多人给我拍照片，我就比出V的手势。

我是笑着醒来的。

那是在盛夏的午夜。大概有老鼠从窗台外面经过，偶尔还有一两声蝉鸣。月光如水一般穿过窗帘的缝隙洒在床上，我辗转反侧在一片光影之间。我深刻地感觉到失落，大概就是在那一刻。习惯他的打扰是一个漫长的压抑的过程，习惯他的不再出现又像一场跋山涉水的探险。

我想起来很多事，那些与他的纠葛和碎片，不断地重组之后，他的面目也越来越清晰。曾经我觉得，他喜欢我，是他在为难我。那一刻我觉得，其实是我在为难他。因为一个无法与人言说的秘密，我们改变了原有的生命轨迹，然后以一种近乎惨烈的方式，互相陪伴了很长一段时间。

愤恨与感激，在那一刻互相抵消，我们和解。与无法回首的过去，也与看不见的未来。与自己，也与这个世界。

很长一段时间，内心也变得敏感。走在路上的时候，只觉得迎面而来的芸芸众生，是如此的相似，眼睛一样的倦怠或者热烈，姿态一样的挺拔或者摇摆。

我们都是陌生人。可我感激这种陌生的碰面。在公交车上没带零钱的时候，被谁好心的刷卡。给人让座后，收到一声腼腆的谢谢。偶尔的雨天，把伞也分享给走在旁边的人，哪怕只同行一段。给公司送快递的小哥倒一杯水。遇到为要五块钱而跪在路边的年轻人，就给他五块钱。还送过花给地下通道里抱着吉他唱歌的姑娘。

有时也会烦闷有无力感。不喜欢的追求者说的挑逗的话。办公室里喜欢聊八卦的女同事。下过雨的石板路上一脚踏错溅满鞋子的脏水。加班后已经关闭的电梯。出租屋里的蟑螂。合租女孩的男朋友。

与我合租的女孩在春天的时候交了个男朋友。夏天开始，那男孩来的夜晚就变得放肆。在一个尿急的凌晨，我去上厕所，洗手间里压抑的喘息和震动，让我站在门外手足无措，我竟连生气的底气都没有。于是就准备搬家，找了一个单身公寓，把陈尽欢送的空调也移了过去。

搬新家那天，几个相熟的同事在客厅里喝啤酒，我在阳台的栏杆上看到了一只蜗牛，它背着重重的壳，触角小心翼翼地伸长，探测着危险，也探测着甜蜜。

像我。

在蜗牛缩进壳里的时候，我靠在栏杆上给陈尽欢打了个电话，一个冷漠的女声告诉我说：您拨打的电话已关机。也许大多数时候，我们和蜗牛一样小心，但探测一无所得。没有危险，也没有甜蜜。

初秋，公司因为进了很多新人，老板咬咬牙决定换办公室，找地方的活儿当然派给了我。为了省钱，我就没找中介，在网上找了很多招租的广告后，就过去看。看了很多家，最后定下了K大附近的一座新写字楼。

那是六楼一个单元的整层，面积大概小三百平，价格有点高。和张姓房东聊了很久，需要年付的房租愣是给磨到了半年付。合同可以签五年，第三年接受阶梯性涨价。

“张先生，您要知道，弗利会发展得越来越好的，我保证将来等我们走后，这里的房租会因为弗利的名字而高涨呢。这是个福地。”我把公司手册递给了房东，恨不得把业绩都歌颂一遍。

“小姑娘，你这么卖力，老板给你奖金吗？”房东最终被打动了，很无奈地问我。

“老板的钱都用在技术和投资上了，现在没钱给我发奖金呢，请支持一下创业团队吧。”我给他鞠了个躬。他呵呵笑着，无奈地摇了摇头。

我给老板打了个电话，等他来拍板的时候，就和房东一起打扫了卫生，又把一盆之前留在房间里的死掉的发财树搬到楼下去。

太沉了，感觉腰都快断掉了。我气喘吁吁的，房东也气喘吁吁：“小姑娘力气挺大啊。”

大概是在那个朦胧的，汗迷住了眼睛的瞬间，我透过发财树枯黄的叶片缝隙，看到了一个熟悉的身影。他和一群人一起从停车场的位置过来，走进了办公楼里。虽然觉得不可思议，可还是跳起来追过去，电梯已经开始上行，停在了十八楼的位置，楼层指示屏上显示，那是一家新能源公司。

我愣怔了好久，怀疑自己可能是眼花了。怎么可能会在这里看到他呢?

房东看到我跑，也跟了过来：“怎么了？好像看到欠你钱的人了。”

“没有没有，认错人了。”一定是认错了，我想。

老板来后，当即就确定了租用。老板是个人精儿，很快就和房东攀上了关系，社交圈子转了六个人，就找到共同认识的那一位了。已经到了饭点儿，就拉着房东一起去了附近的一家韩国烤肉店吃饭。吃饭的地方座椅是那种高背的沙发椅，入座后，还没有点餐，我就听到身后传来一个很熟悉的声音。太像他的了，我整个人都僵住了。

“对，我们服务过很多家公司，五百强里有三十多家都是我们的合作伙伴。公司简介里都有的。

“核心技术专利当然还是我们的，但产品细节可以做出调整，等于量身定做。

“当然，谢谢您的信任，这个项目我会亲自带。

“不用费心，公司已经帮我订好了酒店。”

老板把菜单递过来要我点菜，我却只能摇着手不能说话，全部的注意力都被身后的声音扯去。

“嘿，许佳慧！”老板在我面前打了个响指，好像把我从被催眠的状态中叫醒一样。刹那，我才发现自己有多失态。

“哎。”我连忙回应。

“你招呼一下张老板，我去下洗手间。”

“好，好。”我抬头，迎上房东的笑脸。

“许小姐多大了？”

“二十四了。”

“有没有男朋友？”

“还没。”

“给你介绍个男朋友吧？听口音你不是本地人啊。小姑娘一个人在外面，挺不容易的。”

“不用不用。”我连连摆手，说话的时候，不知不觉就压低了声音。

几分钟后，我听见老板停在了身后的位置说：“哎，是方总啊，好久不见了，你也在这里吃饭啊？”

背后传来一阵寒暄。我一阵紧张，偷偷回头瞄了一眼，正好被老板抓住：“小许你过来，认识一下方总，回头去他们办公室看一下，借鉴一下怎么装修。”

我硬着头皮站了起来，走到老板身边，笑得有些僵硬。

老板显然不放过任何一个结交人脉的机会，开始发名片。我没有名片，就跟在后面，也伸出手：“你好，我是许佳慧。”

发到他的时候，老板问他：“您贵姓？”

他站起来，声音里带着很淡漠的笑意：“免贵，袁毅。”

“你好。”我伸出了手。

他握住了，轻轻地，职业化地，一触即离。

接着是一阵沾亲带故的结交，老板高了袁毅四届，并没有什么交集。

那天我没有化妆，也没有洗头。在那尴尬的几分钟里，我只觉得自己糗爆了。脸上一阵一阵地热，甚至有些眩晕，目力所及的一切都模糊得无法辨认。又像是迎接了一场突如其来的瓢泼大雨。心被淹没，每一个声音都是一颗豆大的雨滴，激荡起一圈又一圈的涟漪。

终于回到了座位上，我揉揉脸，开始机械地烤肉，把肉夹在各自的盘子里，添水，添蘸酱，递纸巾，招呼服务生换烤盘，重复上一轮的工作。

房东很热情地招呼我：“许小姐你也吃啊，我看你一口没吃呢。”

我僵硬地笑笑：“我减肥呢。”

“女孩子胖胖的比较好啊。身材哪有健康重要。”

我笑笑，夹了一块肉到我的餐盘里。

那是很大的一块肉，我刚塞进嘴巴里，老板就站了起来，原来方总他们那桌已经吃完要离开了。

老板热情地约了方总下次一起吃饭，然后十分操心地对我说：“小许，要不然你现在和方总他们一起去看看吧，然后尽快联系装修公司……方总没问题吧。车子坐得下吗？”

“没问题，没问题。”方总大概四十岁上下，很好说话的样子。

可怜我当时正嚼着肉，只好拼命地一口咽下去，拿包跟在了他们的后面。

多久没有见到袁毅了，他的背影，竟然有些陌生了。虽然他指尖的温度似乎还停留在我的掌心，可依然觉得像是在做梦。无数次想象过，我们若重逢，会是什么样的场景，哪知这偶遇如此让人猝不及防。百般滋味，却只觉三生有幸。

我们都坐在了车的后座上，中间隔了一个人，大概是副总，不停地问着袁毅一些工作上的事情，也打听一些业内的八卦。作为一个蹭车的人，我无须插话，只能看向窗外。

在车上，方总问：“许小姐要不然这样吧，我们把你送到公司楼下，你先自己上去看看。我跟前台文员打个电话，让她接待一下。袁工，我们呢就直接去工厂那边，现在这个时间点儿刚好，你觉得呢？”

“好的，我自己上去就行。”我说。

“嗯，先去工厂。”他说。

车子把我放在了办公楼下，很快掉头出去。我站在原地，心绪起伏难平。我们都用沉默回答了这次相遇的难题，不约而同。只是，连一句“好巧”都没说，是我的错。

方总公司的前台小姐叫陈晨，人非常漂亮nice，把之前找过的装修公司报价单都打印了一份给我。我感恩戴德地拿了。

坐公交车回公司的路上，我坐在了最后排，闭上了眼睛。车载电视上，正在播放的是陈奕迅的《十年》。我们的那次离开，只有泪流，没有享受，所以，大概也没办法“沦为朋友”。好想找个人说说话。

打给了晓春，但她挂掉了，回了条短信：“在开会。”

打给了朱绾绾，她也挂掉了，回了条短信：“开会呢。”

全世界的人都在开会吗？寂寞从心底油然而生。

到公司的时候，大家正在搬为了参加科技展会加印好的公司宣传手册。我把包斜挎在身上，也挽挽袖子开干。

小海是新来的应届毕业生，白面书生，手无缚鸡之力，一次拿得只有我一半多，还在旁边啰唆："佳慧姐，没想到你这么孔武有力。我好崇拜你。"

一个人生活了一年多，从超市回来，一手五升的油，一手十斤的米，再加一大兜别的，轻松上楼不是事儿。力气都是练出来的，体力劳动可以缓解下内心的波动嘛，所以我干得分外起劲儿。干完了，我坐在办公桌前发了好一会儿呆。

"振作！"我握了握拳头，抓了抓该洗的头发，开始对比装修公司的报价单，然后打电话约了两家明天过去看现场。

电脑上，小海发过来QQ："佳慧姐，其实，我刚才就想跟你说了。估计你自己也不知道，你衬衣肩袖那儿开线了。"

什么时候开的？我立刻跳了起来，冲进了洗手间。照到镜子的那一刻，真的是死的心都有了。我坐在车上扭头看窗外的时候，如果袁毅看了我，绝对就看到了那丑陋的开线……

下班，心灰意冷地回家，一直在想要不要给袁毅打个电话。他来到这里，我总该尽一下地主之谊。但看他白天沉默的样子，似乎也并不想和我重聚什么的。我就这么拿着手机左思右想地犹豫着，不知不觉竟然拨了他的号码。

"你好？"听筒的那一边传来他的声音。

"啊。"我吓了一跳，连忙摁摁摁挂断了电话。

天哪，我在干吗啊。我真是……手机被我扔在了床上，我捂着头蹲下，等了好一会儿，他并没有回拨过来。

去洗澡。开线的衬衣简直就是耻辱的见证，被我扔进了垃圾桶。洗完出来就是翻衣柜。所有的衣服都被我拿出来，仔细检查，做好搭配。还是觉得不满意，干脆冲出门去shopping。

一晚上买买买，买了三套衣服、两双鞋子，才似乎找回了点儿底气。只是下个月还卡债，还是得哭。

当然是睡不着的。不知道看了多少回手机。十一点多，给晓春打电话（想看看手机是不是坏掉了），她正在和约会对象看电影，特意跑出来接。聊了三句，我就说了再见，怕别的电话打不进来。她气得发短信骂我："无聊症患者。"

大概十二点的时候，我的手机终于响了，屏幕上袁毅的名字跳跃着，我条件反射一样地立刻接了。

一声“喂”之后，听见他问：“许佳慧，是你吗？”

“是我……”

“刚才为什么打过来又挂掉？”

“哦，我手机突然没电了。”我随口扯谎。

“是吗？”他好像笑了。

“不是……”我又诚实了。

“没想到能遇见你。”停了一停，他说。

“嗯。”

“我来这边出差的。”

“嗯。”

“今天太忙了，我刚吃完饭，回到酒店。明天……”

我等着他继续说，可是他沉默了。难捱地沉默五秒钟之后，我深吸了一口气，终于像个正常的地主了：“明天，我请你吃饭吧，我请你吃安徽这边的臭鳜鱼。还有个地方专门做鱼的嘴巴，味道很好……或者，你想吃什么？”

“好，那明天见。”

“嗯。”

电话挂了。像刚打完了一场疲惫的战役，我把头埋在了枕头底下。

一晚上都在辗转反侧。六点钟就爬起来去洗澡，洗头发，做面膜，化妆。化妆技术太一般，洗了两回脸，才稍微满意一点点。

吹头发，把刘海吹卷，好像太卷了点，又捋直，反复地弄。换上昨天新买的衣服，开衫，长裙，细高跟，检查了好几遍，确保绝对没有地方开线。

出门前，对着镜子深呼吸，细细研究微笑时嘴角应有的弧度。

可颓丧的感觉，是出门后，在电梯里的时候忽然间出现的。袁毅，他见过我最丑陋的睡姿，也见过我最无助无理取闹的样子。我们甚至差一点赤裸相见。可现在，我满身伪装，等着去见一个早已把我看透的人，真的，有点可笑吧。

要是爱你爱得少些，话就可以说得多些了。

—— 简·奥斯汀

第三十四章 /
爱人的窄门

一到公司，小海就喊住了我：“佳慧姐，我妈昨天熬了老母鸡汤，我给你带了一碗，放你座位上了，你悄悄喝啊。”

“哎呀，感谢阿姨也感谢你。”小海最近十分热衷带吃的给我，无以回报，只好对他十分的宽容，所以喊我姐这种事儿，我也忍了。

忙了一会儿，老板喊我去他办公室，把新办公室的钥匙给了我，交待我在预算内全权负责装修的事儿。我点头说好。

他看着我忽然就笑了：“许佳慧，你今天有点不一样。”

“啊？”

“很隆重。是不是有约会？”

“是啊。”我笑着关好了门。

重新对了一遍原本做好的科技会展策划案。和装修公司约定时间前一个小时，我从公司出门。

坐公交车摇摇晃晃的时候，看着窗玻璃上映出的自己的影子，觉得虚幻又不真实。整个人都处在难以形容的亢奋状态，笑像是波浪，随着心绪的摇摆，落下来，又翻上去。

到了地方，先后见了两家装修公司，忙完已经中午了。犹豫了一会儿，给袁毅打了个电话。

他还在工厂那边测试，回来估计要到下午了，我们又约了晚上。

下午回公司，坐在电脑前，眼皮总是打架。似乎在倦怠中，波动的心也慢慢地平静了下来。

竟忘了喝老母鸡汤，下班的时候，把保温饭盒还给小海时，他很不高兴。

“你猜鸡汤里有什么？”

“鸡肉？”

“答对了，但还有一点什么？”

“你妈妈的爱？”

“又答对了。那你不喝？”

“喝。”我打开饭盒一口气喝完，又吃掉肉，嗯，小海妈妈的爱有点咸。

“周末去我家吃饭吧。”

“好。”

“答应这么快？”

“吃人家的嘴软嘛……”我呵呵笑着，和他一起进了电梯。

“我妈最喜欢有力气又爱干活的女孩子了，比我大一点的更喜欢。”小海在电梯里说。

“为什么？”

“她身体弱，小时候没有洗衣机，我们家衣服都是周末时我姑姑去我家洗。”

“呃，你爸不洗吗？”

“我爸是男人，怎么可能洗？你喜欢洗衣服吗？”

“不喜欢。不过，小海，你是在帮你妈选儿媳妇吗？”

“啊？女孩子不要这么直白！”

“不好意思啊，你告诉阿姨，我有喜欢的人了。”

“谁啊？你不一直单身吗？”

“我现在去见他。”

“白给你喝母鸡汤了。”

“我没白喝，你看我多真诚啊，什么都跟你说了。这事儿一般人我不告诉他。”

“好吧。我现在觉得我妈应该不喜欢你了，周末你别来了。”

“太好了。我松了一口气。”

“唉，我也松了一口气。”

我们俩说笑着走出了电梯。直到独自走到公交站牌那儿，我才深深吸一口气。现在，我要去见我喜欢的人了，一身是胆，甲胄齐全。

等公交车的时候，我又打了个电话给袁毅，他低声说在方总的公司讨论事情，还得一会儿。

于是我便决定去那边等他。作为一个“地主”，我总得用十足的热情做好招待不是吗?

我在楼下等了好一会儿，决定鼓起勇气上楼去，打着再参观一次办公室的旗号。

陈晨不在座位上，办公室里只有几个员工在加班，会议室里有灯光和讨论声。袁毅的声音，低低地隐在其中。

“请问您找谁？”一个戴眼镜的男生站起来问我。

“我找陈晨。”感觉自己贸然走进去，也许唐突了。

“她下班了。”

“好的，谢谢你。”

于是站在走廊上等了一会儿，夜幕降下来的时候，才看见袁毅几个人说着话从办公室里往外走。霎时，我又觉得自己站在那儿并不体面，如果方总问起，我该怎么回答？于是又灰溜溜地躲在了货梯的那一边。

所以我站在货梯那边的时候，他们站在客梯的位置是看不到我的。

我听到袁毅和他们道了别，婉拒了晚上又一轮的吃喝玩乐安排，然后进了电梯。

我也连忙摁下了货梯，希望能和他一起到楼下，再假装一次偶遇。

可谁也想不到，电梯竟然半途中停了下来。

再抬头看，只看见一张写着提示的贴纸：“货梯每晚七点关闭。”

刚看完那几个字，电梯灯也灭了，我站在一片黑暗之中欲哭无泪。

拿出手机来，摁了报警铃，却没有人回答我。只好借着残存的一格信号给袁毅打电话，解释了一通，他说马上去找保安，然后又说：“别怕。我就在楼下。”

电话断了。

结果折腾了十几分钟，我才从电梯里出来。

电梯门打开的那个瞬间，就看见他站在门口一副哭笑不得的样子。而保安一脸严肃地批评和我自我批评好一会儿后，我们总算出了办公楼。

“你……”他看着我，想说什么，停住了。

“走吧。”我笑笑说。

“怕了吗？”他问。

“不怕。”

“不太信。”

“真的……我胆子大。”我嘻嘻笑着。

“这么多年一点没长进啊你。”他很无奈的样子。

我不好意思地笑笑，吐吐舌头。

我们并肩走，等车的时候，就彼此笑笑，连寒暄的话也说不出来。

他突然喊我说：“许佳慧，你今天给我打了两个电话。”

“嗯。是啊。”

“还来等我。”

“肚子饿，来接你可以早点吃。”我信口开河。然而母鸡汤威力很大，在等他的时候，我其实已打过几个饱嗝了。

“也不算没有长进。”他的笑，从唇角荡漾开了。

“想吃什么？”我有点不好意思，连忙转移话题。

“不是肚子饿吗？去吃你喜欢的。”

“我什么都喜欢。”

一不留神，又打了一个嗝。丢脸。

他笑得深了些：“那我们随便吃点吧。”顿一顿又说，“找个安静的地方。”

于是找了个安静的地方。真的很安静，因为店里只有我们两个客人。

坐下来放包的时候，我又悄悄地深吸一口气。好吧，安静的地方就是要聊天，聊吧，我就兵来将挡，水来土掩，见招拆招，无招胜有招了。

“这几年怎么样？”他问我。

“就这样呗。”

“为什么来安徽？”

“缘分吧。”

“我知道你去上海参加过招聘会。”

“是吗？”

“偶然知道的。”

“哦。”我沉默了一下。

“然后我出国了一段时间。”他接着说。

“去哪儿了？”

“公司在美国的总部。快一年了，回来后就一直忙。”

“嗯。”

“别嗯了，说说你自己。”

“我，我就这样呗。没什么大志，就是混日子。在这边也挺好的。”

菜上来了，怪不得没什么客人，完全就是很难吃。果然，他吃得很少。

我这“地主之谊”实在是尽得不怎么样，不好意思地问他：“要不然我们找个好地方再吃第二轮吧。”

“不用再吃了，但还是可以第二轮。”

“你累不累，要不要早点回去睡觉。”

“累。但不想回去睡觉？”

“那……”

“去哪儿都行，去你家也可以。”

“去我家？”

“不敢？藏着男青年？”

“没有。走吧。”我挤出一个笑给他。

于是，和他一起打车回家。坐上车后，他就接了一个很长的电话，大概是同事打来的。

到了地方，他又立刻打开笔记本接了网线，开始视频会议。

我给他倒了杯水，坐在沙发上等他。水凉了，又重新换了一杯。那会一开就是一个小时，之后，他又埋头噼里啪啦地忙了好一会儿。

等他的时候，我不知道该做什么。我不能打开电视，不能去洗澡，也不能拖地。连脚步都是轻轻的，怕打扰到他。

我看着他认真工作的样子，在我的房间里，觉得特别不真实。阳台上有风吹过来，茶几上的杂志被掀翻了页。

风声，他打字的声音，我的心跳声。除此之外，世界归于沉寂。

然后，他终于忙完了，对我不好意思地笑笑：“等烦了吗？”

“没有。”我也笑笑。

他这才有时间在我的屋子里打量一番，淡淡说：“真的是一个人住啊。”

“让你失望了，真的没有男青年。”

“呵。”他笑。

“你什么时候走啊？”

“明天下午的车。”

“女朋友是不是不喜欢你出差啊。”

“当然不喜欢了。”

“那你在国外的时候……”

“但她脾气比较好。”

“真好。”我挤出一个笑。他的衬衫那样白净，领带也配得恰到好处。我在试探什么呢？

越来越觉得尴尬，还不如让他一直忙下去呢。看了下手机，已经快十一点了。他坐在电脑椅上，我坐在沙发上，两个人默默无言地坐了一会儿。

然后他终于说：“不早了，我先回去了。竟然来你这儿加班来了。”

“好的，早点回去休息吧。”我起身送他。

送他下楼，在电梯里，依然是难忍的尴尬和沉默。重逢的喜悦最后变成这样，我也始料未及。就算心中汹涌，也还是到此为止吧。不去打扰他现在平静的幸福，是我能做的最后的事了吧。我默默地想着。

等出租车的时候，我们中间隔了一米的距离。他背着电脑包，很疲惫的样子，问我：“你喜欢这里吗？”

“还不错，正在慢慢习惯。”我扭头对他说。

他点点头，一脚一脚地踢着马路牙子。

初秋的桂花香，在空气中飘散。我鼻子开始发酸，不能控制自己望向他的眼睛。直到他也转身看向我，然后朝我走来。

他望向我，手伸到我的眉心前停住，到底还是没有触碰：“这几年，你皱眉太多了吧，都有纹了。”

“有吗？”我努力地睁大眼睛，舒展眉心，对他笑笑，眼泪却在那一刻溢出了眼眶。

“对不起。”我用手背擦掉眼泪，转过身去，“风好大。”

片刻后，他靠了过来，抱住了我，似乎很轻，又似乎很重。

我听到他擂鼓一样的心跳和低低的声音:“许佳慧,我们真的很久没见了。”

“嗯。”我说。

还好车来了，他放开我，说：“我走了。”

看着他上车，等车影终于消失在车流里，我这才忍不住，泪如决堤之水。

在我被货梯困住的那十分钟里，我蹲在伸手不见五指的角落，拿着手机给他写短信。每敲出一个字，似乎恐惧就浅了一些，遗憾也浅了一些。

“袁毅，能见到你，我真的很高兴。上一次这么高兴的时候，还是大四那年见到你的时候。

“我们还有可能吗？不问将来，也不管过去的那种可能。

“我忘不了你。是庸人自扰吧。

“我一直在等你。像自欺欺人吧。

“如果我们可以重新在一起，我会把之前对你的所有亏欠一一偿还。不，会给你更多，更多。

“好想回追你一次啊,如果你没有女朋友的话。不知道还有这个机会吗……”

……

六条短信，全部留在了草稿箱里没有发送，像是又一场告别。

第二天他走,我没有打电话给他。快下班的时候,收到了他的短信:“我上车了。”

“好，一路顺风。”我回。

几天后，装修效果图出来了，我拿给老板看。老板却扫了一眼就递给我：“随便，你定。”

“我定？”

“是啊，你看着办。”

“好吧。”我将信将疑地走出办公室，忽然有了一种可以独当一面只手遮天的澎湃感。

觉得其中一个比较好，就又约了装修公司的人见面。在咖啡馆坐着，他给我递过来两份报价单，其中一份价格高出来几万，但用料什么的完全相同。

“许小姐，咱们就明说吧。真的很感谢你欣赏我的设计。业内都是这样，对公作业和对私人客户是不一样的，多出来的那几万，是我们公司给您的回扣，不多，当然也可以再商量，我们下次还好继续合作。”

“好。”我不动声色地把两份报价单都收了起来。

第二天去找老板，把两份报价单都给他看了。

老板敲着桌子，哒哒哒，好一会儿才说："许佳慧，你是真傻啊。"

"啊？我这么做不对吗？"

"对。很对。所以我才这么放心你啊。"顿一顿，他又说，"我想在上海做点产品的宣传广告，找不到合适的公司去运作。在谈的有几个，要不然你跑一趟吧，了解一下那边的情况和公司资质。展会和装修的事情呢，就先交给别人跟。估计要在那边待几天，让小海和你一起去。"

"出差？我不想去。"偶尔我胆子肥，也是敢对老板说不的。

"推广工作油水更多好吧，别人我能放心吗？"

"那我要加工资。"

"好，给你加。"

"少于一千不行。"

"给你加一千一。"

抠门老板倒真的给我加了一千一。

我终于有名片了。看着名片上自己的职位和名字，弗利科技推广部经理，英文名字Joanna Xu，可把我美死了。

小海问发名片给我的前台小妹："这什么时候成立的推广部？"

小妹说："三天前，老板说的，让我给佳慧姐印个名片，就这么写。"

"请喊我Joanna或者许经理。咯咯。"我挺了挺胸。

小妹和小海都撇了撇嘴，一前一后地离开了我的座位。

准备周日下午出发，在这之前，我和几家上海的广告公司做了对接，也狠啃了几本书，参考了很多同类产品的广告模式。对于上海之行还挺期待的。

当然，也有小小的纠结。

袁毅上次走后已有半个月，一直没有再来安徽。要不要联系他呢？还是算了，他女朋友会不高兴吧。

但匪夷所思的是，我和小海一上动车，就遇见了同一车厢的方总和他的同事。

寒暄之后才知道，方总要去上海袁毅的公司继续讨论工厂定制的智能装配手臂。还好座位离得远，总之我捶了半天胸口，然后有了一种强烈又微妙的预感。

出火车站的时候，果然看到袁毅在接站，看到我他似乎也吃了一惊。然后他低头和方总说了什么，走过来问我："订酒店了吗？"

“没有呢。”

“那跟我走吧。”

“不用了，我们打车就行。”

“走吧。”他拉起了我的行李箱。我只好跟在了后面，小海跟在我身后问：“谁啊这是？”

“老同学。”

“这么巧啊。”

“这就是命运。”我小声说，表面上波澜不惊，心中却在大浪滔天。

坐上车后，我一直没怎么说话。小海又悄声问我：“你社交恐惧症犯了？”

“嗯。”我点点头，看向了窗外。

袁毅开着车，戴着蓝牙耳机，不断地有电话打给他，感觉就是超级忙的样子。

“这个摘了吧。”小海轻轻从我头发上抽掉了绾头发用的一次性筷子。

在车上时，感觉特别热。小海带的卤菜里配了几双一次性筷子，我就随手拿了一支把头发绾了起来，下车的时候竟然忘了。

车子停在一家酒店门前，下车后，袁毅跟我要身份证。

“我们不住这儿吧。预算不够。”小海先说话了。

“她就住这儿。”袁毅的口气有点生硬又不容拒绝，“你要住的话，就把身份证也给我。”

我只好转身对小海说：“预算不够我来添，你把身份证也给他吧。”

“你这同学可真够跩的啊。”和小海进了酒店大厅，看着办入住手续的袁毅时，他很不忿儿地说。

我做出一个苦笑的表情。

袁毅把房卡送过来：“今天晚上公司要安排招待，所以我没办法陪你吃饭了。这几天可能比较忙。你什么时候走？”

“还不确定，得一周吧。”

“好，那我抽时间给你打电话。”

“嗯。”

在酒店的大床上，我不断地躺倒又抓着头发坐起来：“苍天啊，为什么？”

晚一点，小海来敲门，要我和他一起夜游上海滩。

快算了吧。我心想，一天下来，明明不是坐着就是坐着，可还是觉得骨头都要散架了，并且脑子也似乎不太好使。

但小海不依，说大好光景不可辜负，走过路过不能错过，并且还得吃饭呢不是，我只好和他一道出了门。

不过，坐在外滩吹吹江风也不错。心头的那团乱糟糟的纠结线，慢慢地似乎清楚了些。

“佳……哦，Joanna Xu，我们各自交代交代情史吧。你那个喜欢的人……”小海似乎很有倾诉欲。

“没什么情史，就一段恋爱，我是过错方，然后分了手。我那个喜欢的人，是我的前任。”我简单地说。

“你太不真诚了，你应该像我这样讲。”小海滔滔不绝地说起来，从幼儿园偷看女孩上厕所开始，到小学因为一朵小红花和女孩子打架，再到初中狂追校花被暴揍，高中时为心目中的女神写情诗，大学里爱上和自己一起组乐队的女主唱，荒废了学业，一度想做流浪歌手……毕业后相亲找媳妇儿被他妈妈提上日程之类的……

我听得目瞪口呆，只好双手作揖：“失敬失敬！”

很晚才回去，刚进酒店，就被前台服务员喊住：“2233的许女士是吗？刚才有位先生为你留下了东西。”

一个很古朴的小盒子，打开，是银的木的景泰蓝的长长短短十几根簪子，还有一张字条：“以后别用一次性筷子弄你那头发了。”

熟悉的字，熟悉的口吻。

我捧着盒子问服务员：“他人呢？什么时候走的？”

“半个小时前。”

我只觉得心像是被什么攥紧了，而大脑一阵轰鸣。

恋爱最珍贵的纪念物，是你留在我身上的，

如同河流留给地形的，那些你对我造成的改变。

—— 蔡康永

第三十五章 /

猜心

上楼的时候，小海很严肃地问我："袁毅就是你那个前任？"

"嗯，是。"

"分手多久了？"

"四年。"

"为什么分的？"

我笑笑，我不会说那理由是多么的荒唐可笑。

"有句老话叫好马不吃回头草。"他泼冷水。

我没再说话。只觉得胸口很满很满，一切都好像不一样了。在我渴慕的火快要熄灭的时候，那些簪子，就像是助燃剂，让火重新烧了起来，甚至比之前更盛。我想任性，想挣扎，想拼尽力气。不愿听任何劝告，甚至也不求任何支持。

久久无法入眠，思来想去后，给袁毅发了条短信："东西我收到了，谢谢你。"

他回："好，早点睡。"

之后，我坐在床上摆弄着那些簪子，把每一个都试了一遍。每一个都那样好，恰恰好。

还是睡不着，就给晓春打电话。女强人最近忙得晨昏颠倒，大概刚睡着：

“你知道现在几点钟吗？我昨天只睡了三个小时。你再打过来我分分钟削你啊。”

吓得我赶紧挂断了电话。

好吧，那个晚上，我睡了连三个小时都没有。可第二天起来的时候，却是精神抖擞的。多好啊，我们在同一个城市，在同一片天空下。

一天跑了两家公司，晚上盛情难却地和其中一家的负责人一起吃了饭。

回到酒店也很晚了。

大厅里，看到袁毅。他靠在沙发上，闭着眼睛，像是睡着了。

我让小海先上楼去，然后轻手轻脚地坐在了他的对面。

就这样看着他，觉得很新奇。他的鼻子是这样的，嘴角是这样的。太阳穴的位置有一颗小小的痣。和记忆里的似乎一样，但又似乎不一样。真的是太久没见了。这样认真地观察他好一会儿，心中的甜和痛像在赛跑，争先恐后地一阵阵袭来。

直到他轻轻出声：“看够了吗？”

吓得我立刻坐正：“你醒了。”

“我就没睡着。”

“呃……”

“送方总他们回来，有点累，就在这儿休息一下。”

“哦。”我还以为在等我呢。

“我明天一早和他们一起去安徽，周末回来。”

“好的。”

“你不要回安徽那么快，就在这儿等着我。”

“……嗯。”虽然想知道为什么，但更想听话地点头。

“你上楼休息吧。我坐一坐就走。”

“好。”嘴上说着好，屁股却动不了。

他闭上眼睛又睁开，笑从嘴角蔓延开来：“感觉像在做梦。”

“什么？”

“你还是快上去吧，别打扰我做梦。”

“啊？”我这么煞风景吗，有点郁闷，“那我走了。晚安。”

“晚安。”

就这么依依不舍地上了楼。

之后的几天就是跑跑跑，谈谈谈。做好备案，和小海讨论，给老板打电话汇报。

倒真的磨蹭到了周末。

周五的时候，袁毅打了个电话，说明天才能回来，虽然只是个通知的电话，但是我莫名就是不想挂。

他在那边等了一等：“嗯？”

千言万语在胸膛咆哮，却还是矜持地说：“礼貌地等你先挂。”

“好。”他竟然真的先挂了。

周六早早就醒来了，不知道他什么时候能回来。就想待在酒店里等他。往家里打了个电话，家里一切都好。爸爸最近工作忙了许多，周末也不着家了，感觉我妈话里带了七分的怨念。

然后给彭兰阿姨打了个电话，杨婷已经好得差不多了，六月份也拿到了毕业证。彭兰阿姨打通关系让她去了一所医专教病理学，并不用坐班，一周只需要上两节课。每次她都很认真地准备，备课笔记写得密密麻麻，倒也应付得过来。

给晓春也打了个，大概她依然睡着，久久没接。

打开电脑在ChinaRen上看校友录，还挺热闹的。有人发照片，有人发牢骚，也有人表达对学校生活的怀念。就这样随便在网上逛着，百无聊赖地等待的感觉，有欣悦也有焦灼。

又收到袁毅的短信：“上午还有点事，下午才走，你先随便逛逛吧。”

“好。”我回他。

看看时间，才不过九点。所以小海让我陪他去逛街的时候，立刻就同意了。做点什么，就不觉得等待那么难熬了。

小海这家伙，二话不说就是直杀七浦路买买买。

“你连袜子内裤都买这么多是要回家派送吗？”我很无语。

“便宜啊。”小海振振有词，“只能说我是个居家过日子的好男人。”

我不爱逛街，逛街也只买必须买的东西。所以每次和别人一起，总会被迫做了挑夫。这次更郁闷，逛到下午饥肠辘辘还没吃饭，小海就接了个电话，说有老朋友约他，他就把东西丢给我让我帮忙带回酒店。小海上了出租车一溜烟不见，我看着堆在脚边的两个大黑塑料袋，欲哭无泪。

作为一个路痴，没有了小海这个“活人导航”，我漫无目的地走了好一会儿，才找到一家咖啡馆。刚坐下，就接到了袁毅的电话。

“你回来了？”我很高兴。

“嗯。你在哪儿？”

但我说不清自己在哪儿，只好把手机给了服务员。

等了大概半个小时后，看到他推门进来。紧接着，又看到一个十分漂亮的女孩子，跟在他的后面。两人一起说笑着，朝我的位置走来。

她是谁？我脸上的笑容似乎在瞬间就僵了。他女朋友吗？

等他们走近，我才认出来，那女孩不是别人，竟是冯璐。

冯璐看到我也微微一惊：“咦，我说故人是谁，原来是你。”

“啊，师姐，好久不见。”我觉得我一定笑得假极了。他刚下火车，可立刻和她见面了，他们的关系一定非同一般。

我胡思乱想着，袁毅站在旁边敲了敲桌子，我这才反应过来，他是想坐我这边。于是我连忙把塑料袋放在脚边，往里靠了靠。

我看看他，又看看冯璐，等他们给我一个解释，可半天也没谁注意到我求解的状态。

“你们是不是在一起了啊？”实在是忍不住好奇心，我咬了一口水杯里的柠檬片，假装大大咧咧地问了一句。柠檬片好酸。

“什么？”冯璐不可思议地看向袁毅。

袁毅低头笑，并不说话。

“袁包子，你说她到底哪点儿好啊？”冯璐鄙夷地瞥了我一眼，调侃袁毅。

“挺傻的吧。”袁毅说。

我觉得我被轻视了，有点儿生气。

几年不见，冯璐越来越漂亮了，说她风姿绰约一点也不为过。仔细观察，好像她脸上动了点什么。

“师姐，你是不是做鼻子了？”我很直接地问过去。我哪点儿都不好，就眼神还不错。

然后就看见冯璐对我挤眉弄眼：“我纯天然的好吧。”

“好像下巴也垫了。”我就没管她的挤眉弄眼。

“许佳慧！”冯璐气急竟然飙了家乡话，“你可别瞎说。”

我笑着站起来为她添水："师姐，不管是不是纯天然，你都很美。这么一看，好像胸也饱满了很多呢。"

感觉冯璐要跳起来咬我了："闭嘴，一会儿我老公来了你可不能乱说。"

"你老公?"我扭头又看袁毅，他解释："嗯，坐在你面前的这位已婚了。"

我讪讪地坐下，只觉得脸一下热起来。很难形容我的心是以怎样快的速度飞升的，像加了特效一样，一下就飘到了白云边。本来生硬的假笑立刻真心实意起来，对冯璐连连恭喜："哎呀，师姐，恭喜你啊，你都结婚了。"

不管怎么样，还好他的她不是冯璐。

"许佳慧，你刚才那样现在这样，这表情都没过渡吗? 变得也太快了，要不要这样明显啊。"冯璐气哼哼的。

"师姐毕业后一直在上海吗?"

"是呀，我研究生毕业后就来了。"

"嗯嗯，上海挺好的，很适合你。"

"上海是好啊。不过我来，主要是因为袁包子。"

我差点被一口冰水呛到，你都结婚了你还想着袁包子? 真是个心思活络的妇女啊!

而坐在我旁边的袁包子，慢悠悠地伸出手，帮我拍了拍背："喝水别这么急，我们还有时间。你们俩继续……"

不多久，门外走来一个金发碧眼的老外，帅得一塌糊涂，径直走到我们桌前，按了按冯璐的肩，用一口流利的普通话问："亲爱的，聊完了吗?"

冯璐笑眯眯地跟我介绍："我老公Damon，美国人。这位是许佳慧，我的前情敌。"

老外满脸堆笑地坐在她旁边，海一样深邃碧蓝的眼睛望向我，有些许探究。估计是觉得他老婆怎么会有这种战斗力的前情敌。

冯璐毕业后在上海的一家外企工作，因为工作关系认识了Damon。Damon被冯璐的东方美迷住，苦苦追求数月，然后闪婚，Damon要回美国，冯璐便夫唱妇随办理了移民。他们一周后的飞机，今天趁周末各自见老朋友道别。

之后的时间，他们三人聊了好一会儿出国的事儿，我虽然插不上嘴，但也听得津津有味。

告别的时候，我由衷地对冯璐表达了祝福："师姐，你以后一定要生一个漂亮的混血宝宝。”

“放心，生两个。”她得意地又瞥了我一眼。

在咖啡馆的门口，她抱了抱我，也抱了抱袁毅。我在旁边看得真切，她抱住他时，眼角有刹那的晶莹。这个在她的少女时期决定过她很长一段时间悲欢的人，曾经是她青春里一本只能听人朗读却不能触碰的书。让她哭，让她难忍，让她不甘，让她做梦，让她梦碎，让她长成带有他印迹的人。

爱恨交织，横下一颗心，又放下去。哪有那么容易忘记?

所幸，岁月恩慈。

“我刚下火车，就接到了冯璐的电话，她要走那么远，不见一面不太好。所以我就先接了她。”送走了他们后，袁毅跟我解释，“我们是回去再坐会儿，还是?”

“你说吧。”

“那跟我走吧。”他帮我提起了黑色的大塑料袋。

“去哪儿?”我跟在了后面。

“接女朋友。”

我的脚步停住了。对，要见女朋友。一个男人若瞒着现女友去见前女友，多少是不够磊落，也不够体面。也许他的女朋友早就知道我了，而他一定给了她足够的保证和安全感建设。他说过她脾气很好，她一定很温柔也很大方，否则，他不会这样淡定地和我见了一面又一面。

“好啊。”我笑笑说。

坐上车后，就像被判了刑的犯人，悬着的一颗心，竟然放下来了。

假装大大咧咧地和他聊天：“女朋友在哪儿上班?”

“她不上班。”

“自由职业吗?”

“她不工作，每天就是吃吃睡睡，玩。”

“你们同居了?”

“算是吧。”

“真幸福啊。”

“有吗?”他扭头对我笑笑。

“恭喜你了。”我说。

“恭喜什么?”

“有人同居，尘埃落定。”

“你也不错啊，没想到买男士内裤这么海量。”他一定是看到了塑料袋里小海买的东西。

“不是我买的，是我那个同事买的。”我解释道。

“你和他关系好到可以一起买内裤了？”他问。

我不知道怎么回答，就沉默地看向了窗外。还是高估了自己了，难过的感觉正汹涌而至，翻江倒海，感觉无数个我，正在被无数个不同的车轮碾压。

我无法和他再聊下去了。接下来要说什么？你们见家长了吗？买房子了吗？什么时候结婚？准备去哪儿度蜜月？要几个孩子？喜欢男孩还是女孩？

就这么沉默着过了好一会儿。

“许佳慧。”听到他喊我。

“嗯。”

“累了吗？”

“还好。”我挤了个笑给他。

“怎么不说话了？”

“在想一会儿见面了，你怎么介绍我。”

“呵，来不及想了，我们到了。”

车子停下来，我们下车，走进了一家宠物店。

万万想不到，她竟然是它！他竟然给一只猫取名叫“女朋友”。虽然这只已经三岁的中国田园猫和金吉拉的混血儿很可爱，但我抚摸它光滑柔软的皮毛时还是感觉像被雷劈了。

袁毅出差的时候，就会把女朋友送到这家宠物店寄养。

看着他付钱，把猫放进猫包，低头对那猫说话时轻声细语的样子，我简直要翻白眼了。

这什么人啊？！几年不见，怎么会变得这么……

从宠物店出来，他提着猫包走在前面，我气呼呼地跟在后面。

实在忍不住，就冲他喊：“袁包子，你耍我好玩吗？”

“挺好玩的。”他继续走，声音却再清晰不过地被秋风送来。

幸福是会重生的。
它会改变模样，以各种各样的形态，
一次次地悄然来到寻找它的人们的身边。
—— 三浦紫苑

第三十六章 /
我拥有的都是侥幸

我气得跺脚。

他竟还回头怪我："许佳慧你没礼貌哦，还没有和女朋友打招呼呢。"

"喵呜。"我跟上去，和女朋友打了个招呼。

"喵呜。"女朋友回复了我。

"你们俩说了什么？"袁毅问。

"不告诉你。"我依然气呼呼的，又从他手里抢过猫包，透过小窗继续和女朋友亲热地交谈。

"取的什么名字啊你。"

"有不想去的约会和应酬时，我就说女朋友在家等我呢。"

"真有心机！养多久了？"

"它大概三个月的时候，我在我家楼下的垃圾桶旁边捡的。"

"去美国的时候呢？"

"朋友帮我带了一年。"

我又气得翻白眼了，他给我上了个套儿，一上好多年。去上海参加招聘会，朱绾绾给他打电话的时候，他要喂的那个女朋友就是这只猫无疑了。

"先跟我把它放回家，然后我们去吃饭。"袁毅说。

“好。”我点头，“你上班的话，它就自己在家玩儿吗？”

“嗯。”

“不如再养一只做伴啊。”

“好啊。”他点头同意。

就这样和他一起回了他住的公寓。

然而一打开门，我就被迎面出现的背景墙惊住了。

是那幅我曾经挑选的星空图案的拼图。只是又有些不一样，这幅一米见方的拼图没有缺失也没有空白，十分完整。

它无瑕得，像我们还在一起时，做过的那个梦。

我扭头看向了袁毅。

他正蹲下把女朋友从猫包里放出来。

“这个拼图……”

“我重新订制了一份。”

“原来是这样。那个……之前送你的那个，其实我偷偷留了几块儿。”

“为什么？”

“什么？”我被问住了。

“为什么要偷偷留下几块儿？故意为难我吗？”

“当时年纪小，感觉没有准备好。”

“那现在准备好了吗？”

我只觉得脸唰地一下热起来，只好一阵干咳掩饰后转移话题：“肚子好饿。我们去吃饭吧。”

“走吧。”他站了起来。

一起又出了门，那幅拼图在我眼前不断闪现。它是见证我们爱过的纪念品，是我的勇气起死回生的灵符，是我的肝胆，也是我瞬间被点燃起来的小宇宙。

“袁毅。”在电梯里我喊他，“如果，你现在身边没有别人的话，我可以追你吗？”

我的声音是抖的，心也是抖的。

“不可以。”沉默了几秒钟后，他回答。

被拒绝得这么快，我的血槽立刻空了。原来，被人拒绝的感觉是这样的啊。想到以前拒绝他，也是这样让他难堪的吗？

电梯中途上了人，我们不再说话。

出了电梯，他才又说话：“太浪费时间。”

“什么浪费时间？吃饭吗？”

“呃……”他一脸生无可恋地扭过头去。

“那要不然，我自己吃吧。你要是太累就回去休息，我自己随便吃点就回酒店了。”我也没脸在他面前晃悠了。

他站定，回头瞪住我：“你说话的时候能考虑一下上下语境吗？”

“我考虑了很多啊。”

“我真是太高估你的智商了……”他叹了一口气。

就在他家附近找了一个小菜馆，临窗而坐。点了几个菜，我们默默地吃着。这一整天，我的心都像坐过山车似的。上上下下，腾空失重，膨胀挤压，刚才更是被一招致命杀，简直濒临心碎。

一想到以后不知道还有没有这样的机会对坐着一起吃饭，咀嚼到最后却难以下咽。

干脆摊牌好了：“那我们还能做朋友吗？”

“不能。”他想都没想就又拒绝了我。

“为什么？虽然我们之前……我知道我伤害了你，可能我连对不起都没资格说，但是我……”我真的还想再见到你。

“许佳慧，我不想说以前的事情。”

“对不起。”我深吸一口气，“那是我会错意了。你让我在这里等你……”

“你没有会错意。”他也放下了筷子。

“什么？”

“我让你在这儿等，是希望我回来的时候还能看见你。”

“可是你刚刚说跟我连朋友都做不成啊。”

“对。”他笑笑，伸手叫来服务生买单。

“我们AA吧。”我掏出了钱包，拿出两张钞票扔在桌上，然后不等他做出反应，就离开了小菜馆。

我真的没办法再待下去了。我脚步匆匆下了楼，听见他在后面喊：“你跑什么啊，我送你。”

“不用了。”我的眼泪夺眶而出了。

跳上了一辆出租车，说了好几遍才把地址说清。脑海里一遍遍地推敲记忆中的他的每句话，每个表情。他说我没有会错意，那么对于这些天来我们的联系，他应该也是高兴的。哪里不对呢？真的是我的智商问题吗？

回到酒店，我洗完澡出来，就看到他发来的短信：“追我太浪费时间了，你走过来就行。我想要的比朋友更多，当然不能做朋友。笨……瓜……”

刹那，我只觉得脑门一阵疼，手机都给摔掉了。

先是一阵气急败坏的愤怒，然后又是一阵奔涌而出的喜悦。我好像又被他耍了。说话说完整点难道不是更好吗？还要考虑语境，哪有什么语境，“关爱笨瓜”人人有责啊。

“追我太浪费时间了，你走过来就行。”

好啊。我现在就去找你！

幸亏我机智地记下了袁毅家的小区名字和楼号单元，这才一路畅通无阻，咚咚咚地敲开了他家的门。

他穿着睡衣：“你怎么来了？”

“你说的，我不用追，走过来就行了。”

他笑，蹲下来找鞋柜最底层的拖鞋给我换。

我想都没想便弓身从后背抱住了他。

他愣了一下，没动。

夜色越来越深，思念越来越稠，那一刻的我心潮澎湃，不管不顾。

就这么气氛特别好地抱着他不过几秒钟，女朋友便迈着优雅的小碎步过来了。它大概以为我们在做游戏，跃跃欲试地想加入，于是也跳到了我的背上。

猫在我背上，我在袁毅背上。我伸手想把女朋友赶走，但袁毅拉回了我的手，绕在他胸前，然后把我背了起来。

女朋友跳走了，我被放在了沙发上。

他坐在茶几上，好笑地问我：“你想干吗？”

“你说呢？”我盯住了他的眼睛。

他便吻过来了。

再次触到他嘴唇的那一刻，我的眼泪就汹涌而出了。太怀念以至于沉湎，我在他的口腔里索取，探求。眼泪流进我们的嘴巴里，被翻搅一番，苦涩、无奈、认命、不甘……是离别的这些年岁月的味道，是那些岁月里所有的夜晚，是那些夜晚里所有的月色，是那些月色下所有的……思念。

不知道过了多久，我们终于放开了对方。

“我知道你会来。”他的头抵着我的。

“但我不知道你在试探。”我们离得太近，吞吐着对方的气息。

“我害怕。”几乎没有听他说过什么“怕”字。

“不要怕。”几乎没想过我也会有此时此刻的胆量。

不知不觉又吻在了一起，越来越激烈。

“你难道没有什么想问的吗？”他抱我更紧了些。

“问什么？”

“比如我一把年纪了，生理问题怎么解决的？”

“用手吗？”

“哈哈哈。”他笑场了，伸手拧我的脸，“许佳慧，你变坏了。”

“有吗？”我捉住他的手放在唇边亲吻，“我还可以更坏。”

他起身，坐回了茶几上，盯住我问：“这次，你是认真的吗？”

“是的。”现在我接得住所有的试探。

“你要明白一件事，过去的事情我不会再问你一句。但是现在和将来，我要你对我完全坦诚。小到早餐吃了什么，晚上睡了几个小时，这样的问题。”

“好。”

“你要知道，关系一旦缔结，我们就是同生共死。我不会再给你下一次机会了。”

“明白。”

“如果，你再敢不说原因莫名其妙地任性放开这只手……”

“不会了。”我把那手揣进了怀里。

“你跟我发誓。”

“小孩子才信发誓这种事。”

看他的表情那么严肃，我只好举起了我们还握在一起的手：“从现在开始，这只手就是我的第三只手了。除非被剁掉，或者是太累赘了，否则我怎么也都不会放开。”

“谁敢剁掉？累赘？”他气得抽了回去。

我又给抓了过来。你耍了我一整天，我才跟你开了一个这么小的玩笑。

他蹲下来，帮我脱掉高跟鞋，然后拿去鞋柜那边，把拖鞋给我换上。

“好吧，你现在告诉我你家里的男士拖鞋是谁的。”

我愣了愣，他上次去我家，竟然还留心了我家的拖鞋。心里软软的，也带些许刺痛感，认真地回他：“我爸去看我的时候买的。”

他满意地点了点头。

“那你能告诉我现在我脚上的这双女士拖鞋是谁的吗？”

“是你的。”

“我的？”

“你来上海的第二天晚上，我买回来的。”

“还有这些……”他拉着我站起来，带我去洗手间看了新的洗漱用品、护肤品，而浴室柜里甚至摆好了几包卫生巾。

又去了卧室，拉开衣柜，是几套还没有摘掉挂牌的女式睡衣。

“感觉你以前穿S，现在应该是M了吧。”他犀利地瞄了一眼我的腰身。

“我现在还是穿S。”虽然感动心动得恨不得下辈子也缠住他，可对于某些东西我还是会咬牙坚持的，比如体重。

“许佳慧，刚聊完要坦诚，你坦诚了吗？”

“呃……”

“行，我允许你在这件事情上不坦诚，但别的可绝对不许。”

男女之爱，走的是心，通道是身体。少女时的牵手有指间的缠绕，成年后的吻有气息的交换。

而性，让彼此的灵魂都展现在对方面前。

“很疼吗？”他小心翼翼地慢下来。

我不说话，搂他搂得更紧了些。

不愿想起陈尽欢，可心里越来越清明，如果是这种上刑一般的痛法，我和他不可能有过这种事。觉得愤恨，也可笑，竟然真的笑起来。

“你认真点儿。”袁毅满头是汗，“不是想起别的男人了吧。”

“煞风景。”我瞪他，可是疼得眼泪都出来了。

“对不起，对不起。”他不再继续，起身哄我。

饶是未完成，还是把他的床单弄脏了。然后我们坐起来，看着雪白床单上的一抹血迹面面相觑。

“跟我道歉。”我推他。

“啊？”

“我没有什么别的男人。”

“对不起。”

“不过，你倒是娴熟啊。”我揶揄他。

他竟然红了脸，跳下床就去了洗手间。

等了好一会儿他才回来，眼睛红红的，湿漉漉一片。然后他上床来抱住我，把头埋在我怀里，像个小婴儿那样。

夜色正浓，我们都无法入眠。因为都不想聊过去，所以竟然没什么好聊的了，只有不断地亲吻。我们十指交扣在一起，紧紧的。

因为腻在一起太热了，等他终于闭上了眼睛，我便翻身背对着他了，但立刻又被翻了过来。

“干吗？”

“不许背对着我。”

“可是我们现在呼吸的是对方的二氧化碳，”我解释说，“对睡眠不好。”

“那也不许。”

好吧。我只好止对着他，眼睛对眼睛，鼻子对鼻子，嘴巴对嘴巴，呼吸对呼吸。我忍不住笑了，伸手摸他的五官，从来没有这样仔细地触碰过，就想让指尖记住这夺目的轮廓。

“我永远都不会再放你走了。”他的五指挤住我的。

“那就别让我走。”我说。

我们的第一次，是东方泛起了鱼肚白，我才睡着一会儿的时候，在迷迷糊糊中完成的。

而周日那一整天，我们饥肠辘辘，却被床锁住，甚至连女朋友都忘了喂……

然后被他发现了脚上的疤：“这是什么？”

“不是不问过去的事儿吗？”

“以前没有这个。”

“不小心被烫了一下。”

“什么东西烫的？这么严重。”

我的大脑飞速运转，很快想到了一个还算坦诚的答案："参加了一个（宿舍的）情感试验，有一个项目叫'在烈火中重生'。"

"什么鬼？"

"总之就是这样了。"

"哪家公司的？这个项目还有吗？我要去投诉他们。"袁毅坐在床尾，揉着那疤，有点生气。

"快回来。"我朝他伸出手臂，"那家公司现在人去楼空，员工早已散落在五湖四海了。"

"你为什么要参加这样的项目？"

"我傻，行了吧。"总算把他拉了回来。

"把工作辞了来我这里吧。"

"好。"我答应得毫不犹豫。

这是一场我无法拒绝的奔赴，我会拒绝这世间所有的诱惑，而绝不会拒绝这一个。

"但是我来了之后干什么呢？"

"和女朋友做伴。"

"什么？"

"你不是让我再养一只做伴吗？就是你了。"他亲了亲他的"专属盖章处"。

"我还不知道我这么有价值。"我惊呆了。

周一早上一起吃了早餐，他送我回酒店。我刚打开门，小海正好出门，调侃我："你两夜未归，没有什么要解释的吗？"

"没有。"

"我猜猜，和你那个前男友在一起？"

我挤出一个笑给他。

"你们俩和好了？"

"对啊。"

"这么快？到底发生了什么事儿？他又追你了吗？"

"我追他的。"

"随便你们吧，我其实就想问一个问题，我的内裤呢？"小海对我伸出手。

"啊？"忘在袁毅车上了，我拍拍头，"抱歉抱歉。"

“哼，恋爱中的女人果然没智商。”他气得自己去吃早餐了。

为什么都要吐槽我的智商？换衣服的时候，我陷入了对自己的深深的怀疑中。

和广告公司的人约的十点钟，还有一点时间，我给晓春打了个电话。

女强人终于有时间接我电话了：“在机场候机呢，无聊得很。”

“晓春，我问你啊，你觉得我智商有问题吗？”

“低下水平吧。”

“那我会不会做匪夷所思的事情？吓人一跳的这种……”

“也不是没做过……”

“好，我现在通知你一件事。我在上海，我和袁毅复合了。”

“好吧，你吓到我了。讲吧。”

于是我声情并茂地在电话里给晓春讲了一遍，讲的时候只觉得那些画面还在眼前，不知不觉就很动情。当然，中间穿插了晓春多次无情的打断：“哇。袁毅。”“唉，你就是个猪。”“天哪，还这样？”“感觉他很腹黑啊。”“你永远不是他的对手。”“你这辈子是要砸他手里了。”“哼，被你舀了一勺子稠的。”“我觉得你在虐我了。”“打住啊，谁要听你性生活啊？”

讲到最后，我竟然泣不成声了：“晓春，你说我是在做梦吗？”

“那你看看自己的影子。”

我走到窗前，拉开了窗帘，看到我的影子映在了床上。

“再去照照镜子。”

我又去了洗手间，看到眼眶红红的自己。

“薅一下自己的头发。”

我薅了薅刘海儿。

“都做了吗？”

“是呀。”

“真听话。你在梦里会这么听话吗？”

“呃……”好像我又被耍了……

“许佳慧，恭喜你啊，我真心地为你高兴。这次别再把袁毅弄丢了。”

“嗯。绝不会了。”

“也别弄丢了你自己。”

“……嗯。”

挂断电话后，我才明白晓春最后一句话的意思，那段与周志清的往事，是她弄丢了自己的一段恋爱。

毕业后，晓春与周志清就断了联系。现在的她很有一副情感专家的样子了，在每一个男人靠近她的时候，她都冷静又睿智。不爱那么多，只爱一点点。没有对谁再像海深，只像溪水浅。

每个人的现在，都是过去的重组。是那些瞬间的碎片，成就了今日的容颜。

可我知道，就算不愿提起，晓春最怀念的，一定还是那段像海深的日子。

只有在爱的深海里，蚌才能孕育出最美丽的珍珠，珊瑚才能随着海浪起舞，而潜到深处偷看了一眼的人，再不会在别处看到更好的风景。

周志清一定忘不掉晓春，就像我忘不掉袁毅。茫茫人海，一眼万年，只有他让人叹为观止。

人是可以以二氧化碳为生的。

只要他有爱情。

—— 廖一梅

第三十七章 /
同奏

“中午一起吃饭吗?”正在广告公司的会议室看PPT的时候，收到袁毅的短信。

“好。”我回。

弗利做的是软件开发，一直找不到好的媒体来做推广。这家广告公司思路很开阔，大概是国内最早的有植入概念并操作起来的公司。他们作为平台，联系网络和手机游戏公司，做软件的硬植入。

当时价格也不高，并且他们这边愿意先做一周的测试，看市场反应，可以的话就签长约。

小海本来更倾向网络搜索排名优化，但×度实在是太贵了，条目又五花八门，还是等有钱了再说吧。纸媒不考虑，但是可以做小成本的地铁拉环、电梯广告牌来配合对公司的宣传。

我很兴奋终于找到了好的切入点，讨论越来越多，竟然忘了午饭时间。再抬起头来的时候，已经将近一点钟。手机上有袁毅的N条短信：结束了吗？现在在哪儿？去接你吗？人呢？好饿……饿瘪了……瘦了两斤了……

婉拒了广告公司一起午餐的邀请，又无情地抛弃了小海，我像只燕子那样飞下了楼，跳进了一辆出租车。

半日不见也如隔三秋了。

他在公司附近的一家日料店等我，我过去的时候，就看见他双手环抱自己，对着饭店门口翘首以盼的样子。哎呀，太可爱了。像小狗在等着主人一样。

满桌子的鱼生、寿司、天妇罗，他竟一筷子未动。

“等你等太久，我都不饿了。”看着他又乖又可怜的样子，我要笑死了。

“我饿。”我说，“那你看着我吃吧。”夹了一筷子寿司，往自己嘴巴里送，又拐了个弯儿，塞进了他的嘴巴里。

他这才笑了，带点无奈，看了看腕表说：“赶紧吃吧，吃完我就得回去上班。你这边什么时候搞定，我和你一起回安徽办辞职。”

“辞职？这么快？”

“当然要快，我们昨天约好的，你不要给我打折扣啊。”

“可是我刚刚做了推广部经理。”我得意地拿出名片来，双手递给他。

他看了一眼，放在桌边：“Joanna Xu是谁？我只认识许佳慧。”

可怜我人前人后忙了一个星期的许经理，在他面前的正职只是一只猫咪的陪伴者。

“辞职的事情，我会找机会和老板说的。再说，还要交接不是吗？我在安徽的房子租约还有一个多月到期呢。给我点时间。”

“好，我就再等你一个月。不过周末的时候我们必须见面，我去你那边或者你过来。最好你过来，不然女朋友会比较不高兴。”

“知道了，听你的。”

吃完饭后，我送他回公司，手拉手走在路上。这荡荡悠悠手的摇摆，这长长短短的脚步的距离，这缠缠绕绕的我们的影子。

要穿过这条街道，跨过两座城市，越过四年的分离，然后比翼飞去天空我们的城。去我们的城，我准备好了。

下午和小海回到酒店，反复讨论后，给老板打电话。说服老板是个艰辛的过程，在某些方面，他其实是个老古董。不过还好他最后同意试一试。

然后就去袁毅的公司接他下班，一起在外滩的某个著名餐厅，吃了烛光晚餐。说了很多又傻又幼稚的话，在他的建议下去酒店退了房。又去超市采购了一些生活必备品。又一起回了家。

秋风十里柔情，夜月一帘幽梦。

第二天早上，我便早早地爬起来去做早餐了。

费了很大力气做的早饭，味道却不如人意。他坐下来后，大概也是费了很大力气才吃完吧，且委婉地表达了他的意犹未尽：“许佳慧，你知道我们要在一起吃多少次早餐吗？”

“啊？”

“21900次。”

“你怎么算的？”

“假如我们都能再活60年，那么就是21900次。”他认真严肃地说，“所以早餐很重要。”

我大脑飞速地计算，浪费了很多脑细胞，还是没能算出他的答案是不是正确。还好我灵机一动：“那还有闰年呢？”

他恍然地点点头，夸我：“哎哟不错哦，智商有所提升了。”

想起七年前我们刚认识，在迎接新世纪到来的那个晚上，他跟我说：每年的第一天是星期几，最后一天也是星期几。我还超认真地回家去查了日历，真是恍如隔世。此时，忍不住就笑了。

和我在一起开心吗，袁包子？好想就这么问一句。

嗯，我也很开心。好想就这么答一句。

喂完了女朋友后，我们一起出门。他开着车，一只手扶着方向盘，另一只手握着我的手。偶尔的换挡，就把我的手放上去，咔咔咔。

昨晚夜半下了小雨，清晨的上海，像是刚刚被洗涤过的城市。清爽蓬勃，车流如织，人们脚步匆匆，去争抢得到或者放弃失去。

在酒店门口停车，我们告别。他吻了吻我的脸颊说：“早啊，许佳慧。”

“早啊，袁包子。”

“你能不能别喊我袁包子？”

“为什么？别人能喊我也可以。”

“你应该给我一个特别的称谓，比如说亲爱的、老公啊什么的。”

“大傻子。”

“这个不好听，换一个。”

“我下车了。”

“你给我回来。”

“拜拜，大傻子。”

坐在酒店的大厅里等小海，笑一直荡漾在嘴角下不去。

小海太磨蹭了，百无聊赖的我找到大厅的报纸，翻看生活版块，希望能找到一两个菜谱，挽救一下我糟糕的厨艺。

翻阅的时候，却看到一个人物专访。采访的是江城一家公司的服装设计师，推荐的图片是最新款的保暖内衣。大略扫了几眼，讶异地发现，这家公司恰好是陈尽欢所在的那家。而其中两款内衣，都是陈尽欢之前给我炫耀过的他的设计。虽然无法理解为什么这两款内衣被标上另一个年轻的女设计师的名字，但也没想太多。

小海姗姗来迟还哈欠连天，一见面就调侃我："和前男友复合真的这么美？你嘴巴都咧到耳朵上去了。"

"美。"

"那又怎么样，还是异地。"

"马上就不异地了，我回去就跟老板聊辞职的事儿。"

"你傻了吧。"

"我是在为爱走天涯。"

"那他怎么不能为爱走天涯？他也可以去安徽啊。"小海泼冷水上瘾了，"我觉得你在牺牲自己。"

"让世界充满爱，牺牲有时是个褒义词。"我说。要知道曾经我连牺牲的机会也没有啊。

"你一定是疯了……"小海摇摇头，眼里尽是不可思议。

工作的事情搞定后，请示了老板，抠门老板下令让我们当天晚上就回安徽去。

送我和小海去车站的时候，袁毅毫不顾忌地发牢骚："你们公司就不能安排两位女同事一起出差吗？"

"男女搭配干活不累。"小海愉快地抢答。

醋王没有说话，但握着我的手，微微用力。

"其实，小海在我心目中就是个女的。"我小心翼翼地安慰他。

再回头看坐在后排的小海，他脸都绿了，到下车也没说一句话。

回安徽的火车上，小海不高兴："你这个前男友……"

"已经不是前男友了，是现任。"

“他好像对靠近你的一切异性都心存敌意。”

“也不是，他很喜欢我抱女朋友。”

“什么女朋友？”

“他养的猫，叫女朋友。”

“公猫叫女朋友？”

“嗯。不过已经绝育了，是个太监。”

“怪不得……”

小海沉默了一会儿，而袁毅的短信不停发过来，累不累、饿不饿、到哪儿了、下车给我打电话……

我回复着他，被牵挂的感觉让我好像回到了十八岁。那一年从未想过会有今天的辗转和遇见。那一年，也是像现在这样甜蜜地只想到永远。

窥不到时间深处的意义，但万物有灵又有情。念念不忘的回想，是天地恩赐，是整个宇宙合力助攻的实现。多么宝贵。

“许佳慧，”小海喊我，“雪莱有一首叫《无常》的诗这样写着：在这脆弱的乐器上，任何两次弹拨都奏不出同一种情致和声韵。”

“你什么时候这么文艺了，还背雪莱？”

“我觉得这脆弱的乐器不是别的，就是感情了。”小海认真地说。

“好啦。我们会很好的，别担心。”我愣怔了好一会儿，才安慰小海，也给自己打气。

隐在内心深处的不安，不是没有，而是被别的什么压抑了。

我不能再像当年那样锱铢必较，患得患失。而只想努力地努力地，在我和袁毅的这张琴上，好好地重新弹一次，绝不会轻易停下，再让它戛然而止。

辞职的时候，老板不同意：“怎么着也得做到年底，你现在走，是没有分红的，你的股份也不会值钱，只会被回收。”

“分红没那么重要。”袁毅的温暖触手可及，这份工作也不是什么理想中的宏图伟业，但平时那么抠门的老板竟然提醒我分红的事儿，也是始料未及。

“许佳慧，别怪我没有提醒你。经济实力在两性关系中有多重要你知道吗？你现在有多少存款？你过去了找不到工作怎么办？准备让他养你吗？或许他觉得没什么，但你自己有安全感吗？时间长了呢？”

“我……”

“你知道当年我老婆为什么要和我离婚吗？我咬牙创业又是为了什么？当时太年轻，有情饮水饱……呵呵……”

我没想到老板会跟我说这么多，一下就愣那儿了。

“听话，过完年就放你走。你出去吧。”

辞职信被扔了回来，我从桌上捡起出门。

“装修那边的事情，你继续跟，广告公司还是你来对接。还有，这个周末的展会，你要去站台。”关门的时候，老板闷声闷气地下达好了任务。

“好的。”

回到座位上，我简直愁得抬不起头来。该怎么跟袁毅说呢，老板说的也很有道理。照搬说给他听，应该会被理解的吧。

给他发了条短信，很快他把电话打过来了：“你把电话给你们老板，我来跟他谈。”

“你跟他谈什么啊？”我很无奈。

“那你是不是不想来？”

“哎呀，怎么会。不就是多等几个月吗？”

“不行。”

“亲爱的……”我先服了软，哄他。

“喊老公也不行。”

“老公。”

“我明天就去安徽，我去找他。不找也行，我们直接收拾收拾就来上海了，裸辞！”

“这样不太好……”

电话挂了后，我真是有点骑虎难下。之前袁毅并不这样强势，现在竟连个商量都不能打了。

在去正装修的新办公室的公交车上，我打电话给晓春吐槽，她激动了：“袁毅那是在意你，我就喜欢这么霸道的男朋友。啧啧。”

“我明白他的心意。也是我有言在先答应过他的，可几个月的时间真的这么不可调和吗？”

“当然可以调和，就看你怎么发挥了。需要充分地调动你大脑的智慧……”

“……你的意思是要斗智斗勇对吗？”

“差不多。加油！”

电话挂断后，我望向了秋已经渐深的窗外，陷入了甜蜜又烦恼的苦苦思索。

第二天傍晚的时候，袁毅到了。我下班的时候，接到了他的电话：“我在你家楼下。”

“好的。我马上到家。”

我抛弃了公交车，打了辆出租车，在看到他的那一刻，飞奔过去。可奔到一半，想起要斗智斗勇，于是又慢了下来。

就看他本来张开的手臂，又尴尬地放下了。

“你干吗？腿疼吗？”他弯腰看我的腿。

“不疼。”

“天凉了别穿裙子了。”被他注意到我的薄丝袜。

“啊？”

“明天开始穿裤子！”

“不要。”我开始斗智斗勇的第一步。

“任性。”他揉揉我的头发，观察我，然后笑开了，“干吗，想到招儿对付我了？你接下来是不是会说，我可以答应你明天穿裤子，但是你也要答应我一件事儿？”

我震惊了，太恐怖了：“你怎么知道？”

“我是谁啊。”他得意地拉着皮箱走在了前面，只剩下一个茫然无措的我，在风中凌乱。

“快跟过来，电梯不等你了。”他悠悠地靠在电梯墙边等我，笑得特别好看。

我大脑缺氧一样地跟了过去。

还记得第一次他来的时候，我们俩尴尬别扭的样子，这次却完全不同。这位爷已经完全把这里当成自己的地盘了，轻车熟路地自己换鞋，把西服脱下来挂好，又大刺刺地坐在了沙发上：“过来。”

我再次大脑缺氧一样地过去了。

抱了好一会儿，什么斗智斗勇的心都没了。可话还是得说，观点还是要表达，理论还是得到位。

于是吃饭的时候苦口婆心外加撒娇卖萌地又把这事儿提了一遍："我们还有很多年可以相守，不要受困于这几个月了。"

"以前我也是这样想的，然后呢？"他依然不接受。

我性格里的弱，他看得透透的，而回忆里的"然后"我们都不愿触及。

我默默地吃饭，直到他叹一口气："安徽这边的项目我会跟到年底，我尽量往这边多跑跑。你也多上招聘网站看看上海那边有没有合适的工作。"

我喜悦地抬起头："真的吗？"

"其实我还有一个想法，大学的专业基本被你放弃了吧，如果有喜欢的别的科目，你就挑个上海的学校考个研究生吧。不一定非要工作。"

"读研当然也很好，只是我不想让父母再为我花钱了。"

"我送你去读。"他的脸上没有波澜，像是随口说的一句再平常不过的话。他夹一筷子菜送到自己的嘴巴里，吧唧吧唧，吞咽，"嗯，味道还行。"

可是，我要泪奔了。

在后来与袁毅的相处中，我才知道，在某些事情上，他只是嘴巴上强势。大多数时候，他会给自己时间，说服不了我，他会说服自己，尽量给我最大的尊重和支持。而当我左右摇摆踌躇不决的时候，又会帮我分析利弊，做好判断，推我找到答案。

想起大四那年在酒店里实习时收到的那束花，就想问送花人是不是他。可那时的氛围太好了，实在是舍不得让回忆的雨打在当下已经收起了伞的我们之间。于是就心中汹涌着，默默地捧着脸看他吃饭。

如果那时候也有"帅哥陪你吃饭"的视频直播的话，我一定推荐袁毅做个兼职。因为他真的吃得很香，很香。

吃完饭回去的路上，我紧拉着他的手。霓虹灯闪烁喧嚣嘈杂的夜晚，我只觉得和他正航行在一片无边无垠的海上。孤舟里，坐着我们两个人，偶尔相视一笑。天地寂寥，而我们不需要热闹。

因为有负责的事务需要紧急处理，袁毅第二天下午就回了上海。那个周末我要去展会，他也要加班，周日还要踢球赛，所以，就没有再过来。

周五一天都在布置展会，腿都站累了。一直弄到晚上快九点钟，才和几个同事准备一起去吃饭。

吃完饭回到家，爬到床上和袁毅打了一个长长的晚安电话。太累了，竟然说着说着就睡着了。

醒来的时候，看到手机上他发过来的短信：“你打呼了，小猪。”

“是不是旋律特别动人？”我回。

“嗯，下次我要给你录下来，让你也欣赏欣赏，好东西要分享。”

“不用了。瞬间消逝的，才是美和永恒。”

互相打趣了好一会儿，我才依依不舍地爬起来，洗漱，吃早餐，去会展中心。

穿着高跟鞋，一天站下来，我都想给自己颁发个劳模奖。展会结束后，在会展中心的门口，忽然有人叫住了我。回头，是一个陌生的男士。

“你是？”

“我是你S大的校友，我叫陆谛。”

“你好，抱歉，我不大记得……你是管理学院的吗？”

“我是计科系的，比你高一届。”

“啊，我真的想不起来了。你也是来参加展会的吗？”

“对，毕业后我留在江城，出差来这边，负责我们公司这次的参展。真没想到能碰到你，开始还不确定，直到听你同事喊你的名字。怎么样，有时间一起吃个饭吗？”

于是在附近找了个咖啡馆坐了一会儿。聊了聊学校的近况，还有工作的事儿。

可我始终想不起来他是谁，在哪儿见过他，但声音是熟悉的。没忍住问了，他很无奈地摇摇头苦笑：“你大一的时候在图书馆，我们坐对面，我经常帮你占座儿。两周后，我给你写了个字条，你给我退了回来。”

“啊，原来是你。”我有些不好意思。

“后来，你给影评社写影评，是我在广播上读出来的。当时我在广播台做播音。”

“怪不得，我就觉得你的声音似曾相识。”

“我毕业那年，公司开年会去度假村，你在那边做前台。我给你送了一束花，在卡片上写着……”

看着眼前这个回忆里没有支撑的陌生的人，说起那些与自己相关的片段，我变成了一个找不到验证的旁观者，无力又震惊。

“真的很对不起，我现在才知道……”

“没关系啊。有些人在别人的生命里，是只负责经过的。”

看我没说话，他又笑笑：“别想太多，我新交了女朋友。”

“噢，恭喜。还有，谢谢。”我呼出一口气。

“你现在还和那个男朋友在一起吗？”

“对。分手过，又和好了。”

“他现在怎么样？几个月前知道他的消息，刚好他的代理律师是我们公司的法律顾问，所以多问了一点。”

“律师？什么事儿？”

“他好像被告抄袭，那个作品又被宣传过，在网上炒作了一下，所以闹得有点大。赔了不少钱吧，工作也丢了。也是很有才华的一个人，不知道为什么会用别人的图稿。你不知道吗？还是我们说的不是一个人？”

“陈尽欢？”我这才明白过来，“他，他不是我的男朋友。我和他已经很久没有联系了。”

“哦，那是我弄错了。早知道他不是，我就追你了。以前总看到他在你旁边出现。”他呵呵笑着，而我心乱如麻。

分别后，在一个人回家的出租车上，我给晓春打了个电话，不知道从何说起，可也没办法当作毫不知情。

晓春却并不惊讶：“我知道这个事儿，小黑跟我说过，但我没让他告诉你。陈尽欢现在在老家这边，我遇见过几次，他在步行街那边摆地摊卖包。”

“是吗？”我想起陈尽欢意气风发的样子，还有最后一次见到他他眼睛里的红血丝。

“他是死是活，你管他干吗？别跟袁毅说这个事儿，他知道了又要生气。你们好不容易才重新在一起了。”

“我明白。”

“许佳慧，我知道你心软。我提醒你啊，你可别在同一条沟里掉两次。”

“嗯。”我叹了一口气。

他若过得好，像他当时说的那样有女朋友了，我当然懒得理。可知道他过得不好，心中的惋惜不是不带着疼的。不可否认，他在我生命中的意义，到底是不可磨灭的。

时间给每个人际遇，无论是机缘还是苦难。遭遇瓶颈，怎样挣脱出来，是一个漫长、艰难又孤独的过程。全靠自己，别的任何人都无能为力。但扛不下去的时候，还是需要鼓励，还是需要陪伴，还是需要一些微小又耀眼的火花刺激。

希望，他能遇见那个可以给他温暖和陪伴的人，一起制造出那些微小又耀眼的火花，然后走出低谷吧。

如若遇不见，那就希望他有慧根，一株草、一缕阳光、一只飞鸟、一些人影，也是支撑。

想想他当时骗我说有女朋友，大概就是刚输了官司的时候。既然他不愿让我知道他处在没办法炫耀的困境之中，那我也不应该去戳破他的谎言再去打碎他的自尊。

他有他的局限，我也有我的。

我确实不需要做任何事了，我想。我在心里，把他交给了上帝。

傍晚给袁毅打电话，这家伙刚踢完球。上周末没去训练，这次还能进个球，他喜不自胜，得意地请队友吃饭。

“别喝太多酒。”

“男人吃饭怎么可能不喝酒。女人家别管老爷们儿的事儿。”

“你说什么？”

“好了好了，我知道了。”

电话被烦躁地挂断。一分钟内就收到一条短信：“他们不相信我有女朋友了，所以就演得用力了点儿……小猪别生气，要杀要剐见面再说。”

“你才是猪。”气死我了。

可一个人吃饭的时候，还是莫名微笑，看来，是时候准备一块搓衣板了。

> 如果你碰到的是用纯净物质制成的东西，它将永远不会腐朽，而你总有一天会回来。如果你碰到的仅仅是像行星爆炸那样一闪而逝的东西，那么返回的时候你将两手空空。不过你毕竟还是见到了爆炸时的光芒，仅凭这一点也值了。
>
> —— 保罗 · 柯艾略

第三十八章 /

若你专制，我便依顺

我和袁毅又开始了一段异地的日子。当然，不像大学时那么难熬。因为有了动车比较快，他跑安徽又比较多，所以，隔几天就能见上面，还算比较舒服。

在安徽的话，就去看看电影，爬爬山。在上海的话，就随便逛逛，然后去看他踢球。

总之都不用工作的时候，就是形影不离的。

相处，住在一起的日子，让袁毅在不知不觉间走下了我心中的神坛。

出汗了一定要我闻他的腋窝，说这是男人的味道，是回家的路。

有强迫症。有一次我们都出门了，他却非要回去。理由是，吃完饭老干妈的瓶盖没有盖上。给我死拽着才没再跑一趟。若是一起去超市，总有一两分钟要站在那儿整理柜台。

有洁癖。用完的毛巾我随手一搭，再看到的时候绝对是平平整整的四角对齐的。我平时不熨衣服，他竟然连内裤都要熨一遍。

因为生活习惯的拖后腿，我也一直处在被再教育和再改造的状态。

“杯子用过一次就要刷的。

“衣服不挂起来会皱的。

“你今天已经喝了两杯咖啡了。”

好多次，都干脆对他点头哈腰了：“是，袁老师。我知道了，袁老师。您说得对，袁老师。”

他倒也很能接受这个神圣的称号，每次都满意地点头：“嗯，乖，听话，回头奖励你一朵大红花。”

天渐渐冷起来，安徽的冬天，有阳光的日子很容易过，但如果下雨，还是很冷。

空调坏了，没办法制热。那个周末是个雨天，袁毅刚好在，我们便没有出门。厨房里砂锅炖着东西，我们一起窝在床上看书，遇到好段落，就读给对方听。

怕不专心，就脚对头地躺着。我的脚有些凉，他就抱住放在了他自己的肚皮上。没有腹肌的男人，肚皮又软又温暖，倒是舒适。

“你又多了一项新功能，人肉热水袋。”他的男友力不断攀升，我感觉自己赚到了。

“那我不在怎么办，过几天就更冷了。”他握着我的脚搓了搓。

“没事了，大部分时间都在公司呢。”

“空调怎么不修一修？”

“懒得修了，过不多久就不住这儿了。”我实在是懒。

“住几天也想让你舒服一点。说不定要加氟利昂了，我找一下电话。”

看他实在是热心肠，我只好由他去了。

砂锅里的汤应该炖得差不多了，我跳下床跑去厨房先尝尝鲜。

牛肉在砂锅里咕嘟咕嘟地翻滚，幸福的感觉似乎也在咕嘟咕嘟。

味道还不错。我尝了一口。

“空调的保修单在哪里？”听见袁毅在卧室里喊。

“床头柜下面的抽屉里。”我回答他。

一分钟后，他站在了我的面前：“为什么刷卡小票上写的是陈尽欢的名字？”

他并没有气势汹汹，甚至嘴角还带着笑意，只是我当时正在盛饭，被他吓了一跳。一勺子新煮好的米饭，直接倒在了手上。

碗摔进了电饭煲里，我啊了一声，莫名有点心虚。

“烫着了吗？”他连忙过来抓着我的手，打开水龙头，让冷水冲我已经发红的手背。

水哗哗地流着，我们谁都没有说话。我想着如何解释，张张口，抬头却看到他原本还带着笑意的嘴角已经凝固，眉头也蹙了起来。

我开始害怕，只好一只手抱住了他，把头放在了他的胸膛前。他穿一件薄羊毛衫，柔软温暖，脸蹭上去有稍微的刺痛感。再柔软的东西，也有它的刺。要承接这柔软，就得承接这刺痛感。

我抱着他，死皮赖脸。这样无须压抑没有躲闪的亲密，来之不易，太过珍贵。

世间有那么多的人，那么多的喜怒哀乐、悲欢离合，但能拥抱和分享的，大概只有那么寥寥几个人。

流着同样的血液有血液关系的父母孩子。

可以在他面前完全裸露缺陷软弱的互相理解的朋友。

水乳交融过又相濡以沫过的爱人。

我们和他们在日复一日地相爱，也在日复一日地告别。

水流声中，是时间任性的滴答。总有一天，我们会回归一个人的孤寂。在世上躺在没有陪伴的床上，或在地下躺在没有陪伴的棺木里。

所以，在可以的时候总要用力一点，也贪婪一点。我想把这亲密永远占有下去。

水龙头不知道什么时候关上了，我的头往他怀里拱了拱。他终于叹一口气，嘴唇落在了我的额头："我说过过去的事情我不问了，但没有做到，对不起。"

"没有啊，我也答应过你要坦诚。"

"你想说就说，不想说我们就不说。"他把小票揉了揉，投进了垃圾桶。

"我刚来安徽的时候，租的房子条件很差，他便买了这个给我。我跟他说了谢谢了。"

"嗯。"

"我和他之间，是需要说谢谢的关系。和你不是。"

"哼。"他终于笑了，却有些嗤之以鼻。

我的头往他的腋下又拱了拱："袁老师，我记得回家的路。"

他这才笑开了，无奈地揉揉我的头发，又把我推开："饿死了，吃饭。"

一起吃饭的时候，气氛还是有点尴尬，我们都有点小心翼翼。可就是在这还没有磨到彼此舒服的爱的最初，日后我再想来，才是最好的时光。

我们分别塑造出一个短期的最好的自己，扮演、猜测，倾心倾力。

也许有些事情，真的是需要隐藏的。像没有绝对干净的水，也没有绝对无瑕的感情。一切皆有杂质，一切都在发光。

新办公室装修完毕，又晾了大概半个月，公司就搬了过去。

那段时间，我是个实实在在的苦力。安排订好的办公家具入场，办理电话线、网线的移机，跑工商局更新地址，找房东签字，车轱辘一样地跑。公司搬的那天又用了一整天，抠门老板只找了一家搬家公司，拉走了大件儿物品。小东西都交给了我们，也是一场战役。

回到家躺在床上，真的是累得动都不能动。

袁毅在电话里气得不行："早听我的，哪还用这么累？"

"还好了。工作也得善始善终嘛。"

"离职了就来我这儿休息个半年吧，别上班了。"

"再说吧。"

"听话。"

"听的。"

"你就是说得好听。"

"我唱得也好听。"

感觉我对哄他这种事儿已经驾轻就熟了。嗯，有进步。

公司搬好后的第二天上午，包括方总在内的老板的朋友，送来了很多大盆的绿植。我帮忙去搬，安排搁放，奔波辛苦了多日的高跟鞋终于不堪重负了。

当时是在老板的办公室，我一个趔趄跪倒，头磕在了花盆上。倒是没觉得多疼，只是糗坏了。鞋跟断了一半，脑门上立刻起了个包。

安徽人有句经常说的玩笑话："你脑子有包啊。"

这下好了，我算是入乡随俗了。

我龇牙咧嘴地刚从地上爬起来，就听见刚送完亲友团的老板冷冷的声音："谁让你做这些事情的？出去！"

"老板，我一直做的都是这些事情啊。"我郁闷地一瘸一拐地回到座位上。

片刻后，老板站在办公大厅里发脾气："今天是个挺高兴的日子，我们公司搬家了。办公场地更大，小许还给大家申请了沙发休息区，咖啡茶包零食泡面都可以随取，大家工作起来更舒适。但我今天很不高兴。你们这么多男同胞，看见活儿装作没看见是吗？花盆那么重，你们眼看着让一个女孩子搬？非要我指派给你们谁，才知道做是吗？这只是一件很小的事儿，但我看到的是你们的态度。如果真的这么没眼力见儿，遇事不积极主动，只耕自己的那一亩三分地混工资，那你干脆辞职走人算了。我这儿不养大爷！”

我目瞪口呆，还没见过老板发这么大的脾气。男同事们一拥而上，抢着去干活了。

下班回到家，袁毅竟然也在。钥匙虽然给他配了一把，不过这还是他第一次没打招呼就突然出现在我家里。我看到他的第一个动作竟是捂脸。简直是不打自招。

解释后，他果然黑脸：“之前跟你说过的话还记得吗？我努力工作是希望我喜欢的人能舒服一点。你不舒服的话，我也就不舒服了。明白吗？”

“嗯。以后我会小心的。”我主动抱了过去。

坏了的鞋子，被他扔进了垃圾桶。他要拉我买新的，被我拒绝了：“马上就走了，买了还得带着。”

他笑了：“我就喜欢你说马上就走了。哎呀，是我的女人了。”

过年前半个月，和同事分别交接了工作，终于办好了离职。

临走前，在老板的办公室聊了会儿天。

“许佳慧，你做事情呢，主动性责任心道德感都在。但你思维受限，胆小，没有大局观，也不太会为自己争取。你现在也就毕业一年多，你再找工作，就还是把自己当一个完全的职场新人。记住，职场新人是不怕犯错的，错了也会有人理解。所以，别怕，做你想做的工作。积累、抓住机遇，然后争取属于自己的那部分机会和成绩。懂吗？”老板一口语重心长的老干部语气。

“嗯。我明白了。”我点头哈腰。

“说句你爱听的吧。”老板笑笑说，“我这个人，不太容易相信别人，你是为数不多的我信任的那几个人之一。”

“真的吗？”这话让我吃惊。

“虽然，你做的事情都是小事，但你主动性强，肯学，也不浮躁，我很欣赏。分红很快会打你账上的。”

“谢谢老板。”

“别喊老板了。以后也不是你老板了，喊我老胡就行。”

“谢谢老胡！”

“有些话，可能你自己经历了才能消化掉。今天我就好为人师了一次，以后有什么事儿，给我打电话。”

“好的老胡。”

“走吧走吧。”老胡朝我摆摆手，我朝外走去。走到门口，又回身，朝他鞠了一躬。之后，再也没有一个人，在职场上对我说出这样的话。遇见老胡，是我的幸运。

没有什么好带走的东西，我就这样和我的第一份工作告了别。晚上和大家最后一次聚餐，我多喝了一杯。不想坐车，也拒绝了小海的陪伴，就那么一个人微醺地走在回家的路上。一步又一步，像是最后一次丈量我与这个城市的缘分。

再见了，小伙伴。心里一直默默地说。

一个人走在深冬没有了树影婆娑的路上，还是舍不得。就算即将要奔赴的目的地是那样有诱惑力，还是得承认，这世间所有的得到都是以失去为代价的。

经过了一个天桥。很多地摊在夜晚的天桥上摆开，像是一个小小的江湖。

摊主大多是年轻人，卖一些小饰品、袜子、手机壳、进口烟、毛绒玩具之类的东西。他们笑闹打趣，也抢客较劲。

不自觉地驻足发怔。想起那个愤恨又原谅过，也许一生都不会再有联系的人。几乎不易察觉的缅怀，发生在一个又一个相似的背影里。

和晓春打电话，我们都刻意地避开了与陈尽欢有关的话题。有几次晓春欲言又止，我以为是要说他，便没有追问下去。

不知道，他现在是还困在瓶颈里，抑或是已经到了另一个瓶底。

收拾出来的东西，能扔的都扔了，竟还是装了满满两个皮箱。袁毅到了最忙的时候，虽然很想来接我，但实在抽不出时间。

我安慰他说我自己坐火车去就行，他便啰里啰唆地发了好长一条短信过来，一、二、三、四、五地列好。连带上手帕纸、不要吃陌生人的东西，都写进去了。

我简直要笑哭。我难道才三岁吗？在后来的相处中，我才渐渐明白，我在袁毅面前，就是他的小女孩。而当他不在身边的时候，我才是许佳慧。

坐上火车了，一种微妙的投奔感，让我兴奋也不安。对错无暇顾及，甚至连父母都没有告诉，我就这样为自己做了主，去开启另一个人生篇章。

被袁毅接到家已经很晚了。也不管不顾什么身上的火车味儿了，行李一扔，两个人就抱着呼呼睡下了。

能枕着爱人的肩头这样无欲无求地安睡过去，大概就叫尘埃落定吧。

第二天袁毅去上班，我喂女朋友，打开电脑投了简历，然后就仔仔细细地收拾房子。

其实房间很整洁，但我还是想通过每一件小东西，去了解它背后所记录的袁毅的生活轨迹。电脑桌下的柜子里，放着好几个用坏的键盘。抽屉里的票夹，放着几年来的车票机票。书架上放着几本专业书和几张蓝光碟，可以想象，他这几年，娱乐消遣应该少得可怜。在书架下方的箱子里，我看到了他曾经送我的那台白色SONY笔记本。

拿出来擦干净打开，还是原来的桌面，还有猫咪头像的鼠标箭头、他的大头程序。

回忆起曾经每天写那些问题的答案时，内心的甜蜜和思念。现在的我们做什么、吃什么、想念，都可以面对面地告诉对方。

原来，我想要的，真的是整个宇宙都在助力帮我实现。

几天后，就放假了，我们开车回家。把女朋友送去了宠物店寄养，袁毅买了好多东西，后备厢塞得满满的，连后座儿都没法坐人了。

“干吗买这么多啊？”我问。

“要见家长了，礼物丰盛一些不好吗？”他终于塞好了东西，关上了后车门。

“这么快就见家长？”

他打开车门，把我推进去：“我觉得还是见吧，早点定下来，家里人也安心。别怕，我们不是罗密欧与朱丽叶，也不是梁山伯与祝英台。”

“能说点好听的吗？”

“我是说，谁也砍不掉我拉着你的手。”他笑着为我系好了安全带。

> 之后想来，命运那时就像是一架一节也抽不走的长梯。
> 无论抽掉其中哪一节，都无法登上顶端。
> —— 吉本芭娜娜

第三十九章 /
在冬天里寻找夏天的人

一路上都在讨论要不要见家长，我始终不太放得开。

五个小时后下高速，袁毅先送我，对于要不要他和我一起上楼去，我还在纠结。

然后经过了步行街。

恰好遇到了一个红灯，我朝窗外望去，正看到路口拐角处把面包车的后备厢打开做摊位的陈尽欢。

半年多没见，他变得黑瘦了一些。大概是困乏了，他打了一个毫不矜持的哈欠，又伸了一个很有节奏的懒腰，然后也看到了我。

很难形容再见到他的感觉，夹杂着一丝微妙的愧疚感，一丝在那个瞬间终于略略放下的牵挂感，一丝因为身边坐着袁毅的慌张感，还有一丝看似郑重实则轻飘飘的诀别感。

隔着车窗，我们就那么沉默地对视了几秒钟后，我扭过了头去。

“怎么了？”袁毅问我。特别奇怪，和他在一起的时候，我任何细微的动作，都逃不过他的眼睛。

“没事儿。”我笑笑回他。可他还是探身过来往窗外看去，之后又一言不发地坐了回去。

绿灯亮了，车子在沉默中汇入了前方的车流。已经是傍晚，但光线还好，对面的车道上却有人开了远光灯。大概是被晃了眼，隐隐听到袁毅低声骂了一句。

两个人的相处就像牵着同一段皮筋儿，一个人松了，另一个人就得紧一紧。一个人紧了，另一个人就得往前站一站。

在某些必须得表达的阶段，不容跳过去，装作什么都没有发生。

“一会儿在我家吃饭吧。”我提出了邀请。

“不是怕见家长吗？”

“那你去吗？”

“好啊。”他扭头对我笑了。

敲开了门，我妈看着提着大包小包的我们，愣了足足半分钟，才喊我爸：“老许，闺女回来了，还带着……她对象！”

还没介绍呢，我妈就冰雪聪明地脑补了。我只好红着脸说：“对，我对象。对不起，先斩后奏了。”

“叔叔阿姨好，我，我叫袁毅。之前……”没见他这么紧张过，把东西往茶几上放的时候都放不好，噼里啪啦落一地。

我爸大概被这突如其来的“家庭变故”给惊到了，语气里莫名带了点儿严肃：“之前什么？”

“之前，之前也叫袁毅。”我连忙给我妈使眼色，然后蹲下来帮袁毅把东西重新规整。

“那个，老许，我还要弄几个凉菜，你过来帮我剥蒜瓣儿，让俩孩子休息一下……”

我爸被我妈拉去了厨房窃窃私语，我把袁毅摁在了沙发上：“加油，袁老师，展现你人格魅力的时候到了。”

像是被提醒了什么，这家伙立刻从沙发上跳起来就往厨房跑去：“阿姨，我来剥吧，我最喜欢剥蒜了。”

片刻后，他拿着两疙瘩蒜回来了。我去厨房“视察”，被我妈拽住：“这不是那个电脑小工吗？”

我对我妈超群的记忆力十分佩服：“是。”

“好啊你许佳慧，竟然瞒了妈妈这么久。”

“我们才在一起的。”也许隐藏分手前的那一段，父母更好接受吧。

接受了好一会儿审问，我才回到了客厅。而喜欢剥蒜的袁老师，还在辛苦作战，我于是坐在他身边，也加入了战斗。

吃饭的时候，我爸要和他喝一杯。隐约觉得这家伙有点太紧张，敬酒的时候，捧杯子的手都有点抖了。

之后想起来，还是感激他那时的真诚，对我父母提出的任何问题，都没有丝毫的怠慢。

我妈问得特别细，把他的家里状况摸了个底儿朝天，连工资都问出来了（这些我都不知道）。我爸的表情也越来越不严肃了，后面便满面通红越喝越高兴。

吃完饭，我送他。下楼梯的时候，在拐角处，他抱住了我。

“怎么了吗？”我怕被邻居看见，想推开他，却推不动。

“我真高兴。”他说。

“高兴什么？”

“我们又过了一关。”

我笑，拽着他的手下了楼。送他上了出租车，我慢吞吞地回小区，想着一会儿到家了，我妈肯定又要审我半天。去上海的事儿也要跟他们交代，不知道会不会挨骂。

还是觉得不可思议，天哪，我今天竟然办了这么大一件事儿……

“蛋蛋。”一个熟悉的声音在身后响起。回头，看到陈尽欢从面包车的车窗里探出头来。

不知道这车在这边停多久了，他是在等我吗?

我朝他走去：“嗨，好久没联系了。”

“上车吗？”他拍拍车门，“上来坐会儿？”

“不用了，我还得回去，我爸妈在等着我呢。”

他无奈地笑笑，只好自己下车来了，与我面对面地站着。

“你和袁毅和好了？”

“是的。”我对他笑笑。

“哦，恭喜你啊。如愿以偿了。”

“谢谢。”

“好快……” 他说得像是自言自语。

我没吭声。

“我也不知道该说什么了，就是想看看你。”他穿一件米色的风衣，风吹着衣袂飘起落下，像是打了个旋儿的难题。

“嗯。谢谢你跑一趟。”

“这有什么好谢的。”他笑，“其实我就住这个小区，我在这边租了房子。今天回来得早，就在这儿等了一会儿。”

“你住这儿？”我有些吃惊。

“早上起来跑步的时候总遇见你爸爸，他买的油条经常分给我两根。”

“你还认识我爸？”那画风超出我的想象了。

“嗯。还有你妈妈，她每天在楼下喂流浪猫，猫粮都是我淘宝代购的。”

“我真不知道这个。我妈没跟我说过。”

“他们不知道我认识你啊。”

我笑笑，低下了头。似乎听到粉笔奔跑在水泥地上，他依然关在自己画的牢里。

“走吧，我送你回去。”

“好。”

与他并肩走着，恰好遇到了一阵穿堂风，沙尘扑面而来的时候，我本能地闭上了眼睛。再睁开，发现他的手挡在了我的脸前面。并没有碰到，所以我看到他掌心纷杂的纹路，乱糟糟的，像另一个命中注定。

“好了。”我把他的手拿开了去，“谢谢。”

“你为什么不问？”他忽然说。

“什么？”

“我在步行街摆摊儿的事儿。”

“我知道的。”

“一直知道吗？”

“几个月了。”

他沉默，深呼吸：“许佳慧，我曾经想象过你知道的话会不会担心，会不会怀疑，会不会有那么一点儿的心疼。现在我发现我真的是太自作多情了。”

“我是否担心，真的很重要吗？最重要的难道不是怎么重新开始吗？”我停下来看他，“你有什么打算，一直摆摊摆下去吗？”

“当然不会。我有想法做别的事情。”

“嗯。我相信你，你有能力，也有才华……如果……如果有什么需要帮忙的话……”

“呵……”他冷笑了下。

那时的我并不明白，一个人真正地喜欢另一个人，是不需要对方为自己做任何事情的。他的顾虑只有一个，我，能为你带来什么。

就像我对袁毅，或者袁毅对我，或者晓春对周志清，甚至是后来的陈尽欢对我。在不确定自己是否能带对方进入更好的世界时，他会停下来，会自卑，会想放弃，会自己欺负自己。

陈尽欢的自尊心不允许他接受我的帮助。除非，除非我身心都与他站在一起。

但，那是不可能的。

“我回去了。”在我家的楼下，我跟他告别。像最后一次告别，我心口有微妙的痛感。是的，我担心过，也怀疑过，但那是我自己的事儿，不需要他知道，不需要任何人知道。

“和他在一起幸福吗？”他在身后问。

“很幸福。”我加快了脚步，没有回头。

我爸对我跑到上海去找袁毅有点生气，说又不是嫁不出去了，这么上赶着。

我妈却明确表达了对我的支持，他们两个人在客厅里唇枪舌剑起来。

世界上所有的爸爸，在宝贝女儿投向另一个男人的怀抱时，内心都是愤怒与惊惧的。

所以，我抱了抱我爸：“老许，谁也不能替代你在我心中的位置。”

我爸愣了，我妈也愣了。在两个人的目瞪口呆中，我回了自己的房间。

躺在床上，大脑飞速地转。袁毅的电话打来了：“我到家了。”

“嗯。你好好睡。晚安。”

“不要这么快挂断，我现在想和你说话。”

“好啊。想聊什么？”

“初四你来我家吧。明天我跟我妈说我们的事儿。”

“好。”

“许佳慧，我喝多了，说话都大舌头了。是不是？扑噜扑噜……”

“哈哈，你把这扑噜扑噜翻译一下啊。”

“初四去完我家，初五我们就回上海吧。” 他扑噜扑噜了好一会儿又说。

“之前说的是初七啊。”

“想女朋友了……”

但我又知道他担心的是什么，就先安慰他：“刚才送你回来，在小区里我见到陈尽欢了……你放心，不要多想……我会处理好的。”

久久没听到回应，再听，竟然打呼睡着了……

“喂喂喂，”我对着手机喊，“你有没有盖好被子……”

第二天，陪父母置办了些年货，刚到家，晓春电话打来了：“你个猪。”

“嗯，猪回来报到了。”

“快出来见我。”

“是！”

袁毅来取车，刚好送我去见晓春。在车上，我十分坦诚地又讲了一遍昨晚见陈尽欢的事儿。他沉默了一会儿说：“其实我昨天听到了，半夜醒来想了好一会儿。他怎么样，对我来说无关痛痒。你的态度在，我很放心。”

他左手扶方向盘，右手依然握着我的。想到他在深夜里的辗转反侧，不禁一阵感激。

好久没见了，抱着晓春的感觉，简直就像抱着我的整个少女时代，恨不得和她亲个嘴儿。犹豫了一番，还是下不了口，这女人的口红颜色实在是太艳了。

之后我们俩面对面坐着，含情脉脉地看了对方好一会儿，然后开始互相攻击。

“你怎么修了个这么挑的眉形，土死了。”我说她。

“你这发型一万年不变，是要扮演留守村花扮到底吗？”她说我。

“不能和你比，我不讲究，就念旧。”

“哎哟，还没说呢，就嘚瑟起来了。回头草吃这么欢的也就你了。”

“你也有回头草，你敢吃吗？”

“呵呵，只有姐姐想或者不想，哪有什么敢不敢的？”

“是吗？不知道周志清回来了吗，约他出来聊聊天。”我摸出手机来晃晃。

“他回来两个月了，我经常见。”晓春得意地挑了挑她的细眉毛。

我不跟她逗了，认真地盯住她：“怎么回事儿？你们和好了？”

“没有，他们公司中标了咱们这儿的一个市政工程，他被派过来驻工地。”

“见得多吗？”

“还行吧，有时候就一起坐坐聊聊天什么的。”晓春脸上波澜不惊。

“你们到底怎么想的啊。”

晓春却转移了话题：“对了，杨婷订婚了。”

“已经订了吗？”之前给彭兰阿姨打电话的时候，她提过一句。

“是的，就前几天，是相亲认识的男孩子，特别喜欢她。我见过一次，那男孩儿喊她宝宝。天哪，特别肉麻，我当时就鸡皮疙瘩掉一地。”

“真好啊。”我由衷地为杨婷高兴。

“小黑呢？”

“他开了个公司，专门做网游，可算是把爱好当工作了。”

“我知道他做网游，我问他有没有又追你？”

“他敢吗？”晓春又扬了扬她的细眉毛。

“你在他面前是有多凶悍，吓得人家都不敢了。”我撇嘴。

“我说他敢吗是因为人家现在有女朋友了。”晓春站起来用菜单敲了我一下。

“不是吧。”我揉揉头。

“他女朋友是他游戏里认识的一个网友，聊了很久了吧。长得挺有喜感的，哈哈。”晓春想起来了什么，笑起来。

晚一点儿，我们打电话喊来了杨婷，当然她带着她的男朋友。男孩清瘦白皙，带点拘谨，但看向杨婷的眼神，满是宠溺。

她恢复得很好，眼睛显得沉静了许多，再也不像少女时期那样，时刻燃着火，或踌躇满志，或求而不得。

她男朋友小声地跟她讲话，她小声地回复他。

“宝宝想喝什么？这个吧。你不是爱喝这个吗？”

“嗯，好啊。那你点这个好不好，我也想尝尝这个。”

看着他们就像看到两只习惯了厮守再没有了野心的家猫，窝在一起晒暖儿舔毛、分享同一盆食物，在好时光里追逐笑闹，任何时候都形影不离。

也许真正能化解压抑的，就是有人站在身边，每一个爱的眼神，每一次伸手拉起，每一声温柔呼唤，都是在说：“别怕，有我在。”

简单纯粹的杨婷，遇见了她简单纯粹的爱情。

之后，基本就是看两个小情侣卿卿我我了，也许是男孩害羞，也许是因为肩负着彭兰阿姨交代的买春联的重任，所以，他们坐了一会儿便匆匆走了。

之后的一整个下午，我和晓春都窝在沙发上，舍不得离开对方。我说了很多袁毅，他已经打了两个电话问安。她就跟我讲她那些约会过的男朋友。

有一个做操盘手的金融男条件相当优越，他们两个人似乎也很来电，却没了下文。

“为什么？”

晓春叹一口气：“唉，没机会了。人家被我得罪了。”

“不会是因为周志清吧。”

“就是因为他。有一次那个男的要我陪他参加一个重要的酒会，临行前我接到了周志清的电话，就放他鸽子了。”

无语了好一会儿，我才问：“那周志清找你什么事儿？”

“没事儿。他工作压力大，找我陪他喝酒。”

我更不理解了：“你到底怎么想的啊？”

沉默了片刻，晓春才说：“不知道。我还是很心疼他，力所能及地想给他点力量。如你所说，人都是恋旧的。当年我们分手，我其实也有点任性。现在做朋友相处下来，发现他在心里还是很珍惜我的。”

“说细节！”

晓春的脸有点红：“你刚去上海的那天，我和周志清一起吃饭，吃着吃着就吵架了。具体为什么我不记得了，反正就是很小的事吧。我就很生气，起身就走。他追出来，问我想干吗。我就说，咱俩就当没认识过吧。他就咆哮说，当作没认识？你开玩笑吧，我跟你说吴晓春，我不同意，我跟你没完！我当时都气乐了，多大人了，还跟我没完。但他当时真的很难过，眼睛都红了。我一下就心疼了，抱了抱他。之后的发展有点意外，我们……那个了……”

“哪个了？”

“你说呢，别在这儿给我装纯情少女。”

“哦哦，那个啊。”我低头笑。

“完了他睡着了，我睡不着。就看着他，竟还是那种又爱又恨的感觉。太糟糕了，我好不容易跳出来的，终于修炼到了这种无欲则刚的潇洒状态。我就很害怕，想着赶紧穿衣服跑人。我穿好了衣服，看到丝巾还在床上，就回去拿。然后就看他半睡半醒间，手转啊转地抓住了我的手，嘴里面嘟嘟囔囔地说着什么。”

晓春停止了讲述，望向了窗外，眼睛里有潋滟的水色，像是回忆起了一生中最美丽的时刻。

“他说了什么？”我追问。

“他说，吴晓春，我跟你没完。”晓春回头对我笑，淡淡的，疲惫的。像是奏响一首高难度又绵长的曲子的大提琴手，终于拉完了最后一个尾音。在经久不息回应的掌声中，她起身谢幕，茫然四顾又怅然若失。

世界上有两种悲剧，一种是想要的得不到，一种是不想要的得到了。

成熟的最大好处是，以前得不到的东西，现在不想要了。

我不知道晓春的疲惫是哪种，也许在那个当下，她自己也不知道吧。

又一起吃了晚饭，晓春才开车送我回家。经过步行街，拐角处没有了陈尽欢的面包车。

“你有没有和陈尽欢聊过？”我问。

“躲还来不及，和他聊什么？”晓春白了我一眼。

我没再说话了。

“许佳慧，你要保守你心，胜于保守一切，因为一生的因果，是由心发出。”晓春说了一句很有智慧的话。

“你现在确实不一般了。啧啧。”我赞叹。

“以前和一个基督徒约会过，他经常给我背《圣经》名言。听了那么多，就记住了这一句。”

“还是约会好啊，有利于长见识，提高智商。”

“就是啊。不过，你是没机会了，我深深地同情你。”

下车告别，我往家走，正看到我妈在楼下，几只猫围在她脚边。我朝她跑去：“怪不得不想我，原来是有精神依托了……”

刚说完，就看见陈尽欢从垃圾桶后面起身，抱过来一只幼猫，递了过来。

我们都愣住了。

我妈热情地向他介绍：“这是我闺女。”

我讪讪的，陈尽欢却伸出了手：“你好，我叫陈尽欢。”

我没有握他的手，蹲下来看猫，心里面乱七八糟的。

“尽欢啊，你今天不去摆摊吗？”

“不去了，阿姨。我要忙点别的事情。”

“你注意身体啊，你看你现在瘦得。明天就除夕了，如果你没地方去，就来我家吃年夜饭吧。我们家也没几个人。”

陈尽欢看了看我：“不用了阿姨，我挺忙的。”

“忙什么啊，大过年的。一定要来啊，陪你叔叔喝点儿。”

“真的不用了。”陈尽欢又看了我一眼。

喂完猫，我和我妈一起上楼。我妈还在嘟囔：“多好的小伙子啊。如果不是你已经有电脑小工了，我之前还想撮合你们俩呢。”

我跺脚：“别瞎撮合。还喊电脑小工，人家叫袁毅。”

“你不知道，六月份我中暑了一次，骑着自行车就摔倒了。如果不是这个小伙子把我送到医院……”

“妈，你怎么没告诉我？”我大惊。

“没多大事儿，打了个吊瓶就好了。跟你有什么好说的，你知道了又要担心……”

远离家乡，无法陪伴在父母身边，最害怕的就是父母有事儿却不告诉自己。我心里一阵难过又自责。

“后来我和你爸就请他吃了个饭。知道他在找房子，就帮他问了小区的邻居。你张姨的房子空半年了，就租给他了。这孩子没什么亲人了，看到他我就挺心疼。挺能吃苦的，家里有什么事儿，他一喊就到。”

我沉默地听着。

“女儿啊，你说我收他做干儿子，你同意吗？”

“啊？”我无语地抬头看我妈。

“跟你爸也商量过……”

“不同意！”我加快了上楼的脚步，把我妈扔在了后面。

除夕那天，陈尽欢没有来我家吃饭。大年初一，我妈煮好了饺子，非要我去给他送一碗。

“我不去。”

“呦，你现在脾气挺大啊，这还没嫁人呢，嫁出去了还能指望你个啥？”

我默默地端起了碗。

张姨家在隔壁栋的一楼，我敲开了门。是一个女孩子开的，她有一双月牙一样的眼睛。

“你找谁？”

她笑起来的样子太好看了，似乎周围都闪起了星星。

在过了某个特定年龄之后，

我们的生命中已不会再遇到任何新的人，新的动物，新的面孔，或是新的事件。

一切全都曾在过去发生，一切全都是过往的回音与复诵。

甚至所有的哀伤，也全是许久以前一段伤痛过往的记忆重现。

—— 多丽丝·莱辛

第四十章 /

珍若拱璧的余威与灰烬

女孩看着我笑的样子，让我有刹那间的分神。大概又问了遍“你找谁”后，陈尽欢从里屋走了出来。

“不好意思啊，我不知道有两个人，所以只拿了一碗饺子过来。要不然，我再回去端一碗吧。”我对女孩抱歉地笑笑。

陈尽欢把碗接了过去，让我进门：“不用再跑了，我们自己也煮了的。”

“是吗？那你们吃，我就不进去了。”我闻到了厨房的烟火气。

“先进来，有个东西想给你看。”陈尽欢朝里面扬了下头。

女孩若有所思地看着我，忽然热情起来：“你是不是就是佳慧姐啊，我见过你的照片，穿着旗袍和尽欢哥一起拍的那张。总听他说起你。”

“嗯，是。”我不好意思地笑笑，走了进去。

她是谁呢？又一个约会对象吗？还是女朋友？

女孩跑去厨房看锅了，陈尽欢进里屋去拿东西，我在房间里打量了一番。客厅里靠墙摆着张姨留下的旧沙发。中间是一张很大的工作台，一架缝纫机靠在墙的另一边。工作台上乱糟糟的，到处都是布料和原料皮子，一个厚厚的速写本搁在桌角，我掀开翻了翻。

各种各样的包。

有的漂亮，有的不漂亮。

有的流畅，有的干涩。

有的寥寥几笔，有的涂抹成一团。

“佳慧姐吃了吗？一起吃吧。昨晚上买回来的速冻饺子，可能味道不太好。”女孩从厨房出来，跟我打招呼。

我慌乱地合上了速写本，回头说：“不用了，我家里也做好了。”

陈尽欢拿了个纸袋出来：“我送你回去吧。”

“不用送。”我摆手，“就几步路。”

“走吧。”他先打开了门。

“佳慧姐，新年快乐，恭喜发财。”女孩站在门口跟我们道别。

“恭喜发财。”忍不住又多看了一眼她笑的样子。

出了单元楼，陈尽欢把纸袋递给我：“新年礼物。”

“什么啊？”

“拿着。”他塞过来，“我做的第一个手工包。刚刚开始，还不成熟。”

“哦。”我接过来，打开来看。很漂亮的牛皮包，简洁，大小合适，最喜欢的是复古搭扣，看上去很特别。打开，内衬也用料考究。

“很漂亮啊。”我说。

“我要是专心做这个，你说能卖得出去吗？”

“当然可以。”

他笑了笑。记忆中，他大多数时间都意气风发，也许因为耀眼过，所以总是无所畏惧。可那个当下，我在他的笑容里，竟然看到了那么一点犹疑和不自信。可以想象，那个“抄袭”事件的打击还有余威。但还是感动，只觉得他能在那么短的时间内重新定位自己，又是那样的难得。

“可是做包毕竟不比做内衣设计。之前你有公司资源的支持，而现在全靠自己，会很难。如果……”

“如果缺钱的话，跟你借吗？”他笑着问。

又有一种被看穿了的感觉，我没吭声。

“不用了，我不想每次都跟你张口。虽然觉得你一定会同意，但你现在和袁毅在一起了，我再那样就是为难你了。”他笑，带着自嘲。

“谢谢。”我有点难过。以前在不知不觉中与他建立起来的熟悉感，在那个片刻飞速地消逝。

“包用得好告诉我，用得不好也告诉我。你只需要帮我做这个就好了。”

“那你……加油。”从此之后，我是一个站在路边的人，而他是个奔跑者。他费力地向前奔，而我不会去给他一个拥抱，也不会递水过去。我能做的，是沉默地和其他站在路边的人一起，望着他跑近来，跑远去，然后对着他的背影或鼓掌或叹息。

“你过完年还去安徽吗？”他又问。

“不了，我去了上海。安徽的工作已经辞了。”

“这么义无反顾？”

我笑笑。

“以后你用包，就找我吧。一辈子的包我都可以给你做。”

“别。我用包很省的，几年也不买一个的。”

“那你慢慢用，我慢慢做。”天阴阴的，他低头笑着看我。他之前也是这样，喜欢就那样盯着我看，目不转睛的。我从来不回应他的目光，只觉得太过进击，无法招架。所以，就也低下了头。

只是再抬头的时候，竟然看到几朵落在他发上的雪花。雪是忽然间下起来的，纷纷扬扬，以浩瀚的愤怒的姿态，像是要把世间的恩怨和遗憾瞬间填平。

“别这样看着我。”他收回了目光，“我会胡思乱想的。”

“对不起。”我连忙低头，耳根也热了起来，为我刚才那一须臾的愣神。

张姨家的阳台窗子打开，探出女孩俏皮又郁闷的脸：“尽欢哥，不知道怎么搞的，饺子全烂了，皮儿都飘起来了……”

“那就吃烂的。”他懒洋洋地回了她一句。

“快回去吧。”我摆摆手。

“新年快乐。”他笑笑说。

我往家走去，提着那包，只觉得特别重。像提着一个人的前程，三个人的过去，无数的看不见的来日。

回到家，我妈已经把饭桌摆满：“谁能吃到硬币，会好运一年哦。”

“哇。”我拣了一遍又一遍，才选中一碗。

我吃到了三枚硬币。

我爸吃到了四枚。

我妈吃到了两枚。

“哪有这样的，别人家的妈妈都只包一枚的。”我很震惊。

“说明我们家的人，运气都很好。”我爸很高兴地说。

不知道陈尽欢从那碗里，能吃到硬币吗？刷碗的时候，我默默地想。希望……他也能吃到吧。

之后就是走亲访友，热闹地过节。晚上和晓春见面，喝杯鸡尾酒，闲聊一番。见到了周志清。

周志清胖了。简直了，肚子都出来了。

“一个有肚子的男人有什么魅力？”我小声地揶揄晓春。

“袁毅也有肚子好吗？”

“袁毅有吗？”

“你这是一叶障目，看自己的心上人，那自然是怎么都好，缺点也看不到。”晓春撇嘴。

“干脆和好吧你们，啰唆什么。”我也撇撇嘴。

“我们再要瓶红酒吧。”晓春就是不接茬。

分开的时候，晓春去洗手间，我悄悄对周志清说：“这次换你好好追，否则，我也不同意你们复合。”

“还用你说？”周志清横了我一眼。

“减肥吧，晓春最讨厌有肚子的男人。”我也横了他一眼。

“一会儿我就去跑步。”周志清脸红了。

初三中午和袁毅、小黑见面吃饭，遗憾的是没有看到小黑的女朋友。

“人家也要回家过年啊。”小黑倒是没胖，只是眼镜越戴越风骚了。

矮富帅的小黑隐瞒了自己的富，见过不少于二十个女网友，然后留下来和他谈恋爱的只有这一个。没有见光就死的网恋，着实难得。当然，这中间的辛酸也有如恒河沙数，难以名状。小黑热烈地沉浸在自己的讲述中，我和袁毅听得哈哈大笑。

吃完饭和小黑告别，我就被拽着去买衣服。袁毅把见家长这事儿看得太隆重了，一边逛，一边啰唆，简直要彩排一遍。

“我又不是要考斯坦福，这么费力！”想当初，我在五秒钟之内就做了决定带你回家了，多么豪爽大气不拘小节。

“绝对比考斯坦福省力，就是我爸妈有点儿挑剔。”

“……你是不是觉得我长得有碍观瞻带不回去啊？”

“我这是多一分胜算。”

“我明白了，你已经跟他们说了我的情况了。他们肯定觉得我配不上你，对不对？”

“你别瞎想，我现在也是有家庭主权的人。”

我立刻“压力山大”了。

我紧张得一夜都没有睡好，第二天起来挂着黑眼圈像熊猫一样。早早地，袁毅就来接我了。临走前，我妈没少叮嘱唠叨。而我爸只说了一句话：“我姑娘是懂进退的，但不许委屈自己。”

他说完又看了袁毅一眼，这家伙连忙点头哈腰。

事实上，那天见面非常顺利。袁毅的爸爸非常客气有礼，而他的妈妈则第一声就喊我慧慧。呃，这么亲昵，从七岁开始我妈就只喊我许佳慧了。

整个见面的过程我现在回忆起来应该也没什么大的差错，除了吃饭的时候他们研究了一下我拿筷子的手势，很奇怪那样也能夹住菜。而我为了表示我夹菜很得心应手，便给每个人都夹了一次，只是给袁毅妈妈的一块排骨掉进了汤碗里，溅脏了她的雪白皮草披肩。

感激袁毅对我父母的有问必答，我对他们也是知无不言。

只是不知道我的回答，与袁毅对他们灌输过的，是否有偏差。那彩排过的一遍，毕竟不能囊括所有的问题。

从他家出来，袁老师重重地呼出了一口气，拍了拍我的肩：“你做得很棒，慧慧！”

“谢谢您的指导。”我也重重地呼出一口气，“这算是过关了吗？”

“满分！”

晚上回到家，却收到了一条袁毅妈妈的短信：“慧慧啊，女孩子有上进心是好事，你要读研阿姨和叔叔都很支持。我是这样觉得啊，你们两个人要一起生活了，你自己呢还是得有收入来源，这样袁毅压力也没那么大，生活水平也不会下降太多。阿姨是为你好，靠自己总比靠男朋友要实在，你觉得呢？”

“好的阿姨，我有分寸。过完年，我就去找工作。您放心。”一条短信写写删删了好几遍，才发出去。

“还有，短信的事儿，不用跟袁毅说，这是咱们俩的小秘密。”

“嗯。我明白的阿姨。”

之后互道了晚安。微妙的投奔感，微妙的被轻视感，爱着同一个男人的两个女人之间，那种微妙的摩擦感，终于消耗掉了那一天我全部的力气。太累了，竟还是睡不着，我躺在床上辗转反侧，烙起了大饼。

初五没走成，袁毅的舅舅从国外回来，就多留了一天。我也乐得在家多陪父母一天。那天家里客人多，一个表姐新嫁，带着新姑爷第一次来做客。家里好生准备了一番，还找了几个能陪酒的亲友。

袁毅不方便过来，没想到，我妈竟喊了陈尽欢。

我一直在厨房忙活给我妈打下手，做了两桌菜，一桌给男客，一桌给女客。为了灌新姑爷，六个男人，喝了三瓶白酒。我爸妈送走了客人，表姐非要拉着爸妈去看看他们的新家。我便一个人在空荡荡的房间，收拾满桌的狼藉，洗洗刷刷，拖地扔垃圾。

等终于弄完了，回自己的房间，才看见我的床上躺着一个人。

陈尽欢睡在那里，随便地搭着被子。似乎是之前他喝多了，我妈便拉他去我的房间躺了一会儿。

我没有叫醒他，轻轻关好了门。

一个人在客厅坐在小凳子上看窗外的时候，我也不知道我的眼泪是什么时候涌出来的。

我到底在哭什么呢？我不喜欢他啊，只是也不讨厌他罢了了。可为什么会难过，想到他处在谷底时我的无能为力，还有我们也许从此都不会再打扰的彼此的人生。

抹一把眼泪，我站起来，准备出门去张姨的房子里看看那个女孩是否还在，然后让她把他接回属于自己的地方去。

回身，就看见陈尽欢，靠在墙上，沉默地看着我。不知道他起来多久了，看了我多久了。

“你能走吗？我正准备去找人来接你。”

“能走。”他说，“但是我还不想走。”

“那你就再躺一会儿。”我对他挤出一个笑来。

“你想什么呢？”他问。

“女朋友。我和袁毅养的一只猫，它自己在上海过年，不知道瘦了没有。”我还是笑，可电视机漆黑的屏幕上，映出我通红的双眼。

“蛋蛋……”他朝我走来，脚步是踉跄的，然后一个不稳，倒了下去。

我去扶他，可他站不起来，只好让他靠墙坐了，然后去沙发那儿拿了个抱枕，放在他头后面。想去再倒杯水给他，可站起来后却迈不出步子了，他抱住了我的腿。

“放开。”

“你跟我说你为什么哭。”

“放开！”我吼他。

他一个用力，我倒了下去，瞬间，我被他压在了身下。

“说！”他的手抓住我的肩膀，酒气扑鼻，眼睛里像着了火，不管不顾。

想起那个和袁毅分手的夜晚，我的眼泪再次汹涌而出。恐惧、羞耻、不堪、自弃还有可以预见的灾难。

“对不起。”几秒钟后，他反手抽了自己一个耳光，终于清醒过来，然后挣扎着起来了。

他踉跄地朝门外走去，没有回头，也没说再见。

晚一点儿，我给袁毅打电话：“我们明天走吗？”

“你说，你想什么时候走？初七也行。”

“我想明天就走。”

“好啊。可是你不是挺高兴能在家多待一天吗？”

“再待就被我妈唠叨死了。”

“咱妈唠叨你什么？”

“说我还没嫁人呢就这么不听她的话，嫁了人还了得。”

“咱妈说得有道理。这个我得好好教育你。”

“袁毅……”我喊他。

“怎么了，慧慧？”他那边乱糟糟的，但声音里都是愉悦。

“我想你了。”

“是不是有事？”他停了停才问，真的太聪明了。

“没有。”我立刻答。

“明天我们回去，你今晚收拾东西。”

“嗯。”

挂了电话，我靠在沙发上，像是做了一个光怪陆离沉浮在无边水面的梦，醒来终于回到了现实的岛上。

傍晚，我妈打电话过来说，不回来吃饭了，让我自己随便吃点。

百无聊赖地，我看了一会儿电视，然后接到了一个陌生的电话：“佳慧姐，你还记得我吗？初一那天，咱们见过面，在尽欢哥家里。我叫毛雯雯，你现在方便吗？可以出来和我见个面吗？”

是那个有着月牙一样眼睛的姑娘。

“你好，雯雯，有什么事儿吗？”

“我……我就是想和你聊会儿天，不会耽误你多少时间的。”

我和她约在了小区不远处的一家甜品店。她拉着行李箱出现在我面前。

“怎么了，你要走吗？”

“主人下了逐客令，不走也得走。”她吐吐舌头，“不过也不是第一次了，我总能死皮赖脸地再混进去。哈哈。”

她真的是个特别可爱的女孩子，我不由得也喜欢她了。

“你们怎么认识的？”还是没能忍住好奇心，我低头喝水掩饰。

“摆摊的时候呗。开始时我们没在一处摆，有一次我刚展开摊布，他开着车呼啸而过，跟我喊，城管在后面，可算是救了我一回。我就一直忘不掉他，到处找，后来找到了就在他旁边摆摊，时间长了就混熟了。他那时说，我们同是天涯沦落人。哈哈。”

“哈哈。”我也忍不住随着她一起笑了。

“我特别喜欢他，从来没这么喜欢过谁。可是，他不喜欢我。”她笑得有点疲惫，但还是又加了一句，“哈哈。”

“表白过吗？”

“有啊。经常表白，他装没听见。其实好多女孩子喜欢他，也有顾客，买过一次东西就要他电话啊什么的。还有个大姐，太逗了，竟然要把他带去广州包养他。想起来他跟我说的时候脸上的表情，哎呀太逗了。哈哈哈。”

“呵。”我笑，想起他老挂在嘴边说的“长得帅，艳遇来得快”。

“佳慧姐，你认识尽欢哥很久了吧？”毛雯雯问我。

“大学一个学校的。”但是真的不久，似乎是刚刚才认识他一样。

“不是吧，他跟我说你们从小就认识啊。”

“不可能啊。我大学才知道他的名字。”新做好的泡芙端上来了，我把餐盘推向了毛雯雯。

“可是他说十岁那年，你送过他一个蛋糕。是他五岁到二十岁那些年里，他收到的唯一一个蛋糕。”

“有吗？我真的不记得了。”我吃了一惊，在安徽最后一次见陈尽欢，他也这么说过。

“是他上小学四年级的时候，你们拿错了书包。然后你去他家换书包，大概是看了他写的日记，就送了他一个生日蛋糕。”

“啊？”我想起来了。

拿错书包那件事我还记得。因为害怕写不成作业而号啕大哭的那个傍晚，我和我爸把书包翻了个底朝天，找对方的地址。然后看到了他随手写在作业本上的日记：“没人记得今天是我的生日。”

那年我在实验小学读二年级。操场离教室比较远，所以最后一节体育课，大家都是背着书包去的。上课的时候，就把书包随便堆在角落里，放学了就背回家。体育课通常是不同的班和年级一起上，我大概和陈尽欢同上了一节体育课，书包又一模一样，于是背错了。我胆子小，哭得特别凶。我爸翻了那个书包，找到那个孩子的地址，又带我一起找过去，把书包换了回来。出门后，我爸带我去订蛋糕，顺便就帮他也买了一个，又给他送了过去。

只是，我早就忘了这个人是谁，叫什么名字。后来我们搬家，我很快就转学去了别处，这件事就被埋在了记忆的深处。

看我呆住，毛雯雯很惊讶：“尽欢哥没有和你提过吗？”

我摇摇头。

“他为什么不提呢？”

“我也不知道。”我叹一口气，“或许他觉得和你讲比和我讲有意思吧。我对他来说，不是一个好的听众。我总是懒得听他讲话。”

“佳慧姐为什么不想听他讲话呢？他说话多有意思啊。”

我低头沉默。

毛雯雯也沉默了下来，吃完了一个泡芙。她的嘴角上沾了奶油，我抽了一张面巾纸，伸手帮她擦。这动作自然而然，几乎没有犹疑。却看见她低下了头，肩膀开始耸动，眼泪打在了我的手上。

她无声地哭，我就沉默地把纸巾递过去。我能理解她全部的眼泪。这串串纯净的泪珠，是太动情的时候，写给自己的一封信。当年华老去，信笺泛黄，再打开来看，会发现它们其实是炙热的夏花，是飞向天空的羽毛，是海风吹响的铃音，是青春。

过了好一会儿，她才平静下来，问我："佳慧姐，你为什么不喜欢尽欢哥？"

"我有男朋友了。"我把一桌的纸团捡起，扔进垃圾桶。

"今天他赶我走，你知道他为什么吗？下午我做了火锅，食材买太多了，我就跟他提议，要不然让佳慧姐一起过来吃吧。他说，你不会来的。我说，没事儿我去喊。我换鞋开门，他就把我的皮箱给扔了出来。"她的眼泪又出来了，"他说，他说，别干涉他的生活。"

"对不起雯雯。"我难受起来，"以后你和他相处，不要提我。你明白吗？"

"可是他经常提你啊。"

"以后应该不会了。"

"怎么不会呢？他提起你来，眼睛里都是光。我……我就是觉得没有人能让他高兴了。我不行，别的人也不行。我是因为这个难过的，我不奢求他和我怎么样，只希望他快乐一点啊。"

"雯雯，你可以的。你不是别的人，他对你敞开的心扉，比对我多。没有人会不喜欢你的，真的，别放弃好吗？"有这样美好的她在身边，他总会放下过去的。

"佳慧姐，你能不能答应我一件事？"她认真地看向我。

"你说。"

"那个他送你的包，你别用了。"

"嗯，好。"我不能不答应。

"那个包里有个秘密，我希望你永远不要发现。"她咬着牙，嘴唇颤抖着，像是一颗心狠了又狠。

"雯雯，不要哭了，"我又帮她擦了一把眼泪，"你不知道你笑起来有多好看。要多笑哦。"而我不需要任何关于陈尽欢的秘密了。

毛雯雯挤了个笑出来。

其实她家庭条件不错，大专毕业，去摆摊纯属是因为一点点的叛逆心，一点点的自由心再加一点点的好奇心。而陈尽欢不知道，以为她就是和他一样的天涯沦落人。很多时候，他觉得她太笨，所以总是忍不住想帮她一把。甚至不知道，其实她的示弱只是接近他的小手段。

毋庸置疑，毛雯雯比我更了解陈尽欢。

能拉着一个人站起来的，也许是另一个人哭着向他伸出的手。

最强大的力量，也许不是我爱你，而是，我需要你。

我需要你有健壮的手臂扶携，我需要你有宽厚的肩膀倚靠，我需要你有坚韧的意志鼓舞，我需要你有皎洁的双眼，穿破黑暗带我去寻求光明。

我需要你，所以，我会一直陪着你。

在不知不觉中，他满足了她的需要，也强大了自己。总有一天，陈尽欢会知道，带他挤出瓶颈的，就是这个他看起来无比柔弱，无比笨，成天出幺蛾子需要他摆平的女孩子。

聊了好一会儿，分开时，我问毛雯雯有没有地方去。她说："去尽欢哥家再敲门咯。那么多东西，他一个人哪吃得完。哈哈。"

第二天准备吃过午饭走。一上午，我妈都在收拾东西。自己家的腌菜啊，做的包子啊，家乡的特色小吃啊，收拾了两大包。

"有车方便啊。妈妈就是恨不得把家都给你搬过去。"

"那妈妈你来跟我住吧。"我抱住了她。

"你爸怎么办？我们还要上班呢。"我妈把我推开了。

心里酸酸的。

陈尽欢送我的包，我没有再打开，放在了柜子的底层。

袁毅在我家吃了午饭，莫名感觉我爸妈对他客气了很多，嘘寒问暖的。在厨房刷碗的时候，我问我妈干吗对袁毅这么好，为他夹了七次菜。

"对他好，是感谢他对你好，也希望他能一直对你好。"我妈帮我系好了围裙，"你以后啊，做饭刷碗这样的小事不要跟他吵，你能做就多做一点。"

我心里更难过了，绝不能让我妈知道我的做饭水平没能得到她真传的百分之一，而袁毅的刷碗水平又实在是令人叹为观止。

挥手和父母告别，上车，离开小区时，经过了张姨家的窗口。毛雯雯站在窗前，朝我挥了挥手。

我也挥了挥手。

他们会在一起的。我默默地想。

车子驶上了高速后，我接到了爸爸的电话："姑娘，爸爸在你包里放了一张银行卡，密码是你和你妈的生日后三位组合起来。这一年多，你都没跟家里要过钱，爸爸都给你留着呢。卡里面也就两万块，不多，你拿着。袁毅是好，但咱们家跟他们家还是有点差距。爸爸不想你因为钱的事情看谁的脸色，受委屈。相处的时候总会遇到各种各样的问题，你们还没有结婚，尽量不要向他开口，家用也要分担一些。爸爸也给不了你太多，但还养得起我姑娘。你的房间，爸爸每天都收拾。你什么时候想回家，就回来。"

"嗯。我知道了。"我的眼泪下来了。

挂了电话，还是止不住难受。袁毅只好开车去了最近的服务站，下车来抱了我好一会儿，又安慰，又允诺，又发誓。

靠在他肩头的时候，我在心里也默默地草拟了与他的同盟契约：我会收起我的小脾气，我的小枝丫，还有胆小、软弱、惶恐以及眼泪。我会用心地经营我和你的关系。我会把一半的喜欢，都化为珍惜。我会努力让自己强大，就算被轻视，也不足挂齿。而在你需要我的时候，也能借一个肩膀给你。

亲爱的袁毅，我把余生都交给了你。

你应该赞美这残缺的世界。

想想我们相遇的时刻，在一个白色的房间里，窗帘飘动。

想想那场音乐会，音乐流淌。

你在秋天的公园拾起橡果，树叶在大地的伤口上旋转。

—— 亚当 · 扎加耶夫斯基

第四十一章 /
爱里的一千零一面镜子

开春，大概过完了一个毫无新意的情人节之后，袁毅就开始很忙。

有时候他加班，我便坐在沙发上一边做口语练习一边等他。偶尔会睡着，但一听见门响，就会醒来。韩剧里女主角睡着了被男主角抱上床这种事儿从来没在我身上发生过。

偶尔出差，他自己收拾行李，麻溜又整齐。这活儿我很想干，但每次兴致勃勃地收拾好了，他都得自己再收拾一遍。强迫症患者真的是要求什么东西必须放什么地方，都很顽固。

他不在的晚上，总会电话短信不断，锁好门，锁好窗子，不要怕，很快就回来啊什么的。

然而我才不怕。终于可以一边抠脚一边掌握遥控器，再也没有人跟我抢电视了。

打电话的时候嘻嘻哈哈，可是挂断后，遥控器摁了一遍又一遍，每一个节目都不想看。

一个月后，我终于上班了，在一家广告公司做DM杂志策划。说是策划，其实是要自己联系客户，写软文，然后收取广告费。

领导给了我一堆名片，让我跑一些4S店。基本上每天都出去，坐车要坐两个多小时。

穿着高跟鞋，站过去，糟透了。后来学乖了，背一个大包放着四五本杂志，高跟鞋也放包里，坐车的时候就穿平底鞋，见客户的时候就换上高跟鞋。包重，肩膀越来越不堪重负。

当然没少吃闭门羹，也有虚头巴脑钻空子找免费的，也有给“安慰奖”说下次的。

半个月下来，我觉得我黑了，且瘦了。

袁老师每天陪我贴面膜的时候，还会帮我揉揉肩：“你看你上个班，回来我还得伺候你。我怎么觉得你上班了，我更累啊。”

“这边捏一下，用力一点。啊……”

“别叫得这么销魂。”他的手伸进了我的睡衣里。

极其自律的人，是欲望强烈的人。呃，有道理。

一个月，我终于谈成了一个单子。是一个四十多岁的客户，看起来很儒雅，也很绅士。签了合作意向书之后，我们一起吃了午饭，他坚持送我回公司，却在路上，把车子停在了一家酒店门口。

“这不是××路吧。”我一直路痴。

“进去休息一会儿吗？”

“去酒店里休息？”原谅我那时还没有明白到他的意图。

“对。”

是在他暧昧的笑容里，我才忽然警觉了。

“我就不打扰您休息了，下午公司还有事。”我从车上跳下来，往相反的方向走去。过了好一会儿才捂住了胸口，天哪……

这事儿当然没有和袁毅说，他知道了肯定会炸。

有一次打给一个男客户，刚说了我是谁，他便说：“今天我心情不好，你可以陪我聊一会儿吗？”

我陪他聊了一个多小时。挂电话的时候他说：“谢谢你这么有耐心，我心情好多了。明天你带合同过来吧。”

意外之喜。

回家后，洋洋得意地跟袁毅炫耀，他十分不高兴：“陪男客户聊一个多小时？交心啊？”

……我无话可说了。

四月，老胡来上海续广告合同，约我见了一面。

“要不要我在你们这个杂志上也投放个广告？”他翻了翻我带给他的DM杂志。

“不用不用。”我连忙摆手，“这个投放对弗利没什么用的。印刷量才两千本，不过是在咖啡馆、地铁里供人免费取阅的。再说，我都准备换工作了。”

“做得不开心吗？”

“当然没有在弗利时感觉那么好。”我低头搅咖啡。

“想找个什么样的工作呢？”老胡问我。

“其实我也没有什么职业规划，只是想找点事情做。”

“没关系，刚毕业的时候，都是混口饭吃，职业规划也是慢慢形成的。我在上海还有点人脉，可以帮你打听打听。你沉下心积累积累。”

“不用，我自己来吧。”

“中国是个很重人情的社会。很多时候，人情占社会规则的上风。不顺应规则的话，真的会在角落里默默地消失掉。当然，除非你很有实力。但以你现在的资历，单枪匹马没有后台，可以说是寸步难行。也许工作下来，你饿不死，但也只有饿不死的程度了。所以，你要学会借力。”

“我不太懂。”

“以后就会懂了。与人打交道的精髓是互利共赢，不要去追求什么两不相欠。关系是要用的，人情是要还的。你可以在我这里借力，我也可以在别人那里借力，这些都不是问题。三十年河东，三十年河西，也许总有一天，你也有能力帮我呢？”

我笑笑。

他也笑了：“相信我，因为人情得到的工作，会让你更努力。否则，对不起人情是不是？”

“嗯。”我只好点头了。

一周后，在老胡的引荐下，我去了一家新公司面试，三天后，开始上班。还是做助理，但似乎得心应手了很多。

对老胡，很是感激。工作的时候，全心全力。

新公司离袁毅的公司很近，不忙的中午，我们会一起吃饭。有时会遇见同事，我的介绍是：我男朋友。他的介绍却进了一步：我老婆。

“不要这样讲。”我总是觉得难为情。

可他表情里带点儿得意："早晚是。"

袁毅一直都很自信，但也有颓丧的时候。有一次约了一起吃午饭，他却没有出现。

"怎么搞的？"我打电话时有点生气。

"软件有致命bug，我在修补。忙得忘了给你打电话了。"

"很严重吗？"

"对，很严重，工人操作不当，激发了那个bug，一批产品都要返工。"

"那，你会被罚钱吗？"

他笑："会罚一点吧。"

"那这个月我养你啊。"

"哈哈，你想太多了。"他笑，"不过，听你这么说，我很高兴。"

那天下班后，我去了袁毅的公司。前台文员带我去他的办公室，在他紧闭的办公室门前，我听见他对着客户道歉的声音。

"对不起，新组的团队第一次独立作业，我没有审查到位，我负全责。"

想到他点头哈腰的样子，不禁一阵心疼。

谁都不是一直顺遂的，生活就是这样不完美。

接连的那几个晚上，袁毅都加班。无论多晚，我都留着饭菜等他回来。晚上他失眠焦灼，我就陪着他。当他握着我的手浅浅地睡去，我才敢闭上眼睛。

后来我想，与袁毅同居的那个小房子，就是我们一起身处异乡时与世隔绝的帝国和秘密花园。

爱既是法则，又是雨水。既是一个铁面无私守住城门的将领，又是一只穿梭在花草树荫间的调皮的小兔。多么幸运，我们有那么多那么多的时间，去挖掘它无止境的意义。

工作的时候收到了一条毛雯雯的短信："佳慧姐，好久没联系了，你还好吗？"

"还好啊，雯雯，你们怎么样？"我回她。

"有件事儿想请你帮忙。尽欢哥的妈妈来找他了，但是他不想见她。你能不能给他打个电话劝一下？"

在陈尽欢五岁时就抛弃他的妈妈吗？想了想，我回她："雯雯，我不能打这个电话。陈尽欢已经是成年人了，他有自己的判断和选择。他见不见都是他自己的事儿，我们无权干涉的。”

“好吧，我懂了，佳慧姐。”

站在毛雯雯的角度，她不过是想让陈尽欢开心一点也坦然一点，人生的脉络再复杂一点温暖一点。但站在陈尽欢的角度，我明白他的纠结和愤怒。幼时母爱的缺失，是成年后，怎么样都补不回来的。就算认了亲，也许很长一段时间，体会到的并不是温暖，而是重新跌回那个还是个小男孩的自己，再次体验无力与恐惧。

每个人都是独立的个体。男人如山，女人如河。相爱就是山河环绕，互相拥抱。幸福可以分享，而痛苦却不能。所以彼此能做的也许就是，无论你怎样选择，我都支持，且深刻地理解你。

母与子的关系，却是另一种体系。血脉的相连自然不会被切断，只是心灵上若没有过陪伴和滋养，他们也许就是最亲密的陌生人。

因为爱从来不是一种人际关系，而是一种发自内心的精神状态。是爱万物，爱众生，爱这个世界。

陈尽欢有没有爱上这个世界，我并不确定。

五月初，袁毅临时被派去美国总部。

临行前，他一边收拾东西一边嘱咐我：“你一个人害怕的话，问问爸妈是不是有时间过来，你带他们在上海好好玩一圈。”

我从背后抱住他，脸贴住他的背，不舍得移开。

就那么抱了好一会儿，他把我背起来，放在了沙发上，在专属地盖了个章：“我很快回来。”

可是他要去大半个月。

好久。

晨昏颠倒，又忙，他每天跟我视频的时间只能有五分钟。每次在电脑上看到他模糊的影像，我都有点想哭。特别是到了晚上，想念更是难熬。于是报了一个考研的英语班，开始每天上课。坐在人群中，专注下来的感觉，渐渐挤掉了原有的焦灼。

五月十二号的下午两点多，芝加哥的希尔斯大厦已经归于午夜的沉寂。而上海，像平日里一样，刚开始了咖啡与工作的欢聚。

那天下午，我回家拿一份忘带的工作文件。

女朋友忽然开始满房间乱窜的时候，我刚坐下喝完半杯水。

公寓楼就那么晃起来，没有规律却不断晃动。我扶住桌角，对这突如其来的摇摆不明所以。

直到听到外面有嘈杂的人声呼喊：“地震了！”

我这才冲进卧室拿手机，想抱着女朋友一起出门，但怎么也抓不住它。又急又气，狠狠心只好不管它，随着人群一起走步梯下楼。

那么几分钟里，手机甚至没有信号。人心惶惶，加上孤单，我穿着睡裙，风绕着裸露的脚踝，感觉不到初夏的暖意。

过了好久，才敢回房子里去。汶川大地震的新闻，已经传遍。电视里的惨烈画面，触目惊心。

只觉得人类在大自然面前，是如此弱小。而当灾难到来，所有的情绪都不值一提。

再晚一点，手机恢复了通信。我给我妈打了个电话，所幸，家里没事儿。准备打给袁毅的时候，我接到了陈尽欢的电话：“你还好吗？新闻上说，上海有震感。”

“没事儿，我挺好的。”

“我马上要去四川。打电话给你说一声，不知道，什么时候能回来。”

“为什么去？现在还在余震不断呢。”

“就是因为有余震才去。我妈，我妈在四川……五天前，是我逼她回去的……”他的声音哽咽了，“我要去接她！”

我握住手机呆住了。

> 不要走在我的后面，因为我可能不会引路。
> 不要走在我的前面，因为我可能不会跟随。
> 请走在我的旁边，做我的朋友。
> —— 加缪

第四十二章 /
我们唯一能够逃避的就是逃避本身

在我上大学的时候，我的选修课是文艺心理学。老师是个快六十岁的中文系教授，不点名，管得很松。但课很枯燥，不太动听。选修课原本就只有二十几个人，而逃课最多的一次，教室里只有四个人。但他还是讲得兴致勃勃，然后问在座的四个人："你们为什么来上课？"

有一个人说喜欢，老教授说："能给自己做的每一件事找到冠冕堂皇的理由，你不会太累。"

有一个人说在宿舍里无聊，老教授说："无聊的时候选择上课，你不会迷失。"

有一个人说他没选修这个，喜欢的姑娘在这个班，所以他来了，但那女孩却旷课了。老教授说："懂得投机，却缺调查，聪明，却有点浮躁，你小心吃亏。"

问到我，我说："就是觉得，老师讲课的时候学生要听啊。"

还记得老教授推推眼镜问我："那么你来，是因为怕我课上没有人来才来的吗？"

似是而非地，我点了点头。于是他说了一句话："看来，你的问题最大。性格软弱的人，善良、胆小，太在意别人的感受。容易有慈悲之心，却难勇敢，也难活出自己。"

那句话我一直记得，生命中所经历过的感情上的纠结和痛苦，似乎就有了原因和解释。性格决定岔路口时的选择，决定赶路的姿态，决定了命运。甚至我的每一次勇敢，都是最低限度的勇敢。我的每一次选择，都是在做最大程度的止损。

那个因为一场天灾而举国悲恸的晚上，挂断了陈尽欢的电话后，我坐在沙发上掩面大哭。我不明白上帝为什么要对他这样残忍，要对他做出这么多的试探。相比之下，我们之间有过的互相伤害，简直不值一提。

陈尽欢于我来说，就像一个没有纹理的死结。他不是什么白玫瑰或者红玫瑰，袁毅已经是我的五彩玫瑰，而他只是花叶。但他重要，不管他喜欢或者不喜欢我，他都重要。他的重要，甚至和晓春无二。

可有时“喜欢”，就是男女之间的枷锁，就是无法靠近的隔墙。但我还是给陈尽欢打了个电话：“……需要我陪你吗？”

“不用。太危险了，我不能让你去。”

“你去难道不危险吗？”

“我不得不去。”

“那好，你得，你必须得好好回来。”

“蛋蛋，”他说，“有你这句话就够了。我会好好回来的，最多一周……”

“可以的话，每天报个平安。”

挂了电话，我捂住了脸。

信任是一种智慧，也需要勇气。在我和袁毅之间，陈尽欢的名字是一个禁忌。

除了那次刷卡小票事件，他从未再主动说过陈尽欢的名字。也许，他并不是讨厌他。他是因为我而讨厌他。

而我，甚至说不上是左右为难。我知道我所处的位置，明白陈尽欢对袁毅的意义，也清楚他不能再出现在我的生活里。可是他那个当下的境况，我做不到视而不见。也许我欠袁毅一个解释。过去的一切，其实并没有什么说不得的。我的坦诚，其实太过片面。我为什么要因为我们分手后的那段日子而难为情？真的是因为过去，让我的此刻变得艰难吗？

我上网给袁毅的QQ留言。我把我们彼此答应过对方的再也不提的过去，一一坦白。我的软弱、痛苦。分手时的细节。分手后与陈尽欢接触的片段。他的遭遇、瓶颈，他的妄念，他遇到的女孩。他后来在我心中，我自己也没有注意到的分量。

事实和道理错综复杂，谁有办法爱憎分明？

写了很多很多。然后我终于呼出了一口气，似乎看见袁毅，他无奈地扭过头去，而我努力地把他的头扳正了回来，让他看着我的脸。

真正的爱情，不需要化解过去。我爱的是全部的你。我宽恕你的过去，贪恋你的现在，畅想你的将来。我理解你的痛苦，就算不点明。我深知你的纠结，但依然握住手。我们彼此接纳，不是无可奈何，而是心之所向的坚定。

我不会再隐藏了，也不想再戴面具去爱一个人。我要袒露全部的我。不扮演，不压抑，克服自卑，不患得患失，甚至，不强求。毕竟，遇见你时，清风霁月，天地悠阔，我，就是全部的我。

第二天的早上，约定和袁毅视频的时候，他没有出现。只有一句留言：“你一个人在上海我不放心，你先回老家去，注意安全，等我回去。”

那几天，公司很人性化地放假了。下午，我把女朋友送去寄养后，坐上了回家的火车。回到家，拥抱父母，感恩欣慰。那几天人人都在说地震。毛雯雯回了一趟家，又回到了陈尽欢租住的那个小屋子。她说她也想陪他去，跳上了车又被赶了下来，又追了一次，被他锁在了屋子里，是我妈喊回来张姨才开了门。

每天，我从她的窗前经过，总能看到她托着腮，像是祈祷，也像是怅然。

五天后，陈尽欢接回了他的妈妈。个中艰辛，他没有说过，只是小面包车已经濒临报废。

他的妈妈年过半百，衣着艳丽，有着像小姑娘一样的明亮双眼。只是在她的儿子面前，说话小声小气。这个抛夫弃子追逐爱情的女人，神情里写满了半生颠沛流离的疲惫和新近失而复得的盎然。

我那热情的妈妈，第二天便邀请他们来我家吃饭，做了一桌菜，嘘寒问暖。毛雯雯也来了，只是客人们都有些沉默，我妈竟有点像唱独角戏。吃完饭，我送他们回去。毛雯雯带着陈尽欢的妈妈先进了屋，我和他在花坛上坐了坐。

他说路上的见闻，一个人开车在路上的时候，他的面包车里先后坐过十几个人。有人拦车，他就让人家上车，根本不会去想危险不危险。他想，这个人一定也有妈妈，说不定他是急着去见他的妈妈呢。他听他们说各种方言，听懂了一些，也有一些听不懂。他想了很多，也想到了我。

他说，以前觉得妈妈会走，是因为爸爸没有做出全部的努力和挽留，爸爸应该绑也得把她绑家里。所以对我，就下足了全部的力气，却从没有考虑过我接受不接受。

他说，他是渐渐明白的，他妈妈在是他妈妈之前，也是一个像我一样的女孩子。她是独立的，也是自由的，他的爸爸留不住她，他也留不住。这并不是他和他爸爸的错，那么是她的错吗？也许根本就没有什么对错。

“所以，”他说，“蛋蛋，我不会再追你了。想到我妈她曾经因为那次出走获得过哪怕短暂的幸福，我就原谅她了。你能在袁毅那里得到的，也许是我给不了的。所以，我放弃了。你因为没有和我在一起而获得了幸福，我应该高兴不是吗？”

我笑了：“作为朋友那样高兴吗？”

他没说话，也笑了。路灯把我们坐在一起的影子映到了地上，这样淡淡的没有枷锁的感觉，像是回到了我们拿错书包的那个傍晚。我八岁，他十岁。时间如水晶一样缤纷闪耀，苦难和甜蜜都隐在了晚霞之间。

“我想起来小时候拿错书包的那件事了。还有那个蛋糕。”我说。

“是吗？”他并不吃惊，“你小时候扎着蝴蝶结，可比现在可爱多了。”

“我就想问，你觉得那蛋糕好吃吗？”

“一直回味，难以忘记。”

有人回首无心，有人记了半生。

“毛雯雯是个好姑娘，要珍惜。她现在正捧着一块更大的蛋糕等着你呢。”我说。

“看缘分。”他笑笑说。

隐隐看到毛雯雯在窗口，头探了三次，又探了三次。

值得一提的是，晓春和周志清喊着死也要死在一起的口号，复合了。

等我再见到他们的时候，他们手挽手站在一起，笑得有点尴尬。

而我，也为了不辜负他们的尴尬，也只好郑重其事地赔着笑脸。

初恋对一个人到底意味着什么呢？是无心偶得到的原著，也是悉心注释过的译文。是牵手时晴空一览的提问，也是离开后深海多疑的答案。是参照物，是密码锁，是日记本，是教育基金，是凭空而起的枷锁，也是辗转落眠的钥匙。

袁毅回国的前一天，我坐火车回上海。下午的两点二十八分，在火车上与所有人起身默哀了三分钟。

在等待袁毅的那一周里，时间变得缓慢，我只觉得我从来没有像那时那样爱他。一个全部的我，在等待中爱着全部的他。

我提前了一个小时到机场接他，心中连续几天不断地忐忑，在看到他的那一刻，烟消云散。

再次拥抱的时候，我知道我们之间打开了另一扇门。

我们坐车，回家。我靠在他的肩膀上，内心有着不可思议的坦然，像伞等待着雨一样，等着他的发落。只是他一直没说什么，握着我的手，很紧很紧。

“太累了，我要先睡一会儿。”到家后，他就爬上了床。他睡着了，我盯着他看了好一会儿。

然后我准备饭菜，整理他的皮箱。他带的衣服很少，皮箱里塞满了带给我的礼物。包包、首饰、衣服，还有鞋子。等他醒来的时候，我已经摆好了饭菜，并且用他的礼物把自己装扮一新，化好妆，还开了瓶酒。

他迷迷糊糊地从卧室里出来，看到我就笑了：“真不把自己当外人啊。”

“那是，我本来就是个内人。”

方法永远比问题多。更何况，许多问题问出去的时候，内心已有了答案。

那个晚上，我们聊了很多，且略带着酒气不断地亲吻。与袁毅最动人的瞬间，大概就是一个吻在间断时，我们目光的交会。那是一种真正的身心满足。

他问我答，或者我问他答。我也知道了他曾经有过的那个女朋友，还有在美国的那一年约会过的只有一夜情的姑娘。我不生气，真的，还很高兴。

真高兴，我们可以无话不谈。感激他，能够退后一步，和我并肩，蹲下来，注视我的眼睛。可其实，我也想好了如果他要吵架的应对手段。我就讨好他，缠着他，死皮赖脸地亲吻他，像树袋熊那样地抱着他，不停地说我爱他。

我们，不过是芸芸众生中的一对饮食男女，没在一起的时候的那些空虚，是无意识的痉挛。在一起之后他的控制，我的压抑，是有意识的用力。

就是在那个当下，我有了我的安全感，知道他不会离开。也有了我的归属感，确信我不会离去。

一个夜晚过去，似乎我们的灵魂也更靠近了一些。我们之间的拼图，正在你一块我一块地慢慢拼齐。

有匪君子，如切如磋，如琢如磨。

——《诗经·卫风·淇奥》

第四十三章 /

所求亦是所需

后来，我开始备考MBA，也是在袁毅的建议下。工作之余开始啃书，每天背单词，背各种条目。这是我一辈子最努力的备考经历。

然后，我考上了。国际班，全英文授课，全日制。辞掉了老胡介绍的工作，心中有点惭愧。

“傻不傻，完全可以读在职啊。读研的学费，公司可以给报的啊。辞职读全日制太不划算了。”老胡在电话里骂我。

我嘿嘿笑。三年的工作经历，让我真的很想再体验一下完全回归学校的日子。还好一直节省，之前的分红加上我爸给我的钱，还有最近工作攒下的钱，够用。

但袁毅不同意我住校，这点，我只能妥协。

有一个周末，我们一起逛书店，无意间走进了童书区，看到了一套绘本：《鳄鱼爱上长颈鹿》。

小个头的鳄鱼先生，爱上了高挑美丽的长颈鹿小姐。为了能和她在一起，他吃尽了苦头，然后他们结婚了。结婚后的生活出现了各种困扰，住在鳄鱼先生家里，长颈鹿小姐很不方便。住在长颈鹿小姐家里，鳄鱼先生很不方便。但是他们并没有因为生活中的不方便而放弃。他们后来想到了一个好办法，做了很多的努力，终于过上了彼此都很方便的生活。

再相爱的人一起生活，也会有生活习惯上的不同所带来的摩擦。可不管怎么样，我们都在为了彼此的方便，而努力。

我就是个走到哪儿都揽很多活儿的人。所以读研时的小组作业，大家只需要各抒己见，而做PPT的活儿就交给了我。毫无PPT基础的我，只好一点点地咬牙从头开始，没日没夜地边学边做。

整个研究生期间，我被迫包揽了所有小组作业的PPT。

有一次，我们小组做一个很难的课题作业，我只能住在学校宿舍几天，埋头死磕。

到了周末回家，在一本好久没翻过的书里，我看到了一张两个月前的登机牌。

一个女士的名字，翻到背面，还有她留的电话。

我当时愣住了。那是一趟从长沙飞上海的航班。袁毅两个月前，去过一次长沙出差，我是知道的。储秀？好熟悉的名字。

我从不怀疑袁毅在男女关系上会有什么逾越。但那一刻，却莫名有了危机感。于是我拨打了那个写在登机牌后面的电话号码。

“你好。”她接了电话。怎么形容她的声音呢，像一股清泉，可以涤掉这世间所有的愁绪。

“你好，我是许佳慧。”不知道为什么，我先说了我自己的名字。

“嗨，我知道你。”她大概始料未及，愣了一下。

“我在一本书里看到你的登机牌，还有这个号码。”我有些窘，只能硬着头皮说实话。

“嗯。我明白了。有什么事儿吗？”

“没有，没有。”我连忙说。

“是有什么误会吗？我也不知道为什么要跟你解释。我在长沙定居，去上海出差的时候，在飞机上遇见了袁毅。我们是大学同学，”大概停了几秒，她才继续，“嗯，我们在一起过，但毕业后一直没有联系。我留了这个号码给他，但是他一直没有打过来。我猜，是因为他很珍惜你，怕你误会吧。”

“对不起。”我道歉，“是我唐突了。我并没有怀疑什么，我只是……”

“我一直很想见见你，许佳慧，很想知道到底是什么样的女孩子，让袁毅这样珍视。在我想象中，你一定特别美好。”她的声音甜蜜起来。

“没有啊，我就是特别特别二。”我更窘了。

“呵呵，”她笑了，“不要妄自菲薄，你一定有过人之处，有机会一定要见见你。这个是你的私人号码吗？我可以存下来吗？”

“好啊，是我的号码。”

“嗯，那我先忙了。有机会见。”

电话挂了。我拿着那张登机牌，发呆发了好长一段时间。

爱情，大概是世界上唯一一件可以称得上是永恒的东西。当你爱上一个人，爱情就永远不会消逝了。也许你们相亲相爱相濡以沫，也许你们互相伤害仇深似海，甚至你们从未在一起过。但只要你爱过他，他就永远存在于你的心里。他永远都是最特别的那一个，永远都会勾动隐藏暗涌的情绪。

袁毅踢球回来，我已经做好了饭。

“今天怎么这么丰盛？”他坐下来，拿起筷子开始吃，“说吧，又有什么想法。”

“我爱你。”我说。

我会替那些爱过你的人，继续爱你。我会努力地努力地，让你再出现在她们面前的时候，连灵魂都是幸福的。

我爱你，是所求亦是所需。

MBA毕业，我去了一家外企上班。公司很大，人人都很忙。格子间内外，似乎是两个不同的天空。作为一个没有好的履历的新人，很长一段时间，除了工作上必需的对话，没有人愿意在我身上多花一分钟。到了中午，我只能一个人吃饭。

我的直属经理，怎么说呢，有点点不好。他不愿意做的分内的工作，全部都给了我。

有一次，我为他做了一个PPT，他拿去在大老板面前做了演示。

大老板是一名优雅的女士，她看完后说：“你把做PPT的这个人给我叫来。”

他觍着脸说：“这是我自己做的啊。”

大老板呵呵一笑：“我不相信这是你的水准，你不可能一下子提高这么多。”

于是，我的名字便在大老板那里出现，从此我的工作直接向她汇报。

想想研究生时期，我辛苦地写作业的时光，那些连袁毅都无法接受，觉得我被欺负了的时光，其实并没有被辜负。

所有的付出，都会有回报。只是，也许会来得晚一些。

那天之后，每天中午我都能收到午餐邀约了。

回家和袁毅聊这个事情，他说："之前别人不和你一起吃午餐，不是冷漠。现在别人愿意和你一起吃午餐，也不是陪伴。公司毕竟不同于学校。你之前的弗利是创业公司，人少，很容易打成一片。而在已经形成规模的地方，人与人之间就要有一种合宜的距离感。大家交换信息，互相打探，当然也会有鼓励和帮助。人人心里有算盘，亲疏随缘。"

我吃惊地看着他，他不过比我大两岁，我却觉得我们差了十年的成长距离。

"怎么啦？"他问我。

"你就没有过类似的烦恼吗？"

"有啊。"

"说说呗。"

"我之前呢，太过自信。在人际关系上吃过不少亏。吃亏这种事儿，其实很有助于人的成长。渐渐发现，关系越简单透明，越舒服。同事就是同事，朋友就是朋友。不绞缠在一起，不寄予期待的关系才更容易打理。好吧，许佳慧，你看，我之前对你期待比较多，总是觉得你应该这样，应该那样。但你是个独立的人，你有自己的想法，也有自己的习惯，你做不到全部都听我的。我对你的要求，就是自寻烦恼。而如果没有了要求，那么当你做了我期待中的事情，我会分外惊喜。这是幸福的秘密。"

"你对我的要求还不多吗？"我吐槽，"每天都在教育我啊。诸如鞋子没有放好，猫粮倒太多了之类的。"

袁毅很无奈："那你说我怎么不去教育别人？"

"你有时候就像一个老头儿。"

"有身体这么强壮的老头吗？"他把我捉住，一个横抱。

如果我结婚，我想深入到婚姻里去。

—— 奥黛丽·赫本

尾声 /

和一个人同居，是一件神奇的事儿。童话故事里只说王子公主在一起后，过上了幸福的生活，但并没有说，其实就是有情人终成“家”属。他们平淡地开始柴米油盐，开始是是非非，开始吵吵闹闹，开始相爱相杀，开始把爱过成了陪伴。

很多次，我都觉得我和袁毅要玩完了。

可我们到底没完。

有时候拌完嘴，他气得埋头大睡，我又会心疼。于是就爬呀爬地爬到他身上，把他揉醒：“老公，我帮你掏掏耳朵吧。”然后他就笑了。

有时候我气得不行了，他却没那么生气，他会随便从书房的柜子里拿出来几个用坏的键盘：“你挑吧，跪哪个？”

2012年的元旦，我们一起回老家参加了杨婷宝宝的满月礼。杨婷婚后和我的联系就少了许多，完全陷入了幸福的家庭生活里。她生了一个粉妆玉琢的女儿，白白胖胖的，像天使一样可爱。

我和彭兰阿姨聊了聊，这几年间，杨婷的状态一直很稳定，但还是不能有压力。她因为和她老公吵架犯过一次病，把她老公吓坏了，之后她老公再不敢和她有争执，无论她说什么都好。

她也还是并不太会和宾客周旋，安安静静地坐在人群中，目光里只有她的小宝宝。

业务扩展到省城的吴晓春也回来参加了小宝宝的满月礼，周志清却没有来。

“他人呢？”

“我们分手了。”晓春大大咧咧地说，好像是复合后又分开的第三次。

我没法做出评价。

从杨婷家的宴会上出来，袁毅照例要送我回家，然后和我爸喝上几杯。我照例容他躺在我的闺房里睡上一会儿，然后再开车送他回去。第二天，会去他父母家吃饭。他妈妈对于我这个比他儿子学历高的MBA，态度着实好了许多。

陈尽欢已经搬离了我们家的那个旧小区，他的手工牛皮包卖得很好，网店开得红火，实体店也开起来了。毛雯雯作为老板娘，看起来很是珠光宝气。

那次他来我家看我爸妈，我嘴贱问他：“怎么还不结婚？”

他说：“你不还没结吗？我等你呢。”

因为读研，之后工作又忙，我跟袁毅结婚的事儿，一直没有提上日程。

朱绾绾都被求婚求过三次了。一次是她的客户，一次是她的大学同学，还有一次，是她那个相亲对象。

朱绾绾真的带点神婆气质。她那时幻想的大学毕业后的生活虽然没有实现，但那个相亲对象，竟然真的一直对倾心于她。

“袁毅什么意思啊？是不是不想结婚啊。”打电话的时候，朱绾绾挺不忿儿。

“婚姻是爱情的坟墓。我们只是想在爱情的路上一直兜转。”

“哼，少来。爱情的保鲜期有那么长吗？我是不相信。恋爱说到底只有两条路，结婚或者分手。”

“我们现在还没有走到路口呢。”

“世界末日啊亲，大家都走到路口了。”

那是2012年。又一个传说中的世界末日，人心惶惶的一年。

就算不结婚，我想，我和袁毅，也应该会一起迎接这个所谓的末日的。

有一天吃过晚饭，我们一起去散步，在公园里遇到几个小朋友聊天。

“我妈妈说我是她吃完晚饭散步的时候，在垃圾桶旁边捡的。”

“我妈妈说我是在天堂上玩滑滑梯，然后一不小心滑到我们家的。”

“我妈妈说我在她的肚子里像蝌蚪一样大。她不停地吃东西，我在她肚子里也不停地吃，然后，我就长大了，没办法在她肚子里待，就只好出来了。”

“你们说得都不对。”一个长得像小天使一样的小女孩说，“我爸爸说，我是好多好多东西变成的。有他给我妈妈写的情书，还有我妈妈为他做的好吃的饭……还有很多很多的爱。”

我和袁毅听得忍俊不禁，握着彼此的手，握得很紧很紧。

回家的路上，经过一家商场，他像是心血来潮，就拽我走了进去。当即买了戒指，帮我戴在了手上，然后轻轻揽住我问：“嫁我吗？”

“嫁啊。”我笑嘻嘻地说。

没有什么下跪，也没有什么仪式。当然，我也没有特别的喜悦。似乎，这就是我们再平常不过的一天，我们手牵手散步的任何一个晚上，偶遇了一个推着花车卖香水百合的人，然后买下了三枝那样简单。

领证是在12月21日，袁毅的意思，说我们要一起走向末日，再走过末日，迎接新生命。

婚礼是听家里人的意见，挑了个好日子。那天，我爸妈哭了一场，我也哭了一场。陈尽欢没有参加我的婚礼，但他那天凌晨四点钟就过来了，看化妆师帮我化妆。

我房间太小，床上又铺着婚纱，没有地方可坐，他就站着，也不说话，就那么看着我。

我感觉挺别扭的，只好没话找话：“雯雯说，你想在郊镇买一块地开民宿？”

“嗯，已经买了。就在你奶奶家住的那个镇，那个小镇是很美的。”

“能赚钱吗？”

“农家乐已经做起来了，夏天的时候去玩漂流的人也很多。并且我准备把设计工作室安在那儿。现在并不是我一个人在做包了，我手下有十几个手艺人，我只做设计就好了。其实，开民宿也不是想赚钱，只是一种生活方式。”

“那你什么时候和雯雯结婚呢？”我真的很八婆。

“呵。”他笑了，没有再说话。

头纱是他坚持帮我戴上的。然后他摸了摸红色的婚鞋，语气带点自嘲对我说：“这个还是留给他给你穿吧，你一直都是走向他的不是吗？”

“是啊。”我笑，也不再说话了。

之后就像做梦一样，我完成了那场差点没累死的婚礼。而就在当天，晓春和周志清，又上演了一次复合大戏。

周志清站在一群女孩子中间抢到了捧花，然后把它送给了晓春。

据说，婚姻不是爱情的最高形式，却是文明的高级形式。婚姻是一张写满了千百个句号、问号、省略号和感叹号盖了公章的纸。

遗憾的是，我没什么感觉。对有过同居经历的夫妻来说，相处模式在婚前婚后没有什么两样，只是可以名正言顺地站在同一个户口本上。

我和我们家户主，那种正想跟你说话，你恰巧也说出来的默契，嗯，还有。

大事听他的，小事听我的这种节操，嗯，还有。

彼此之间，我知道你没那么坚强，随时可以抱着我哭的这种温柔，嗯，还有。

关于对方的花边新闻，我必须知道的这种强势，嗯，还有。

我的钱都是你的钱，你的钱还是你的钱的这种毫无保留，嗯，还有。

某些你我都睡不着的夜晚，玩点花样的这种热烈，嗯，还有。

当然，偶尔绕不过去，钻牛角尖的那种自私，嗯，也还有。

可是何其幸运啊，这个人是他。婚后，袁毅就立刻化身要娃狂魔了。他看见别人家的小孩子，就两眼放光，一心想早日当爹。

我和户主努力造人的时候，杨婷生了二胎，陈尽欢的实体店开到了省城，他的妈妈……又找了第三春，朱绾绾去了趟没啥人的北极（大城市），小黑结婚娶了女网友，硕硕拿到了北京户口，马艳琳和相亲对象结婚，素梅在深圳做到银行高管，葛芸在海南买了海景别墅，冯璐天天在朋友圈晒双胞胎混血女儿，开网吧的老鱼干起了卤菜连锁店，弗利科技上了创业板，而我的晓春……

晓春和周志清的那段“公案”实在是难说。他们分手复合又分手又复合，我为他们操碎了心。

两个人没事儿就找我聊天，说对方有多么让自己伤心。我从开始的谆谆开解，到后来的漫不经心一句“哦”。其实这是个很长又很无奈的心路历程。

他们那次分手持续时间长，直到半年后，晓春告诉我说，他们又和好了。

“哦。”我一边拿出早孕试纸，一边毫不关心地说。

“佳慧啊，我怀孕了。估计要和周志清奉子成婚了。”

“啊？你们什么狗屎运！”果然是得不到的永远在骚动，被偏爱的有恃无恐。看着又一次只有一条杠的试纸，我气愤地把它扔进了垃圾桶。

在晓春的娃会叫爸爸的时候，我和袁毅终于迎来了我们的小天使。

还记得那天在医院里，看着血检结果HCG数值时，我这艰辛的备孕之路才算画上了句号。

拍了化验单的照片，发给了出差要回来的袁毅，半天没收到回复。

我忍不住打了过去："喂喂，袁老师，你要当爹了。"

"对不起。我不是袁老师。"一个中年女人的声音。

"你是哪位？"我愣住了。

"我是出租车司机。在浦东机场上车的那位客人把手机落在了车上。"

"啊？是我老公的手机，您在上海吗？如果在的话，能帮忙送来吗？"

"可以啊，我打表给你送去，只需要付我一个车费就可以了。"

"太感谢了。"

我说了一个就近的地址，二十分钟后，开出租车的大姐把袁毅的手机送过来了。我千恩万谢地接过来，开出租车的大姐，却于心不忍地看着我说："小姑娘，你多留个心眼儿。你老公的手机里，可是有秘密。"

"什么秘密？"我从来不看袁毅的手机，所以当时就吃了一惊。

"捡到手机的时候，我看了下通信录，想找他最亲近的人联系一下。然后看到他的手机里，有什么老婆、初恋、小情人、我的小姑娘、我的女强人之类的名字，通话频率还挺高。我都不知道该打给谁了，正好接到了你的电话。"

"那我是什么称呼？"我问。

"一长串名字，还有个什么小别扭。"大姐若有所思地说。

"谢谢您。"我目送大姐开车离开，滑开了袁毅的手机。

就算在看到通信录的那一刻，我也没有丝毫的怀疑。果然，老婆是我。初恋是我。情人是我。小姑娘是我。女强人也是我。

好吧，握着手机站在街头的时候，因为我的男人又蠢又萌，我笑成了个大傻子。

不过后来，他手机里的通信录又多加了两个我的称号：一、我的孩子妈；二、我的女王。

一是他加的，二是我强行加上的。

作为一个孕妇，自然是我最大。

在一个难受得胃像石头一样重却空得只能吐酸水的周末下午，我接到了我妈打来的电话。

“许佳慧你怎么样了？吐得厉害吗？”

“厉害啊，妈妈你来看我吧。”

“好啊。我和你爸下周请假去上海陪你一段时间。”

“嗯。”荷尔蒙让我总是想哭。

“许佳慧，你柜子下面的那个包，妈妈用了一段时间了。然后呢，我发现隔层里装了一个什么东西，硬硬的，想剪开看看，你不反对吧。”

“哎妈，那包你还是别用了，回头我给你买个好的。”

“你不用还不舍得给我用。这包好好的，你这孩子，真是太浪费了。”

“真的，别动那个包。”

“其实我已经剪开了，里面是一个钥匙。”

“妈，你怎么这样啊，你手太快了，那是我的包！”

“你说这是什么钥匙啊？”我妈好奇极了。

“我怎么知道是什么钥匙啊？”我没好气地说。

正在做爱心晚餐的准爸爸袁老师兴高采烈地从厨房跳了过来：“是咱妈吗？让我跟她说说话，我问问她你最爱吃的那个凉粉儿怎么调汁儿的。”

我把电话递了过去，他和丈母娘热烈地聊开了。

那是个什么钥匙呢？我不知道，也许也没机会知道了。我往被子里窝了窝，咬紧牙关，忍住了又一轮早孕反应的侵袭。

<全文完>

狐狸说："对我来说，你只是一个小男孩。就像其他成千上万的小男孩一样，没有什么两样。我不需要你，你也不需要我。对你来说，我也只是一只狐狸，和其他成千上万的狐狸没有什么不同。但是，如果你驯养了我，我们就会彼此需要。对我来说，你就是我的世界里独一无二的了；我对你来说，也是你的世界里的唯一了。"

—— 安东尼 · 德 · 圣-埃克苏佩里

番外一 /

袁毅

和许佳慧分手的时候，我像个困兽。

在不知不觉间喜欢上她的时候，我并不明白什么是爱情。后来才知道，她是隐在我脑海里的一个幻觉，对未来的幻觉。

我是个十分理性的人，从不幻想明天会发生什么。若是有对明天的想象，让我嘴角上扬的那个情景中，一定有许佳慧。

只是对她，竟像是青春期荷尔蒙之下的无理性痴迷。没有道理可言，无法推论，也不能演绎。她毛病很多，还别扭。她在我的手机里，就叫小别扭。她总是害羞，脸上微红，眼睛里含水，嘴巴紧紧抿着。

她每一次见到我的时候，就是这样害羞的。甚至我们在一起后，她也总是害羞，看我一眼，然后眼睛迅速地低下去。

我知道她喜欢我。这是我的自信。不管是之前拒绝我，后来接受我，再后来提分手，再再后来偶遇见面，她都是喜欢我的。我知道她所有的小心思，包括困境、痛苦、犹豫还有决绝。

我喜欢她超过喜欢我自己。甚至理解她也超过了理解我自己，她要分手，是因为与我在一起的时候不舒服了。她眼泪砸在我肩头的时候，我就明白，我会答应她任何事的，任何事。

我允许她在她的世界里踟蹰慢行，经历她的困顿与痛楚。我告诫自己不要打扰。因为我们之间如此平等，根本不需要谁把谁拯救。但我的心是满怀期望的，当她终于放下不必要的执念，总会走到我的面前。而我，依然会对她展开双臂。

没办法重塑她的人生观价值观恋爱观婚姻观，我只能等待，给她机会。

我给了她多少次机会啊。

第一次她拒绝我的时候，杨婷成为我们之间的借口和隔阂，这多么可笑。

后来这隔阂一直在，她能跳过去，走到我身边，我已经很感激。我们在一起的那些为数不多的日子里，触碰到她的手指，我也会觉得浑身像涌过电流。第一次牵手，第一次拥抱，第一次接吻，第一次揽着她看她入眠，这些成为我永不会淡去的记忆。因为曾有过的美好，我会原谅她做的任何事。

我们宿舍的大壮壮，喜欢在网上聊天。介绍他和葛芸认识的时候，我从未想过，这会成为我和佳慧之间的一根刺。

我很不喜欢陈尽欢。在我对他的了解范围内，他这个人和他的名字一样，似乎生命里最重要的事情就是尽情享乐，连他的长相都给人一种浮夸的感觉。他甚至和我们高中时的实习女老师有过绯闻，更不用说“前仆后继”地追求他的女孩子了。他简直来者不拒。

但我竟无论如何想不通，他和佳慧也会有什么。

在我去读大学前的那一个暑假，我想我是完全理解佳慧的拒绝的。我选择了不再去打扰她。若我们有缘，若我的心不变，自然可以经得住时间的考验。可当小黑说她喜欢“流川枫”的时候，我怎么都不相信。

信息来源当然是吴晓春。但后来我便确定晓春也是瞎掰，因为佳慧连“流川枫”叫什么都不知道。

她喜欢的是我，我比谁都确定，她怎么可能会喜欢他?

但陈尽欢对她是否有想法，我就不确定了。还记得我们为数不多的几次同行，有一次在校园里遇见了佳慧。那时她正对我感觉别扭至极，陈尽欢看向她时说：“那女孩不错。”

“哪个女孩？”

“就是给你送情书的那个。”

“呵呵，哪里不错？”

“感觉想抱着睡一辈子的那种啊。”

他之前在男生群里有一个“非著名”的理论，他的那些女朋友被他在背后分别定义：凑个饭友而已；一起看电影不错；一起旅行比较有趣；她啊，还是替我写作业吧……

当时我看着他，只觉得他的笑那样恶心，毫不犹豫地，我撞了他：“你先照照镜子看看自己是什么德行吧。”

他是什么时候注意到她的，我无从查证，还好，他复读期间并没有打扰过她。但当我知道他们在同一所大学的时候，我的内心是崩溃的。

佳慧跟我说他和葛芸在一起的时候，我放了点心。但当那段短暂的恋爱只持续了一个多月后结束，我又开始担心。并不是我多疑，而是想防患于未然。直觉这种东西，说不清道不明，却总是很准。

大壮壮和葛芸开始聊天后，有意无意间，我会问问他与葛芸的聊天内容。那时我还没有学会在不应该触碰的地方停止。我只是想了解佳慧的所有，因为我也可以让她了解我的所有。毫无保留，淋漓尽致。

虽然葛芸对佳慧颇有微词，但我却从葛芸那里知道很多有趣的消息。佳慧为了能和我一起去旅行做兼职，很累却又要跟我撒谎的时候，我没有戳穿她。那是她在为我而做的努力，那些微小但幸福的气泡，我怎么舍得戳破？她睡觉打呼？我还不知道呢。与我共眠的那一夜，她紧张得还磨牙了呢。

还记得那个初夏，当我看到大壮壮与葛芸那一大串的聊天记录时，我又震惊又心痛，我拿了别人的一盒烟，站在阳台上，手抖得连火都打不着。

我买了最早的机票去找她。那时非典还没有过去，北京又是重灾区，跑那一趟，简直是费尽力气。体检，隔离。我不知道我跑这一趟的意义。

在商场大厦的橱窗里看到她穿婚纱的样子时，我几乎无法睁眼。

她真好看，恰恰就是我心中新娘的样子。可她身边站着陈尽欢，他们之间那种微妙的般配感，让我酸楚无力，挫败感让我无法睁眼。

她跟我道歉，跟我坦白，但刻意地隐瞒了她留在陈尽欢家里那夜的片段。

“你可以什么都告诉我啊，我不会生气。”无数次，我抱着她，想要给她倾诉所有的勇气，可是我没有。我怕说破了，她会不舒服。

在她让我不舒服的时候，我依然很害怕会让她有一丁点的不适。

那个晚上，我去了那家又破又小令人厌恶至极的酒吧，我看到留着山羊胡的老板，让新来的姑娘去陪酒。我看到一些来路不明的客人脸上暧昧的笑容，我心里一阵阵作呕。

我给陈尽欢打了电话。

他来了。高中毕业后我再也没有见过他。他还是那样一副吊儿郎当的样子，一进门就问老板：“这里还这么臭啊。”

他并不隐瞒他所知道的事情，佳慧的遭遇从他嘴里说出来，也带着痛惜。他小声告诉我，佳慧出事第二天早上五点多，他跑出来拎走了宵夜摊的泔水桶，泼在了这里。

我不知道他有没有动过佳慧，这不确定让我握紧拳头揍青了他的左眼。

他没有还手，说：“我欠你的。”

我砸了吧台里的一些酒，碎玻璃割破了我的手掌，身体的疼痛并不能让我心里的难过和自责有所缓解。我当时心里发誓，我一毕业就会来江城，守在佳慧的身边，不让我们之间再有离别、误会和伤害。

我在佳慧的学校门口坐了好久，直到天光乍现。然后隔着栅栏，我看到她像一只彻夜不眠的猫那样往我住的酒店跑去。我知道她在找我，但我却没有了再与她把事情重新对质一次的勇气。我不想跟她撒谎，无论任何事。所以，我走了。我坐最早的班机回了北京。我从来不晕机，但那天，我几乎无法从洗手间里面出来，吐得满地狼藉。我也讨厌这样的自己，敏感都是自己的，话却无法说出口。

暑假的时候，我坚持要让佳慧参加我的同学聚会。我为什么非要有这样的坚持呢？也许我就是想让我的爱情更加明朗化，让更多人知道，我是许佳慧的男朋友，而她是我的女朋友。别的人，休想插进我们之间来。

然后，那个晚上，她跟我提了分手。

她浑身颤抖，哭到几乎无法站立，只是求着要离开我。我的心都碎了，怎么可能不答应她？

回去的时候，我走了很远的路才打上车。我只是觉得很累很累。就算我嘴上逞了能，但我真的很想像个柔弱的流浪小动物那样抱住她求她别赶我走。我会给她很多爱很多暖，她只需要回报我一点点就可以了。

一整个假期，我们都没有联系。她给我的拼图，怎么都无法拼好。我把它们一块块地粘在了沙发后面的墙上。那是一幅很大又有点俗气的星空图案，少了十一块，零散的空白，远远看去，竟像一个问号。

太想知道为什么了，可竟然无法向任何人问出，怕答案变成我们永远无法跨越的天堑。杨婷找过我几次，当她说“我跟佳慧说过了，才来找你表白的”时我当时就想爆粗口。

那个晚上，我给佳慧打了个电话，原本涌到嘴边的质问最后却只剩沉默。话筒里可以听到她的呼吸声，她是紧张的吧。她一紧张胸脯就会很快地起伏，然后眼睛睁得大大的，小小的嘴巴也张开了。我若在她身边，一定不管不顾地狠狠地吻她，然后扑倒她，把我的痛苦通通还回去。

只是，我不确定此生是否还有再抱她的可能。

大学里追我的女孩子很多。也许是临到了毕业，怕留有遗憾，我收到一个女孩送给我的七十七封情书。我看着面孔还有些陌生的女孩，扫过那些炙热又多情的字，像是看到那些年无望地爱着许佳慧的我自己。

我记得我当时就抱住了她，那个可爱的爱过我的陌生人。我说：“我们试试。”

我和那个叫储秀的女孩儿在一起了几个月。我们发展得很顺利，看电影、轧马路、一起自习。牵手、拥抱、接吻、上床。好像一切都是水到渠成的。

有一些瞬间，我看着她的脸，真的忘记了许佳慧。还有一些瞬间，我那样需要她，感激她。是她啊，她拉着我，才让我在那些冲动的压抑的夜晚，没有再去为难自己，也去为难佳慧。

也想过娶她。在一个我们刚从床上下来的早晨，我轻轻对她说：“毕业后，我们就结婚吧。”

她却没有吭声，久久之后，她才说：“你的心没有在我这里。如果我们结婚，那就是把我们两个人都困住了。你会后悔，我也是。我们为什么要做让自己后悔的事情呢？”

“袁毅。”她又喊我，“我觉得我们可以到此为止了。能遇见你，是我生命中一个美丽的意外。我不想我们之后剑拔弩张，仇深似海，像你和那个叫佳慧的女孩子一样。我们在最美好的时候分开，以后在你的回忆里，我就是美好的、不让你痛苦的。你觉得这样不更好吗？”

……

我不知道她什么时候走的。我只记得，我捂住头满脑子都是一个问题：我和许佳慧，真的是仇深似海了吗？

储秀，那个能写出那样炽热多情文字的女孩子，她带我渡了一片海，又把我扔在了另一片海里。

毕业前的那个寒假，杨婷约了我很多次，我和她见了一面。淡淡地聊过几句分开后，过马路的时候，我看到了许佳慧。她提着一兜桃酥穿越人行道。她的头发留长了，烫了卷，留着齐刘海，更显小显无辜，只是瘦，那样陡峭的锁骨和下巴好像准备随时把谁的心戳穿。她没有看到我，她在干吗？有谁会在过斑马线的时候数数吗?

我扶了她一把，然后朝着她相反的方向离开。我没有回头。我想，走过去就好了，走远了就好了。对，我们就是仇深似海了。

可是回到家，打开送她的笔记本，看着屏保上我们的那张唯一的合影时，我心里还是软了又软。我登录了她的QQ，密码还是我曾经给她设置的那个，她也许根本就不知道怎么改吧。她在有些地方真的是笨得令人无语。

看着聊天记录，我都不自觉地笑了出来。有一天，我逗她让她喊我老公，她就是不喊。可后来还是喊了，虽然只是在网上用打字的方式发出来的，但当时当刻的悸动还是让我心旌摇曳了。而她在和晓春还有别的人聊天的时候，却可以毫不矜持地说“我们家袁毅、我老公……”

我们曾经那样好过呢。

QQ上有个陌生的头像亮了起来，发来消息：“你在啊？我很快就回去了。在这边培训让我受益良多，希望我设计的内衣可以上市，那样我就有钱了。你有想要的东西吗？我可以送给你。你是我唯一一个愿意送礼物的女孩子啊，千万别客气，也别浪费机会……”

如果没猜错的话，应该是陈尽欢。不管是谁，我都直接拉黑了。

那时我已经放弃了保研机会，准备工作。我收到了几家公司的offer，有一家恰好在江城。一直以来，关于去上海还是去江城的犹豫，在合上电脑后烟消云散。

我去了上海那家有过几次合作的企业。工作带给我了满足感。之前写代码，都是一个人的战斗，在公司做的大型ERP软件，却是团队合作，夜以继日。很累很累，但除了累竟没有别的感觉。软件测试成功之后，领导放了我三天假。我躺在床上，天旋地转，成功的喜悦竟然没有人可以分享。

我并不缺一个恋爱的对象，领导也很真诚地为我安排过相亲。只是我觉得我无法再在谁身边感觉平静舒适地坐下去。我像患了无爱症，也像患了孤独症。身边有女伴的时候，一场两个小时的电影，也无法看完。

后来有一天，前台文员告诉我我女朋友在楼下等我的时候，我吓了一跳。下电梯的时候，我想象过是不是佳慧。可是，我只看到杨婷一脸天真地站在我们公司的楼下。

我陪她吃了饭，告诉她，不要再跟别人说我是她男朋友了。她点点头，笑了笑。我感觉她的笑竟有一种无欲无求的安然。

其实她很好，只是……

我跟她说我很忙，希望她能先回学校去，又不是周末，又不是节假日，既然课业很忙，为什么要跑出来呢？但是她坚持不走，我只好安排她住在我公司附近的酒店里。我尽量和她一起吃了几顿饭，但没办法与她安排别的活动。虽然把她一个人扔酒店里挺不好意思的，但那段时间我正在做软件测试，要盯着找每一个可能存在的bug，确实很忙，也没有心情陪她乱逛。

许佳慧给我打电话的时候，听到她声音的那一刻，我愣了一下。三年了，我刻意地屏蔽了与她有关的所有消息，甚至也减少了与小黑的联系。我不想知道与她有关的任何事情。因为我心中依然有火，想起她，听到她的名字，依然会无法自控地生气。

原来她只是打电话找杨婷。心里的火就这样热了一下，又熄灭了。

杨婷妈妈把杨婷接回去后，我几次想打电话给许佳慧，借着问情况听听她的声音，可自尊心拖着我每次都作罢。直到几天后，她再打给我，竟然说杨婷怀孕了，而我是唯一可能的元凶。我简直要气炸了。

这个世界上，只有她最没资格质疑我在感情上的任何事。

那个周末，我一早便去找她了。我去时是愤怒的，甚至还有些无奈，还有些自嘲。我连电话都没打，只想着，见到就见到，见不到就永远不用见了。但当看到她笑，听到她轻轻说“不用看，我相信你”的时候，我像是飘在了一朵云的上面，飞了很高很高。

我开始怀疑这几年我们的分开是不是对时间的辜负。

她凭什么要对我那样笑呢，像我们还在一起的时候的样子。

她不知道她的笑像刀片吗？正在对我的心进行着凌迟。

我为什么要见你呢许佳慧，为了心中这一阵更甚一阵的疼吗？

我一定是疯了！

人们的世界没有错，错的一定是星空。

那种无法跋涉的寒冷，总让深情的人错足。

—— 简媜

番外二 / 陈尽欢

留存的记忆越细致，越是造出了一个思维的牢笼。

我记得十岁那年，那个傍晚的所有细节。我记得我醉酒的父亲，躺在床上发出的鼾声。也记得夕阳洒到室内墙上的光影。记得我趴在茶几上，因为饿不想打开书包写作业。记得电视机开着，播放着《圣斗士星矢》的屏幕，雪花点点。还记得我昏昏欲睡的时候，忽然响起了敲门声。

门打开，一个哭得鼻子都红了的小女孩站在我面前。她的麻花辫散了，蝴蝶结乱七八糟地夹在毛茸茸的发梢。她大概哭了太久，说不出话来，是她爸爸笑眯眯地问我："你是陈尽欢同学吗？你的书包和我们家许佳慧的书包拿错了哦。"

我还没有打开书包，也几乎没有听清"许佳慧"的名字，怏怏地查看了一下，与她交换了过来，关上了门。

我没想到她会回来。

半个小时后，她带着一个小小的生日蛋糕又敲开了门："哥哥，祝你生日快乐哦。明天也是我的生日哦。爸爸给我订蛋糕的时候，也帮你买了一个。"

落日的霞光落在她身上，她全身都披着光，笑得那么开心，已经恢复了一个小女孩的愉快和热情。

没人知道那天是我的生日，我爸已经忘了，同学当然也不会知道。但她怎么知道的呢？我想起来写在作业本上的日记，那篇酸酸地祝自己生日快乐的日记。

接过那蛋糕的时候，我只觉得不可思议，一声“谢谢”都忘了说。只觉得，那本来很难过的一天，变成了最幸运的一天。

她是谁呢？我怎么会遇见这样的好事？她脸颊的那颗痣，仰头时才能被发现的下巴上粉色的疤，是不是就是天使的印记？我在学校里怎么从来没有见过她呢？以后的生日，还能遇见她吗？如果每年都能遇见她就好了。我妈走后，我都不记得蛋糕的味道了。我胡思乱想着，等不及我爸醒来，就自己打开了它。它很丑。90年代的那种奶油蛋糕。裱花色彩纷呈，蛋糕坯很粗糙。我用勺子舀了一块塞嘴巴里，眼泪就下来了。

如果每年生日都能遇见她就好了。我不断地想。

那个蛋糕，我吃了一周。直到它变酸，变质。那第一口的味道，甜蜜得像是云朵在舌尖舒展。而最后一口的味道，酸涩得让人难以下咽。

像是预测，后来我对许佳慧的感情，大概也是如此。我一直没有再见过她。那天之后，似乎我们就失掉了缘分。哪怕在校园里的同一节体育课上，也没见过她或者那个书包的影子。后来才知道，她转学了。

之后我的生活，开始每况愈下。我爸终究被酒报应，开始频繁地住院，后来发现是癌，便放弃了治疗。

半年后，他去世了。大概人之将死，才对世界最为眷恋。去世之前，他已经说不出话来，握着我的手，眼泪不停地涌出来。我扑在他身上，号啕大哭。

葬礼上，不熟悉的亲戚说起我爸：“尽欢啊，你要像你爸爸一样哦，他可是个好人。”

“不，我绝不会活得像他那样。”我咬咬牙，在心里说。他是个好人，老实，真心，重感情。但有什么用，他还是个彻头彻尾的失败者。后来，我住在叔叔家，开始了很长一段时间寄人篱下的生活，敏感又小心翼翼。

婶子的白眼儿，堂弟的嘚瑟，还有那些不明所以的陌生人的怜悯，总是让我觉得我是游离于这个世界上另一个维度的人。我是谁呢？少年时期，我总会想。很长一段时间，我萎靡不振，像是躲在角落里的一株野草。也许我就是一株野草吧，我想。小时候，总有人带着很惋惜的表情，看着我说“没妈的孩子可不就像根草吗”。

等读了高中开始住校，除了不得已，我很少再回叔叔家去。像我这样的小孩，怎么会不早熟呢？怎么会不贪恋哪怕一点点的爱呢？

总是有女孩子追我，把一种似是而非的少女情绪发泄在我身上。那些不是爱的爱，让我沉湎。只是我很难动心，我接受着那些好感，还有那些好感所带来的便利和虚荣。不得不承认，我被那些女孩滋养，伤害了她们，也被她们所害。

高一那年，我认识了一个叫明月的女孩子。她在旁边读卫校。

为什么会被她吸引呢？大概是因为在她眼睛里看到了我自己。我们如此相似。一样的穷，漂亮，骄傲又可怜兮兮。

很多个夜晚，我在台球摊打球赚生活费的时候，她就在一边等我。我们手拉手，接吻，在冷风里拥抱。我曾经想过和她永远的，可后来才知道，她并不是只有我一个男朋友。有一个晚上，我看到她坐在一个男人的摩托车上。我不管不顾地冲了过去，被摩托车撞翻在地。

那天晚上，我们三个人打成了一片，我的鼻血流到嘴角，咸咸的。可还是不甘心，我抹一把鼻血问明月：“你跟我走吗？”

她摇了摇头：“你还是个穷学生，我怎么跟你走啊。他每个月给我生活费，你能吗？”

明月那年多大来着？比我大两岁吧，也不过十八。

一个人走在深夜的路上，我忍不住想哭。

她给我上了很重要的一课。不，也许她就是一个导火索，点燃了我与生俱来的隐藏的恶。总之，后来，我开始不那么相信爱情，也开始对女孩子来者不拒。

几乎每天都有新鲜的刺激，那片霞光，那个温暖过我送蛋糕给我的小女孩，还有那个似是而非的“许佳慧”的名字，渐渐地被埋在了记忆的深海里。

所以高三的时候，我遇到了许佳慧，根本没有认出她来。并且，女孩子的变化太大了。她小时候是很萌的齐刘海，但高中时候的她，扎着马尾辫，凸着一个大脑门，瘦得像竹竿一样。

大概是有一次在校外吃早餐，早餐店里人满为患，没有空位。一个老爷爷挤了进来，她把自己的座位让给了他，说了一声“爷爷，你坐吧”，声音清脆好听。

我抬头朝她看去，正看到她咬着半根油条，端着碗和同伴挤凳子的滑稽样子。很奇怪，并不是什么被触动了的情景，可之后回忆起来却一直清晰。

偶尔会在校园里遇到她，总是和几个女孩子一起。人群中，她并不打眼。如果说她有什么地方是动人的话，那么就是她的笑了。她的笑，简直可以拿去抵债。和她在一起应该会很开心吧，有那样笑容的女孩子，多么值得信赖。有那样笑容的妈妈，她的孩子也一定很快乐。我忍不住想，她就是那种可以搂在怀里睡一辈子的姑娘。只是那时我并没有想过要去追求她，那时我身边总是有不同的人。后来她去我们班送情书，喊袁毅，我坐在最后一排，看见她，只觉得不可思议。不是吧，这么一小屁孩儿也思春了？

确认她叫许佳慧还多亏了冯璐。冯璐是那种喜怒都挂在脸上的女生。每到自习一定会来烦袁毅："袁包子我们一起做试卷""袁包子帮我讲题""袁包子，我没听懂你再讲一遍吧"。原本也相安无事，袁毅也会解题给她听，完全的好同学帮帮对。可后来她出了那个打架的事儿，袁毅便开始躲她了。再后来有一天，她一大早去教室，就叫嚣和几个朋友一起去教训杨婷的朋友，说昨天吃了大亏。"叫许佳慧的和叫吴晓春的，我让她们吃不了兜着走。"她银牙咬碎，恨得不行。

袁毅经过她旁边，愣了愣问："许佳慧怎么惹你了？"

她便喋喋不休地讲了一会儿。袁毅说："你敢去找她惹事，我也会跟你计较个没完。"

她愣了，随即伏在桌面哭了好一阵。那时我正跟她后座的女孩打得火热，总是在自习课坐一块儿，这件事看得很清楚。

再后来，下了晚自习的一天，我在学校附近的台球摊打了一会儿球，赢到了两百块钱。我揣着钱，琢磨着去哪儿找个地方吃饭，然后就看到袁毅正捉住一个女孩的手，痛苦地上演着一出琼瑶大戏。我认出了是她。

后来袁毅去读大学，我复读。许佳慧升入高二。是我当时的女朋友拽我去看了她导演的一场小话剧，她才又出现在我的视野里。

那话剧讲的是一对青年男女相爱却不被认同，于是喝了一种药水，每天变身麻雀飞出窗口，站在电线上约会的故事。台词太过平淡，男女主角也不在状态，但我竟然看完了全场，还有了些许的感动。而许佳慧就坐在我的前面，窝在座位里，不知道哭什么，用掉了很多纸巾。

大概就是在那一秒钟，我微妙地感觉到，这个女孩要的太唯美干净。她是我这种人，永远只能远远看着，却无法走近的那种女孩。

大二那年的迎新老乡会上，我竟然又遇见了她。我把苹果递给她的时候，看她震惊的样子，心很是猛跳了几下。不是吧，缘分？

确实是缘分。孽缘。

那时她已经跟袁毅在一起了，袁毅竟然还打电话磨磨唧唧地让我离她远点。当时我就震惊了啊。我这个人虽然女朋友换得勤，但我没撬过别人的墙脚好吧。我很生气。在网上遇见小黑，跟他聊天，说了这个事儿。小黑哈哈笑，说理解理解。因为许佳慧曾经觉得我帅得像流川枫。原来她也注意过我啊，我莫名有些高兴。

后来她们宿舍的葛芸追我，在一块儿时葛芸经常跟我讲许佳慧在宿舍的事儿，还有那个她多么多么喜欢的男朋友，多少我也知道了他们的故事。后来和葛芸分手，我和许佳慧吵了一次。我发现我从来没有那样恼羞成怒过，婶婶再冷厉的白眼我也可以一笑而过，别的女孩一哭二闹三上吊我也总能事不关己，高高挂起。早就以为自己是个没有了自尊心的人，竟然会因为一个小丫头的几句话就生气。

然后许佳慧出事了。

那天是我的生日。当然，没人记得。我也早就习惯了一个人在孤寂中度过那个让我容易想起母亲的一天。

在出租屋里睡了一整天，我去买了宵夜，准备去网吧刷夜玩游戏，然后就看到了她。在前台交押金的时候，她就像根面条那样站不住地往地上滑，我扶住了她。她看见是我，第一次脸上没有了嫌恶的表情，而是笑了。眼睛里是一汪水，好像我是她等了很久的人。

她喝酒了，但那不是一般的酒。她一直笑，一直笑，还唱歌，还像只树袋熊那样吊在了我的背上。我把她背回了我租的小屋里。她坐下后就吵着热，喝了很多水，却还是渴。我并不了解那是什么酒，但我知道她很难受。

心里有个魔鬼在叫嚣，于是我问她："蛋蛋啊，还有一种方法可以让你不那么难受，你想试试吗？"

她点点头，我便吻了过去。那一个吻，是明月之后，我再也没有体会过的身心悸动。然后我看到了她下巴上的那一道粉色的疤痕。那一刻，时间静止了。

那个傍晚，那个小女孩，那个礼貌的叔叔，那个生日蛋糕，那个哭泣的十岁的我，那片霞光，通通回到了我的记忆里。每一个细节都被放大，越来越清晰。

还记得我当时震惊得几乎站不住。我不敢相信，她竟然就是我内心深处被隐藏起的那一抹霞光。我不敢相信，重逢了那么久，我才认出她，我是不是瞎啊。

为什么我没有早一点认出她呢？如果早一点认出她的话，早到她喊我"流川枫"的时候，那么是不是就没有她和袁毅的故事了？那么我是不是也不会在之后活得像一个渣滓了？

也怀疑，也许她并不是那个小女孩。毕竟许佳慧不是什么特别的名字，记忆也可能出现偏差，疤痕什么的，也会有相似。可是不是她又怎么样呢？她笑起来的样子，就足够唤起我那个片刻的幸福了。

如果说第一次我们遇到是命运，那么这一次，大概就是神的旨意。

我望着她，目不转睛地望着她入眠的样子。

我要把她留在我身边。我要努力一把。不管是朋友，还是女朋友，我要纠缠她。在我以后的人生里，我要常常看到她的笑。我要在她的笑里感觉难得的活着的温暖。

我呆呆地就那么坐在床边，直到她在梦境中哼出一声袁毅的名字。

上帝安排她来，是安慰我，还是惩罚我？

我站起身来，踢倒了椅子。不知如何排解那种颓丧感，我出了门，把一桶泔水倒在那家小酒吧的门前。

回去后，她还在睡着。

一整夜，我就坐在她旁边看她睡。那是我第一次发现我的心，竟是温柔的。一只初春的苍蝇飞来飞去的时候，我小心翼翼地追赶着，怕它吵醒了她。而她一醒，一定不会在我这里多停留一秒，立刻就会离开了。

她走后，我在床上辗转睡不着。那时我已经对内衣设计很感兴趣，上大学后为自己做过好几套。于是爬起来拿剩余的布料给她做了一套内衣。

想对她好，却不知道怎么对她好。想靠近她，却总是让距离更远了一些。

后来，我们有机会一起站橱窗的时候，我见到她穿婚纱的样子。我只能说，如果可以，我愿意和她永远被困在那个两平米的小橱窗里。但每次换下衣服，我都要在洗手间洗很长时间的脸，才让自己镇定自若不再犯贱去撩拨她。

她刻意与我保持的安全距离，我不能打破。否则，也许再也没有和她站在一起，逛逛商场，在公交车上淡淡聊天的机会了。

与袁毅在小酒吧的那次见面，袁毅问我那晚到底发生了什么。我说，我爱上了你女朋友。

我被揍了。我理亏，没有还手。

最后一晚在我爸留给我的那套旧房子里，我对她说了从未对任何人说过的话。我毫不顾忌地将我的痛苦和软弱示与她看。她不是别的人啊，她是给过我第一个蛋糕的人啊，我想，她会给我第二个的，她会安慰我的。

可是，当我得到了那点安慰后，我可耻地发现我希望得到更多。

而最初的那一点点喜欢已经发酵到自己也无法控制。也许是小时候的缺失太多了，所以当我长大了，便始终饥渴。想要得到的，都去尝试。哪怕不那么体面，哪怕姿态丑陋。

狂躁地把那一夜发生的事儿告诉她，又说了我自己也不敢相信的似是而非的话。

看到她面如死灰的样子，我也是后悔的。我呆坐在地板上一整夜，觉得我真是卑鄙至极。明明知道她的短板和软肋，却拿那个去要挟。也不是没想过立刻去找她，道歉说我只是开玩笑，但终究没动。

后来知道她和袁毅分手了。而我，是罪魁祸首。

再后来，看到她的脚受伤，更是后悔心痛。

她发来的那条“我想退学了”的短信，让我一夜未眠。我不理解。不就是分手吗？别人分手，爱情的灰烬终会被时间的风吹散。而她，把那些灰烬用眼泪淹成了沼泽，然后深陷其中。

那段时间，她像是一个行尸走肉，没有任何动人之处。

她变成了一根刺，插在了我的胸口。我们，互为耻辱。

我经常会想，许佳慧到底有什么好呢？大多数时候，她并不好。大多数时候，她就是我最不喜欢的那一类人。可那又怎么样呢？我还是会抓心挠肝地想她啊。无数次地想撩拨她啊。还是想得到她啊。

她的好，大概就是，她让我觉得我不再是我。让我开始发现另一个我。她让我想成为一个真正的男人。让我止不住地去幻想，去做梦，去渴望遇见真正美好的一切。

退学、工作，努力。废寝忘食的那种努力。我希望我终有一天强大起来，让我的光芒盖过袁毅的光芒。让我的闪耀使她看不到曾经的阴影，也看不到任何别的人。

我差一点点就做到了。

如果不是因为出了抄袭这件事的话。

告我抄袭的是个女孩，刚刚起步的小设计师。对，她曾经追过我，把她自己的设计图册给我看，每天围着我转，各种恭维和示好。

有一段时间我灵感枯竭，想不出好的方案，就用了她的一张图。她当时口头同意，还说，能被我用是她的荣幸。但我万万没想到，几个月后，她告了我。而那张图，在我说要用的第二天，她就去注册了版权保护。

她是有心机的，当然也许从来没真的喜欢过我，只是想踩着我上位然后赚一点点钱。她成功了，我成为过街老鼠被人人喊打。

从法庭出来，太阳正烈。我站在江城毒辣的阳光底下，却一身冷汗。赔钱不算什么，丢工作不算什么，失去一切也不算什么，我本来也是一无所有啊。可我难过的是，我不知道如何站在许佳慧的面前，以这样灰头土脸的样子。

江城待不下去了，回老家前，我去安徽找了一次佳慧。我跟她讲了我的那个梦。那个我终于有了一个家，而她是永远的女主人的梦。那个她在我身边的天真的梦。

我道歉了。也放弃了。可我不能说我的失败。我不能像个孩子那样把头埋在她的胸前哭泣。我知道，如果我那样做的话，她说不定会另眼看我。以她的性格，她也许会错把对我的同情当作喜欢，而接受我。

我不能要这样的爱情啊。虽然我对她一直有“狗皮膏药”的态度，可更多的时候，我希望看到她还是那个小女孩，仰头喊我哥哥的神情。我是个男人啊，我要的女人怎么可以同情我?

在自我价值还没有实现的时候，也许陪伴都是拖累。我又怎么舍得拖累她?

回老家后，因为机缘巧合，我认识了佳慧的父母。我去过她家几次，和她的父母一起吃晚饭，听他们说她小时候的事儿，心里总是万箭穿心一样的疼。

我失去了她，从爱上她的那一刻，我就在不停地失去她。

毛雯雯是个奇葩。她像是晴空万里时忽然下的一场雨，又像是风平浪静时忽然卷起的一朵浪。总之，她的出现，就是把原有的平静打破，像不速之客那样迅速地侵入我的生活。

我不讨厌她，我是喜欢她的。她有一点和佳慧很像，她的笑也是可以抵债的。虽然有很多次，她气得我无话可说，可看到她笑，就忍不住想原谅她了。

我信任她，也觉得她能理解我。我的不堪，我的落魄。我在街头吹风，我开着面包车奔逃狼狈。

她第一次拉着箱子敲开我的家门，说无家可归了求收留的时候，我正在做包，被引针扎了手，血流出来。她箱子一扔，过来就摁住了我的手指，竟然眼泪就那么掉下来了。爱哭这一条，也很像许佳慧。

看着她急匆匆地跑去药店，又回来帮我包扎，我恍惚觉得，她是不是另一个天使。

可我依然还做着关于许佳慧的那个梦，未醒，也不想醒来。

那年春节佳慧回来了，她已经和袁毅和好了。兜兜转转的这几年，我们都好像又回到了原点。也许生活就是这样，总是走啊走啊，在以为会有结果的时候，却发现不过是另一个开始。

那个醉酒的下午，我看到佳慧哭红的眼睛，便知道，我其实在她心中是有分量的。也许还比不上袁毅，但足够了。

她希望我好，是纯粹的。

她希望和袁毅在一起，也是纯粹的。

这纯粹，无懈可击。

之前我以为我们终可以是身体和内衣的关系，有肌肤相触那样的亲密。是在开始做包后，我才渐渐明白，我和她，其实是游离在躯体之外，可用，也可不用的包的关系。我一直在解读她，却从未真正地读懂她。

如果她因为没有和我在一起而得到了幸福，那我就应该放手不是吗?

爱有许多种，也许成全也是其中的一种。

在成全许佳慧的那一刻，不知不觉中，我也原谅了我的妈妈。

我不想说我妈妈的事情。但不可否认，我身上流着她的血，有着她的不羁与自私。

接她回来之后，我并没有和她住一起。我还是没有办法面对她。只是每当我回去看她，她慌里慌张地做不那么好吃的东西给我时，我心里还是有被爱着的感动。

后来我妈又恋爱了。渴望恋爱的人，全身都散发着一种“我需要爱情”的气息，所以，总会遇见爱情。

我对这个，无所谓。她高兴就好。

我的淘宝店开起来后，便请了我堂弟做客服。他身体不好，就在家里工作。实体店开起来后，叔叔婶婶偶尔也会帮忙看店。我们的关系后来融洽了许多。

毛雯雯一直陪在我身边。虽然对外，她是老板娘，但实际上我们并没有真正地在一起。

大多数时候，我们更像亲人。我对她，也许，会有爱上的那一天，也许会有太后知后觉而失去她的那一天。

但，随心吧。只觉得，能真正全身心地爱上她的时候，再在一起，才是对她最大的尊重。

我爸爸留给我的那个旧房子，卖掉之后，新房主重新装修，我把大门上的那一把老锁给拆了下来。那是我能留下来的唯一的与家有关的东西。我要把它装到我的新房子里去。有它的地方，就有家的意义。

有时候，我就是这样偏执，这样傻气。

给佳慧做的那个包的夹层里，我放进了一枚旧锁的钥匙。

民宿装修的时候，我留了一个房间装了那把旧锁。也许佳慧永远不会拿着那枚钥匙打开那个房间，但那又怎么样呢？它保留了我整个青春的回忆和爱情，是我的初心，是我的痛与甜蜜，是我亲情和爱情的见证，它有它存在的意义。

有一次在店里，毛雯雯对我说："尽欢哥，你知道吗？我们看到的都是八分钟之前的太阳。"

"是吗？"我笑笑回她，"你是想说，现在的光亮和温暖都是过去的吗？"

"是啊，就像收一封信。你收到的，其实是写信人几天前的心意了。"

"嗯。"我点头。

"你是一个写信人，还是一个收信人呢？"毛雯雯削好了一个苹果，笑盈盈地递给我。

我不知道如何回答，只好躲开了她的目光看向了窗外。

有一个快递员在窗外把手里的小小包裹，递给了面带微笑的取件人。那包裹对取件人来说，意味着什么呢？

也许是等了又等心知肚明的东西。也许是并不知情忽然到来的惊喜。

也许只是日常的碎片，某种实用的工具。也许是时光的礼物，能带来滋养和追忆。也许会被束之高阁，甚至扔掉。也许能够当作宝贝，守护珍惜。

更或者，就是他命运多米诺骨牌的第一张。

一切都是偶然，一切都是注定。

而我与许佳慧，是偶然，也是注定。

图书在版编目（CIP）数据

没道理的爱情 / 李荷西著. -- 长沙 : 湖南文艺出
版社，2017.11
ISBN 978-7-5404-6104-1

Ⅰ. ①没… Ⅱ. ①李… Ⅲ. ①长篇小说－中国－当代
Ⅳ. ①I247.5

中国版本图书馆CIP数据核字(2017)第236132号

没道理的爱情
MEI DAOLI DE AIQING

作　　者：李荷西
出 版 人：曾赛丰
责任编辑：刘诗哲
监　　制：邓　理
策划编辑：田渊源
营销编辑：张申梅
封面设计：罗静颖
内文设计：杨　露
出版发行：湖南文艺出版社
（长沙市雨花区东二环一段508号　邮编：410014）
网　　址：www.hnwy.net
印　　刷：湖南天闻新华印务有限公司
经　　销：新华书店
开　　本：158mm×230mm　1/16
字　　数：361千字
印　　张：21.5
版　　次：2017年11月第1版
印　　次：2017年11月第1次印刷
书　　号：ISBN 978-7-5404-6104-1
定　　价：34.80元